Relatos originales escritos por:

Sarah Allen
Stephen Attmore
Joan Baker
Phyllis Bampton
Graham Broach
Dennis Burley
Mae Cheeseman
Mavis Connelly
Judy Cooper
Jane Carruth
David Eden
Eugene Field
Thomas Hood
Diane Jackman

Jennifer Jordan
A. N. Keyes
Lucy Kincaid
Elizabeth Lewis
Robert Moss
Lilian Murray
Rosomond Pinney
C. M. Smith
Liz Souval
Moira Stubley
Rosalind Sutton
Jill Tomlinson
Violet Williams
June Woodman

Título original: *365 Bedtime Stories*
Traducción: Susana Gosling

SEXTA EDICIÓN

© BRIMAX BOOKS LTD. ENGLAND, 1979
EDITORIAL EVEREST, S. A.
Carretera León-La Coruña, km 5 - LEÓN
ISBN: 84-241-5281-6
Depósito legal: LE. 63-2000
Printed in Spain - Impreso en España

EDITORIAL EVERGRÁFICAS, S. L.
Carretera León-La Coruña, km 5
LEÓN (España)

365
CUENTOS
PARA
DORMIR

365
CUENTOS
PARA
DORMIR

 EDITORIAL EVEREST, S. A.

Madrid • León • Barcelona • Sevilla • Granada • Valencia
Zaragoza • Las Palmas de Gran Canaria • La Coruña
Palma de Mallorca • Alicante • México • Lisboa

ENERO

1 DE ENERO

Salvados por el rabo.

Una familia de ratones vivía en una enorme casa vacía. Caminaban de puntillas por miedo a que alguien los oyera. Pero alguien lo hizo: Tomás, el gato negro. ¡Los olfateó y ... ñam! ¡Qué cosas tan sabrosas: ratones!

Después del desayuno, Tomás se puso a dormir. El abuelo, el mayor de los ratones, convocó una reunión.

—Debemos librarnos del gato antes de que nos coma a todos... ¿Alguna idea? –preguntó.

—Debe de haber algún lugar seguro en esta casa tan grande —dijo Pip.

—Sólo uno –dijo el abuelo–. Seguidme.

Mientras Tomás dormía, corrieron por los pasillos y bajaron los peldaños del almacén. Allí había una gran cantidad de sacos de comida.

—¿Y bien? –preguntó el abuelo–. ¿Qué pensáis?

—El gato puede bajar estos peldaños, –dijo Pip.

—¡Ay! –refunfuñó el abuelo–. Tenemos que cerrar la puerta. ¿Pero cómo?

—Abuelo –dijo Pip–, ¿no podríamos engancharnos por el rabo y formar una larga cadena de ratones? Luego, tú enganchas tu rabo a la manilla de la puerta, te unes a nuestra cadena y tiramos, –dijo Pip.

—¡Muy ingenioso! —dijo el abuelo.

Todos tiraron a la vez y la puerta se movió lentamente.

—¡Otra vez! –gritó Pip–. ¡Tiiii...rad!

La puerta se cerró. ¡Estaban a salvo!

—¡Ahora nos quedaremos aquí para siempre! –dijo Flip con tristeza.

—¡Animo! –dijo Pip–. Podemos hacer un agujerito y jugar en las habitaciones de arriba cuando Tomás esté fuera.

—Estamos a salvo de él cuando esté en casa –sonrió el abuelo–, y cuando esté fuera, nosotros los ratones saldremos a jugar.

2 DE ENERO

El espejo y la Luna

La hermosa princesa Amaya
se sentaba en la playa
y peinaba su pelo dorado,
por todos muy admirado.
En la mano tenía un espejo
donde miraba su reflejo.
de repente llegó el viento
Y dijo:
—Me voy, no me siento.
Se marchó dando un salto
y volvió hacia lo mas alto.
Bajó el viento a la arena
y paseó por la mar serena.
Hasta la bella Amaya llegó
y su pelo dorado tocó.
Luego con una sonrisa:
—Te llegará una brisa
y tu espejo entonces verás,
donde tú te reflejarás.
—¿Qué es la luna? —Amaya preguntó.
—Un trozo de brillante cristal
–le contestó.

3 DE ENERO

El porquerizo (primera parte)

Érase una vez un príncipe que vivía en un pequeño reino. Era fuerte y guapo, y muchas princesas se habrían sentido muy felices de casarse con él, pero a él no le importaba ninguna.

Estaba enamorado de la hija del emperador por lo que decidió enviarle dos regalos. Fue a la tumba de su padre. Había una rosa que crecía allí y que sólo florecía una vez cada cinco años. En el rosal vivía un ruiseñor que cantaba la canción más deliciosa del mundo. El príncipe tomó la rosa, puso al ruiseñor en una jaula y envió los dos regalos a la princesa.

Cuando la princesa vio la rosa exclamó:

—¡Qué hermosa te han hecho!

Pero luego la observó más de cerca y dijo:

—¡Oh, es sólo una rosa de verdad! ¡Lleváosla!

—Hay otro regalo —dijo el mensajero del príncipe. Y le entregó el ruiseñor en la jaula.

—¡Qué caja de música más hermosa! —dijo la princesa cuando el ruiseñor comenzó a trinar. Luego lo miró más de cerca—. ¡Oh, es un pájaro real! —gritó la princesa—. ¡Qué cosa más asquerosa, sucia y con plumas! Dejadlo que se vaya. ¡Y en cuanto al príncipe que envió toda esta basura, no quiero verlo nunca mientras viva!

El mensajero volvió junto al príncipe y le contó lo que había ocurrido.

—Bien —dijo el príncipe—, tendré que probar otro plan.

4 DE ENERO

El porquerizo (segunda parte)

La rosa y el ruiseñor del príncipe fueron rechazados por la princesa que amaba y, por tanto, decidió llevar a cabo un nuevo plan. Se embadurnó la cara con tinte marrón, se puso ropas viejas y se dirigió al palacio del emperador.

—¿Tenéis trabajo para un pobre campesino? —preguntó el príncipe.

—Los cerdos necesitan que alguien los cuide —dijo el emperador—. Puedes ser mi porquerizo.

El príncipe accedió y se fue a vivir a una choza destartalada cerca de las cuadras de los cerdos. Durante el día el príncipe cuidaba de los cerdos y por la noche tocaba la flauta. Su canción favorita era *Más allá de las colinas*.

Una tarde, la princesa oyó la dulce música.

—Conozco esa canción —gritó—. Es *Más allá de las colinas*. Yo también sé tocarla. Decidle al porquerizo que me venda su flauta —les dijo a sus doncellas.

Las doncellas fueron al porquerizo y volvieron con sonrisitas.

—Dice que la venderá por cincuenta besos.

—¡Besar a ese burdo porquerizo! —gritó—. Pero debo obtener esa flauta... Decidle que se acerque.

La princesa besó al príncipe cincuenta veces, pero en el beso cincuenta apareció el emperador.

—¿Cómo te atreves a besar a mi hija? —gritó el emperador al príncipe.

—No la beso yo —dijo el príncipe—. Es ella la que me besa a mí.

—¡Mi hija besando a un vulgar porquerizo! No quiero volver a veros nunca a ninguno de los dos.

—¡Oh Dios mío!, ¿qué haremos? —gritó la princesa.

—Si me amas —propuso el príncipe—, ven conmigo. Nos casaremos.

—¿Casarme con un vulgar porquerizo? —dijo la princesa—. ¡Nunca!

—Bien —dijo el príncipe, quitándose el tinte de la cara—, eres demasiado orgullosa para casarte con un honrado porquerizo, pero no para besar a un extraño si ello te permitía conseguir algo que deseabas. Por lo tanto, no quiero que seas mi esposa.

—¿Dónde iré? —sollozó la princesa, mientras el príncipe recogía sus elegantes ropas.

—Sugiero que vayas más allá de las colinas —dijo el príncipe—. Adiós.

5 DE ENERO

La zorra y las uvas

Una zorra vió unas uvas que colgaban de una parra.

—¡Qué deliciosas parecen! –dijo, lamiéndose los morros con hambre–. Me las comeré antes de que otro venga y las vea.

Las uvas colgaban muy altas de la parra. La zorra se estiró tanto como pudo, pero no era lo bastante alta para alcanzarlas. Saltó y saltó una y otra vez. Cada vez que saltaba se acercaba más a las uvas, pero nunca las alcanzaba. Saltó hasta que tenía las patas tan cansadas que ya no pudo saltar más, y aún seguían allí las uvas invitando a que se las comiera.

—Ahora me doy cuenta de que estaba equivocada, –dijo la zorra alejándose de la parra con la nariz levantada, como si no le importara–. Creí al principio que las uvas estaban maduras y listas para comer, pero ahora veo que están ácidas y completamente verdes.

---

6 DE ENERO

Los inteligentes pájaros del duende Polilla

—No sé cómo me las arreglaré hasta que mi tobillo mejore –se quejó el duende Polilla mientras la enfermera de las hadas le vendaba el tobillo dolorido–. ¿Cómo daré de comer a los pájaros de mi jardín?

—Podrías saltar por la casa si te apoyaras en los muebles –dijo la enfermera–. Siempre puedes dejar la comida en el alféizar.

Nada más que la enfermera se fue, el duende Polilla abrió la ventana y puso unas migas de comida en el alféizar. Pronto los pájaros las encontraron y esperaban en el alféizar siempre que Polilla abría la ventana para darles de comer.

Unos días después el duende Polilla estaba haciendo la cama, cuando se dio cuenta de lo sucia que estaba la funda de la almohada.

—Debo lavarla –dijo sacando la almohada de la funda–. ¿Pero cómo lograré que se seque? No puedo ir dando saltos por el jardín hasta el tendedero.

Acababa de lavar la funda cuando oyó unos toquecitos suaves en la ventana; dos pájaros entraron, recogieron con sus picos la funda y salieron al jardín. Allí, colgaron la funda con cuidado en la cuerda y luego volvieron por las pinzas.

—Sois realmente unos pájaros inteligentes –dijo Polilla, mirando cómo la funda se movía con la brisa–. Con vuestra ayuda, estoy seguro de que me las podré arreglar fácilmente hasta que mi tobillo mejore.

7 DE ENERO

La estrella de la suerte (primera parte)

Érase una vez un hombre pobre cuyo hijo único nació bajo una estrella de la suerte. Los sabios le dijeron al rey que un día este niño se casaría con su hija.

El rey se enfadó muchísimo al oírlo.

—¿Qué un chico tan pobre como ése se casará con mi hija...? ¡NUNCA! –dijo, y fué a ver al padre del chico.

—Quiero comprar a tu hijo, –propuso el monarca.

Le dijeron al rey que el chico no estaba en venta; pero regañó y discutió y suplicó hasta que al fin el padre del muchacho pensó: «Mi hijo no puede sufrir ningún daño estando con el rey. Recibirá una vida mejor de la que yo pueda darle... Debo dejárselo».

El rey recogió al niño, pero, en lugar de llevárselo al palacio con él, lo metió en una caja y puso ésta en la corriente del río. Con suerte flotaría hasta llegar al mar y nunca se volvería a ver al niño. ¡Casarse con su hija! ¡Menuda idea! El muchacho no había nacido bajo ninguna estrella de la suerte.

La caja fue recogida del río por un molinero que llevó el niño a casa y se lo entregó a su mujer; le pusieron por nombre Pablo y lo criaron como a su propio hijo. Creció y se hizo un muchacho guapo y fuerte, lleno de malicia, pero muy amable.

Ocurrió que un día el rey, en uno de sus viajes, visitó al molinero.

—¡Qué muchacho tan guapo! ¿Es hijo tuyo?

—Ahora sí –suspiró el molinero con cariño–. Lo encontramos cuando era un bebé, flotando río abajo en una caja.

---

8 DE ENERO

La estrella de la suerte (segunda parte)

El rey se puso pálido cuando descubrió que el muchacho destinado a casarse con su hija aún vivía. Pidió papel y pluma y rápidamente escribió una carta que selló con cera de color rojo vivo.

—¿Puedes permitir que el muchacho lleve esta carta a la reina? –le pidió al molinero–. Es muy urgente.

—Pablo se sentirá muy honrado de llevar vuestra carta, –dijo el molinero, sin saber que el rey había escrito: «Matad al muchacho portador de esta carta. Te lo explicaré cuando vuelva a casa la próxima semana.»

Pablo partió inmediatamente. Hacia la caída de la noche llamó a la puerta de una cabaña y pidió refugio para pasar la noche.

—Ésta es la casa de una banda de ladrones, –dijo una vieja que acudió a la puerta–. ¿Estás seguro de que quieres quedarte?

—Llevo una carta para la reina. No me harán daño, –dijo Pablo.

Estaba dormido cuando llegaron los ladrones. Pensando que podría haber dinero en la carta, la abrieron.

—¡Mirad esto! –dijeron–. Es vergonzoso. «Matad al muchacho», dice... arreglaremos esto inmediatamente.

Escribieron una nueva carta que decía: «Casad al portador de esta carta con nuestra hija.» Colocaron el sello del rey de modo que pareciera que nunca había sido roto y quemaron la carta que éste había escrito.

Así, cuando el rey volvió a palacio a la semana siguiente, fue recibido por su hija y su nuevo marido Pablo, quien era, como él mismo decía, «el más feliz de los vivos.»

9 DE ENERO

El cocodrilo sonriente (primera parte)

Érase una vez un cocodrilo que no encontraba esposa. Durante muchos días permaneció solitario al sol. Cuando se sentía tan solo que no sabía qué hacer, se metía en el agua y flotaba en la superficie. En el agua todo lo que se veía de él era la parte superior de la cabeza y la larga línea de la espalda.

Una mañana estaba flotando en el río, tan quieto como un tronco, cuando un pez pasó junto a su cabeza. En un abrir y cerrar de ojos abrió sus enormes mandíbulas y atrapó al pez.

Normalmente el cocodrilo se lo habría tragado de golpe, pero no tenía mucha hambre y vaciló. Esto le dio tiempo al pez para decir:

—Perdóneme la vida, Sr. Cocodrilo, y no lo lamentará.

El cocodrilo lo llevó a una charca poco profunda y allí lo dejó. Pero no había manera alguna de que el pez pudiera volver al río.

—Te he visto solo a menudo en la ribera –dijo el pez–. No tienes ni esposa ni amigos.

—Eso es cierto, –dijo el cocodrilo con voz profunda–. Me siento muy solo.

—Si te encuentro una esposa –dijo el pez, después de un largo silencio–, ¿me dejarás en libertad?

El cocodrilo le dijo que sí.

—Si me devuelves al río y me dejas libre –dijo el pez–, te encontraré una esposa hacia finales de semana.

10 DE ENERO

El cocodrilo sonriente (segunda parte)

Un pez atrapado por un cocodrilo solitario prometió, a cambio de su libertad, encontrarle al cocodrilo una esposa en un breve espacio de tiempo.

—Si te dejo libre nunca te volveré a ver –refunfuñó el cocodrilo–. Puede que pienses que parezco estúpido, pero te aseguro que no lo soy.

—Entonces déjame en este charquito –dijo rápidamente el pez– y te diré qué debes hacer para encontrar esposa. Cuando la hayas encontrado, vuelve a la charca y libérame.

—Dime qué debo hacer –dijo el cocodrilo.

—Vete hasta la ribera del otro lado –dijo el pez–, pon una sonrisa en la cara y espera allí...

El cocodrilo dejó al pez y se metió en el río. Cruzó hasta el otro lado, salió del agua y se acostó en la ribera.

El avispado pez había visto a menudo a una madre cocodrilo y a su hija tomar el sol en aquella ribera. Sabía muy bien lo que rondaba en la cabeza de la madre: un marido para su hija.

Apenas tuvo tiempo el cocodrilo de ponerse la sonrisa en la cara cuando la vieja Madre Coco y su hija llegaron. Cuando la madre vio al extraño sonriente, empujó a su hija hacia él. Y en menos que canta un gallo, los dos habían descubierto que estaban hechos el uno para el otro.

En su recién estrenada felicidad, el cocodrilo casi se olvidó de su promesa. Fue una suerte que se acordara, porque cuando volvió a la charca se encontró con que el caluroso sol casi la había secado y el pobre pez estaba ya boqueando.

El cocodrilo tomó al pez en sus fuertes mandíbulas y lo llevó al profundo río.

—¡Ahí te quedas! –dijo–. Cuídate.

Como un relámpago el pez se alejó rápidamente y el cocodrilo volvió junto a su nueva esposa, ¡con una amplia sonrisa!

11 DE ENERO

Las estrellas del circo

Pétalo y Amapola, dos ponis blancos, eran las estrellas del pequeño circo del viejo señor Bantam. Durante todo el verano, el circo se trasladaba de feria en feria. Y cuando se acababa la época de levantar la gran carpa, Pétalo y Amapola se miraban con orgullo.

—Siempre se nos considera como las estrellas del circo –decía Pétalo.

—Y así debe ser –respondía Amapola–. A la gente le encanta el modo en que bailamos.

Pero un día ocurrió que, minutos antes de la actuación de la tarde, Pétalo dijo:

—A proposito... creo que anoche perdiste un poco el ritmo...

Amapola bufó indignada.

—¿Qué? ¿Que perdí el ritmo? ¡Tú fuiste el que lo perdió!

Se miraron enfadados mientras trotaban por la pista. Pétalo le echó a Amapola una mirada despectiva de reojo y Amapola intentó no acompasar los pasos de Pétalo cuando llegó el momento del vals, así que el domador redujo su actuación y los sacó de la pista muy enfadado.

Amapola y Pétalo no se miraron mientras esperaban la actuación nocturna. Pero no recibieron la llamada: los habían dejado de lado.

—Dicen que es porque estamos cansados –le cuchicheó Pétalo a Amapola después de un largo silencio.

—¡Nunca ha ocurrido antes! –replicó Amapola.

—Tampoco antes habíamos tenido una discusión –dijo Pétalo–. Demostraremos que es mentira cuando tengamos la oportunidad.

Al día siguiente, el mismo señor Bantam llevó a Pétalo y Amapola a la pista para el ensayo. Estuvieron tan acoplados y tan brillantes en su actuación que incluso los ayudantes del circo aplaudieron y gritaron «¡bravo!»

—¡Bien, se lo hemos demostrado! –dijo Pétalo cuando estuvieron solos de nuevo–. A propósito, ¡estuviste absolutamente sensacional!

—Tú también –dijo Amapola–. ¡Tú también!

Pétalo y Amapola aún son las estrellas del circo y los mejores amigos.

12 DE ENERO

Los visitantes de los duendes

A los duendes les encanta reunirse y divertirse. El problema es que siempre celebran sus juergas por la noche, cuando el resto de la gente intenta dormir.

Una fría noche, una multitud de duendes encontró una acogedora y caliente cocina de una casa de campo para dar su fiesta. Se pasaron la noche gritando, cantando y bailando.

El granjero y su esposa no pudieron pegar ojo.

—Diles que se vayan –dijo la esposa.

—No puedo hacer eso –contestó él–. Si molestas a los duendes pueden hacer que todo salga mal: las gallinas no pondrán huevos, la leche se pondrá ácida y las cosechas se estropearán.

Por desgracia, a los duendes les gustó tanto aquella cocina que dieron fiestas allí todas las noches. El granjero y su esposa apenas dormían.

—Debemos hacer algo –se quejó la esposa–. Nos dormimos durante el día.

—Tengo una idea –dijo el granjero. Esa noche subió la horca del heno y la pala a la habitación. Cuando la fiesta de los duendes se encontraba en pleno apogeo, el granjero comenzó a bajar la horca por una grieta del suelo hasta la cocina. Su esposa hizo lo mismo con la pala al otro extremo de la habitación.

—¡Mirad! ¡Mirad ahí! –gritó un duende–. Es el tenedor de un gigante.

—¡Sí, y ahí está la cuchara! –gritó otro, viendo la pala–. ¡Corramos!

Así se fueron los duendes y no volvieron jamás, porque lo único de lo que realmente tienen miedo los duendes es de un gigante hambriento.

13 DE ENERO

Rapunzel (primera parte)

Un día en que un príncipe cabalgaba por el bosque oyó a una joven cantar. Bajó de su caballo y se dirigió en silencio por un sendero cubierto de musgo hasta que llegó a un claro. En el claro había una torre, tan redonda y alta como un pino gigante. La torre era tan elevada que parecía que iba a tocar el cielo con su tejado, en la mismísima punta del cual había una diminuta ventana. Y de esa diminuta ventana procedía el canto.

—Habrá que subir mucho hasta llegar a la ventana —dijo el príncipe, mirando hacia arriba—. Pero debo averiguar quién canta con tanto candor.

Ató la brida de su caballo y buscó una entrada a la torre; dio unas cien vueltas a la misma, pero no encontró puerta, ni ventana, ni entrada oculta alguna. Era imposible subir por las paredes, ya que eran muy lisas y no había grieta o reborde donde poner los pies.

Por fin, el príncipe, decepcionado, tuvo que renunciar a su búsqueda y cabalgó a casa con el sonido de la voz flotando en el aire tras él.

14 DE ENERO

Rapunzel (segunda parte)

El príncipe no podía olvidar la voz que procedía de la torre. Soñaba con ella de noche y de día, dormido y despierto.

Cabalgaba hasta el bosque todos los días sólo para oírla.

Un día, cuando estaba sentado en las ramas de un árbol cercano a la torre, una vieja bruja salió del bosque. El príncipe se quedó en silencio y observó lo que hacía.

—¡Rapunzel, Rapunzel, suelta tu cabello! —gritó. Inmediatamente una larga trenza de pelo dorado se deslizó por la ventana de la parte superior de la torre. Era tan larga que las puntas tocaron el suelo. La vieja bruja se asió a ella como si fuera una soga y alguien desde la torre tiró del cabello hacia arriba, hasta que trenza y bruja desaparecieron.

El príncipe estaba tan emocionado que casi se cayó del árbol. Esperó hasta que la bruja bajó de nuevo y se alejó bosque adentro. Entonces fue a la base de la torre.

—¡Rapunzel, Rapunzel, suelta tu cabello! —gritó. De nuevo el dorado pelo se deslizó torre abajo, pero esta vez fue el guapo príncipe quien lo usó como soga y no una fea y vieja bruja. En la diminuta habitación de la cima de la torre se encontraba la muchacha más linda que jamás había visto.

—¿Quién... quién eres? —dijo con voz entrecortada—. Pensé que eras de nuevo la bruja.

—No temas —dijo el príncipe—. No te haré daño.

Le dijo su nombre y cómo la había oído cantar días atrás mientras cabalgaba por el bosque.

—Canto porque me siento sola —dijo Rapunzel—. Estoy encerrada en esta torre solitaria desde que tenía doce años. Mi único visitante es la bruja que me trajo aquí.

—Te ayudaré a escapar —dijo el príncipe.

—¿Cómo puedes hacerlo? —suspiró Rapunzel—. No puedo bajar por mi propio pelo y no hay ningún otro modo de entrar o salir de la torre.

—Te traeré una escalera de seda —prometió el príncipe.

Rapunzel (tercera parte)

Al día siguiente la bruja hizo una nueva visita a la torre.

—Pesas más que el príncipe –dijo Rapunzel sin pensar en lo que decía.

La bruja se enfadó tanto que estuvo a punto de explotar. Tomó unas tijeras de la mesa y, antes de que Rapunzel pudiera detenerla, le cortó las largas trenzas doradas.

—Ahora tu príncipe no podrá entrar en la torre –gritó la bruja. Y se llevó a Rapunzel a un lejano lugar. Incluso si el príncipe encontraba un modo de entrar en la torre, Rapunzel no se encontraría en ella.

El príncipe no pudo averiguar de ningún modo lo ocurrido cuando le pidió a Rapunzel que dejara caer su pelo. Pensó que era ella quien arrojaba las largas trenzas doradas desde la ventana. Pero no. Era la bruja. Fue la bruja quien tiró del príncipe hacia arriba... y arriba... y arriba.

—¡Nunca verás a Rapunzel de nuevo! –gritó–. Y con un terrible aullido soltó las trenzas. El príncipe cayó al suelo.

Permaneció horas y horas en el lugar donde había caído y, cuando por fin abrió los ojos, no pudo ver: estaba ciego.

El príncipe vagabundeó de un lugar a otro en busca de Rapunzel. Un día, la oyo cantar y reconoció su voz enseguida.

Rapunzel se sintió muy feliz, pero, cuando vio los ciegos ojos del príncipe, lloró calurosas y enormes lágrimas; algunas cayeron en el rostro del príncipe, que de repente comenzó a ver de nuevo: las lágrimas de Rapunzel habían roto el terrible hechizo de la bruja.

Rapunzel y el príncipe se casaron y vivieron felices para siempre. En cuanto a la bruja, nunca más se supo de ella. Quizás aún está encerrada en la torre. Una vez que hubo soltado las trenzas ya no tenía ningún modo de salir de allí.

Las aventuras de *El Tulipán:* La gaviota

Minty, Wilbur y Tomás eran tres amigos que vivían a bordo de un barco llamado *El Tulipán*. Tomás era el jefe. Wilbur era un buen nadador, pero Minty no. Así que Minty llevaba siempre puesto un salvavidas.

Esta es la historia del momento en que una gaviota se posó en la cubierta de *El Tulipán* y comenzó a graznar a Wilbur y Minty. Estos se atemorizaron tanto con los graznidos de la gaviota que se ocultaron en un tonel.

—¡Tomás! –gritaron–. ¡Socorro! ¡Tomás!

Tomás no sabía qué hacer.

—¡Graaa! ¡Graa! –chilló la gaviota.

—Sí, por supuesto que lo haré –dijo Tomás.

Wilbur y Minty se asomaron con cuidado desde dentro del tonel para ver con quién hablaba Tomás. No podían dar crédito a sus ojos: la mano de Tomás se encontraba dentro de la boca de la gaviota.

—¡No te comas a nuesto amigo! –gritaron, corriendo hacia la gaviota.

—Está bien –dijo Tomás con calma–. Sólo observad.

Y desde su escondite, vieron con sorpresa cómo Tomás sacaba un pez enorme de la boca de la gaviota.

—Tenía esto atravesado en la garganta –explicó Tomás–. Por eso graznaba.

La gaviota graznó de nuevo, pero esta vez para dar las gracias. Tomás dijo:

—Sí, ya sé que tienes que seguir; –y a continuación la gaviota se alejó.

—Adiós –gritó Tomás, agitando el sombrero.

—Adiós –gritaron Wilbur y Minty. La gaviota graznó a su vez.

—Bien –dijo Minty–, no sabía que hablabas con las gaviotas, Tomás.

Y Tomás sonrió.

17 DE ENERO

La sonriente Dily

La patita Dily siempre estaba con la sonrisa en el pico: cuando el perro del granjero la persiguió por la charca, cuando unos niños traviesos del pueblo le tiraron piedrecitas, y cuando, sin motivo aparente, el pavo fue muy descortés con ella. Ocurriera lo que ocurriera, Dily seguía sonriendo.

—No te comprendo –le dijo una mañana Yimaima, su mejor amiga–. Parece que siempre tienes problemas y sin embargo sigues con esa sonrisa tan tonta en tu cara.

—Bueno –dijo Dily–, el cielo es de un hermoso azul ¿no?, la charca es un lugar delicioso para nadar y, además, nunca paso hambre.

Yimaima mostró que no creía mucho en las razones de su amiga para sonreír.

—Un día encontrarás que no habrá ningún motivo para sonreír, ya lo verás. ¡Pronto nos llevarán al mercado, y tú sabes lo que eso significa!

A medida que el día de mercado se acercaba, todos los patos se volvían tristes y silenciosos –todos excepto Dily–. Cuando llegó de verdad el día tan temido, el granjero y su hijito comenzaron a poner los patos en jaulas.

—¿Tenemos que llevarlos a todos? –preguntó el niño–. Permíteme que me quede con el que sonríe.

El granjero vaciló. Luego se encogió de hombros.

—¿El que sonríe, dices? ¿Qué pato es ese?

—Te lo mostraré –dijo el chico con ansiedad. Se dirigió directamente hacia Dily y se arrodilló a su lado–. Creo que está sonriendo.

—Quédate con él entonces –dijo el granjero–. Pero procura cuidar bien de él.

El chico comenzó a sonreír. Y Dily, por supuesto, siguió sonriendo, ¡con una buena razón, esta vez!

---

18 DE ENERO

La bicicleta de Roberto

Roberto quería una bicicleta más que nada en el mundo. Pronto sería su cumpleaños, pero sabía que sus padres no podían permitirse un regalo tan caro.

Un día llevó a su perro, Fufi, a la pradera. Tirando piedras y palitos y divirtiéndose, se olvidó de la bicicleta.

Entonces vio algo extraño: apoyada contra un poste estaba la bicicleta más rara que jamás había visto. Dió una vuelta a su alrededor, la tocó y se subió al sillín. Entonces se dio cuenta de por qué le parecía rara: ¡no tenía pedales! Con los dedos de los pies tocando el suelo, le dio un empujoncito.

¡Se movía! ¡Cada vez más rápido! Subiendo o bajando colinas, no importaba. Seguía como una flecha, con las piernas colgando y con las manos agarradas fuertemente. ¡Ah!, sí, otra cosa ¡no tenía frenos! Al principio Roberto se asustó un poquito, pero se lo estaba pasando tan bien que comenzó a gritar y a reír. De pronto, un espeso arbusto se interpuso. La bicicleta saltó por encima.

—¡Buena chica! –dijo Roberto acariciando el manillar como si se tratara de un caballo. Luego vino un riachuelo–. Lista, muchacha... ¡AHORA! –gritó.

Pero el terreno era fangoso al otro lado. La rueda delantera se hundió y Roberto saltó por encima del manillar y cayó en el lodo. Sintió a Rufi lamiéndole la cara.

—¡Hola, amigo! ¿Dónde está la bicicleta? –preguntó Roberto.

Había desaparecido.

Juntos retrocedieron y volvieron al poste. Allí estaba la bicicleta. ¡Era una bicicleta reluciente! Un papelito colocado en el timbre decía: "Feliz cumpleaños, Roberto, de la tía María." Roberto volvió a casa montado en la bicicleta, estallando de alegría.

—¿Quién es la tía María? –preguntó.

—Mi tía –dijo su madre–. Vive al otro lado de la pradera. Solía llevar un viejo armatoste de bicicleta, como una vieja bruja montada en una escoba. Aún lo hace. ¡No lo dudes!

Y montado en su hermosa bicicleta, Roberto marchó inmediatamente a averiguarlo.

19 DE ENERO

El león y el ratón

Un día en que un león estaba dormido, un ratón pasó corriendo por su cara. El león se despertó con un rugido y atrapó al ratón entre sus patas. El ratón, asustado, temió estar a punto de morir y suplicó por su vida.

—¡Por favor, grande y poderoso león, por favor, deja que me vaya! Devuélveme mi libertad y un día yo te recompensaré por tu generosidad.

Al león le sorprendió tanto que el diminuto, tembloroso y atemorizado ratón pensara que podría ayudar a alguien tan grande, fuerte y osado como él, que soltó una gran carcajada y dejó que el ratón se fuera.

Algún tiempo después, cuando el ratón corría de un lado a otro entre la maleza, oyó rugir al león. Le pareció como si el león tuviera algún tipo de problema y fue a ver si podía ayudarle. El león estaba atrapado en la red de un cazador y no podía escapar.

—No hay nada que tú puedas hacer para ayudarme –dijo el león tristemente, al ver al ratón–. Cuando los cazadores vuelvan con sus lanzas, me matarán.

—Aún no ha llegado tu último día –dijo el ratón. Y comenzó a mordisquear la red con sus afilados dientecitos. Pronto hizo un agujero lo suficientemente grande como para que el león pudiera salir.

—Tenías razón –dijo el león cuando los dos corrían para ponerse a salvo–. Hay veces en que los débiles pueden ayudar a los fuertes.

---

20 DE ENERO

Quirico y el Dormilón

Guillermo el Dormilón vivía en una vieja cabaña mugrienta en un bosque de pinos. Criaba pollos y cultivaba verduras para vender en el mercado. Pero le encantaba dormir. Así que cuando llegaba al mercado, todo el mundo había hecho ya las compras.

—Los días no son lo bastante largos –se quejaba–. Es la hora del almuerzo antes de que haya desayunado.

Un día intercambió las verduras que no había vendido por unos pollitos. Los puso con las gallinas, pero el enrejado era viejo y estaba lleno de agujeros; así que los pollitos se fueron. Luego les siguieron las gallinas y Gillermo se quedó solo.

—¡Pájaros estúpidos! –masculló–. No, no es verdad... soy perezoso... me olvido de darles de comer... y también hay que limpiarlos. Soy un mal dueño.

En ese momento un pollito se posó en su hombro. ¡Uno había vuelto! Guillermo estaba encantado. Llamó Quirico a su nuevo amigo.

Unos meses después preguntó:

—¿Cuándo me pondrás un huevo, Quirico? –.Quirico se quedó sorprendido. ¿No se había dado cuenta Guillermo de su bello plumaje? ¿No había oído su voz?

Así que Quirico practicó todas las mañanas, posado en la cerca. Entonces un día, con sus plumas extendidas, la roja cresta moviéndose en la cabeza y el pico muy abierto, logró el sonido que pretendía.

—¡Kikirikiiii! ¡Kikirikiii! –.Cantó una y otra vez. Guillermo salió con la chaqueta del pijama puesta.

—¿Qué pasa...? –preguntó. Entonces vió a su amigo

—¡Quirico! –gritó–. ¡Eres un gallo! ¡Eres genial! ¡Me has sacado de la cama!

Guillermo comenzó el trabajo inmediatamente. Limpió la cabaña, construyó un gallinero nuevo para las nuevas gallinas y las cuidó. Llegaba siempre el primero al mercado y vendía todos los huevos y verduras. Y ello gracias a Quirico, el ave madrugadora que lo despertaba todas las mañanas, cantando hasta que se levantaba; a partir de entonces ya nadie le volvió a llamar Guillermo el Dormilón.

21 DE ENERO

Los zapatos perdidos.

Pablito había perdido uno de sus zapatos. Lo había buscado por todas partes pero no lo encontraba.

—Espero que aparezca mañana, –dijo, mientras se metía en la cama. De repente oyó una voz. Venía de debajo de la cama. Se sentó en la cama sorprendido y vió sus zapatillas rojas saltando.

—Vamos, –dijeron–. Iremos a buscar el zapato. Ponnos.

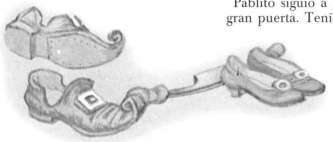

Pablito metió los pies en ellas. Todo fue muy extraño.

—Cierra los ojos –dijeron las zapatillas–, y gira tres veces.

Cuando Pablito abrió los ojos se encontró en una habitación extraña.

—¡Oh!, aquí estás –dijo un viejecito–. Soy Botines, el zapatero, esto es el País de los Zapatos Perdidos.

Pablito miró alrededor de la habitación. Había zapatos viejos, nuevos, graciosos zapatos pasados de moda, incluso un par de botas, con las punteras curvadas y con un ratón dentro.

—¿Querrás que te devuelva tu zapato? –le preguntó Botines–. Creo que llegó ayer.

Pablito siguió a Botines hasta una gran puerta. Tenía un letrero en el que se leía: «Los zapatos de ayer». Dentro, la habitación estaba llena de todo tipo de zapatos raros, botas y zapatillas.

—¿Y ahora, cuál es el tuyo? –preguntó Botines.

—Tiene mi nombre –dijo Pablito muy nervioso.

—¡Zapato de Pablito, adelántate! –gritó Botines, e inmediatamente un zapato se movió hacia adelante. Pablito lo recogió.

—Gracias –dijo.

—De nada, –respondió Botines–. Pero no lo pierdas otra vez.

De pronto, Pablito se encontró de vuelta en su habitación.

A la mañana siguiente fue a ponerse las zapatillas y al lado de ellas se encontraba el zapato perdido.

—¿Y por qué no lo vi antes? –dijo.

Entonces recordó el letrero que decía: «Los zapatos de ayer», pero la imagen se desvaneció mientras bajaba las escaleras para desayunar.

22 DE ENERO

Justo a tiempo

Jorge, el escudero, era un hechicero a ratos. Un día estuvo sentado ojeando su libro de hechizos durante tanto tiempo que le comenzó a doler la cabeza.

—Creo que iré a dar una galopada en mi caballo –dijo, y apartando a un lado el libro de hechizos, se dirigió a las cuadras.

—¡Arre! –gritó el escudero. El caballo levantó las patas delanteras y salieron de la ciudad cabalgando por las colinas.

Abajo, en el pueblo cercano, el pequeño Guillermito estaba decidido a hacer alguna de sus travesuras cuando vio al escudero y a su caballo galopando por la colina.

—Estará allí arriba durante un buen rato –dijo–. Ésta es mi oportunidad de apoderarme de su libro de hechizos.

Se deslizó por el sendero hacia la casa del escudero, abrió la puerta y entró en el estudio. Allí, en el suelo, estaba el libro abierto.

Arriba, en la colina, algo le había picado tras la oreja al escudero. Algo no iba bien... en alguna parte.

—¡So! –le gritó al caballo, mientras tiraba bruscamente de la brida. Recordó que había dejado el libro de hechizos abierto. Imaginó que alguien lo tomaba, alguien que no entendiese cuánto cuidado hay que tener con los hechizos mágicos.

Tenía que llegar a casa rápidamente. Le susurró a su caballo, que tomó el camino más corto, exactamente por encima de los tejados.

El escudero y su caballo aterrizaron delante de la casa. Llegaron justo a tiempo: el pequeño Guillermito salía por la puerta en aquel instante con el libro de hechizos bajo el brazo.

—Imagino que ese libro que llevas es mío –dijo el escudero.

De repente Guillermito se encontró sentado en un estanque con un nenúfar pegado a la oreja. Decidió no llevarse prestado el libro nunca más y el escudero Jorge decidió guardarlo bajo llave desde entonces. ¡Era más seguro!

23 DE ENERO

La tetera encantada (primera parte)

Una vez, hace mucho tiempo, vivía en China un viejo que tenía una tetera muy elegante.

Hervía muy alegremente al fuego y hacía un té delicioso.

Un día, cuando la tetera comenzó a hervir sobre las llamas, saltó del fuego. Le salieron cuatro patas cortas y, en lugar del pitorro, tenía ahora la cabeza rayada de un tejón. La tetera dió vueltas y vueltas bailando por la habitación y el viejo se puso pálido del susto.

Cuando la tetera finalmente se detuvo y le desaparecieron la cabeza y las patas, el viejo la sostuvo con un palo, la metió en una caja y ató la tapadera con fuerza.

Al día siguiente un hojalatero pasó por allí por casualidad vendiendo cacerolas y sartenes.

—¡Ven aquí! –dijo el viejo–. Puedes quedarte con mi hermosa tetera. No me sirve para nada.

Por supuesto no le dijo nada al hojalatero de las artimañas de la tetera. El hojalatero le pagó muy poco y puso la tetera en su saca. El viejo estaba encantado de librarse de su misteriosa tetera.

Aquella noche el hojalatero decidió usar la tetera. Comenzó a hervir el agua para su familia cuando, de repente, la tetera saltó de las llamas, le surgieron las patas y la cabeza del tejón y bailó por la habitación.

—¡Qué maravilla! –gritó el hojalatero, a quien le encantaba cualquier cosa fuera de lo común.

—Le enseñaré algunos trucos a mi tetera –dijo, y pronto sus hijos comenzaron a reírse alegremente con el baile de la tetera.

«Si esta tetera hace reír a mis hijos, tengo un plan para ganar dinero», pensó el hojalatero.

---

24 DE ENERO

La tetera encantada (segunda parte)

El hojalatero que había comprado una tetera a un viejo, decidió viajar por el país con ella. Fue de mercado en mercado, y en cualquier parte a la que iba gritaba:

—¡Ea, aquí llega el hojalatero de la tetera encantada!

Nada más poner la tetera al fuego, ésta bailaba de puesto en puesto y hacía todo tipo de trucos: los trucos que el hojalatero le había enseñado.

Muy pronto las noticias de la tetera llegaron al palacio imperial. Un día un mensajero real se acercó al hojalatero y le dijo que debía llevar su tetera encantada al palacio para mostrársela al rey.

El hojalatero fue al palacio ese mismo día. Se quedó asombrado de lo hermoso que era el palacio, pero no tan asombrado como el emperador cuando vio bailar la tetera. Él y sus cortesanos se rieron con tantas ganas como la gente del mercado al ver sus trucos.

—Debes traer tu tetera para que la vea de nuevo –le dijo el emperador al hojalatero–. Este oro es para ti. No me acuerdo de haberme reído tanto en mi vida.

El hojalatero se hizo rico con la tetera, pero a menudo se encontraba pensando en el viejo que se la había vendido por tan poco.

—Creo que mi deber es devolver la tetera para que le haga rico a él también.

Cuando el hojalatero localizó al antiguo dueño, se sintió muy triste por tener que despedirse de su tetera bailarina. El viejo, que había oído hablar de la fama y la fortuna del hojalatero, se sintió muy feliz al recuperarla.

Tan pronto como el hojalatero se hubo ido, el anciano encendió la lumbre y puso la tetera al fuego.

—¡Qué te crezcan las patas y la cabeza! –gritó el viejo–. ¡Baila, baila por la habitación!

Pero la tetera no hizo más que hervir alegremente.

Durante horas y horas el viejo dejó hervir la tetera, esperando que bailara, pero no se movió.

Desde entonces nunca más se puso a bailar, pero sí que le hizo muchas tazas de té al viejo.

25 DE ENERO

La paloma blanca (primera parte)

Una vez, en un frío y ventoso día, una diligencia cruzaba el bosque. Saltaba sobre las roderas y los charcos, cuando una banda de ladrones salió de entre los árboles.

—¡La bolsa o la vida! –gritaron.

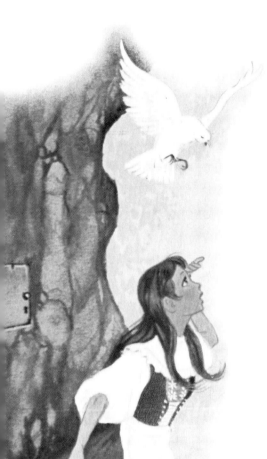

Cuando el cochero tiró de las riendas y la diligencia se detuvo, una de las puertas se abrió de golpe. Una joven delgada, de pelo castaño, se las arregló para escaparse hacia el bosque sin ser vista, pero se enganchó el vestido en unos matorrales y perdió los zapatos mientras huía. No dejó de correr hasta que los gritos de los ladrones se apagaron en la distancia. Entonces se sentó en un tronco caído y ocultó la cara entre las manos.

Estaba a salvo de los ladrones, sí, pero se encontraba sola en un oscuro bosque sin saber a dónde ir y sin nadie que la ayudara.

—¿Qué debo hacer? Nunca podré salir del bosque –sollozaba.

Entonces, entre sus sollozos, oyó el gentil aleteo de un pájaro. Miró hacia arriba y vio una paloma blanca planeando sobre ella. Llevaba en su pico una llavecita; la dejó caer sobre el musgo, a sus pies, y dijo:

—En el árbol, detrás de ti, encontrarás una diminuta cerradura. Ábrela con la llave.

Así fue; oculta en la corteza del árbol había una pequeña cerradura. La joven metió la llave y se abrió una puerta tras la cual se ocultaba un armario con pan y leche.

Luego la paloma dejó caer a sus pies una segunda llave. Ésta abrió una puerta que llevaba a una habitación lo bastante grande para que hubiera una cama.

—Duerme ahí y estarás a salvo –dijo la paloma.

---

26 DE ENERO

La paloma blanca (segunda parte)

Una joven, que se había perdido en el bosque, fue ayudada por una paloma blanca. Siempre que la joven necesitaba algo, la paloma se acercaba con una nueva llave que abría una puerta en un árbol diferente cada vez.

Un día la paloma le dijo a la joven:

—¿Querrías hacer algo por mí?

—Con mucho gusto –dijo la joven.

—Sigue el sendero que lleva a la parte más profunda del bosque. Te encontrarás con una cabaña en la que vive una vieja. Tráeme el anillo de oro que guarda en una mesa en la habitación trasera.

Pronto la muchacha encontró la cabaña. Pasó junto a la vieja, que dormía, pero no halló rastro del anillo de oro en la habitación trasera.

Le echó una ojeada de nuevo a la vieja. Ya no dormía. Salía de la habitación con una jaula bajo el chal. La joven le arrebató la jaula y gentilmente tomó el anillo de oro que el pájaro tenía en el pico.

Salió corriendo hacia el bosque buscando a la paloma. Esperó, pero ésta no vino. Se apoyó contra un árbol. El árbol era suave y raro y comenzó a transformarse, le surgieron brazos hasta convertirse en un príncipe. Otros árboles se convirtieron en personas.

—No temas –dijo el príncipe–. La mujer de la cabaña es una bruja. Nos embrujó a todos, transformándonos en árboles, pero a mí me permitió volar como una paloma durante dos horas al día, porque era un príncipe. –Tomó la mano de la muchacha–. Ahora tú has roto el hechizo con este anillo y quiero que lo lleves puesto para siempre, como mi esposa.

27 DE ENERO

Ash Lodge: La balsa

Willie el topo y sus dos amigos los tejones, Basil y Dewy, estaban desayunando en Ash Lodge cuando Willie dijo:

—¿Qué vamos a hacer hoy? ¿Qué os parece si construimos una barca?

—No sé nada de barcos –dijo Basil–, pero podríamos construir una balsa con troncos del bosque.

Esto le pareció bien a Willie. Así que después del desayuno, Basil y Dewy arrastraron bastantes troncos hasta la orilla del río. Luego Basil los cortó a la misma medida. Encontraron cuerda en el cobertizo y los pusieron juntos, atándolos con una serie de nudos y lazos.

—Iré a buscar algo que pueda servir de remo –dijo Basil cuando la balsa estuvo terminada.

Mientras Basil estaba lejos, Dewy y Willie llevaron la balsa al agua para ver si flotaba. Entonces Willie hizo algo bastante inesperado: le dio un empujón a la balsa y saltó sobre ella.

—¡Estúpido topo! –gritó Dewy.

—¡Floto, mira! –gritó Willie.

—¿Pero cómo vas a volver? –preguntó Dewy.

Willie no había pensado en eso. Mientras Basil y Dewy trataban de encontrar más cuerda, puesto que ya habían usado toda la que tenían para atar los troncos, una familia de patos apareció en la revuelta del río.

—¿Podemos ayudaros en algo? –cuaquearon.

—¡Oh, sí, por favor! Estoy en un apuro, –dijo Willie.

Los patos se colocaron en fila detrás de la balsa, metieron la cabeza debajo y nadaron con fuerza. Cuando Basil y Dewy llegaron a la orilla, Willie ya había vuelto a tierra y estaba sujetando la balsa.

—No hay por qué ponerse nerviosos –dijo con tranquilidad–. Tengo todo bajo control, como de costumbre.

---

28 DE ENERO

Los viajeros y el plátano

Dos viajeros caminaban por una carretera polvorienta. Llevaban caminando desde las primeras horas de la mañana. La carretera era larga y el sol abrasaba, y ellos deseaban algún lugar sombrío donde sentarse. Finalmente, a lo lejos vieron un árbol solitario.

—Por fin, allí hay un refugio –suspiró uno de los viajeros, señalando el lejano árbol.

A pesar del cansancio y del calor, los dos hombres aceleraron el paso hasta que se encontraron bajo las ramas, cubiertas de hojas, del roble. Agradecidos, se tumbaron a la sombra, contentos de escapar al fin del intenso calor.

Entonces, mientras permanecía recostado sobre la espalda, mirando las hojas del árbol, uno de los viajeros dijo a su compañero:

—¡Qué inútil es este árbol! No da fruto y no sirve de nada al hombre.

El árbol oyó lo que dijo el viajero.

—¡Qué hombre más desagradecido eres! –dijo–. Recibes refugio del sol abrasador bajo mis ramas y, al mismo tiempo, disfrutas de la frescura y la sombra que te doy, y te quejas de que soy inútil.

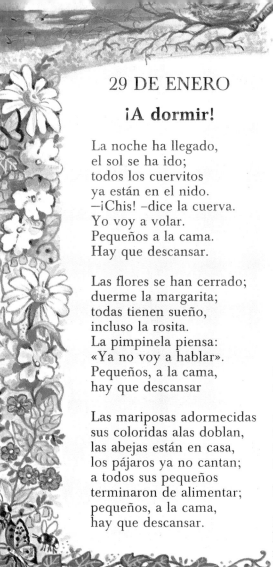

29 DE ENERO

¡A dormir!

La noche ha llegado,
el sol se ha ido;
todos los cuervitos
ya están en el nido.
—¡Chis! –dice la cuerva.
Yo voy a volar.
Pequeños a la cama.
Hay que descansar.

Las flores se han cerrado;
duerme la margarita;
todas tienen sueño,
incluso la rosita.
La pimpinela piensa:
«Ya no voy a hablar».
Pequeños, a la cama,
hay que descansar

Las mariposas adormecidas
sus coloridas alas doblan,
las abejas están en casa,
los pájaros ya no cantan;
a todos sus pequeños
terminaron de alimentar;
pequeños, a la cama,
hay que descansar.

30 DE ENERO

Remolino y los pájaros

Remolino era un pequeño helicóptero amarillo que vivía en una casa para helicópteros llamada hangar.

Una mañana su amiga, la señora Mirlo, se acercó aleteando a la puerta principal, muy nerviosa.

—¡Ay, Remolino, por favor, ayúdame! Están cortando nuestro árbol y mis hijitos aún no saben volar. Ambos partieron inmediatamente. Cuando llegaron al árbol vieron que los hombres lo habían serrado casi totalmente.

—¡Rápido! –dijo Remolino a la señora Mirlo–. Saca a tus hijitos del nido y ponlos en mi bodega.

Pronto todos los mirlitos, excepto uno, se encontraban a bordo y la señora Mirlo estaba en camino para recoger a este último cuando oyó gritar a los hombres.

—¡Árbol va!–. El árbol comenzó a balancearse.

—¡El árbol se está cayendo! –gritó Remolino. La señora Mirlo se avalanzó, tomó al último pajarito del nido y salió volando justo a tiempo. ¡El árbol golpeó el suelo con un terrorífico CRAC!

—¡Ay, mi pobre nido! –gritó la señora Mirlo cuando hubo dejado a su último pequeño con los otros–. Pero no importa, pronto construiré otro y mis hijos estarán a salvo gracias a tí, Remolino.

Remolino llevó a toda la familia de mirlos a un árbol seguro que estaba cerca de allí. A los pequeños mirlos les encantó aquel inesperado paseo. La señora Mirlo construyó un nuevo nido y todos se despidieron alegremente de Remolino desde su nueva y acogedora casa.

31 DE ENERO

La manta de Leila

Leila tenía una manta. Era amarilla y muy suave y acogedora. Cuando era muy pequeña la llevaba a todas partes consigo, pero ahora que iba al colegio solamente la usaba cuando estaba triste y cuando se iba a la cama. Su hermano Alí a menudo le tomaba el pelo por ello y a veces trataba de quitársela.

Un sábado por la mañana, cuando Alí, Leila y su padre volvieron de dar un paseo, su madre dijo:

—¿Ha visto hoy alguien a Honey? –Honey era su gato–. No está en los lugares de costumbre y tampoco ha venido por su comida.

Los chicos fueron al jardín y le llamaron, pero no lo vieron por ninguna parte.

—Espero que aparezca pronto –dijo el padre.

Por la tarde, Honey aún no había vuelto a casa y Leila estaba triste. Quería su manta.

—Sube con ella, Alí –dijo la madre–, y ayúdala a encontrarla.

La manta no estaba en la cama, así que miraron en el armario y en el cajón de los juguetes. De repente Leila vio algo amarillo en una esquina.

—Aquí está –gritó. Luego se detuvo sorprendida. Allí, entre los pliegues de la manta, estaba Honey con cuatro gatitos.

—¡Mira, Alí! –suspiró Leila. Honey los miró; parecía calentita y cómoda y los gatitos estaban acurrucados a su alrededor.

—Vamos a decírselo a mamá y a papá –dijo Alí, nervioso. Salieron en silencio de la habitación.

El padre y la madre estaban muy contentos y Leila estaba tan orgullosa de que Honey hubiera elegido su manta para los gatitos, que decidió dejar que Honey se quedara con la manta para siempre.

FEBRERO

1 DE FEBRERO

La princesa y el guisante

Una noche muy oscura hubo una terrible tormenta. Llovió, tronó y resplandecientes relámpagos iluminaron el cielo. Entonces llamaron a la puerta de palacio y la reina fue a ver quién era.

A la puerta se encontraba una muchacha calada hasta los huesos.

—Entra –dijo la reina–. Debes pasar la noche aquí.

Cuando la muchacha se hubo secado y recuperado, le dijo a la reina que era una princesa. Por aquel entonces el hijo de la reina buscaba una princesa para que fuera su esposa. Pero, ¿cómo podía asegurarse de que aquella muchacha era en realidad una princesa?

Aquella noche, sin decir a nadie lo que iba a hacer, rehizo la cama de la muchacha. Puso un diminuto guisante seco en la suave cama de madera... y encima del guisante puso veinte colchones... y encima de los colchones puso otras veinte almohadas de suave pluma. ¡La muchacha tuvo que subir hasta el techo para acostarse!

A la mañana siguiente la reina le preguntó cómo había dormido.

—Apenas pude pegar ojo –suspiró la muchacha–. La cama estaba llena de bultos y me pasé la noche dando vueltas.

La reina tomó a la muchacha de la mano y la llevó ante el príncipe directamente.

—Sólo una princesa podría estar sobre tantos colchones tan suaves y no dormir a causa de un diminuto guisante –dijo. Explicó entonces a todos lo que había hecho. El príncipe se llenó de alegría. Él y la princesa se casaron y vivieron felices para siempre.

---

2 DE FEBRERO

La Huida de Tut-Tut

Tut-Tut era una pequeña locomotora que trabajaba en una estación transportando mercancías. Tiraba de los vagones que llevaban carbón o madera. Iba de allá para acá todo el día; sólo paraba para cargar el carbón y el agua que necesitaba para moverse. Le encantaba su trabajo y a veces, en lugar de silbar, soltaba un «chaca» para divertirse.

Un día se acercaron tres hombres para echar una ojeada a Tut-Tut. Uno miró por la chimenea.

—¡Qué sucio! –dijo.

El segundo golpeó las ruedas con un martillo.

—Es un caso horrible de desajuste –comentó.

El tercero escuchó la caldera.

—Hay un ruidillo que no suena nada bien. Tendrá que ser desguazada por la mañana.

Luego se fueron los tres por donde habían venido.

¡Desguazada! Tut-Tut no iba a esperar a que eso ocurriera. Cuando oscureció, saltó de los raíles y se escondió en el bosque. Allí se durmió a la luz de la luna.

Cuando se despertó, ya había salido el sol. Tut-Tut tenía hambre. Se encaminó a una granja.

—¿Quieres desayunar? –le preguntó el granjero cuando vio a Tut-Tut a la puerta–. Tengo carbón y agua allí, puede que te guste.

Tut-Tut siguió al granjero hasta un establo donde se quedó junto a un amable caballo que se llamaba Rosi.

—¿Has venido a ayudar? –le preguntó Rosi en cuanto Tut-Tut comenzó a tomar el carbón y el agua–. ¿Sabes arrastrar cosas?

—Naturalmente que sé –dijo Tut-Tut–. Me encantaría ayudar.

Y eso es precisamente lo que hizo. Ayudó al granjero a arar los campos. Los surcos no eran muy rectos debido a que las ruedas estaban desajustadas, pero a nadie le importó. Tut-Tut se sentía muy contenta al pensar que aún no estaba para la chatarra y entre silbido y silbido, soltó un «chaca» para demostrar lo feliz que era.

3 DE FEBRERO

El arco iris inesperado (primera parte)

Muy altos sobre la tierra, en el País de las Nubes, había dos reinos, el Reino del Sol y el Reino del Chapoteo. Ambos estaban gobernados por reyes poderosos.

El Rey del Chapoteo vivía en un castillo alto, encima de una negra nube de lluvia. Mientras que, no muy lejos, en una algodonosa nube de sol, vivía el Rey del Sol.

Pensarás que por el hecho de vivir tan cerca el uno del otro serían amigos, pero no era así. De hecho se estaban siempre peleando porque el Rey del Chapoteo quería que siempre estuviera lloviendo y el Rey del Sol quería que hiciera bueno.

Así que, para que todo fuera justo, los dos reinos llegaron a un acuerdo para que un día lloviera y al siguiente hiciera sol.

Durante algún tiempo todo funcionó bien, hasta que un día todo fue mal. El Rey del Chapoteo se estaba volviendo bastante viejo y a veces perdía la memoria. Esa mañana, el Rey se despertó y se olvidó del día que era.

—Convoca al Jefe Hacedor de lluvia –dijo el Rey. Unos minutos después un hombrecillo asomó la cabeza detrás de la puerta.

—¡Qué día más maravilloso para un chubasco, Pip! –dijo el Rey sonriendo–. Creo que hoy daremos una agradable borrasca.

El hombrecillo se rascó la cabeza.

—Disculpe, Majestad –dijo–, pero hoy no le toca a la lluvia.

—¿Que no le toca a la lluvia? –gritó el Rey–. Si yo digo que llueva, lloverá. ¿Está claro?

El Rey del Sol se asomó a la ventana y observó con enfado cómo caía la lluvia sobre la tierra.

—Llovió ayer –se quejó–. Hoy debería hacer sol. ¡Convocad al Portador de la antorcha! –gritó–. Encenderemos la vela más grande del castillo. ¡Eso hará que deje de llover!

4 DE FEBRERO

El arco iris inesperado (segunda parte)

El Rey del Chapoteo y el Rey del Sol entablaron una batalla.

—Es la hora de los truenos y los relámpagos.

El Hacedor de la lluvia tuvo que hacer lo que le ordenaba su rey. Mientras que el Rey del Sol encendió más velas que nunca. En cuanto a los terráqueos, se encontraron con terroríficas tormentas cuando el sol era vencido.

Pronto llegó a oídos del Viento del Norte la batalla. Voló hacia los dos reinos. Primero apagó las velas del Sol. Luego congeló el agua en el grifo gigante del Chapoteo. Los terráqueos no se lo creían. ¡Ya no había clima!

El Rey del Sol se encontraba sentado en su trono, preguntándose si había sido demasiado presuroso, cuando oyó una llamada a la puerta. Era el Rey del Chapoteo.

—Mi querido compañero –dijo el Rey del Sol.

—He venido a decirte cuánto lo siento –dijo el Rey del Chapoteo.

—¡Bah!, no tiene importancia, –dijo el Rey del Sol.

En ese momento entró el Viento del Norte.

—¡Ajá! Ya veo que os habéis hecho amigos de nuevo –dijo.

Los dos reyes parecieron avergonzados de su actitud.

—¿Prometéis que no os pelearéis nunca jamás? –preguntó el Viento.

Los dos reyes dijeron que sí y, como señal de que habían hecho las paces, pintaron un enorme arco iris en el cielo.

5 DE FEBRERO

La liebre y la tortuga.

Una liebre veloz se burlaba de una tortuga.

—Eres muy lenta –decía la liebre–. Nunca te he visto con prisa y supongo que ni siquiera sabes lo que es.

—No te burles de mí –dijo la calmosa tortuga.

La liebre no cesaba de burlarse y por fin la tortuga dijo:

—Te apuesto que, si tú y yo hacemos una carrera, yo la ganaré.

—No seas estúpida –dijo riéndose la liebre–. Naturalmente que no.

—Probemos –retó la tortuga.

—Muy bien –aceptó la liebre–, si quieres hacer el ridículo...

Le pidieron al zorro que indicara el recorrido y que fuera el árbitro. El zorro dio la salida. Pronto la tortuga quedó rezagada. Cuando la liebre ya veía la línea de meta miró hacia atrás: no había ni rastro de la tortuga.

—Sabía que esto ocurriría –dijo la liebre. Se sentó bajo un árbol y esperó a que llegara la tortuga. Quería que ésta la viera cruzar la línea de llegada; pero el sol era fuerte y le hizo quedarse dormida.

Entre tanto, la lenta y vieja tortuga continuaba cansinamente su camino. Pasó el árbol bajo el que se encontraba la liebre descansando. Ésta no la vio, pues estaba dormida. No debería haber cerrado los ojos. Los abrió justo a tiempo de ver a la tortuga cruzar la línea de llegada.

—¿Dime quién es ahora el estúpido? –preguntó la tortuga.

—Supongo que yo –se lamentó la liebre, reconociendo su derrota.

6 DE FEBRERO

La vieja tía Sagrario

La vieja tía Sagrario
fue al armario
para darle al perro un hueso,
pero cuando volvió
nada allí encontró
y el perro se quedó tieso.

Sacó un plato limpio
para ponerle comida,
pero cuando volvió
tocaba la lira.

Se fue a la taberna,
le trajo rico vino,
pero cuando volvió
el perro hacía el pino.

Se fue al frutero
a comprar banana,
pero cuando volvió
saltaba a la rana.

Se fue a ver al sastre
a comprar un abrigo,
pero cuando volvió
se rascaba el ombligo.

Se fue al zapatero
a comprar zapatos,
pero cuando volvió
perseguía a los patos.

Se fue al carnicero
a comprar un filete,
pero cuando volvió
lo encontró en el retrete.

La dama hizo reverencia;
el perro se inclinó;
ella dijo: «a tus pies».
Con un ladrido replicó.

7 DE FEBRERO

El problema del sultán

El sultán estaba desesperado por no encontrar un nuevo recaudador.

—¿No hay ningún hombre honesto en este país que pueda recaudar los impuestos sin robar el dinero? –se lamentó el sultán. Acto seguido llamó a su consejero más sabio y le explicó el problema.

—Anunciad que buscáis un nuevo recaudador, Alteza –dijo el consejero–, y dejadme a mí el resto.

Se hizo el anuncio y aquella misma tarde la antecámara del palacio estaba llena de gente. Había hombres gordos con trajes elegantes, hombres delgados con trajes elegantes y un hombre con un traje vulgar y usado. Los hombres de los trajes elegantes se rieron de él.

—El sultán, por supuesto, no va a seleccionar a un pobre como su recaudador –dijeron todos.

Por fin entró el sabio consejero.

—El sultán os verá a todos enseguida –dijo–, pero tendréis que pasar de uno en uno por el estrecho corredor que lleva a sus aposentos.

El corredor era oscuro y todos tuvieron que ir palpando con sus manos para encontrar el camino. Por fin, todos se reunieron ante el sultán.

—¿Qué hago ahora? –susurró el sultán.

—Pedid que bailen todos –dijo el hombre sabio.

Al sultán le pareció extraña aquella medida, pero accedió, y todos los hombres empezaron a bailar.

—Nunca en mi vida he visto unos bailarines tan torpes –dijo el sultán–. Parece que tienen pies de plomo.

Sólo el hombre pobre pudo saltar mientras bailaba.

—Este hombre es vuestro nuevo recaudador –dijo el hombre sabio–. Llené el corredor de monedas y joyas y él fue el único que no llenó sus bolsillos con las joyas robadas.

El sultán había encontrado un hombre honrado.

---

8 DE FEBRERO

Los pececillos hambrientos

Los pececillos tenían hambre. No habían comido desde hacía tres días enteros y estaban preocupados. En ese momento un perro pasó junto a ellos.

—¡Socorro! –gritaron los pececillos–. No nos han dado de comer desde hace tres días y tenemos hambre.

—Esperad aquí. Os traeré uno de mis huesos —dijo el perro antes de salir corriendo.

Por el sendero se encontró con una ardilla.

—No puedo pararme –dijo resollando–. Los pececillos tienen hambre y voy a buscarles algo de comida.

Y siguió corriendo.

—Vaya –dijo la ardilla–. Pobres pececillos. Iré a buscarles algunas de mis avellanas.

Arriba, en el roble, la ardilla se encontró con un pájaro.

—Hola, pájaro –dijo–. No puedo pararme. Los pececillos tienen hambre y debo encontrarles comida.

Y se fue.

—Vaya –se dijo el pájaro–. Pobres pececillos. Iré a buscarles jugosos gusanos.

Mientras el pájaro volaba vió a un niño caminando por el sendero con una bolsa de papel marrón.

—Hola, chico –dijo el pájaro–. ¿Qué tienes en esa bolsa?

—Comida para los pececillos. Me olvidé de darles de comer, así que les traigo algo ahora.

—¡Ah! –dijo el pájaro–. Yo les llevaba gusanos.

—Muy amable, pero no comen gusanos –dijo el niño.

—Supongo que tampoco comen avellanas, –aventuró el pájaro.

—No, me temo que no –dijo el niño.

Cuando llegaron al estanque, el muchacho esparció la comida de los pececillos en el agua.

—¡Gracias, gracias! –gritaron los pececillos, mientras se la tragaban con ansia.

En ese momento llegó la ardilla con las avellanas, y el perro con el hueso.

—¡Qué animales más amables sois al traer vuestra propia comida para los pececillos! –dijo el muchacho–. Ahora que les he dado de comer, ¿por qué no nos sentamos todos y comemos también?

Y eso fue exactamente lo que hicieron.

9 DE FEBRERO

Sin mantequilla para el pan (primera parte)

Era la hora del desayuno y el señor quería mantequilla para untar en el pan.

—¡María! –llamó a la lechera–. Tráeme mantequilla para el pan.

—No puedo, señor –se excusó María.

—¿No? No existe la palabra «no» –dijo el señor–. Además ¿por qué no?

—Porque no hay mantequilla –explicó María.

—¡No hay mantequilla! –El señor se levantó de la silla y golpeó con el pie en el suelo–. ¡No hay mantequilla! ¿Qué quiere decir NO HAY MANTEQUILLA?

—Llevo en la granja desde las seis –repuso María–. La nata no se transforma en mantequilla.

—¡No seas ridícula! –gritó el señor, muy alterado.

Y levantándose de la silla se dirigió a la granja, con María corriendo detrás de él.

—¿Qué pasa con tu leche? –le preguntó a Margarita la vaca cuando llegó a la granja. Margarita, por toda contestación, mugió.

—Parece como si le hubieran echado mal de ojo, –dijo María.

—¿Y cómo librarse de un mal de ojo? –preguntó el señor con impaciencia. Tenía tanta hambre de pan con mantequilla que estaba dispuesto a creer cualquier cosa.

—Podríamos intentar sostener la mantequera metidos en un riachuelo, ¿no? –propuso María.

Y de esta manera, la esposa del señor encontró a éste en medio de un riachuelo, sosteniendo la mantequera sobre su cabeza.

10 DE FEBRERO

Sin mantequilla para el pan (segunda parte)

El señor no tenía mantequilla para el pan. La leche no quería convertirse en mantequilla y el sostener la leche metidos en el agua no cambió la cosa.

—¿Quién querría echarle mal de ojo a la mantequera? –preguntó el señor.

—María –dijo la señora–, ponte el sombrero.

—¿A dónde vais? –preguntó el señor.

—A visitar a la bruja que vive en el molino –respondió su esposa–. He oído que su mantequera se cayó y se rompió en mil pedazos.

María y la señora se dirigieron al molino.

—Sí –dijo la bruja cuando le preguntaron–, mi mantequera está rota y no encuentro el hechizo adecuado para arreglarla. Le he echado mal de ojo a todas las mantequeras en perfectas condiciones. Yo no tengo mantequilla, así que los demás tampoco. Pero les quitaré el mal de ojo si me prometéis traer un buen trozo de mantequilla recién hecha cada dos días.

Cuando María y la señora llegaron a casa, el señor estaba saltando de alegría en la granja y Margarita mugía.

—¡Lo logré! ¡Encontré la solución! ¡Se ha transformado en mantequilla!

—No, no has sido tú –dijo la señora–. Toma algo de esa mantequilla ahora mismo y llévasela a la bruja del molino.

—¿Por qué? ¿Por qué debería hacerlo? –preguntó el señor, nada convencido y un poco asustado. Pero, naturalmente, tan pronto como su esposa se lo explicó, puso algo en una escudilla. No dejó de correr hasta el molino, la dejó a la puerta de la bruja y volvió corriendo a casa.

Le tenía bastante miedo a la bruja, por cierto. Pero al menos tenía mantequilla para untar en el pan.

11 DE FEBRERO

La amiga

El desfile de moda del colegio se iba a celebrar la semana siguiente y Halina estaba a punto de llorar.

—Eligieron a Tina para llevar el vestido ganador –le dijo a su hermano mayor–. Estuvieron a punto de elegirme a mí, pero ella tiene una cara tan bonita... y yo tenía tantas ganas de ponerme ese vestido...

Su hermano le dijo:

—No debes sentirte tan celosa de tu amiga. No tiene la culpa de ser guapa, como tampoco de que tú seas inteligente.

Después del ensayo final, Tina le echó una ojeada al vestido ganador que aún llevaba puesto.

—Es tan bonito –le dijo a Halina, contoneándose ante el espejo–. Odio tener que quitármelo.

Entonces... ¡desastre! Tiró un tintero de la estantería y algunas gotas de tinta mancharon el vestido.

—¡Oh, no! –suspiró–. ¡El vestido se ha estropeado! –Tenía los ojos llenos de lágrimas–. ¡Todo el mundo me odiará por esto!

Halina se olvidó de los celos. Lo sentía por su amiga. Tina se sentía tan inútil cuando las cosas le iban mal... La abrazó y le dijo:

—No llores, Tina. Yo te ayudaré.

Y se llevó el vestido a su casa.

A la mañana siguiente, Halina le entregó el vestido. Los ojos de Tina se quedaron perplejos.

—Vaya... ¡has bordado unas mariposillas en cada una de las manchas de tinta! ¡El vestido es más bonito que nunca! ¡Pobre Halina! Has debido pasarte toda la noche cosiendo. –La abrazó–. ¡Qué amiga más maravillosa! Te adoro. ¡Deberías ponerte tú el vestido! ¡Lo mereces más que yo!

Con los ojos cansados por toda una noche de costura, Halina sonrió.

—No, gracias –dijo–. ¡Me siento muy feliz de ser una buena amiga!

---

12 DE FEBRERO

Mimí gana la carrera

La mariquita Mimí cayó de un árbol como una bellota madura.

—¡Nunca aprenderé a volar! –se lamentó–. ¡Nunca!

—Sí, aprenderás –dijo el pájaro Carpintero–, cuando seas mayor.

—¡Bah! –dijo Mimí–. No puedo esperar tanto tiempo.

El pájaro Carpintero se rió.

—La primera vez que vueles, grabaré para tí la fecha en el tronco –dijo.

De repente, un pañuelo pasó flotando en el aire.

—Se ha debido de caer del tendedero de alguien –dijo el pájaro Carpintero–. ¡Vamos, tengo una idea!

Mimí subió al árbol tras él. El pájaro la envolvió en el pañuelo y salió volando con ella.

—¡Vamos, vuela! –gritó dejándola caer mientras veía a Mimí y al pañuelo flotar con el viento.

—¡Ay, no sé! –gimió Mimí–. ¡Me duelen las alas y me caigo!

Cayó, cansada y asustada, en una blanca nube como algodón.

—No puedo parar –dijo una voz profunda–. Estoy en competición.

Mimí, sorprendida, miró alrededor.

—¡Soy yo! –dijo una nube–. Hoy se celebra la Carrera Internacional de las Nubes. ¡He dado la vuelta al mundo y la carrera está a punto de terminar!

—Bien, tú me salvaste –dijo Mimí–, así que yo te ayudaré.

—Atrapó el pañuelo mientras pasaba flotando en el aire y lo colocó como la vela de un barco. Pronto pasaron a todas las otras nubes y ganaron el primer premio.

—El premio es tuyo –dijo la nube entregándole el gran rosetón rojo a Mimí–. Nunca habría ganado sin tí. Venga, te llevaré a casa.

Pronto Mimí le dijo adiós a la nube, dejó caer el rosetón en el árbol que le servía de hogar y abandonó la nube de un salto. Tenía tantas ganas de contarle al pájaro Carpintero lo de la Carrera Internacional de las Nubes y lo del rosetón...

—¡Ea! –gritó el pájaro Carpintero–. ¡Vaya mariquita más lista!

—¿Quién, yo? –dijo Mimí– ¿Qué quieres...?

Entonces se dio cuenta. ¡Estaba volando! Había estado demasiado ocupada pensando, para darse cuenta.

—¿Qué te parece si grabo la fecha de hoy en el tronco del árbol? –dijo el pájaro Carpintero riendo.

—¡No hace falta! –dijo Mimí–. ¡Esto tiene la fecha de hoy!

Y puso el gran rosetón rojo en el tronco del árbol.

13 DE FEBRERO

La olla mágica (primera parte)

Érase una vez una muchacha que vivía con su madre en una casita, en las afueras de una pequeña ciudad. Eran muy pobres y a veces pasaban mucha hambre. Con frecuencia no tenían nada para comer.

Un día que la muchacha se encontraba en el bosque, vio a una vieja que llevaba una olla de hierro vacía.

—Tómala –dijo la vieja, poniendo la olla en sus manos–. Cuando tengas hambre, dile: «cazuelita, hierve». Cuando tengas bastante, di: «cazuelita, párate».

A la muchacha le pareció muy extraño, pero se llevó la olla a casa y le contó a su madre lo que la vieja le había dicho.

—Veamos qué ocurre –dijo la madre.

—«Cazuelita, hierve», –ordenó la muchacha.

Inmediatamente la olla comenzó a borbotear y el vapor empezó a salir de ella.

—Se está llenando la olla —observó.

—Detenla antes de que se salga todo –dijo la madre.

—«Cazuelita, párate» –ordenó la muchacha.

El borboteo y el vapor cesaron enseguida.

—¡Qué olor más delicioso! –dijo la muchacha–. Parecen gachas.

—Trae dos platos y dos cucharas y las probaremos –dijo la madre.

Eran las gachas más deliciosas que ninguna de las dos había probado jamás. Con una olla mágica de gachas como aquella, los días de hambre habían pasado. Comieran lo que comieran, siempre había más con sólo decir «cazuelita, hierve».

14 DE FEBRERO

La olla mágica (segunda parte)

A una muchacha le habían regalado una olla mágica de gachas. Ella y su madre tenían tantas gachas como querían siempre que la muchacha así lo ordenase.

Un día, cuando la muchacha se encontraba fuera de casa, la madre puso la olla en la mesa y dijo:

—«Cazuelita, hierve»

El borboteo empezó, el vapor comenzó a salir y un delicioso olor llenó la habitación. Las gachas llegaron al borde de la olla.

La madre de la muchacha abrió la boca para ordenarle que se detuviera, pero había olvidado las palabras mágicas. Todo lo que se le ocurrió decir fue:

—Um... ah... Ya basta.

Unas gotitas de gachas comenzaron a caer de la olla.

—¡Detente! ¡Detente! –gritó muy asustada–. ¡No quiero más! ¡Deja de llenarte! ¡Vete!

Cuanto más trataba de recordar las palabras adecuadas peor iba todo.

La olla borboteó y borboteó. Las gotas de gachas se convirtieron en un riachuelo que se extendió por la mesa y cayó al suelo.

—¿Qué diablos debo hacer? –sollozaba mientras se subía a una silla.

El charco de gachas se extendió hasta la puerta y salió a la calle.

—¡Volved, gachas! –gritó.

La olla de gachas no le hacía ni caso. Sólo se detendría cuando se diera la orden correcta. Pero, ¿cuál era la orden correcta?

Las gachas eran como un río desbordado atravesando la ciudad. La muchacha se encontraba de visita al otro extremo. Oyó el ruido, y nada más ver los ríos de gachas deslizándose por las calles, se imaginó lo que había ocurrido. Corrió hacia su casa tan deprisa como las pegajosas gachas le permitieron.

Cuando llegó a casa, su madre le gritaba órdenes a la olla.

—¡Deja de cocer...! ¡Deja de borbotear...! ¡Detente...! ¡Detente!

—«Cazuelita, párate», –ordenó la muchacha. La olla se detuvo al instante.

—Y ahora, madre –dijo la muchacha–, tenemos que limpiar todo esto un poco, ¿no?

15 DE FEBRERO

Socatira

El padre Gorrión se encontraba en un hoyo intentando beber.

—¿Podrías apartarte, señor Cocodrilo? –le pidió educadamente–. Me gustaría echar un trago.

—Bebe en otra parte –respondió el cocodrilo con muy mala uva.

El padre Gorrión voló a su árbol de nuevo. De repente hubo un gran golpe: el señor Elefante había chocado contra el árbol.

—Deberías mirar por dónde vas –dijo el padre Gorrión.

—¡Lárgate, pajarito! –gruñó el señor Elefante descortésmente.

—Tendré que darte una lección si no te disculpas –amenazó el gorrión.

—Nunca podrías darme una lección –dijo el elefante riéndose–. Eres demasiado débil.

—Soy tan fuerte como tú –dijo el gorrión–. Te reto a una socatira.

El padre Gorrión encontró una vid muy fuerte y larga y la ató alrededor del señor Elefante mientras a éste se le movía todo el cuerpo con la risa.

—Tomaré el otro extremo, –dijo el gorrión–. Cuando diga que tires, tira.

El padre Gorrión voló al hoyo de agua llevando el extremo de la vid en el pico.

El señor Cocodrilo aún estaba bebiendo tranquilamente.

—Voy a darte una lección –dijo el padre Gorrión–. Agarra el otro extremo de la vid y te apuesto que puedo sacarte de ese hoyo de agua.

El cocodrilo se rió pero accedió a que el gorrión atara la vid alrededor de su cola.

—Ataré el otro extremo detrás de ese árbol –dijo el gorrión–. Cuando diga que tires, tira.

El padre Gorrión se ocultó tras el árbol y gritó:

—Preparado, listo, ¡TIRA!

El elefante y el cocodrilo comenzaron a tirar. Primero, la cola del cocodrilo se deslizó fuera del hoyo. Luego tiró fuerte e hizo que el elefante se golpease contra el árbol. Los dos eran muy fuertes y el juego era equilibrado; así se mantuvieron tirando hasta la puesta del sol.

—La soltaré ahora –gritó el padre Gorrión por fin, mientras partía la vid en dos con el pico.

El señor Elefante perdió el equilibrio y se dio un tortazo. El señor Cocodrilo cayó en medio del hoyo. Ninguno de los dos volvió jamás a ser descortés con el padre Gorrión.

16 DE FEBRERO

Chuffa y el bandido (primera parte)

Muy lejos, al norte, hay un gran bosque, y en el bosque hay muchos animales salvajes, pájaros, abejas, mariposas, conejos, tejones, castores y osos. También hay una línea de ferrocarril para transportar los troncos de abeto del bosque. Por esta línea va Chuffa, el tren, conducido por el viejo señor Conductor, que siempre está dispuesto a llevar a cualquiera. Les encanta a todos los animales. ¡También les encanta Chuffa!

—¡Chaca-chaca, chaca-chac, chaca-chac! –dice Chuffa.

Un día, unos pajarillos que volaban muy alto dijeron:

—Ah, señor Conductor, ven a ver a Bruno, el oso. Se encuentra mal.

El señor Conductor frenó bruscamente y se bajó del tren; los pajarillos lo llevaron por el bosque. Allí se encontraba Bruno, el oso, apoyado panza arriba contra un abeto. Parecía muy, muy enfermo.

—Ea, ¿qué pasa, Bruno? –preguntó el señor Conductor.

Pero Bruno sólo suspiraba.

—Dame la pata –dijo el señor Conductor, y sacó su reloj para tomar el pulso de Bruno.

—Vaya, vaya, o tu pulso es demasiado rápido o mi reloj es demasiado lento. En realidad estás mal. Tendremos que llevarte al doctor Cosehuesos. Te curará en un periquete.

Pero no fue fácil subir a Bruno al tren. Estaba débil, cojo y agotado, y tuvieron que tirar y empujar para subirlo.

—¡Ay, me siento mal! –dijo Bruno.

—No importa, viejo amigo –le tranquilizó el señor Conductor–. Sólo unos pasos más y estarás en el tren y de camino a casa del doctor.

Por fin lograron subirlo entre todos a un vagón vacío.

—Listo –le dijo el señor Conductor a Chuffa.

—¡Guuuu-guuuu...! –dijo Chuffa–. ¡Chaca-chac, chaca-chac, chaca-chac!

Y partieron en busca del doctor.

17 DE FEBRERO

Chuffa y el bandido (segunda parte)

Bruno, el oso, se encontraba enfermo. Chuffa lo había llevado al médico. El doctor Cosehuesos era muy sabio. Examinó a Bruno y le sondeó el pecho, le miró la lengua y le tomó el pulso y la temperatura. Entonces le preguntó:

—Mmmm... ¿Has comido miel últimamente?

—¿Miel?, ¿dijo miel? —se sorprendió el oso con una voz muy débil—, bueno, quizá un dedito.

—¿Cuánta? —preguntó el médico.

—Bueno, buee-e-no..., un kilo, quizá kilo y medio —contestó al fin el pobre y enfermo oso.

—Demasiada miel —dijo el médico—. Tres días en cama. Eso te pondrá bien. Y no más miel durante un mes.

Exactamente como dijo el médico, en unos días el oso ya se había repuesto de su dolencia, y se sentía lo bastante fuerte para volver a casa.

Así que el señor Conductor trajo a Chuffa y se llevó a Bruno al bosque.

De vuelta a la estación, el *Sheriff* tenía un trabajo para el señor Conductor y Chuffa.

—Quiero que llevéis esta bolsa de dinero a Villabosque —añadió el *Sheriff*—, pero tened cuidado, que no la roben. ¿Entendido?

El señor Conductor recogió el dinero y lo ocultó bajo unos troncos en el tren. Luego partió.

—Chaca-chac, chaca-chac, chaca-chac." —iba diciendo Chuffa.

18 DE FEBRERO

Chuffa y el bandido (tercera parte)

El señor Conductor y Chuffa tenían que hacer un trabajo. Llevaban dinero a Villabosque. Todo iba bien mientras se adentraban en el bosque, cuando, de repente, Chuffa vio delante de ella, en la misma vía, un gran montón de troncos. Silbó y el señor Conductor frenó en seco.

El señor Conductor se bajó y echó una ojeada a los troncos.

—Aquí hay algo extraño —dijo, y comenzó a quitar los troncos de la vía. De pronto oyó un grito terrible.

—¡AMONTÓNALOS! —rugió una voz amenazadora.

Allí, al lado de la vía, había un bandido con una pistola. El señor Conductor levantó las manos.

—Muy bien, ¿dónde está el dinero? —gritó el bandido—. Te doy tres segundos para entregármelo.

¿Qué otra cosa podía hacer el señor Conductor sino entregarlo?

—De nada te servirá, ¿sabes? —le dijo al bandido.

Mientras decía esto, ¡apareció Bruno el oso! En un abrir y cerrar de ojos, tomó el sombrero del bandido y se lo puso sobre los ojos.

Al ver al oso, el caballo se sobresaltó y al bandido se le disparó la pistola. ¡BANG! Pero Bruno lo sujetó fuertemente hasta que el señor Conductor trajo una cuerda. Luego lo ataron de modo que no pudiera escapar y lo pusieron encima de los troncos, en uno de los vagones.

—Vamos, Chuffa, amigo mio —apremió el viejo señor Conductor—. Vamos a Villabosque tan rápidamente como podamos.

—¡Guuu-guuuu...! ¡Chaca-chac, chaca-chac!

Cuando llegaron a Villabosque, el señor Conductor entregó el dinero al director del banco. Luego entregó el bandido al *Sheriff*. Todo el mundo en Villabosque estaba muy contento y hubo una recompensa por capturar al bandido.

—Se lo debo todo a Bruno —dijo el señor Conductor.

—Y yo se lo debo todo a Chuffa —dijo Bruno.

—Y yo también —dijo el señor Conductor, acariciando orgullosamente a Chuffa—. Yo también.

19 DE FEBRERO

Los pequeños zapateros (primera parte)

Sandalio y Tachuela eran dos duendecillos que vivían en lo más profundo del bosque, en un país de gente diminuta llamado el País de la Alegría.

Sandalio y Tachuela eran expertos zapateros. Tenían una fábrica donde muchos jóvenes duendecillos les ayudaban a hacer, de pétalos de flor y cardo, zapatillas de bailarina para las hadas, y de cáscaras de nueces y telarañas, botas y zapatos para los otros duendecillos.

Llegaron a oídos del gigante Gruñón noticias de su delicado trabajo. Iba a hacer una visita al País de la Alegría para ver a su primo, el gigante Huesosalegres, así que escribió una carta a los pequeños zapateros diciéndoles que quería un nuevo par de botas y que iría a verlos al día siguiente para que le pudieran medir los pies.

Bueno, los duendecillos son muy pequeños y los gigantes muy grandes, así que Sandalio y Tachuela estaban muy preocupados por la visita del gigante. ¿Serían ellos capaces de hacerle unas botas bastante grandes para él?

De pronto se oyó ruido de truenos. Todos los árboles del bosque se movieron. En realidad no eran truenos, sino las pisadas del gigante.

Apartó los árboles a un lado con la mano y se encontró con los dos duendecillos.

Miró a Sandalio y Tachuela, que temblaban de miedo.

—Me sentaré –dijo con su enorme voz–. Así me podréis medir los pies.

Sandalio y Tachuela empezaron a medirlos. Sólo un dedo del gigante era tan grande como ellos, pero no se preocuparon y anotaron todas las medidas cuidadosamente.

—Volveré dentro de dos días –dijo el gigante mientras se levantaba, se ponía las botas y partía a visitar a su primo.

---

20 DE FEBRERO

Los pequeños zapateros (segunda parte)

Los dos zapateros, Sandalio y Tachuela, convocaron una reunión en la fábrica de zapatos.

—¿Cómo podremos hacer un par de botas lo bastante grandes para el gigante Gruñón? –preguntaron.

—Bueno, hay montones de viejas cajas de plástico en el basurero junto al río. Podemos hacer las botas con ellas –sugirió uno de los duendecillos.

—Exacto –dijo Sandalio–. ¡Rápido! ¡Qué todo el mundo traiga tantas como pueda y pongámonos a trabajar!

Los duendecillos ayudaron a llevar las cajas de plástico a la fábrica y luego todos comenzaron a cortarlas, darles forma y coserlas juntas para convertirlas en unas botas para el gigante. Después de dos días con sus dos noches sin descansar, los pequeños zapateros habían terminado las botas y usado todo el plástico encontrado.

Justo a tiempo, porque oyeron el ruido de una tormenta, vieron los árboles moverse y de pronto apareció sobre ellos el gigante.

—¿Están listas mis botas? –rugió.

—¡Sí, aquí las tienes! –gritó Tachuela temblando.

El gigante miró las botas. Se las probó. Dio tres o cuatro vueltas por el bosque.

—Estas botas –les dijo a Sandalio y Tachuela–, son dignas de un rey. Muchas gracias.

Sandalio y Tachuela suspiraron con alivio.

—Mi primo quiere también un par nuevo –dijo el gigante.

—¡Oh, no! –exclamaron horrorizados los duendecillos.

—Pero no quiero que él tenga unas botas tan elegantes como las mías, de manera que no le permitiré que venga aquí.

—¡Oh, bien! –dijeron los duendecillos aliviados.

El gigante les dio un pequeño martillo de oro a cada uno como pago de sus botas y los dejó vivir felizmente y en paz en el País de la Alegría.

21 DE FEBRERO

La fábula del pájaro enjaulado y el murciélago.

Un pájaro cantarín estaba encerrado en una jaula que colgaba de la ventana de una cabaña. Tenía una hermosa voz pero, al contrario que el resto de los de su especie, únicamente cantaba cuando oscurecía. Una noche, cuando estaba cantando, se le acercó un murciélago y se agarró a los barrotes de la jaula.

—Tengo que hacerte una pregunta –dijo el murciélago–. ¿Por qué cantas por la noche y pasas todo el día en silencio, cuando los otros pájaros como tú cantan durante el día y guardan silencio en la noche?

—Tengo una buena razón para hacer lo que hago –respondió el pájaro con tristeza.

—Entonces, por favor, díme lo que es –rogó el murciélago.

—Cuando era libre para volar por donde me apetecía, pasaba todo el día, cantando –dijo el pájaro–. Un día un cazador me oyó y vino a buscarme. Echó la red y me capturó. Él es quien me tiene encerrado en esta jaula. Perdí mi libertad por cantar durante el día. Por eso ahora sólo canto cuando me envuelve la oscuridad.

—Me parece –dijo el murciélago–, que si hubieras pensado en eso cuando estabas en libertad, ahora no serías un prisionero.

22 DE FEBRERO

Ash Lodge: Willie se pone a correr

Willie el topo vive en Ash Lodge con sus dos amigos, los tejones Basil y Dewy. Una tarde, Willie oyó voces a la puerta:

—Un, dos, tres, cuatro...–. Eran Ralf Runner y el resto de su familia de patos corriendo.

—¿Por qué no vienes con nosotros, Willie? –dijo Ralf–. Creo que te vendría bien perder un poco de peso. Pero seguro que no estás preparado para seguirnos.

—¿Que no estoy preparado? –gritó Willie–. Puedo hacerlo tan bien como cualquier pato.

Willie siguió a los cuatro patos.

—Un, dos, tres, cuatro– dijo resollando. Pero pronto Willie se quedó bastante rezagado del grupo.

Basil y Dewy estaban descansando junto a la charca.

—¡Hola, patos! –saludó Basil–. Es un bonito día para hacer *footing*.

—Un, dos, tres, cuatro –contestó Ralf–. No hay tiempo para pararse. ¡Otra vuelta más!

—¡Hola, Willie! –dijo Dewy cuando vio a su amigo pasar jadeante–. Sólo una vuelta más y te prepararemos un baño para los pies.

—Un, pufff, dos, pufff, tres, pufff, cuatro –contestó Willie débilmente.

Media hora más tarde volvieron los patos.

—¿Dónde está Willie? ¿No vuelve con nosotros? –preguntó Basil.

—No pudo seguirnos –respondió Ralf–. Está bastante bajo de forma.

—Preparémosle un baño relajante –dijo Dewy.

Dos horas más tarde, cuando casi estaba oscureciendo, Willie atravesó la puerta de Ash Lodge arrastrándose.

—No, no estoy realmente cansado –dijo casi sin voz–. Sólo los pies...

Se desplomó en una silla y metió los pies en el agua.

—Podría seguir, de verdad...

De repente alguien llamó a la puerta. Basil fue a ver quién era.

—Es Ralf –dijo Basil, volviendo a la habitación–. Quiere saber si vas a ir con ellos mañana a primera hora de la mañana, Willie.

Pero como respuesta sólo se oyó un fuerte ronquido.

23 DE FEBRERO

El patito feo (primera parte)

Érase una vez una pata que tenía los huevos a punto de romper. Cinco de ellos se convirtieron en plumosos patitos, pero el sexto, que por alguna razón era más grande que todos los demás, permanecía en el nido sin romperse.

—Éste es demasiado grande para ser el huevo de un pato —observó uno de los amigos de la pata—. Se parece más a un huevo de pavo.

—¿Cómo podré saberlo? —preguntó la pata.

—No nadará cuando salga del huevo —dijo el amigo—. ¡Los pavos nunca lo hacen!

Pero no era un huevo de pavo, porque el ave que salió de él sí que nadaba. Y nadaba tan bien como cualquier patito.

—Ese último patito tuyo es muy feo —se reían las gallinas del corral. Era cierto. No se parecía en lo más mínimo a sus hermanos.

—¡Qué patito más feo! —se rieron los gansos cuando lo vieron. Y así fue como se quedó con ese nombre.

Si alguien quería verlo, gritaba: «¡Patito feo! ¿Dónde estás?»; o si no le necesitaban decían «¡Patito feo!, ¡lárgate!» Incluso él se creía un patito feo. Estaba muy triste. No quería ser tan feo. Nadie quería jugar con él. Nadie quería hablar con él. Tampoco le gustaba que le tomaran el pelo. Incluso su madre se burlaba de él.

Un día, el patito feo se escapó. Y, me da mucha pena decirlo, nadie lo echó de menos.

---

24 DE FEBRERO

El patito feo (segunda parte)

El patito feo esperaba encontrar a alguien en este gran mundo que fuera su amigo, alguien a quien no le importara lo feo que era. Pero los patos salvajes fueron tan desagradables como los patos de la granja, y los gansos salvajes le graznaron y se burlaron de él. Lo mismo habían hecho los gansos de la granja.

—¿Encontraré alguna vez un amigo? ¿Seré feliz alguna vez? —suspiraba el patito feo.

Un día se encontraba solo y triste en medio de un lago, en el páramo, cuando oyó un continuo aleteo. Cuando miró hacia arriba vio a unos cisnes que volaban sobre su cabeza, con sus largos cuellos extendidos y sus plumas resplandeciendo al sol. Eran tan hermosos...

El patito feo pasó todo el duro invierno en el lago. La comida era escasa y a menudo tenía hambre. Una vez quedó atrapado en el hielo y pensó que iba a morir; por suerte, un granjero y su perro lo liberaron a tiempo.

La primavera llegó y el lago donde había pasado el solitario invierno se convirtió en un lugar bullicioso y atractivo. Los patos pasaban su tiempo cuaqueando y los gansos graznando. Había mucho movimiento y alegría. Pero no para el patito feo. Nadie le contó los últimos chismorreos. Tristemente, extendió las alas y comenzó a volar. Nunca había volado antes y se quedó muy sorprendido de cuán fuertes eran sus alas. Éstas lo llevaron del lago y el páramo hasta un precioso jardín.

En un tranquilo y claro estanque del jardín vio a los hermosos cisnes blancos, con los cuellos graciosamente arqueados y, de repente, al patito feo le entraron ganas de dejar de vivir.

25 DE FEBRERO

El patito feo (tercera parte)

Al día siguiente, el patito feo se dirigió al estanque.

—Les pediré a esas hermosas aves que me maten —dijo.

Bajó al agua, inclinó la cabeza humildemente y cerró los ojos.

—Matadme —les rogó a los cisnes—. Soy demasiado feo para vivir.

—¿Feo? —se sorprendieron los cisnes—. ¿Te has mirado en el agua?

—No necesito mirar. Sé lo feo que soy —dijo el patito feo.

—Mira al agua —insistieron los cisnes.

Y así lo hizo el patito feo. Lo que vio hizo que su corazón latiera con más fuerza y se llenara de alegría. Durante los largos meses de invierno, su aspecto había cambiado.

—Soy... soy como vosotros... —susurró.

Cuando los niños que vivían en el jardín vinieron a dar de comer a los cisnes se dijeron unos a otros:

—¡Un cisne nuevo... un cisne nuevo...! ¡qué hermoso es!

Y entonces el patito feo se dio cuenta de que en realidad era un cisne, que siempre había sido un cisne y que sus días de soledad habían pasado.

---

26 DE FEBRERO

La historia del burro

Érase una vez un viejo que tenía un burro al que quería vender. Un día él y su hijo, y el burro, por supuesto, fueron al mercado. El camino era largo, hacía calor y al viejo no le apetecía andar.

—Ya que tenemos un burro, usémoslo mientras podamos —dijo y se subió en él. El hijo agarró el ramal del burro y siguieron el camino.

—¿No te da vergüenza, viejo? —le dijo alguien por el camino—. Tú en burro mientras tu hijo tiene que caminar.

El viejo se sonrojó y pareció avergonzado. Se bajó del burro y sujetó el ramal.

—Móntate un rato y yo llevaré el burro —dijo a su hijo.

A continuación se encontraron con unas señoras que venían del mercado.

—¿No te da vergüenza? —gritaron, agitando los puños contra el joven—. Un joven como tú montado en burro mientras tu anciano padre va andando.

La cara del joven se puso tan roja como la de su padre momentos antes.

—Las señoras tienen razón, padre. Yo no debería ir descansando mientras tú caminas.

—¿Por qué no montamos los dos? —dijo el viejo.

El burro siguió con los dos hombres sobre él.

—¿No os da vergüenza? —gritaron unos hombres que recogían heno en un campo cercano—. Dos adultos encima de un pobre burro. ¿Cómo podéis ser tan crueles?

El viejo y su hijo bajaron rápidamente.

—Ya sé lo que podemos hacer —dijo el joven por fin—. En lugar de que el burro nos lleve, nosotros llevaremos al burro.

Los hombres fueron recibidos con grandes carcajadas de burla, mientras se esforzaban en llegar al mercado llevando al burro sobre sus hombros.

—¡Fíjate!, dos hombres llevando un burro, cuando el burro está hecho para llevarlos a ellos —gritaba la gente a coro.

—Por intentar dar gusto a todos —dijo el viejo—, no hemos agradado a nadie. En el futuro nosotros seremos los primeros en agradarnos.

27 DE FEBRERO

Hora de descansar

Pedro tenía problemas con las sumas.

—No sé hacer éstas –dijo en voz alta.

—¿Que no sabes hacerlas? –dijo una voz a su lado.

Pedro se volvió sorprendido. Era el viejo reloj de la mesa.

—¡Tic-tac! Por supuesto que sí –dijo el viejo reloj–. Mira todas las sumas que yo tengo que hacer todos los días: segundos, minutos y horas. ¿Cuál es la primera suma?

—Tres más seis –dijo Pedro.

—El mejor sistema es seguir contando –dijo el reloj.

Pedro parecía no entender.

—Observa la aguja –dijo el reloj. La aguja grande estaba en las tres–. Ahora cuenta otros seis.

Pedro contó de uno a seis mientras la aguja grande daba la vuelta. Tocando cada número según pasaba la aguja grande, se detuvo cuando llegó al seis. La aguja se paró en el número nueve. El nueve se levantó e hizo una graciosa reverencia. Pedro se rió.

—Presta atención –dijo el reloj enfadado–. Hagamos otra.

—Seis más cinco, –dijo Pedro.

La hicieron de la misma manera; la aguja grande comenzó en el seis y se movió, mientras Pedro contaba hasta cinco.

—¡Once! –dijo Pedro victorioso–. Ahora lo entiendo.

Casi sin darse cuenta había terminado los deberes.

El reloj estaba tan contento que comenzó a dar saltos y todos los números se pusieron a bailar.

—¡Es fácil, es fácil! –cantaron.

Las agujas giraron tan rápidas que Pedro comenzó a sentirse mareado.

—¡Para! –gritó.

¡Demasiado tarde! Se oyó un «ping» y todo se paró.

—¡Mira lo que ha pasado! –se quejó el reloj–. Ahora tendré que ir a que me arreglen. Al menos descansaré.

Su voz se apagó.

Pedro lo acarició.

—Lo siento –dijo–. Gracias por ayudarme.

28 DE FEBRERO

Remolino y el deshollinador

Remolino era un pequeño helicóptero amarillo. Volvía de ver a sus amigos, la familia de los mirlos. Volaba sobre los tejados cuando observó a un hombre saliendo de la chimenea de una casa muy grande.

—¿No puedes salir? –preguntó.

—No, no es eso –dijo el hombre–. Pero estoy cansado y aún tengo que limpiar muchas chimeneas en esta casa. No terminaré hoy.

—Yo te ayudaré –se ofreció Remolino–. Si atas algo pesado al cepillo, yo lo bajaré por cada chimenea. Pronto habremos terminado el trabajo.

El hombre subió a bordo, hizo lo que Remolino le había dicho y entre los dos limpiaron las chimeneas, las treinta y dos, en poquísimo tiempo.

—Me pregunto a quién pertenece una casa tan grande –dijo Remolino mientras dejaba al hombre delante de la puerta principal.

—A mí –contestó el hombre.

—¿Entonces no eres un deshollinador? –dijo Remolino.

—No, pero me encantará limpiar tu chimenea siempre que quieras –dijo el hombre con una sonrisa.

Remolino le devolvió la sonrisa y luego, con un giro de aspas, se fue volando.

29 DE FEBRERO

Los Guisantes

Un jardinero con guantes
Plantaba una fila de guisantes.
El sol lucía, la brisa soplaba
Y la planta más aumentaba.

Por la noche, de un agujero cercano,
Salieron los ratones al no ver al paisano.
En el jardín entraron
y luego con los guisantes acabaron.

MARZO

1 DE MARZO

Los gatos de la suerte (primera parte)

El reino de Bergam estaba dividido en dos por una enorme muralla. Nadie de Bergam de Arriba visitaba nunca Bergam de Abajo. De hecho, las gentes de una parte del reino nunca habían visto a las de la otra.

Ni siquiera los gatos de Bergam de Arriba habían subido a la gran muralla. Toda la gente de Bergam de Arriba consideraba a los gatos criaturas especiales con poderes extraños.

—Siempre que nuestros gatos estén sanos –decían los sabios–, Bergam de Arriba estará sana.

Así que a los gatos no les faltaba de nada y vivían como sus propios dueños.

Paladín era un gato bonito y sano que pertenecía a la esposa del gobernador de Bergam de Arriba. Un día observó a otro gato. Como sabemos, no era raro ver gatos en Bergam, pero a Paladín le sorprendió, porque este gato estaba muy delgado. Parecía muerto de hambre.

Paladín siguió a la criatura hasta que lo vio saltar la gran muralla. Paladín decidió que debería seguirlo. Y así, por primera vez, uno de los gatos de Bergam de Arriba saltó al otro lado.

Paladín miró a su alrededor con asombro. Las cosechas eran florecientes, el ganado parecía sano, pero la gente vestía con harapos. Los hombres, las mujeres y los niños aún estaban trabajando en los campos, aunque era tarde.

Paladín siguió a un grupo que se dirigía a una pequeña casa. Apenas había comida en su interior. El gato de la familia se sentó en una esquina a comer restos.

«Esto es como otro mundo», pensó Paladín.

Volvió a Bergam de Arriba, pero desde aquella noche se sentó en una esquina y rehusó comer.

—Es una mala señal –dijeron los sabios–. Significa la desgracia para todos nosotros.

2 DE MARZO

Los gatos de la suerte (segunda parte)

Paladín, un gato de Bergam de Arriba, había seguido a un gato medio muerto de hambre de Bergam de Abajo, al otro lado de la gran muralla. Lo que vio le hizo rehusar comer de nuevo.

Al poco tiempo, las gentes del lugar se encontraron con que las cosechas y el ganado se estaban muriendo, lo mismo que el gato Paladín. Uno de los hombres más sabios del reino se inclinó ante Paladín y preguntó:

—¿Por qué ha caído sobre nosotros la mala suerte?

Aunque se encontraba débil, Paladín se puso de pie y llevó a las sorprendidas gentes a la gran muralla y comenzó a arañarla.

—Debemos cruzar la gran muralla –anunció el sabio.

Se trajeron escaleras y, por primera vez, la gente de Bergam de Arriba cruzó la muralla para llegar a Bergam de Abajo. Allí vieron gente vestida con harapos, casas humildes, pero buenas cosechas y ganado sano.

—Podemos aprender de esta gente –susurró el sabio.

—Hay cosas que podemos compartir también con ellos –dijo la mujer del gobernador, poniendo su chal alrededor de los hombros de una pobre mujer.

Todos comenzaron a hablar unos con otros, planeando crear dos reinos ricos uno al lado del otro. Entonces vieron a Paladín encima de la muralla arañando las piedras.

—¡Si derribamos la muralla –gritó el sabio–, seremos un solo reino!

Todos trabajaron juntos para derribar la muralla y pronto los problemas de Bergam de Arriba se superaron, porque el ganado se recuperaba y las cosechas crecían como antes. A todo el reino se le dio el nuevo nombre de Gran Bergam, un lugar donde la gente lograba grandes cosas al trabajar todos juntos.

3 DE MARZO

La pequeña locomotora

La pequeña locomotora se encontraba en el ático soñando con los viejos tiempos cuando su dueño, un muchachito, solía ponerla en la vía. Habían sido unos tiempos tan bonitos...; pero ahora el muchachito había crecido y se había marchado. La locomotora vivía con todas las otras cosas que ya no se necesitaban, como la casa de las muñecas, unos libros anticuados, una lámpara y un viejo reloj que ya no funcionaba.

Abajo, Paula estaba aburrida. Adoraba a sus abuelos, pero no tenía nada que hacer. Había venido a quedarse con ellos porque su padre se había ido en viaje de negocios durante seis meses y su madre tenía que cuidar de su hermana, que acababa de salir del hospital. Los echaba de menos a los dos, en particular a papá, porque se lo pasaban muy bien cuando estaban juntos.

De pronto entró el abuelo diciendo:

—Tengo que subir al ático para bajar algo a la abuela. ¿Quieres subir conmigo?

La cara de Paula cambió totalmente de expresión.

—Sí —dijo y siguió al abuelo por la escalera.

El sol penetraba por una ventanita que había en el tejado, mientras Paula movía todo para ver lo que era. De pronto se encontró con la locomotora.

—¡Eh, mira! Una locomotora.

El abuelo se rió.

—Ah, sí, me había olvidado de ella. Era de tu padre cuando era pequeño. Bajémosla.

Pronto el abuelo había colocado la vía en el suelo y Paula disfrutaba haciendo dar vueltas a la locomotora, hasta que se encontró un poco mareada. Pero le encantó hacer girar las ruedas de nuevo.

—Tengo algo de pintura roja —dijo el abuelo—. Mañana la pintaremos.

Paula estaba emocionada por poder jugar con la locomotora de su papá; de alguna manera aquel juguete le hacía sentirse más cerca de él.

4 DE MARZO

Los tres cerditos (primera parte)

Había una vez tres cerditos que vivían juntos en una casita. Cuando crecieron, la casita les fue resultando pequeña y un día decidieron construir tres casitas separadas. El primer cerdito se construyó una casa de paja. El segundo se construyó una casa de palitos. El tercero se hizo una casa de ladrillo.

Al poco tiempo de instalarse en su casa el primer cerdito, alguien llamó a la puerta. Era un lobo, que había venido a visitarlo.

—Cerdito, cerdito, déjame entrar —dijo el astuto lobo, pensando en la agradable comida que le proporcionaría el cerdito.

—No, no te dejaré entrar —contestó el primer cerdito.

—Entonces soplaré y soplaré y tu casa derribaré —repuso el lobo.

Y eso fue exactamente lo que hizo. La casa de paja voló con el viento y el lobo se tragó al cerdito.

Cuando el lobo vio la casa de palitos, se relamió los hocicos y dijo:

—Cerdito, cerdito, déjame entrar.

—No, no, no te dejaré entrar —contestó el segundo cerdito.

—Entonces soplaré y soplaré y tu casa derribaré, —repuso el lobo.

La casa de palitos fue tan fácil de derribar como la de paja, y ese fue el final del segundo cerdito.

Cerdito, cerdito, déjame entrar

—No, no, no te dejaré entrar —contestó el tercer cerdito.

—Entonces soplaré y soplaré y tu casa derribaré —repuso el lobo.

Y el lobo sopló y sopló hasta quedarse sin aliento, pero la casa de ladrillo no se movió. Ni el más mínimo movimiento.

—Tendré que ser inteligente para cazar a este cerdito —dijo el lobo—. Tendré que persuadirle para que salga de la casa.

Le contó al cerdito que conocía un campo de nabos cercano, y acordó verse allí con él al día siguiente. Pero el tercer cerdito era mucho más inteligente de lo que creía el lobo y sabía que el lobo tramaba algo, por lo que había ido al campo, recogido los nabos y vuelto a casa antes de que el lobo se hubiera despertado.

El lobo logró contener su enfado y le contó al cerdito que conocía un manzano colmado de deliciosas y jugosas manzanas.

—Te veré allí mañana por la mañana —dijo el lobo astutamente.

Pero el lobo no iba a atraparlo tampoco al día siguiente, porque se levantó muy temprano y cuando llegó el lobo, el cerdito se encontraba ya en el árbol recogiendo manzanas.

—Te tiraré una —dijo el cerdito, y tiró una manzana para que rodara por el césped bastante lejos. Mientras el lobo la buscaba, el cerdito bajó del árbol y volvió corriendo a casa. Ya estaba a salvo en casa antes de que el lobo se diera cuenta de que había sido engañado de nuevo.

El lobo se sentía muy enfadado... y muy hambriento.

—Te veré en la feria mañana —le dijo el cerdito.

5 DE MARZO

Los tres cerditos (segunda parte)

El lobo sabía que había un tercer cerdito en alguna parte y cuando vio la casa de ladrillo gritó por la abertura del buzón:

6 DE MARZO

Los tres cerditos (tercera parte)

El lobo intentaba cazar al tercer cerdito. Propuso verse en la feria con él. El cerdito fue a la feria al día siguiente y se compró un tonel para hacer mantequilla. Volvía a casa cuando vio venir al lobo. Se ocultó rápidamente en el tonel y comenzó a rodar colina abajo: pasó justo por encima de la pata del lobo. El cerdito se encontraba a salvo antes de que el lobo dejara de temblar.

Cuando el lobo se enteró de quién iba dentro del tonel, se enfadó mucho. Estaba decidido a no dejar escapar al cerdito la próxima vez. Se subió al tejado de la casa de ladrillo y comenzó a deslizarse chimenea abajo.

El cerdito se asustó mucho cuando oyó al lobo mascullar y maldecir dentro de la chimenea, pero se recuperó del susto, encendió la cocina y puso un gran caldero de agua a hervir.

Al bajar el lobo por la chimenea, cayó en el caldero y dijo un largo ¡¡¡AY!!! Y ése fue el final del lobo.

7 DE MARZO

Las aventuras de *El Tulipán:* La esposa del esclusero

Tomás, Minty y Wilbur en su barquito, *El Tulipán,* esperaban a atravesar la esclusa.

—¿A qué se debe esta espera? –gritó Tomás a los del barco vecino.

—Es el esclusero. Su esposa lo ha encerrado en casa –le respondieron.

—Creo que sería mejor que hiciéramos algo –propuso Tomás. Así que él, Minty y Wilbur saltaron a tierra y fueron a la casa. Tomás preguntó al esclusero por la ventana–. ¿Por qué te encerró tu esposa?

—Sólo pregunté dónde estaban las moras de la tarta de moras que hizo y ella me golpeó con el rodillo de amasar y me encerró aquí –contestó el esclusero.

Tomás, Minty y Wilbur fueron a ver a la esposa del esclusero. La encontraron de guardia a la puerta de la casa, con el rodillo de cocina.

—¿Es culpa mía que los pájaros se hayan llevado las moras? –les gritó.

—Pero siempre podríais poner una manzana en la tarta –sugirió Minty con timidez.

—No creo que sepa hacer tarta de moras y manzanas –susurró Wilbur.

—¿Que no sé hacer tarta de moras y

manzanas? –gritó la esposa del esclusero, agitando su rodillo–. Pronto lo veremos.

Y se fue a buscar manzanas.

Cuando se iba dejó caer la llave.

—Rápido –susurró Tomás–. Es la llave de la casa.

Recogieron la llave y dejaron salir al esclusero. Mientras su mujer se encontraba fuera, abrió las esclusas y dejó pasar a todos los barquitos.

—Ahora, acuérdate –recomendó Tomás cuando *El Tulipán* pasaba junto al esclusero–, di algo agradable del pastel que haga.

El esclusero sonrió y les dijo adiós.

---

8 DE MARZO

La fábula de la rana charlatana

Un día, una rana dejó su casa de los pantanos y puso un puesto en el mercado. Tenía botellas azules, verdes, marrones y de todos los colores. Tenía botellas de todas las formas y colores. Cuando lo tenía todo preparado, se subió a una caja, de modo que todo el mundo pudiera verla, y comenzó a gritar:

—¡Acérquense! ¡Acérquense! –gritaba–. ¡Vengan a consultar al doctor más sabio y más famoso! ¡Vengan y yo les curaré!

—¿Qué sabes curar? –preguntó un zorro.

—Cualquier enfermedad que padezcas o que conozcas –respondió la rana–. He estudiado bajo los mejores maestros. He estudiado todo lo que existe sobre medicina. Dime lo que te pasa y te garantizo que alguna de estas botellas lo curará.

La rana hizo un rápido negocio. Todo el mundo quería ser curado de algo.

Por fin, el zorro, que había estado observando, dijo:

—Si eres un doctor tan inteligente, ¿cómo es que eres coja y tu piel es tan viscosa?

Después de esto, nadie compró botella alguna. Nadie se acercó ni a oler. La rana tuvo que hacer las maletas y volver a su casa de los pantanos.

9 DE MARZO

El mago Alubia

Érase una vez un mago bueno. Le llamaban el mago Alubia porque era muy alto y muy delgado. La casa en la que vivía estaba casi en ruinas y todo el mundo le decía que debía hacer algo para repararla.

—¿Por qué no te haces una casa nueva con tu magia? –le decían sus convecinos.

—¡Qué idea más genial! –dijo el hechicero. Y se puso a preparar el hechizo... Se puso el sombrero, movió la cabeza afirmativamente tres veces, agitó la varita mágica y dijo «abracadabra»; las ruinas desaparecieron y en su lugar apareció una casa. Pero algo había salido mal. La casa no era lo bastante grande para el mago Alubia. Aun doblándose lo máximo que podía, no cabía de pie.

Se arrastró hasta la puerta y salió. Se irguió y se rascó la cabeza. ¿Qué iba a hacer ahora? Parecía una casa muy buena. Sería caliente y seca en invierno, pero no le servía de nada si tenía que doblarse totalmente y pasar así todo el tiempo. Entonces se le ocurrió una idea y, mascullando, entró arrastrándose y realizó otro hechizo.

El hechizo comenzó a funcionar al instante; el mago empezó a hacerse más pequeño e inmediatamente se pudo poner de pie sin problema alguno en su nueva casa. Pero en lugar de ser alto y delgado como antes, ahora era bajo y gordo.

—Y bien, ahora ya no te podemos llamar el mago Alubia –dijeron sus conciudadanos–. Te pareces más a una coliflor. ¡Eso es! Te llamaremos el mago Rollizo.

Así es como el mago Alubia se convirtió en el mago Rollizo. Pero como el mismo mago dijo:

—Es sólo cuestión de hechizo.

10 DE MARZO

El pastel de Reinaldo

El ratón Reinaldo le dio los últimos toques a su carta y luego la repasó para corregir las posibles faltas de ortografía.

—Querida señora Ardilla –leyó en voz alta–: Por favor, ¿querría venir a tomar una taza de té esta tarde? Firmado: El ratón Reinaldo.

Satisfecho de que todo estuviera limpio y correcto, salió corriendo y echó la carta por la abertura del buzón de la puerta de la señora Ardilla. Mirando por la rendija del buzón, vió a la señora Ardilla limpiando. Estaba raspando, lavando y abrillantando todo. Parecía tan cansada que Reinaldo decidió hacer un pastel para tomar con el té.

Volvió corriendo a casa y comenzó a mezclar y batir, hasta que el pastel estuvo listo para meterlo en el horno. Acababa de limpiar todo, cuando la señora Ardilla llegó.

—Qué carta más delicada, Reinaldo –dijo–. Gracias por la invitación.

Reinaldo decidió no decir nada del pastel por el momento y le preguntó por la limpieza.

—Bueno, sólo me quedan las ventanas –dijo la señora Ardilla–, pues se desprendió el fondo de mi cubo y no pude terminar.

Reinaldo se rió. Le pareció que un cubo sin fondo era muy gracioso. Pero la señora Ardilla arrugó la nariz. Un horrible olor a humo venía del horno.

—¡Mi pastel! –gritó Reinaldo–. Lo había olvidado.

Era demasiado tarde. El pastel estaba quemado y era tan duro como una piedra.

—¡Vaya! –musitó Reinaldo–. Íbamos a comer este pastel con el té.

La señora Ardilla no pudo evitar reírse.

—Se me acaba de ocurrir algo –dijo–. Vamos, volvamos a mi casa y llevemos tu pastel.

El hervidor silbaba alegremente en la cocina de la señora Ardilla, que dio a Reinaldo un trozo de pastel, el más suave que jamás había probado.

—Mmm –dijo–. Éste es delicioso. Siento que mi pastel fuera tan inútil.

—No, no lo era –se rió la señora Ardilla–. ¡Mira!

Reinaldo observó con asombro cómo la señora Ardilla colocaba el pastel en el fondo de su cubo con un martillo.

—Ahí tienes –dijo–. Ahora podré recoger el agua y terminar de limpiar las ventanas.

Reinaldo no podía dejar de reír. Fue un final feliz para su pastel, después de todo.

11 DE MARZO

El perro esquimal

Tuktu, un niño esquimal, quería quedarse con el extraño perro que vagabundeaba por el pueblo.

Akla, su padre, le dijo:

—La comida es escasa, hijo mío. Un perro esquimal debe tirar del trineo y ganarse la comida. Este perrito no es lo bastante fuerte para tirar con la reata. Y a los otros no les gustan los forasteros.

—Pero es muy inteligente —replicó Tuktu.

Akla accedió en parte:

—Está medio muerto de hambre. Le alimentaremos hasta que sea bastante fuerte para continuar su camino.

Un día, el pequeño perro esquimal olisqueó un agujero de focas en el hielo. Tuktu cazó una de ellas y hubo una gran fiesta. El pequeño perro se hizo con un trozo de carne y la dejó a los pies de Fram, el perro guía.

—¡Vaya, qué espabilado! —dijo Akla riéndose—. Se ha hecho amigo de Fram. Sabe que si Fram lo acepta los otros también lo harán.

Un día, Akla cayó enfermo y dijo a Tuktu:

—Llévame al médico del campamento.

El pequeño perro esquimal aulló para demostrar que quería ir, así que Tuktu lo dejó correr delante de la reata. Entonces se encontraron con una terrible tormenta de nieve y los perros se perdieron. Pero el perro esquimal encontró el camino y los llevó al campamento.

—¡Ea, es Olisqueador! —saludó el doctor cuando llegaron—. ¡Bienvenido a casa!

Mientras le daba medicamentos a Akla les contó lo de Olisqueador.

—Era mi perro guía. Unos ladrones me lo robaron, pero ha debido de escaparse. Gracias por darle de comer. ¿Os gustaría uno de sus cachorros?

Los ojos de Tuktu brillaron de alegría.

—¡Huuuy! ¡Sí, por favor!

---

12 DE MARZO

Lucía y los palitos

A Lucía le gustaba mucho contar. Recogía palitos para ayudarse a ello. Primero contaba hasta diez, luego hasta veinte, treinta, cuarenta y cincuenta.

—¿Qué vas a hacer con todos esos palitos? —le preguntó su madre.

—Voy a construir con ellos una casa en nuestro jardín —dijo Lucía.

Primero utilizó diez para hacer una pared; y diez más para hacer otra pared; y diez más para la tercera; y diez más para la cuarta. Puso cinco palitos juntos para construir un lado del tejado; cinco más para el otro lado. Había usado todos los palitos de que disponía. Tenía que dejar un espacio para la puerta y las ventanas. A Lucía le gustaba tanto su casita que iba a verla todos los días.

Entonces la abuela de Lucía se puso enferma y ella y su madre fueron a cuidarla. Lucía se despidió de la casita. Cuando la abuela mejoró la llevaron a su casa de vacaciones. Lucía le contó lo de la casa en el jardín.

—¿Qué te parece si vamos a verla? —le preguntó su abuela.

Lucía corrió a encontrarla. ¡Allí estaba! Un pájaro cantaba en el tejado. La tela de una araña colgaba como una cortina de seda en la ventana y, dentro, una gata ronroneaba dando de mamar a sus gatitos.

—¡Mira! —dijo Lucía—. ¡Mi casa es ahora una casa de verdad! ¡Venid todos a verla! ¡Venid a verla!

13 DE MARZO

La elefantita

La elefantita dijo: «¡Vaya hombre!,
otra vez he olvidado mi nombre».
Preguntó a la cigüeña, quien no lo sabía.
El loro dijo: «¡Otra vez, madre mía!»
El valiente león se rió solamente
y, al igual que los monos, se fue lentamente.

La rana dijo: «¡Tómalo con calma!».
El pavo real: «¡Ay, hija de mi alma!»;
la mariposa estaba bastante atontada.
El ratón tuvo miedo y no dijo nada.
Cuando ella, enfadada, gritó: «¡Vaya modos!»,
«¡qué tonta eres!», le contestaron todos.

14 DE MARZO

El invento del duende Donato

El duende Donato estaba trabajando en un invento. Era una máquina del alfabeto, y cuando se giraba la aguja, aparecían las letras del abecedario en una abertura, a un lado. Cada una era de un color.

En ese preciso momento Hanna, su mujer, le dijo:

—¡Por el amor de Dios!, deja de jugar con esa máquina y ponte a hacer algo en el jardín, que parece una jungla. Me voy de compras.

De pronto alguien llamó a la puerta.

—¡Maldición! –exclamó Donato.

A la puerta estaba un hada.

—¿Quieres unas flores, querido? –dijo quejándose.

Donato frunció el ceño.

—No, gracias, estoy muy ocupado.

Cuando cerró la puerta la oyó murmurar, pero no entendió lo que decía.

Se quedó perplejo cuando abrió la puerta de su taller: las letras de su máquina corrían y saltaban por todas partes, algunas pasaron corriendo junto a él hacia la cocina, otras subieron las escaleras.

—¡Oh, no! –dijo y comenzó a correr tras ellas atrapando tantas como podía.

Pronto tenía el bolsillo lleno de letras que se movían, pero aún quedaban muchas más por cazar. De repente todo se detuvo.

—Esa vieja hada ha debido de echarles un hechizo, –se dijo Donato–. Gracias a Dios que se ha terminado.

Pasó el resto de la mañana buscando las letras que le faltaban. Había eses en las sartenes, uves dobles en el water y bes en el bote. Había terminado y acababa de sentarse en un sillón, cuando entró Hanna.

—¡Eh, vago! –dijo–. ¿Qué pasa con el jardín?

—Voy ahora mismo –gruñó Donato.

Cuando llegó al fondo del jardín, Donato se aseguró de que Hanna no lo veía, se sentó bajo una seta y se quedó como un tronco.

Me pregunto qué le dirá cuando lo encuentre.

15 DE MARZO

Blancanieves y Rosaroja (primera parte)

Érase una vez una vieja que vivía en una solitaria cabaña en medio del bosque. Tenía dos hijas: una se llamaba Blancanieves y la otra Rosaroja. Una tarde de invierno, cuando estaban las tres sentadas junto al fuego, llamaron a la puerta.

—Alguien debe de estar buscando refugio contra el frío —dijo la mujer y fue a abrir.

Allí estaba, con su piel negra cubierta de nieve, un enorme oso. Blancanieves y Rosaroja echaron una ojeada a sus relucientes ojos y a sus poderosas zarpas, y corrieron a ocultarse.

—Pareces tener frío —le dijo la mujer al oso—. Por favor, entra y caliéntate junto al fuego.

—No temáis —dijo el oso cuando vio a las dos niñas mirándolo con miedo tras la puerta—. No os haré ningún daño. ¿Queréis quitarme la nieve de mi piel con un cepillo, por favor? —les pidió.

Las niñas salieron de su escondite y buscaron una escoba para poder cepillarlo sin acercarse demasiado; pero el oso era tan amable y era tan divertido cepillar a un oso con una escoba que pronto se olvidaron del miedo.

El oso se quedó en la casa y durmió junto al fuego todas las noches durante el largo invierno. Él y las niñas se hicieron grandes amigos, y no importaba lo bruscamente que ellas jugaran con él, pues el oso era siempre muy gentil.

Luego, un día, cuando el verano se acercaba, el oso se despidió de las niñas.

—Debo irme y proteger mi tesoro de los enanos —les explicó—. Permanecen bajo tierra durante el invierno, pero durante el verano van a todas partes. Me temo que no se puede confiar en ellos.

16 DE MARZO

Blancanieves y Rosaroja (segunda parte)

Un día, a finales de verano, cuando Blancanieves y Rosaroja se encontraban en el bosque recogiendo fresas salvajes, vieron un enano. Daba brincos con mucha rabia. La punta de la barba se le había enganchado en el corte de un tronco caído y no podía soltarse.

—¿Cómo ocurrió? —pregunto Blancanieves, mientras ella y Rosaroja hacían cuanto podían para liberarlo.

—No es asunto vuestro —gruñó el enano con enfado—, pero os diré que estaba poniendo una calza en el corte del tronco para abrirlo. La calza saltó y el corte se cerró de nuevo con mi barba dentro... ¡Ay! ¡Ay! ¡Me hacéis daño! ¡Tened cuidado!

Blancanieves sacó las tijeras que siempre llevaba en el bolso y cortó la barba del enano. Estaba libre, pero no le hizo mucha gracia. Recogió la saca de oro que había junto al tronco, y se fue sin ni siquiera dar las gracias.

Unos días después, Blancanieves y Rosaroja fueron al río a pescar. Y allí vieron otra vez al mismo enano. Se encontraba de nuevo con un gran problema: la punta de la barba se le había enganchado en la caña y un pez los arrastraba a él y a la caña al río.

—¡Ayudadme! ¡Ayudadme! —chilló el enano, agarrándose con todas sus fuerzas a unas matas. Cada vez perdía más la fuerza.

—Debemos hacer algo rápidamente o se ahogará —dijo Rosaroja.

Blancanieves sacó las tijeras y de un tijeretazo cortó la punta de la barba del enano. Éste cayó de espaldas sobre los juncos y el pez se alejó.

¿Se sintió agradecido el enano? ¡Ni lo más mínimo! Recogió una saca de perlas que se encontraba entre los juncos y se fue con una mirada de mala uva.

17 DE MARZO

Blancanieves y Rosaroja (tercera parte)

Algún tiempo después, Blancanieves y Rosaroja estaban cruzando el brezal cuando un águila que había estado vigilando desde una roca descendió en picado. Se oyó un terrible grito. Corrieron a ver lo que había ocurrido. El águila había atrapado al enano y se lo llevaba agarrándolo por el abrigo.

—¡Ayudadme! –chilló el enano.

Blancanieves y Rosaroja agarraron las piernas del enano y tiraron de él hacia abajo.

—¡Me partiréis en dos! –chilló el enano.

Pero todo lo que se rasgó fue el abrigo y, mientras el águila se elevaba, el enano cayó como un saco al suelo.

—Deberíais haber tenido más cuidado. ¡Habéis rasgado mi abrigo! –refunfuñó.

El enano recogió una saca llena de piedras preciosas que se encontraba junto a la roca y se encaminó hacia la cueva. Blancanieves y Rosaroja ya estaban acostumbradas a los gruñones modales del enano. No esperaban las gracias y, efectivamente, no las recibieron.

En ese momento apareció un oso negro en el sendero. El enano se volvió tan pálido como una torta sin cocer y corrió hacia la cueva, pero el oso fue más rápido que él y le cortó el camino.

—¡No me comas... por favor, no me comas! –decía el enano temblando de miedo–. ¡Puedes quedarte con todo mi tesoro! Además... ¡yo soy demasiado pequeño y delgado! ¡Come a esas dos malvadas muchachas!

El oso propinó un enorme zarpazo al enano. Blancanieves y Rosaroja se asustaron mucho, pero el oso les dijo que no tuvieran miedo y ellas reconocieron de inmediato su voz. Cuando corrían hacia él, su piel de oso cayó al suelo. No era un oso en realidad: era un rey que había sido embrujado por el enano, y el tesoro que el enano estaba almacenando era el suyo. Ahora que el enano había muerto, se había roto el embrujo.

18 DE MARZO

El sol y los juegos

—¡Qué vago es el sol! –dijo con un maullido Catalina–. Nunca quiere jugar. Sólo se sienta y sonríe, algunas veces se va.

Su piel sedosa, gris y negra, estaba helada.

—¿Queréis jugar conmigo? –Catalina ronroneó preguntando a las doradas mazorcas de maíz, que se bamboleaban suavemente en el campo donde paseaba.

—Nosotras no –susurraron–. Pronto el sol nos madurará para la recolección y nuestro grano se transformará en pan.

Saltando de la valla del jardín a un árbol alto, juguetonamente Catalina intentó arrancar una manzana.

—¡Estáte quieta! –chilló la manzana alarmada–. Esperamos que el sol nos endulce y luego podremos ser un buen pastel de manzana.

Catalina saltó por entre las flores mientras éstas bailaban con la brisa cerca de la casa.

—Esperamos florecer con el sol –murmuraron, levantando lentamente sus multicolores cabezas–. A las abejas les encanta libar nuestro dulce néctar para hacer miel.

Al tener sed, Catalina se detuvo en uno de los charcos dejados por la lluvia. Podía verse meter su rosada lengua en el agua. Era como mirarse en un espejo. De repente, se dio cuenta de que una cara familiar la estaba mirando desde detrás de una nube y volvió sus ojos al cielo para ver al sol lanzando sus rayos de nuevo.

Catalina se estiró al alegre calor del sol. Así que el sol no era perezoso después de todo. ¡Ayudaba a todos con su sonrisa e incluso tenía tiempo para jugar al escondite tras las nubes!

19 DE MARZO

Los duendes enfadados

La esposa de un granjero estaba sacudiendo las alfombras. El polvo cubría el jardín por todas partes. Por mala suerte, casi todo se depositó sobre un grupo de duendes que había elegido aquel jardín en particular para una de sus reuniones.

Los duendes tosieron y se atragantaron, y le gritaron que se detuviera, pero, por supuesto, los humanos no pueden oír ni ver a los duendes, así que la esposa del granjero continuó sacudiendo la alfombra; los duendes estaban cada vez más cubiertos de polvo y más enfadados.

—Vale –dijo el Gran Duende, intentando no toser–. Volveremos esta noche a darle una lección.

Y se fueron del jardín.

Aquella noche, un ejército de duendes volvió a la granja, armado de picos y palas. Comenzaron a despegar todos los ladrillos y a aflojar todas las puntas del fondo de la casa, mientras el granjero

y su esposa dormían. Por fin los duendes removieron el último ladrillo, desplegaron las alas y se metieron en el hueco que habían hecho bajo la casa.

—¡Preparados, listos, empujad! –gritó el Gran Duende.

La casa subía, subía, subía... mientras los duendes aleteaban llevándola hacia el cielo.

Entonces una voz dijo desde el cielo:

—¡Duendes! Está saliendo el alba. Hemos de volver inmediatamente a nuestro reino.

Suavemente, posaron la casa del granjero en el suelo y, después de recoger todos sus instrumentos, volvieron al País de los Duendes.

A la mañana siguiente, la esposa del granjero se quedó muy sorprendida cuando salió a ordeñar la vaca: la granja se encontraba en el barrizal más enlodado y pegajoso del país, a millas y millas de la casa más próxima, y tuvo que recorrer un largo camino para encontrar su vaca.

---

20 DE MARZO

El nogal

Las abejas zumbaban entre las flores, en una calurosa y soleada tarde hace muchos años. Martín, sentado en su silla de ruedas, miraba ansiosamente al nogal que se encontraba al fondo de su jardín. ¡Cómo le gustaría subirse en sus fuertes ramas!; pero sólo podía sentarse y mirarlo.

En su última visita al hospital, el médico le había dicho:

—Te podemos ayudar a que corras de nuevo, pero todo depende de tu fuerza de voluntad.

Martín no estaba seguro de lo que quería decir, pero pensaba hacer todo lo posible para poder caminar de nuevo.

Por fin, Martín volvió al hospital para ser operado. Estaba asustado pero, a la vez, emocionado. Después de la operación tuvo muchos dolores y hubo de permanecer en cama sin moverse. A veces, cuando se estaba quedando dormido, veía al nogal esperándole.

Al poco tiempo comenzó a hacer ejercicios de recuperación para fortalecer las piernas y la espalda. Los ejercicios le causaban dolor y le hacían sentirse tan cansado que le daban ganas de abandonarlo todo. Fue entonces cuando se dio cuenta de lo que el médico quería decir.

Finalmente llegó el gran día, cuando dio los primeros pasos con la ayuda de las muletas.

Pero fue incluso más importante el día en que caminó por sí solo y volvió a casa. Al fondo del jardín le estaba esperando el nogal y Martín supo que no tardaría mucho en hacerse realidad su sueño.

21 DE MARZO

El Gato con Botas (primera parte)

Érase una vez un viejo molinero que tenía tres hijos. Cuando murió, le dejó el molino a su hijo mayor, el burro al mediano y, como no tenía nada más, le dejó el gato al pequeño.

Un día, el gato le dijo a su amo:

—Señor, dadme un par de botas y un saco y veréis que no soy tan inútil como pensáis.

Era una petición muy extraña para un gato.

El gato, el Gato con Botas, como le llamó su amo, fue al bosque y cazó un conejo. Lo metió en un saco y luego, en lugar de llevarlo a casa del hijo del molinero, lo llevó al palacio del Rey.

—Por favor, majestad, aceptad este pequeño regalo de mi señor, el Marqués de Carabás —dijo muy cortésmente el Gato con Botas.

Aquél iba a ser el primero de los muchos regalos que el Gato con Botas llevaría al Rey, y siempre diciendo que se lo enviaba su señor. Aunque en realidad el Rey no conocía al Marqués de Carabás, pronto se le hizo un nombre muy familiar. Por su parte el hijo del molinero no sabía nada en absoluto de los regalos, ni del Marqués de Carabás y el Gato con Botas nunca se lo dijo.

Un día en que el Gato con Botas estaba en el palacio, oyó decir a alguien que el Rey iba a llevar a su hija a dar un paseo por el campo. El Gato con Botas regresó corriendo a casa de su amo.

—¡Rápido, señor! —dijo—. Ve a bañarte en el río y te harás rico. ¡Yo me encargo de ello!

Era otra extraña solicitud del gato, pero el hijo del molinero estaba ya acostumbrado al animal e hizo como le había dicho. Nada más meterse en el río, el Gato con Botas le arrebató las ropas y las tiró al agua.

—Pero, ¿qué haces? —le dijo.

El gato no respondió; miraba a la carretera. Al fin la carroza del Rey apareció a lo lejos. Esperó hasta que estuvo cerca y luego salió a la carretera.

—¡Socorro! ¡Socorro! ¡Mi señor, el Marqués de Carabás, se está ahogando! ¡Salvadlo, por favor!

---

22 DE MARZO

El Gato con Botas (segunda parte)

El Gato con Botas fingió que su señor era el Marqués de Carabás y les dijo al Rey y a la Princesa que su señor se estaba ahogando. Sacaron a su señor del agua inmediatamente y le dieron ropas secas. Parecía tan guapo con aquellas ropas elegantes que la Princesa se enamoró de él enseguida.

—Mi querido padre, ¿puede el Marqués de Carabás venir con nosotros?

—Por supuesto, —accedió el Rey—. ¿Y tú? ¿Quieres acompañarnos, gato?

El gato se excusó. Dijo que tenía algo bastante importante que hacer.

Corrió delante de la carroza y cada vez que veía a algún campesino trabajando en el campo le decía:

—Si el Rey te pregunta a quién pertenece esta tierra, dile que pertenece al Marqués de Carabás.

El Rey hizo detener la carroza varias veces y siempre recibió la misma respuesta. «El Marqués de Carabás debe ser un hombre muy rico», pensó.

El Gato con Botas corrió tan rápido que pronto se encontró muy por delante de la carroza. Finalmente llegó a un enorme castillo que pertenecía a un ogro. Se dirigió a éste y le provocó:

—Me han dicho que puedes transformarte en el animal que desees. No puedo creerme algo así si no lo veo con mis propios ojos.

Al instante el ogro se transformó en un fiero león y rugió y rugió para impresionar al gato.

—¡Ea! —dijo, una vez que hubo vuelto a su forma original—. Espero que no te haya asustado.

—Debe de ser bastante fácil convertirse en algo grande, —dijo el Gato con Botas—. Supongo que no lo es transformarse en algo tan pequeño como un... mmm... aaa... ¿un ratón, tal vez?

El ogro, que disfrutaba impresionando a los demás con sus habilidades, no podía dejar que un simple gato dudara de ellas, de manera que se transformó en un diminuto ratón en un abrir y cerrar de ojos. Pero aquella fue la última vez que pudo transformarse en algo, porque el Gato con Botas se abalanzó sobre él y se lo tragó antes de que pudiera volverse un ogro de nuevo. ¡Y así acabó con el ogro!

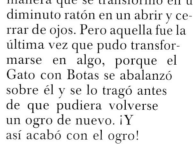
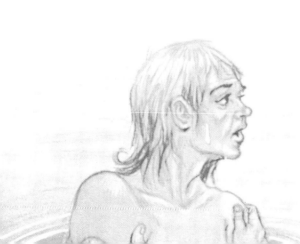

23 DE MARZO

El Gato con Botas (tercera parte)

—¡Yuuuju! –gritaron los criados del castillo–. Por fin nos hemos librado del maldito ogro. ¡Yuuuju!

—Vuestro nuevo señor será siempre amable con vosotros, podéis estar seguros de ello –dijo el Gato con Botas.

—¿Y quién es nuestro nuevo señor? –le preguntaron.

—El Marqués de Carabás, naturalmente –dijo el Gato con Botas.

Cuando la carroza del Rey llegó al palacio, el Gato con Botas se encontraba en el puente, con los criados sonriendo a su alrededor.

—Bienvenidos –dijo con una graciosa reverencia–. Bienvenidos a casa del Marqués de Carabás.

El hijo del molinero estaba demasiado sorprendido para hacer algo excepto pensar: «¿Qué está tramando el gato?» Afortunadamente el gato tuvo tiempo de explicárselo mientras el Rey descendía de la carroza.

«¡Qué hombre más rico debe de ser este marqués!», pensó el Rey... «¡Y qué hombre tan amable!».

Al poco tiempo la Princesa y el hijo del molinero se casaron. Ellos y el Gato con Botas vivieron felices en el castillo que una vez había pertenecido al ogro.

24 DE MARZO

El Rey Rana

Desde el momento en que Ramón Rana dejo de ser un renacuajo se consideró a sí mismo alguien especial. Cuando era sólo una ranita suspiraba por ser tan grande como su héroe, que era enorme y le llamaban Toro Rana.

—Debes comer tanto como yo –le aconsejó Toro.

Desde aquel momento, Ramón pasaba el tiempo cazando insectos con su pegajosa lengua. Y creció y creció... Pronto se hizo tan grande como su héroe. Y luego más grande. Un día llegó a ser la rana más grande de varias millas a la redonda. Cuando sus amigos comenzaron a tratarle con gran respeto, él se sintió muy encantado. Después de algún tiempo decidió que era demasiado importante para que se le llamara Ramón Rana.

—De ahora en adelante debéis dirigiros a mí como Rey Rana –anunció por la mañana.

Se subió a una gran roca y se sentó allí, mirando a su alrededor con aire señorial. Ninguno de sus amigos se acercó a él en todo el día y, cuando llegó la noche, Ramón se sentía muy desgraciado.

—Si esto es ser rey preferiría ser sólo un súbdito.

¡Se sentía tan solo...!

Bajó de la roca y fue a buscar a sus amigos para decirles que ya no era Rey Rana.

Aún hoy Ramón Rana es muy grande, pero nunca habla de su tamaño por si acaso sus amigos piensan que aún es Rey Rana.

25 DE MARZO

Fifí y la fregona

Fifí vivía en un gran piso de lujo. Tenía unos ojos llamativos y el pelo largo y sedoso. Era el animal de compañía de una rica señora, que le daba salmón para el almuerzo y trozos de chocolate antes de acostarse. Cuando Fifí no estaba jugando con sus caros perritos de juguete, se sentaba en un hermoso cojín de terciopelo, comportándose muy bien.

Un día su señora tuvo que salir y dejó a Fifí.

—No tardaré, querida. Quédate aquí y juega con tus juguetes —le recomendó.

Nada más que oyó cerrarse la puerta principal, Fifí saltó del cojín de terciopelo. ¡Esta era la oportunidad que esperaba! ¡Qué divertido era pasearse por donde quisiera! Fifí dio un grito de emoción. Saltó por todas las sillas y mordisqueó una de las plantas de plástico que estaban en el vestíbulo. Luego corrió por la cocina y tiró su plato. Pero entonces descubrió la fregona...

Aquella fregona era el mejor juguete del mundo. Fifí masticó las cuerdas de la cabeza, la sacudió y gruñó satisfecha. Era tan divertido que Fifí no podía dejarla tirada en el suelo de la cocina. Le dio un mordisco a las cuerdas y la arrastró hasta la sala de estar, donde jugó felizmente con ella hasta que llegó a casa su señora.

—¡Una vieja fregona en mi sala de estar! —exclamó la señora cuando entró en la habitación—. ¿Qué has estado haciendo, querida?

Fifí volvió a su cojín de terciopelo y metió la cabeza entre las patas. La señora recogió la fregona.

—¡Qué cosa tan horrible! —dijo—. La pondré en el armario trastero.

«¡Sí que es horrible! Pero ahora sé donde está. Espera a que me quede sola la próxima vez» —pensó Fifí.

26 DE MARZO

Vecinos ruidosos

El lirón estaba dormido. Había estado despierto toda la noche buscando comida. Ahora tenía que ir a dormir.

Pero los pájaros cantaban a grito pelado. El lirón gritó:
—¡Callaos! ¡No me dejáis dormir!.

Pero los pájaros siguieron cantando.

El lirón se enfadó mucho.

—Ya es suficiente —protestó—. Iré a quejarme al dios de los bosques.

—Mi señor Pan —le dijo el lirón al dios de los bosques—. Soy una criatura nocturna, por tanto, debo dormir durante el día; pero mis ruidosos vecinos no me dejan dormir. ¿Podrías pedirles que se callen?

—Lirón —dijo Pan—, debo ser justo con todas las criaturas. Tus vecinos se cantan unos a otros. Así es como debe ser. No se han quejado de tu ruido o del de cualquier otra criatura nocturna. Seguro que oyen tus chillidos. ¿Y qué pasa con los chirridos de los tejones o el ulular del mochuelo o el canto del ruiseñor?

El lirón no lo había pensado. Se sintió avergonzado.

Entonces Pan comenzó a tocar su flauta mágica y la música cubrió al lirón con un hechizo. No recordó el regreso a casa y cayó dormido al instante. La música mágica de Pan invadía sus oídos...

Y allí está siempre que el lirón quiere dormir.

27 DE MARZO

El pescador y el arenque

Un pescador estaba pescando en el mar. Echó las redes una y otra vez, pero siempre volvían vacías al arrastrarlas al barco.

Empezaba a pensar que no quedaba ni un solo pez en el mar, cuando capturó un diminuto arenque. El pez era tan pequeño que cabía perfectamente en la palma de la mano.

—Por favor, déjame ir —suplicó el arenque—. Tú mismo puedes ver lo pequeño que soy. Cuando me haga grande me podrás pescar de nuevo. Entonces seré más útil para tí. Por favor, déjame ir.

—¿Me crees tonto? —dijo el pescador—. Si te dejo ir no te veré jamás; y lo sé muy bien. Ahora que te tengo, intento conservarte.

28 DE MARZO

El gato Chato

Chato era un gato inusual. Su espeso y ensortijado pelaje era de color gris plateado. Todo el mundo decía que era precioso, por lo que Chato estaba muy orgulloso de sí mismo. Veía a los otros gatos –negros, pelirrojos y con rayas– que vivían en los alrededores.

«No soy como ellos, en absoluto», se decía. «Creo que no soy un gato».

Un día la gente que vivía al lado de Chato compró un caro coche plateado. Ronroneaba suavemente al ser conducido. Todo el mundo lo admiraba tanto como admiraban a Chato. «Qué precioso,» decían todos.

«Eso es» se dijo Chato. «No soy un gato. Soy una criatura como esa».

Al día siguiente Chato vio salir el coche del garaje en marcha atrás hasta la carretera. Luego giró y siguió. Chato también caminó hacia atrás, se detuvo en la carretera y luego caminó suavemente por la cuneta.

Caminó así hasta la ciudad, deteniéndose ante los semáforos en rojo, como todos los coches. Entonces vio el coche plateado. Se había estropeado y los mecánicos intentaban arreglarlo.

Fue entonces cuando Chato, sin mirar por dónde iba, metió la pata en una rejilla. Uno de los mecánicos lo vio y fue hacia él con todas las herramientas.

–Te sacaré pronto de aquí, gatito –dijo el mecánico.

Chato se preguntaba si el coche plateado tenía los mismos problemas. El mecánico llevó a Chato al garaje y le vendó la pata. Chato vio que metían el coche plateado allí también. Los hombres le acoplaron un inyector a un lado. «Así es como se alimenta,» pensó Chato. Se desparramó un poco de líquido y Chato cojeó hasta él para probarlo. ¡Era horrible!

–Aquí tienes –dijo el mecánico poniéndole un platillo con leche.

Chato se la bebió muy contento.

«Quizá sea un gato, después de todo» –pensó.

---

29 DE MARZO

Los tres deseos

Una vez, un hombre muy pobre y su mujer estaban sentados junto al fuego hablando, como de costumbre, de sus acaudalados vecinos.

–¡Qué felices seríamos si fuéramos tan ricos como ellos! –decía la mujer.

–¡Ay!, si se nos concediera un solo deseo... –dijo el marido–, podríamos ser los más felices de los vivos.

De pronto, una luz resplandeciente llenó la habitación. y apareció un hada.

–Queríais un deseo –dijo el hada–. Os concederé tres. Los tres deseos que pidais se os concederán. Pensadlos bien antes de pedirlos.

Y el hada se fue.

Cuando se recuperaron del susto, los dos discutieron qué deseos pedir.

–Deberíamos pedir ser ricos –opinó la mujer.

–¿Pero y la salud, o la belleza? –objetó el marido–. Pensémoslo esta noche y mañana decidiremos.

La esposa estuvo de acuerdo y se sentaron junto al fuego de nuevo. Sin pensarlo, ella dijo:

–Ojalá tuviera una salchicha para asar al fuego.

Su deseo fue cumplido inmediatamente. Una salchicha apareció ante ella.

–¡Has malgastado un deseo! –gritó el marido enfadado–. ¡Ojalá la salchicha creciera en la punta de tu nariz!

Y eso fue exactamente lo que ocurrió. El hombre había malgastado su segundo deseo.

La mujer, al verse con aquellas pintas, comenzó a llorar.

–¿Qué haremos con nuestro tercer deseo?, ¿Qué pediremos? –sollozó.

–Aún podemos ser ricos –observó el hombre–. Te compraría un collar de oro para poner alrededor de tu nariz.

–Tú puedes ser muy rico –se quejó la mujer–, pero yo me voy a ocultar para siempre.

–Nos queda un deseo –dijo el hombre–. Úsalo para lo que quieras.

–Ojalá –dijo la esposa–, la salchicha desaparezca de mi nariz.

La salchicha desapareció y los dos siguieron siendo pobres. Pero nunca desearon nada de nuevo y aprendieron a sentirse satisfechos con lo que tenían.

30 DE MARZO

La bruja impaciente

Afanosa, la bruja, muy triste estaba,
pues se había escapado su rana,
su olla mágica mango no tenía
y sus murciélagos se fueron a La Habana.

Su gato las arañas había tragado,
la escoba partida en dos estaba,
todas las ratas al escondite jugaban
y el cuervo en la bañera dormitaba.

—Muy vieja me estoy volviendo,
con arrugas y muy poca memoria.
La magia del vecino hechicero
bien podría cambiar mi historia.

El hechicero escuchó atentamente
y un brebaje amarillo preparó:
—Dos cucharadas después de la cena,
con zanahorias y ostras, aconsejó.

Al ser una bruja impaciente,
de un trago se lo tomó y
tumbada sobre la cama,
el efecto mágico esperó.

Un cuarto de hora después,
en la mano tenía un juguete
y, como niña que era,
en la boca se puso un chupete.

—Si hubiera seguido el consejo,
esto no habría pasado.
¡Tomó todo de un trago!
Dijo el hechicero enfadado.

Afanosa habló a media lengua
y muchos biberones tomó.
Así pasaron dos semanas
y el hechizo desapareció.

31 DE MARZO

Los árboles de las mariposas

—Es tan triste vivir aquí durante esta época del año —se lamentó la señora Regordeta, apartándose de la ventana de la pequeña cabaña del bosque—. Los árboles parecen tan tristes sin sus hojas...

Cosió las alas a un broche en forma de mariposa que estaba haciendo y fue a la puerta a llamar a Tigresa, su gata, que estaba subida en un árbol del jardín.

La señora Regordeta fue hacia el árbol diciendo:

—Vuelve a casa; está oscureciendo, Tigresa.

Luego prendió el broche al árbol y extendió los brazos para agarrar a Tigresa. Tigresa avanzó por la rama hasta donde estaba el broche y comenzó a ronronear.

—Así que te gusta mi broche, Tigresa —dijo la señora Regordeta, sonriendo—. Entra, se me ha ocurrido una idea estupenda.

Entraron corriendo y la señora Regordeta buscó su cesta de costura en la estantería. Se sentó en una silla con Tigresa a sus pies y pasó la noche cosiendo. A primera hora del día siguiente, la señora Regordeta salió de la cabaña llevando una gran caja de cartón, que puso en el suelo bajo el árbol. Escogió un broche con forma de mariposa y lo prendió con cuidado en la rama más baja del árbol. Tigresa metió la cabeza en la caja y sacó otro broche, de colores brillantes, se subió al árbol y lo enganchó a la rama más alta.

La señora Regordeta y Tigresa se pasaron el día prendiendo y colgando broches con forma de mariposa en todos los árboles que estaban alrededor de la cabaña. Entonces, la señora Regordeta entró en la cabaña y se asomó a la ventana.

—Es tan agradable vivir aquí ahora —dijo—. Los árboles parecen tan alegres con sus hermosas mariposas...

ABRIL

1 DE ABRIL

El nido

La señora Mirlo no encontraba un lugar donde construir su nido. El único lugar que quedaba era un gran árbol al fondo del jardín, pero las ramas estaban muy separadas unas de otras. En ese momento oyó a unos niños.

—¿Dónde lo construimos? –preguntó María.

—Bastante alto –contestó el padre.

Llevaban unos trozos de madera, una caja de puntas y un martillo.

—Ya sé –dijo Lucas–. Aquel árbol del fondo del jardín con las ramas separadas sería ideal.

El padre se subió al árbol. Los niños le pasaron la madera y las puntas. De repente, la señora Mirlo sintió un gran «plop» en el pico.

—¡Oh, no! –suspiró–. Llueve otra vez. Voy a resfriarme.

—Entremos ahora a tomar un té, –dijo el padre–. Mañana terminaremos esta labor.

Llovió con ganas toda la noche.

—Supongo que nuestro nido estará totalmente estropeado por dentro –dijo Lucas cuando se levantaron a la mañana siguiente.

—¡Ea, mirad! –dijo María, asomándose a la ventana de su habitación.

Los niños corrieron hacia el árbol. No podían dar crédito a sus ojos. Su nido tenía un elegante tejado nuevo, hecho de hojas, ramitas y hierba, todo bien entrelazado. Dentro, en una esquina, con un reluciente huevo, se sentaba orgullosa la señora Mirlo. Había encontrado el mejor lugar para un nido en el jardín.

2 DE ABRIL

Chuffa en el Salvaje Oeste (primera parte)

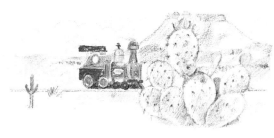

Chuffa y el señor Conductor habían llevado al *sheriff* y al prisionero desde la ciudad de Abilene hasta Deadwood City. El prisionero era el famoso bandolero, el Gran Jake el Malo.

—Tenemos que llegar a Deadwood City antes del atardecer –dijo el *sheriff*–, antes de que el juez abandone la ciudad. Es absolutamente necesario.

—Nunca llegaremos a tiempo en este viejo armatoste –se burló Jake con desprecio, señalando a Chuffa–. De todos modos, mis muchachos hallarán antes o después el modo de detenerla.

A Chuffa no le gustó que le llamaran viejo armatoste y, cuando partieron, se preguntó qué quería decir el Gran Jake el Malo con aquello de sus «muchachos».

Todo iba bien mientras se deslizaban por la pradera. El señor Conductor cantaba una canción de vaqueros cuando, de repente, pisó fuertemente los frenos.

—Hay un árbol en la vía –gritó–. ¿Pero cómo llegó ahí?

—Yo se lo diré, –rió Jake.

—Tus «muchachos», supongo, Jake –dijo el *sheriff*–. Cuidado con las trampas, conductor.

No sin esfuerzo, lograron retirar el árbol de la vía.

—Hemos perdido un tiempo precioso –dijo el *sheriff*–. ¿Podemos acelerar un poco?

—Se hará lo que se pueda –dijo el señor Conductor.

Haciendo mucho ruido aceleraron la velocidad. El señor Conductor comenzó a cantar su canción de vaqueros. De pronto, volvió a pisar a fondo los frenos.

—¿Qué pasa esta vez? –se quejó el *sheriff*.

—¡Mirad! Nuevos contratiempos –dijo el señor Conductor.

Allí, en medio del desierto, había una manada de peludos y sedientos búfalos cruzando tranquilamente la vía del tren.

—Con tantas paradas, nunca llegaremos a Deadwood City a tiempo –dijo el *sheriff*.

Chuffa en el Salvaje Oeste (segunda parte)

Chuffa y el señor Conductor llevaban al *sheriff* y a su prisionero, el Gran Jake el Malo, a Deadwood City. Tenían que estar allí al atardecer, pero había una enorme manada de búfalos en la vía.

—Deben de estar buscando un charco –dijo el señor Conductor. Se bajó de la cabina y se llevó al jefe de la manada a un charco, al otro lado de la vía. Los demás lo siguieron.

Se sintieron muy agradecidos y le dieron las gracias al señor Conductor moviendo la cabeza. El señor Conductor esperó hasta que el último búfalo hubo cruzado la vía. Luego Chuffa silbó un adiós y partieron de nuevo.

El *sheriff* comenzó a impacientarse.

—¿No puedes hacer que este tren vaya más rápido? –dijo–. El sol ya está bajando y aún hay un largo trayecto hasta Deadwood.

—No se preocupe, *sheriff* –dijo el señor Conductor–, Chuffa nos llevará allí pronto.

No habían ido muy lejos antes de que el señor Conductor entonara su canción vaquera y luego, de repente, frenara.

—Piedras en la vía –dijo el señor Conductor–. Debe de ser un desprendimiento.

—¡Eso no es un desprendimiento! –dijo el *sheriff*, cuando de pronto aparecieron unos jinetes a lo lejos.

—Ahí están mis muchachos, –dijo Jake–. Parece que no les voy a acompañar a Deadwood City, después de todo –dijo sonriendo.

4 DE ABRIL

Chuffa en el Salvaje Oeste (tercera parte)

La banda del Gran Jake el Malo venía a salvar a su jefe de ser juzgado en Deadwood City. Chuffa dio tres fuertes silbidos. Esa fue su señal de peligro.

Los forajidos galopaban hacia el tren. El *sheriff* estaba a punto de entregar el prisionero cuando, de pronto, oyeron el distante estruendo de cascos. Los forajidos se volvieron y a los lejos vieron una nube de polvo.

—¡Una estampida de búfalos! –gritaron–. ¡Rápido! Larguémonos de aquí.

—¿Y yo? –les gritó Jake.

—Tú vienes con nosotros a Deadwood City –dijo sonriendo el *sheriff*.

La manada de búfalos pasó persiguiendo a los forajidos, que se dispersaron en todas direcciones.

—En el momento justo, señor Conductor... –dijo el *sheriff*–. Muy bien, y muy bien Chuffa.

Y siguieron con el prisionero.

Cuando el señor Conductor y Chuffa volvieron a Abilene al día siguiente, la noticia de su viaje había llegado a oídos del alcalde.

—Un buen trabajo –dijo el alcalde, dándole al señor Conductor una medalla y a Chuffa un enorme lazo para atar alrededor de la chimenea.

—¡No está mal –se dijo Chuffa a sí misma– para un viejo armatoste!

5 DE ABRIL

La cigarra y la hormiga

Un día, a mediados del invierno, cuando las hormigas estaban poniendo en orden su almacén, una cigarra llamó a la puerta.
—¿Qué quieres? –preguntaron las hormigas, mientras seguían barriendo, ordenando y poniendo cada cosa en su sitio. Las hormigas no dejaron de trabajar para preguntar o esperar una respuesta.
—Tengo mucha hambre –dijo la cigarra–. Vosotras tenéis comida almacenada. Por favor dadme algo antes de que muera de hambre.
Las hormigas se quedaron tan sorprendidas que posaron sus herramientas y escobas y rodearon a la cigarra.
—¿Qué hiciste el verano pasado, cuando había tanta comida? –preguntaron–. ¿No recogiste grano y lo guardaste en el granero, de modo que cuando llegaran los meses de invierno los pudieras pasar con suficiente comida?
—Bueno, en realidad –dijo la cigarra– estaba tan ocupada cantando y disfrutando del sol que no me quedaba tiempo para lo demás.
—Si pasaste el verano cantando, entonces deberías pasar el invierno bailando y dejar de preocuparte de comer –dijeron las hormigas.
Tomaron sus herramientas y escobas y volvieron al trabajo. No le ofrecieron a la cigarra ni un solo grano de trigo y ésta se alejó hambrienta.

6 DE ABRIL

Los peines mágicos

El rey Barrilete estaba aburrido. Decidió ir a ver a su viejo mago Vinoencía para ver si le podía sugerir algo.
—Prueba uno de mis peines mágicos –dijo–. Son siempre muy divertidos. Si alguien se peina con uno, la primera cosa que toque se transformará en algo distinto.
—¿En qué? –preguntó el rey.
—No lo sabrás hasta que la toques –dijo el hechicero.
—Entonces llevaré dos peines, –dijo el rey, y volvió corriendo a casa.
Allí encontró a su esposa peinándose el pelo ante el espejo.
—Aquí tienes, querida –dijo el rey–. Usa este peine nuevo.
—Gracias, querido –dijo la reina, dejando su peine y tomando el peine mágico.
Cuando terminó de peinarse, la reina tocó la silla y se convirtió en un canguro. Salió saltando, con la reina agarrada fuertemente al cuello. El rey se reía a carcajadas, mientras la reina saltaba sobre el canguro. Luego decidió gastarle una broma a su hija.
—Hola, Mirabella –le dijo el rey a la princesa–. Tengo un regalo para ti. Es un peine.
—Es precioso –dijo la princesa, pasándolo por el pelo–. Oh, muchas gracias padre –dijo, corriendo hacia él.
—No, no me toques –protestó el rey.
Pero fue demasiado tarde. La princesa le abrazó y el rey se convirtió en rana. La princesa se sorprendió. Tocó la rana y se convirtió en pájaro. El rey-pájaro salió volando por la ventana hacia un árbol.
Media hora después, cuando volvió a su ser, el rey Barrilete se sintió tan avergonzado de encontrarse en un árbol que decidió ser un rey sabio y sensato desde entonces.

7 DE ABRIL

En busca de pescado

Una noche estrellada, cuando los pescadores preparaban sus barcas para salir a pescar, una vieja iba cojeando por la playa hacia ellos, llevando de la mano a un muchacho de largas piernas.

—¿Qué quieres, vieja? –le preguntaron los pescadores–. ¿No ves que estamos muy ocupados? No queremos perder la marea.

—Llevad a mi hijo con vosotros y enseñadle a pescar –dijo.

Los pescadores le echaron una ojeada al muchacho, que tenía los brazos como rabos de escobas, y se rieron a carcajada limpia.

—No puedes hablar en serio –le replicaron–. ¡Él... pescador! Un pescador tiene que luchar con el mar. Él no podría luchar con un gatito.

—Apartaos –les dijeron bruscamente los pescadores.

No podemos perder el tiempo con tus caprichos. Llévate al muchacho a casa, vieja –dijeron mofándose de ella–. Pescar es cosa de hombres. Déjalo a los hombres.

—¿Cosa de hombres? –chilló la vieja–. ¡Bien, no pescaréis nada hasta que me devolváis eso!

Y se quitó el dedal de plata que llevaba puesto y lo tiró en la arena.

Uno de los pescadores se agachó para recogerlo. Sus dedos no querían acercarse. Cada vez se enterraba más. Fue en ese momento cuando los pescadores se dieron cuenta de lo que habían hecho. Dejaron las redes y las barcas, y comenzaron a excavar en la arena con las manos.

—Apiadaos de nosotros... –suplicaron–. Apiadaos de nosotros...

Pero sus súplicas fueron en vano. Puede que aún estén cavando hoy día, las barcas desatendidas, cayéndose a trozos, y las redes pudriéndose. Todo porque se atrevieron a reírse de una bruja y de su hijo.

---

8 DE ABRIL

Un pequeño ensueño

Un día el ratón Martín y su esposa Valentina, salieron al campo a recoger moras. Cantaban una alegre canción cuando, de repente, vieron algo resplandeciente entre los arbustos.

—¡Mira, es un precioso anillo de oro! –gritó Valentina–. Y lleva incrustados diamantes. Debe de pertenecer a una gran señora.

El ratón Martín lo puso en la cabeza de Valentina.

—Te serviría de corona, Valentina –dijo–. ¡Podrías ser la Reina de la Primavera!

—¡Sí! –dijo Valentina–. Me cubrirían con flores y todo el mundo bailaría a mi alrededor. Luego colocó el anillo en la cabeza de su marido.

—¡Qué noble pareces! –dijo encantada–. ¡Podrías ser el rey de todos los ratones!

Los ojos del ratón Martín resplandecieron.

—Qué maravilloso sería ser rey... llevar ropas preciosas... cabalgar y tener a todo el mundo girando a tu alrededor y saludándote. Podríamos dar bailes de disfraces y...

—Y bailes en el jardín... y mucha comida deliciosa –dijo Valentina.

Luego ambos se quedaron callados y se miraron a los ojos.

—Pero no sería honesto quedarse con el anillo –dijo Valentina.

Martín estuvo de acuerdo.

—Sí, debemos devolverlo a su dueño.

Y lo llevaron al cuartel de la policía y lo dejaron allí. Luego volvieron a recoger moras y se pasaron el resto del día riendo y cantando.

Más tarde, llegó el momento de la hibernación. Se acurrucaron en su acogedor nido bajo el suelo.

—Esto es vida ¿no? –bostezó Valentina–. Nada como un laaaaaargo sueño.

—Aha, mmmm –murmuró Martín medio dormido–. Nadie que nos moleste... ni un gentío gritando... sólo tú y yooo...

Sus ronquidos de satisfacción duraron todo el invierno.

9 DE ABRIL

Juan y el tallo de habas (primera parte)

Juan vivía con su madre en una mísera casita. Eran tan pobres que algunos días no tenían nada para comer. Un día su madre dijo:

—Juan, debes llevar la vaca al mercado y venderla.

—Si la vendemos no tendremos leche tampoco –dijo Juan.

—Si no la vendemos, pronto no nos quedará nada para comer –contestó la madre.

Juan, muy triste, llevó la vaca al mercado. Cuando se encontraba en el camino, se detuvo a hablar con un viejo.

—¿Vendes tu vaca? –preguntó el viejo.

Juan dijo que sí.

—Entonces te daré cinco habichuelas por ella, –dijo el viejo.

Juan se echó a reír.

—No puedes comprar una vaca por cinco habichuelas –dijo.

—Ah –dijo el viejo–, pero estas habichuelas son mágicas. Te harás rico con ellas.

Juan no pudo resistirse a tal ganga. Le dio una afectuosa palmada a la vaca, se la entregó al viejo y tomó las cinco habichuelas a cambio.

La madre de Juan se puso furiosa.

—Necesitamos el dinero para comer –dijo muy enfadada–. ¿Cómo puedes ser tan estúpido?

Le arrancó las habichuelas de la mano y las tiró por la ventana.

—Eso es lo que pienso de tu ganga –dijo.

Juan se fue triste a la cama sin cenar. Pensó que había sido muy tonto. Iría a buscar trabajo al día siguiente, para no dejar que su madre se muriera de hambre.

---

10 DE ABRIL

Juan y el tallo de habas (segunda parte)

La madre de Juan había tirado las habichuelas por la ventana. Al día siguiente Juan se despertó despejado y temprano. En lugar de los resplandecientes rayos del sol que solían entrar por la ventana de su habitación, había una gran sombra. Fue a la ventana para ver qué era lo que no dejaba pasar los rayos de sol. Surgiendo del suelo debajo de su ventana estaba la planta de judías más alta del mundo. Subía... y subía hasta el cielo y la punta se perdía entre las nubes.

—El viejo tenía razón. Eran mágicas –dijo–. Voy a subirme hasta la cima para ver lo que encuentro.

Su madre le pidió que no lo hiciera, pero eso no le hizo cambiar de idea.

Subió y subió, más y más, y desde la punta superior de la planta se pasaba a otro país. Era un país como el suyo, excepto que todo era tres veces más grande. Se dirigió a una casa que vio y llamó a la puerta. Una enorme mujer la abrió. Juan la persuadió de que le diera de desayunar. Acababa de desayunar cuando oyó pasos, tan pesados como una gran roca que se caía, y luego una voz tan fuerte como un trueno.

—¡Fi fai fou fes,
huelo la sangre de un burgués!

Rápida como un relámpago, la mujer del gigante metió a Juan en el horno.

—¡Chis! no digas nada –dijo–. Es mi marido. Come a los chicos como tú.

La enorme mujer le dijo a su marido que estaba equivocado y le puso una escudilla de gachas en la mesa. Cuando las hubo comido, el gigante llamó a su gallina.

—¡Pon! –le ordenó, y la gallina puso un huevo de oro.

Juan lo vio todo por una rendija del horno, y decidió llevarse la gallina. Luego el gigante comenzó a dar cabezadas. No tardó mucho en quedarse dormido. Juan salió del horno, tomó la gallina, corrió hacia la planta de judías y bajó por ella hacia su casa.

11 DE ABRIL

Juan y el tallo de habas (tercera parte)

—Madre, vamos a ser ricos –dijo Juan, mostrándole la gallina que ponía huevos de oro.

Unos días después decidió hacer otra visita al País de los Gigantes. Su madre le pidió de nuevo que no lo hiciera, pero él estaba decidido. Esta vez entró secretamente en la casa y se ocultó. Observó al gigante desayunar.

Después del desayuno el gigante sacó su arpa mágica.

—¡Canta! –le ordenó el gigante, y el arpa cantó con mucha suavidad.

El gigante comenzó a dar cabezadas y pronto se quedó dormido. Juan salió de su escondite, tomó el arpa mágica y comenzó a correr.

El gigante se despertó con un bramido.

—¡Fi fai fou fes,
huelo la sangre de un burgués!

Corrió tras Juan dando aquellos aterradores pasos. Juan era pequeño y ágil y salió muy deprisa. Cuando llegó a la planta metió el arpa en un bolsillo de la camisa y empezó a bajar. La planta comenzó a balancearse, a crujir y a quejarse cuando el gigante comenzó a bajar por ella. Juan se movía cada vez más... más... y más rápido.

—¡Madre! –gritó cuando llegaba abajo–. ¡Tráeme un hacha! ¡Rápido!

Saltó al suelo y tomó el hacha. De tres certeros hachazos, la planta de judías se vino al suelo. Se oyó un terrible aullido cuando cayó el gigante. Hizo un agujero tan enorme en el suelo, cuando golpeó éste, que tanto el gigante como la planta de judías desaparecieron para siempre. En cuanto a Juan y su madre, vivieron felices desde entonces.

---

12 DE ABRIL

Ash Lodge: Un día movido

Basil y Dewy, los dos tejones que vivían en Ash Lodge con su amigo Willie, el topo, estaban enrollando las alfombras y sacando los muebles al jardín.

—¿Qué pasa aquí? –preguntó Willie.

—Vamos a pintar las paredes y los techos –dijo Dewy–, y tú vas a ayudarnos.

—Ah, no –dijo Willie tratando de escapar–. Siempre me cubro de pintura.

—Te haré un sombrero de papel para que la pintura no te caiga encima, –dijo Dewy.

De hecho Dewy hizo un sombrero de papel para cada uno y Willie se sintió mucho más contento.

Acababan de empezar cuando se oyó una voz.

—¿Puedo ayudaros? –Era Jake, la ardilla que se encontraba a la puerta.

—Por supuesto –dijo Basil–. Hay suficientes brochas.

Durante toda la mañana hubo gente que se ofreció a ayudar. De algún modo se había corrido la voz. Dewy estuvo tan ocupado haciendo sombreros de papel que no tuvo tiempo de tomar la brocha. La habitación estaba cada vez más concurrida pero el trabajo se hizo inmediatamente. Basil y Dewy prepararon un montón de bocadillos y todos se fueron a merendar junto a la charca.

—Ya sé –dijo Willie una vez que hubieron comido–. Hagamos una carrera de sombreros.

Puso el sombrero boca arriba en la charca y lo sopló. Llevado por el viento flotó hasta el otro lado de la charca como un barco. Todo el mundo trató de hacer lo mismo. Había sombreros por doquier. Dewy sacó la balsa para recoger todos los sombreros, que estaban empapados. Cuando todos se fueron, Dewy y Basil estaban agotados.

—¿Qué os pasa a vosotros dos? –dijo Willie–. Algunas personas no pueden con un poquito de trabajo de verdad.

13 DE ABRIL

El feliz viajero

¿Has visto al feliz viajero
y has oído su bella canción?
Él canta y da buena suerte
sin distinguir la ocasión.

Le gusta andar por el campo,
ya sea de noche o de día;
con sombrero y bastón pasea
lleno de mucha alegría.

Es amigo del campesino,
quien le invita a comer;
comparte con él el vino
que se sienta a beber.

A los niños les encanta,
pues conoce muchos cuentos.
Ayuda a los más pequeños
en sus peores momentos.

Un día cuando llegaba,
se celebraba una boda.
Tocó la flauta y cantó,
bailando la gente toda.

Bailaron y rebailaron
y todos detrás cantando;
recorrieron todo el pueblo
sonriendo y disfrutando.

Llegó la hora de partir;
salió en el cielo la luna.
Bellas coplas despidieron.
Él trajo siempre fortuna.

¿Has visto al feliz viajero
y has oído su bella canción?
Él canta y da buena suerte
sin distinguir la ocasión.

14 DE ABRIL

El nuevo amigo de Arturo

—¿Dónde estás? –pregunta Melisa la ratona–. La chimenea está rota y hay que arreglarla.

Pero el ratón Arturo se ha ido de pesca. Odia arreglar las cosas, especialmente cuando Melisa refunfuña, así que se va al lago.

No es un buen día para Arturo. No pesca ni un pez y la caña se le engancha en las rocas. Nada hasta la roca y desengancha la caña. Pero de pronto, alrededor de él, el agua comienza a arremolinarse y gorgotear.

—¡Dios mío! –grita–. El lago se está desecando.

La roca había sido un tapón ¡y ahora se está quedando vacío! Arturo se mueve entre las rocas y las algas.

—¡Hola! –le grita una voz desde detrás de una gran roca.

Arturo se vuelve y se encuentra junto a un enorme animal de grandes orejas rosas y una gran cola rosa también.

—Soy un ratón hipopótamo –le explica–. Vivo en el agua, pero me aburro aquí, así que me alegro de que hayas dejado que el agua se vaya.

Le enseña a Arturo dónde vive.

—Esta es mi casa –dice–. La construí con toda la porquería del lecho del lago.

Arturo se siente impresionado.

—Melisa nunca creerá esto –dice Arturo.

—Llévate esta vieja bota a casa como recuerdo, –dice el ratón hipopótamo.

En el camino a casa, comienza a llover. «El lago se llenará de nuevo», piensa.

Cuando llega a casa, Arturo le cuenta a Melisa lo del ratón hipopótamo.

—Era tan grande... –le dice, abriendo los brazos lo máximo posible–, era enorme.

—Y me imagino que se fue –dice Melisa.

—Mira, si no me crees, aquí tienes un recuerdo que me dio, –dice Arturo.

—¡Eso es todo lo que pescaste! –dice Melisa–. ¡Una bota vieja! Ahora deja de decir mentiras y arregla nuestra chimenea.

Eso es lo que hace Arturo. Pone la bota vieja boca abajo y así la convierte en una nueva chimenea. Melisa está tan contenta que le dice a Arturo que puede volver a pescar si le apetece, siempre que no vuelva a casa con más cuentos chinos.

15 DE ABRIL

Uncama el cazador (primera parte)

Uncama era un valiente cazador africano. Vivía en un pequeño poblado, al borde de la selva, con su mujer y su bebé.

En la época de la recolección, cuando las cosechas estaban listas para ser recogidas, un extraño animal apareció en el poblado y arrancó todas las verduras de un campo. Y volvió noche tras noche. Cada vez se llevaba más verduras.

—Si nadie hace algo pronto —dijo Uncama—, no nos quedará nada y moriremos de hambre.

Aquella noche se quedó de guardia y esperó al extraño animal. Si lo cazara, lo mataría. Pero aunque Uncama no se movió, el extraño animal lo oyó respirar y huyó antes de que Uncama tuviera tiempo de lanzarle un dardo.

Uncama corrió como el viento y le dio alcance. Cuando el animal llegó al río, corrió hacia un profundo agujero que había al borde del agua. Uncama era un bravo cazador; no vaciló. Siguió al animal por el agujero y llegó a un país subterráneo. El animal desapareció y Uncama se encontró en un poblado, entre una tribu de enanos salvajes que le atacaron.

16 DE ABRIL

Uncama el cazador (segunda parte)

Uncama tuvo suerte de salir del país de los enanos con vida. Se volvió corriendo por el camino por el que había venido, perseguido por una tormenta de dardos.

Cuando llegó al poblado nadie parecía reconocerlo. Uncama no veía a nadie que conociera tampoco.

—¿Dónde están mis amigos? —preguntó—. ¿Y dónde está mi esposa?

—¿Qué esposa era? —preguntó un joven.

—No bromees... la esposa de Uncama, naturalmente.

—Supongo que quieres decir Uncama, el que desapareció hace muchísimos años —dijo el joven, y lo llevó a una vieja de rostro arrugado e inclinados hombros.

A su lado se encontraba un hombre ya hecho. El hombre era el hijo de Uncama. Uncama pensó que sólo se había encontrado fuera durante menos de una hora. No sabía que una hora en el país subterráneo de los enanos eran unos cincuenta años en cualquier otra parte.

El hijo, que era un bebé en los brazos de la madre cuando Uncama partió en persecución del extraño animal, era ahora más viejo que su propio padre.

Madre Holle (primera parte)

Había una vez dos hermanas que eran tan diferentes como el día y la noche. Marta era perezosa y nunca hacía nada, a menos que tuviera que hacerlo, lo que no era muy frecuente, ya que era la favorita de su madre. Ana, por el contrario, estaba siempre muy atareada.

Un día, Ana estaba sentada en el jardín hilando, cuando se pinchó en un dedo. Una gotita de sangre cayó en la lanzadera. Estaba tratando de lavarla, cuando resbaló de su mano y cayó al fondo del pozo.

—¡La dejaste caer! ¡Debes bajar a buscarla! –le gritó su madre con tanta ira que no le quedó más remedio que hacer lo que le había ordenado.

Debió de golpearse la cabeza cuando cayó, pues no recordó nada hasta que se encontró despierta en un precioso campo. Se levantó y comenzó a caminar. Así llegó hasta un horno.

—¡Sácame... antes de que me queme! –le gritó el pan metido en el horno. Ana sacó el pan del horno y lo puso al fresco para enfriarlo. Más tarde se topó con un árbol.

—¡Sacúdeme! –le gritó el árbol–. ¡Mis manzanas están maduras!

Ana sacudió el árbol. Una vez que todas las manzanas hubieron caído, las amontonó con cuidado; luego siguió su camino, hasta que llegó a la casa de una bruja.

Madre Holle (segunda parte)

Ana había caído a un pozo. Se encontró en un extraño país, y llegó a la casa de una bruja.

—Debes entrar y trabajar para mí –dijo la bruja–. Tu trabajo principal será sacudir mi cama de plumas todas las mañanas. Soy Madre Holle.

Madre Holle fue muy amable con Ana. Durante algún tiempo Ana se sintió feliz, pero luego comenzó a sentir añoranza de su casa.

—Has trabajado muy bien –dijo Madre Holle–. Yo te indicaré el camino de regreso.

Llevó a Ana a una puerta oculta. Cuando Ana atravesó la puerta, una lluvia de oro cayó sobre ella y se adhirió al pelo y la ropa.

—El oro es tuyo –dijo Madre Holle–. Adiós, querida.

A continuación se encontró en casa. Cuando estaba cruzando el corral, un gallo que estaba subido a la valla cantó:

>—¡Quiquiriquí!
>¡Una chica de oro va hacia ti!

—¿Dónde has estado, malvada? –le gritó la madre, corriendo hacia la puerta; pero, cuando vio el oro, cambió inmediatamente de tono.

—¿Dónde lo conseguiste? ¿Cómo lo conseguiste? –le preguntó.

Ana le contó todo lo que había ocurrido.

—Marta también conseguirá oro –dijo la madre–. Ve, siéntate junto al pozo, Marta, e hila. Haz todo lo que hizo Ana.

A Marta no le gustaba hilar y tenía prisa por hacerse rica. Así que se pinchó el dedo en una zarza para que sangrara. Oprimió el dedo para que la sangre cayera en la lanzadera, la tiró al pozo y saltó tras ella.

19 DE ABRIL

Madre Holle (tercera parte)

La hermana de Ana, Marta, bajó al pozo para encontrarse con Madre Holle y hacerse tan rica como su hermana. Todo sucedió como había sucedido anteriormente, hasta que llegó al horno.

—¡Sácame antes de que me queme! –gritó el pan.

—¡Y me mancharé las manos! ¡Por supuesto que no! –dijo Marta.

—¡Sacúdeme! ¡Mis manzanas están maduras! –gritó el árbol.

—¿Qué? ¿Y que una caiga sobre mi cabeza...? ¡Por supuesto que no! –contestó Marta. Y siguió deprisa hasta la casa de la bruja.

—Vengo a trabajar para ti, –le dijo a Madre Holle, sin esperar a que le preguntara.

Sacudió el polvo de la alfombra junto a la chimenea y no se preocupó de sacudir el colchón de Madre Holle. Además se quedó en la cama hasta bastante tarde todos los días.

—Ha llegado el momento de que vuelvas a casa, –dijo Madre Holle después de tres días.

—Debes pagarme primero –dijo Marta avariciosamente.

—Naturalmente; te pagaré –dijo Madre Holle.

La llevó a la puerta oculta. Esta vez, en lugar de una ducha de oro cayó una ducha de negro hollín y la cubrió de pies a cabeza.

—Éste es el justo pago para el trabajo que has hecho –dijo Madre Holle seriamente y cerró la puerta. Cuando Marta cruzó el jardín llorando hacia la casa, el gallo sentado en la valla cantó:

—¡Quiquiriquí!
¡Una chica sucia va hacia ti!

---

20 DE ABRIL

Las aventuras de El *Tulipán:* ¿Estamos perdidos?

Tomás, Wilbur y Minty habían pasado varios días a bordo del barco, *El Tulipán,* y ahora que el alimento comenzaba a escasear, Wilbur y Minty se ofrecieron a ir de compras. Pronto encontraron una granja y compraron todo lo que necesitaban.

—¿En qué dirección está el barco? –preguntó Minty, cuando comenzaban el regreso a él.

—Por aquí –dijo Wilbur seguro de sí mismo.

Cruzaron un campo en el que la hierba les llegaba a las rodillas. Casi de inmediato se encontraron con hierba por todas partes y el río ni se divisaba.

—¿Estás seguro de que tienes razón? –preguntó Minty.

—Naturalmente que estoy seguro –dijo Wilbur, mientras se estrujaban para cruzar la valla.

Al otro lado de la valla había un campo de hierba con un rebaño de ovejas pastando. Wilbur y Minty ya se encontraban a medio camino, cuando se dieron cuenta de que alguien los seguía. Miraron hacia atrás y un rebaño de ovejas les pisaba los talones. Minty se preguntó qué cosas comían las ovejas y si él sería una de esas cosas, así que decidió despistarlas.

—Mmm... ¿por casualidad no sabéis dónde está el río? –preguntó.

Todas las ovejas comenzaron a hablar a la vez. Todas tenían algo diferente que decir.

Mientras tanto, a bordo de El Tulipán, Tomás había comenzado a preocuparse por sus amigos. Dio varios silbidos. «¡Uuuu.....Uuuuu!» Las ovejas dejaron de hablar y se quedaron quietas.

—Rápido –dijo Wilbur–, ese es *El Tulipán*. Por aquí.

Salieron corriendo mientras las ovejas seguían mirando. Se alegraron mucho de ver de nuevo a Tomás y *El Tulipán*.

A salvo a bordo, Minty le dijo a Tomás:

—No sabes lo que les gusta a las ovejas ¿verdad?

—Hierba, creo –dijo Tomás.

—¿Ves? –dijo Minty–. Sabía que estábamos a salvo, de todos modos.

21 DE ABRIL

El duende sin casa

Había una vez un duendecillo llamado Pillín. Pillín construyó su casa en una tienda de comestibles. Era una elección muy sabia, porque cuando el tendero cerraba las ventanas por la noche, había mucho espacio para moverse. Siempre había cositas sabrosas que llevarse a su casa detrás de los paquetes de café.

Entonces, un día, sucedió algo horrible. El tendero colgó en la ventana de la tienda un cartel que decía: «Se cierra». Poco después, unos hombres con monos azules entraron en la tienda y comenzaron a llevarse las latas, las botellas, los paquetes y las bolsas de harina. Pillín tuvo mucha suerte de que no tocaran los paquetes de café, que estaban en la estantería más alta. Pero Pillín se dio cuenta de que tenía que abandonar su casita y buscar algún otro sitio para vivir.

La primera noche que dejó su acogedora casita durmió en una de las cajas vacías que había en la parte trasera de la tienda. Pero hacía tanto frío y tanta corriente que pensó que no podía quedarse allí.

«Estoy sin casa», pensó el duendecillo con tristeza conteniendo las lágrimas.

La noche siguiente volvió a la tienda vacía. Se estrujó para pasar por un agujerito en la parte trasera y se encontró en una calurosa y bien iluminada habitación. Allí estaba su viejo amigo, el tendero, sentado junto al fuego.

Pillín se sintió en casa de nuevo. De puntillas se coló en unos de los armarios donde el tendero guardaba los zapatos viejos y encontró exactamente lo que buscaba. ¿Lo adivináis? Era un enorme zapato muy cómodo, que una vez había pertenecido al hijo del tendero.

—¡Esto es exactamente lo que necesito! –dijo Pillín. Se metió en su nueva casa e inmediatamente se quedó dormido.

22 DE ABRIL

Un cerdo llamado Celes

Celes, el cerdito azul, abrió un ojo y se asomó desde su nido. Estiró las alas y bostezó. Hoy era su día de aventura. Iba a averiguar por qué no era como los demás cerdos. Todos eran de color rosa y vivían en el suelo; él era azul, tenía alas y vivía en un árbol.

Todo el mundo que lo veía decía: «fíjate, un cerdito azul». Un gato verde le dijo una vez a Celes que realmente no era extraño y que debería ir al norte.

—Allí encontrarás la respuesta –le dijo el gato.

Celes salió después del desayuno. En el camino se encontró con un pájaro dorado.

—¡Disculpa, pero ¿voy al norte? –preguntó Celes.

—Sí, al norte. Ése es tu destino, –dijo el pájaro.

Celes siguió volando. De repente se oyó el ruido de un trueno. Celes voló a un árbol. Un precioso caballo blanco galopaba por el bosque.

—¿Qué haces aquí, cerdito azul? –dijo el caballo, disminuyendo el ritmo de galopar.

Celes se dio cuenta de que el caballo tenía un cuerno. No era un caballo; era un unicornio.

—Voy al norte –dijo Celes–, para averiguar por qué no soy como los otros cerdos.

—Yo te llevaré al norte –dijo el unicornio.

Siguieron a toda velocidad juntos, hasta que llegaron al final del bosque. Entonces vieron un valle donde unos gatitos verdes jugaban entre grupos de unicornios blancos y en el cielo volaban pájaros dorados y una bandada de cerditos azules.

Sin echar una mirada hacia atrás, Celes se bajó de la grupa del unicornio. Al fin estaba en casa.

23 DE ABRIL

El escarabajo y su nido

Dora, un escarabajo estercolero, vivía en el campo de un granjero. Había hecho una bola de tierra y estiércol. Iba a poner un huevo en ella, pero antes necesitaba ponerla en un lugar seguro; así que se fue, empujándola con la cabeza y las patas.

Se encontró con Delia, otro escarabajo estercolero, que también empujaba su nido. Entonces Delia se volvió y siguió otra dirección.

—¡No vayas por ahí! –le dijo Dora–. ¡Caerás al abismo del mundo!

—¿Caerme? –repitió Delia–. ¡El mundo es redondo como nuestros nidos! ¡Podría comenzar aquí y volver aquí otra vez!

—¡Pero si sigues por ahí llegarás a un abismo y si se te cae tu bola de estiércol será su fin! –gritó Dora. Pero Delia siguió su camino.

Dora encontró un lugar seguro para su nido y con las patas traseras cavó un pequeño túnel para que la bola descansara. Entonces, una vez puesto el huevo en ella, se fue a hacer otra cosa.

Delia seguía yendo hacia el acantilado. Su nido empezó a rodar cuesta abajo.

—¡Vaya! –zumbó–. ¡Por fin más fácil!

De pronto la bola cayó en el vacío.

—¡Ay! –chilló Delia–. ¡Mi querido nido!

La soltó y extendió las alas... ¡justo a tiempo! Delia volvió a buscar a Dora, que trabajaba felizmente.

—¡No! –lloró Delia–. Llegué al abismo y... perdí mi nido.

La pobre Delia se deshacía en lágrimas.

—¡Anímate! –dijo Dora–. Hagamos otra juntas y cuidaremos de ella aquí.

24 DE ABRIL

Carlota el vaquero

Carlota quería ser vaquero cuando creciera. Sabía cómo vestían los vaqueros y su madre le compró todo lo que necesitaba; se lo pondría todos los días después del colegio.

Recortó todas las fotos de vaqueros de revistas y tebeos, y nunca se perdía una película de vaqueros. Cuando jugaba con sus amigas, ella era siempre un vaquero. Su madre le decía a veces:

—¿No te cansas de jugar a vaqueros?

Pero ella siempre decía que no.

—Voy a ser un vaquero y tendré un caballo blanco y negro –decía.

Debido a esto, su padre la llamaba Carlota el Vaquero.

Un viernes, cuando volvía a casa del colegio, la televisión estaba puesta.

—Date prisa y cámbiate, Carlota. Hay una película de vaqueros de verdad –dijo la madre.

Así que Carlota se puso el traje de vaquero y se sentó a ver la tele.

La película mostraba cuán dura era la vida de los vaqueros. Trabajaban de sol a sol entre el polvo y el calor, cuidando del ganado. Todos los vaqueros vivían juntos en una barraca de madera tosca, comían muchísimo, luego se iban a la cama temprano para poder estar despiertos al amanecer e iniciar el trabajo de nuevo. Nadie disparaba o perseguía a los malos. Carlota se quedó muy callada.

Al día siguiente, a la hora del desayuno, su madre le preguntó por qué no llevaba la ropa de vaquero.

—Creo que no me gustan las vacas –dijo.

—¿Qué serás cuando seas mayor, entonces? –le preguntó su madre.

—¡Creo que seré astronauta! –dijo Carlota.

25 DE ABRIL

El buey y las ranas

Un día una ranita saltaba por la pradera. Apareció un buey y se puso a comer hierba. La ranita nunca había visto un buey. Se asustó mucho y volvió dando saltos a casa tan deprisa como pudo.

Cuando llegó a la charca donde vivía, vio a su madre sentada en un nenúfar, tomando el sol.

—Mamá –le dijo la ranita–, ¡acabo de ver al animal más grande del mundo!

La madre croó,

—No más grande que yo.

—Sí, mucho más grande, –contestó la ranita.

La madre de la ranita era idiota y muy engreída. Comenzó a hinchar el pecho hasta que estuvo muy abultado.

—¡Ese animal –croó–, no podría ser mas grande que yo!

—Sí, mamá. Mucho más grande.

La engreída rana comenzó a enfadarse. Se hinchó más y más, hasta que estuvo tan hinchada que parecía un balón. Toda la hinchazón no le dejaba caminar ni apenas hablar.

—Ahora, soy el animal más grande, –chilló–. ¿Cierto?

—No, –dijo la ranita.

Esto hizo que su madre se enfadara

de verdad. Así que se hinchó más y más y cada vez más, hasta que por fin ESTALLÓ... en pequeños trocitos.

Lo que demuestra que ser idiota y engreído no es bueno si eres una rana.

---

26 DE ABRIL

Las tres hilanderas (primera parte)

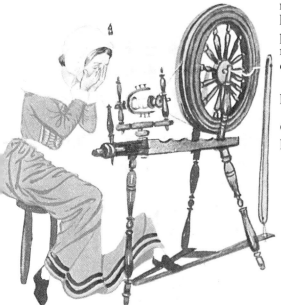

Erase una vez una muchacha que no sabía hilar.

—¡Eres una chica perezosa! –le gritaba su madre mientras la golpeaba.

Un día que le estaba gritando y la muchacha estaba sentada llorando a la rueda de la hilandera, la Reina pasó por allí en su carroza. Oyó a la muchacha llorar y le pidió al cochero que se detuviera.

—¿Por qué le pegas a tu hija? –le preguntó a la mujer.

La vieja estaba tan avergonzada de decirle que pensaba que su hija era perezosa que dijo:

—A mi hija le encanta hilar. Soy una pobre vieja y no puedo comprar el lino. Llora porque quiere hilar... no sé qué hacer.

—Se acabaron tus problemas, –dijo la Reina–. Tengo mucho lino en el palacio. Me llevaré a tu hija y podrá hilar tanto como quiera.

La Reina llevó a la muchacha al palacio y le mostró tres habitaciones que estaban, del suelo al techo, llenas de lino sin hilar.

—Hila todo este lino que hay aquí, niña mía, y te casarás con mi hijo –dijo la Reina.

27 DE ABRIL

Las tres hilanderas (segunda parte)

La Reina le había dicho a la muchacha que si hilaba todo el lino que llenaba la habitación se podría casar con su hijo. Pero la muchacha no sabía hilar. Pasó dos días sentada llorando. Al tercer día la Reina vino a verla.

—¿Por qué lloras, chiquilla? –preguntó la Reina– ¿Por qué no has comenzado a hilar?

La pobre muchacha lloraba cada vez más.

—Si mañana no has hilado nada, te castigaré, –dijo la Reina y salió de la habitación.

La muchacha se encontraba en la ventana mirando a la calle mientras lloraba. En cierto momento, a través de las lágrimas, vio tres extrañas mujeres caminando por la calle. Una de ellas tenía un enorme pie plano; otra tenía un labio que le colgaba por debajo de la barbilla; y la tercera tenía un enorme pulgar. Una de las mujeres llamó a la muchacha y le preguntó por qué lloraba.

—Debo hilar todo este lino y no sé hilar.

—Si no te importa llamarnos tías y no te avergüenzas de nuestra extraña apariencia, y si nos invitas a tu boda, te ayudaremos –dijeron las tres mujeres.

La muchacha asintió.

28 DE ABRIL

Las tres hilanderas (tercera parte)

Tres extrañas mujeres se habían ofrecido a ayudar a una muchacha a hilar el lino. A cambio, ella accedió a invitarlas a su boda cuando se casara con el Príncipe.

Las mujeres entraron en el palacio sin ser vistas y se pusieron a trabajar. La del enorme pie plano movía la lanzadera; la del labio que le colgaba por debajo de la barbilla humedecía el lino; y la del enorme pulgar torcía el hilo. Juntas hilaron el hilo más fino nunca visto. Luego se ocultaron mientras la Reina lo admiraba y le decía a la muchacha:

—Hija mía, te casarás con mi hijo.

—Tengo tres tías que han sido muy amables conmigo. ¿Puedo invitarlas a la boda? –preguntó la muchacha.

—Naturalmente –dijo la Reina.

Se les envió una invitación, y el día de la boda las tres extrañas mujeres llegaron y fueron recibidas con toda amabilidad por la muchacha y el Príncipe.

—Dime, tía –dijo el Príncipe–, ¿por qué tienes ese enorme pie plano?

—Porque piso y trabajo con la lanzadera –dijo la primera tía.

—¿Y cómo es que tú tienes un labio tan largo? –le preguntó a la segunda tía.

—Porque tengo que humedecer el lino.

—¿Y por qué tienes tú un pulgar tan enorme? –le preguntó a la tercera tía.

—Porque yo tuerzo el hilo al hilarlo –contestó.

El Príncipe miró a las tres extrañas mujeres, la del enorme pie plano, la del labio colgante y la del enorme pulgar, y luego miró a su hermosa novia.

—Si hilar le causa esto a la mujer –le dijo–, te prohibo que jamás vuelvas a tocar una lanzadera.

29 DE ABRIL

Tut-Tut va a la ciudad

Tut-Tut es una pequeña locomotora a vapor que se escapó de los railes una noche, después de que unos hombres le dijeron que la iban a desguazar. Primero Tut-Tut trabajó en una granja. Luego decidió explorar otras cosas, así que le dijo adiós al granjero, a su esposa y al caballo, Rosita, y partió para la ciudad.

Cuando caminaba por la ciudad vio unos raíles que iban por la calle principal. Llevaba tanto tiempo sin ir por raíles que no pudo resistir darse una vuelta en ellos.

—¡Qué agradable! –suspiró Tut-Tut.

—¿A dónde crees que vas? –le dijo una voz de repente. Tut-Tut se encontró frente a frente con un tranvía.

—No nos gustan las locomotoras sucias en nuestros limpios raíles. ¡Apártate enseguida! –le dijo el conductor del tranvía.

¿Sucia? Tut-Tut se miró. Sí, estaba bastante sucia después del trabajo en la granja.

—¡Date prisa! –dijo el conductor–. Mis pasajeros tienen que llegar al trabajo.

Tut-Tut se apartó, pero el tranvía no se movió. Se había estropeado.

—¿Puedo ayudar? –preguntó Tut-Tut.

Volvió a los raíles y se acopló al tranvía. Y así partieron, y todos los pasajeros gritaron y aplaudieron. El conductor se puso rojo, y Tut-Tut no pudo resistir dar un silbido, sólo por diversión.

30 DE ABRIL

El gigante observador

Antes era muy pequeño.
Ahora no soy muy grande
pero, si en el jardín estoy,
me considero un gigante.

Y con cuidado me muevo,
porque al menor descuido,
sin pensarlo ni quererlo,
podría estropear un nido.

Y mis pies son gigantescos
para gente tan menuda;
mi cabeza les parece
una montaña peluda.

Tan enorme les parezco
cuando me siento silencioso
que me miran con fervor.
¡Soy un ser maravilloso!

Son todos muy laboriosos.
No se paran ni a descansar;
van y vienen todo el día,
pues les encanta trabajar.

Tengo que volver a casa
y dejar a mis insectos.
¡Os invitaré más tarde,
mis amigos predilectos!

MAYO

1 DE MAYO

El Príncipe Pedro de Porcelania (primera parte)

Porcelania es una pequeña ciudad muy bonita, donde todo está hecho de porcelana. La porcelana se rompe con facilidad, así que todo el mundo en Porcelania tiene que tener mucho cuidado.

Los domingos, las gentes de Porcelania oyen la campana de porcelana que llama para ir a la iglesia de porcelana. Allí se sientan en sus asientos de porcelana y cantan himnos de sus libros de porcelana.

Pero en la iglesia vivía una familia de ratones que siempre chillaban durante la ceremonia. Así que la gente de Porcelania contrató a un gato, llamado Pedro, para que mantuviera a los ratones en silencio.

Una tarde, cuando Pedro había salido de paseo por los bosques de porcelana, oyó unas voces y se acercó, manteniéndose oculto.

Vió tres hombres sentados en la hierba de porcelana.

—Esta noche nos vamos a divertir —dijo uno de los hombres—. Mientras todos duermen, haremos añicos Porcelania. Derribaremos, pisotearemos y machacaremos y, cuando hayamos terminado, la ciudad entera estará hecha añicos.

Los hombres se rieron.

—¡Qué divertido! —dijeron.

Pedro salió corriendo para avisar a la gente pero, cuando llegó a la plaza principal, todo el mundo dormía. ¿Cómo podría avisarlos? Se subió a uno de los tejados de porcelana y gritó lo más alto que pudo «¡Miauuu!». Alguien se despertó, abrió una ventana de porcelana y le tiró un caldero de porcelana lleno agua.

¿Cómo podría Pedro hacer entender a la gente el peligro que corría?

---

2 DE MAYO

El Príncipe Pedro de Porcelania (segunda parte)

Pedro, el gato de Porcelania, tenía que advertir a la gente de que unos hombres iban a venir a destruir la ciudad. Calado hasta los huesos, Pedro corrió hacia la iglesia de porcelana. Intentó con todas sus fuerzas tirar de la campana de porcelana, pero era demasiado pesada para que pudiera moverla él solo.

Pedro lo dejó y se sentó a llorar. La familia de ratones le vio tan afligido que todos se acercaron prudentemente a él, preguntándole qué pasaba. Pedro les explicó lo de los bandidos y el padre ratón se ofreció:

—Vamos, nosotros podemos ayudarte a tocar la campana.

Así que Pedro y los ratones se agarraron a la cuerda de la campana y dieron un fuerte tirón.

Los tres hombres acababan de llegar a la plaza mayor cuando, de repente, «¡Dong!», sonó la campana de porcelana, y «¡Dong!», sonó de nuevo, y «¡Dong!», sonó por tercera vez.

Todo el mundo salió de sus casas de porcelana.

—¿Qué ocurre? ¿Es domingo? —preguntó alguien que llevaba un albornoz de porcelana.

Los tres hombres se vieron tan sorprendidos que se quedaron en medio de la plaza sin saber qué hacer.

Los policías de Porcelania inmediatamente les pusieron las esposas y los llevaron a la cárcel de porcelana.

—Bien hecho, bien hecho —le dijo el alcalde a Pedro—. Has salvado a la ciudad con la ayuda de la familia de ratones.

Como recompensa, a los ratones se les permitió chillar tanto como quisieran en la iglesia de porcelana y a Pedro se le entregó una corona. ¿Sabéis de qué estaba hecha?

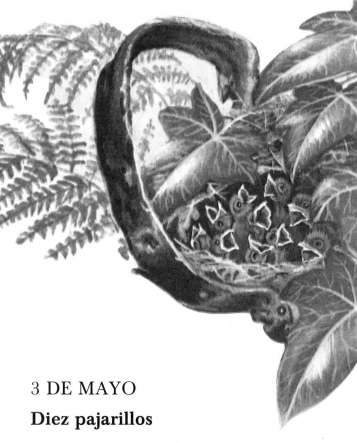

3 DE MAYO

Diez pajarillos

Los diez pajarillos sus alas extienden.
Su madre se dice: «Parece que aprenden».

«Venga pajarillos. Poneos en fila».
Uno se marcha, sólo son nueve en la fila.

Otro deja el nido: «¡Qué gracioso es volar!»
les dice a los otros ocho al comenzar.

Dos saltan al aire haciendo cabriolas;
seis en las ramas quedan mirando las colas.

La madre se acerca para ver a dos más,
dejando ya tan sólo cuatro detrás.

El más pequeño vuela hacia lo alto.
«Miradme», les dice dando un gran salto.

Dos al oeste se van directamente
y de los diez nos queda uno solamente.

El último que queda se une a los otros.
«Nuestra pobre madre se va sin nosotros».

La madre está triste y contenta a la vez.
Se acuerda del primer vuelo de su niñez.

4 DE MAYO

El duende y las efímeras

El nuevo Rey de las efímeras estaba triste. Antes de que sus súbditos comenzaran su alegre baile en el agua les dijo:

—Nos quedan muy pocas horas de vida. ¡Bailamos y luego morimos!

—Nadie se acordará de nosotros –dijo una pequeña efímera–. Nos olvidarán en seguida.

El Rey asintió.

El señor Chinche oyó esto al pasar.

—Iré a ver al duende del bosque y le contaré el problema de las efímeras, —se propuso.

El señor Chinche fue a buscar al duende del bosque y le contó lo que sucedía.

—Construiremos algo para que se les recuerde –dijo el duende–. Vamos, tengo una idea.

El duende comenzó a recoger entonces las cosas más bonitas que encontraba. Pidió una campanilla azul aquí, una pluma allí y varias piedrecitas resplandecientes; a sus amigos del bosque les encantó poder dárselas. Luego llevó los tesoros a un lugar secreto junto a la charca y se puso a trabajar.

Pronto hubo terminado y el señor Chinche llevó a las efímeras al lugar secreto. Allí vieron el diminuto jardín que había hecho el duende.

—Este es mi jardín de efímeras –dijo el duende.

—Es precioso –dijo el Rey de las efímeras–. Ahora nos recordaréis siempre. Tendréis un par de alas como regalo. Entonces podréis bailar y volar como nosotros.

—A cambio –repuso el duende–, cuidaré vuestro jardín para siempre.

El Rey miró al jardín con orgullo y sonrió mientras las efímeras comenzaban su feliz baile sobre el agua.

5 DE MAYO

Ash Lodge: Algo punzante

Willie el topo y sus dos amigos los tejones Basil y Dewy estaban recogiendo castañas un día en el bosque, cerca de Ash Lodge.

—¿Qué hacéis con ellas? –preguntó Willie, mientras recogía una de aquellas bolas punzantes.

—Primero se pelan y luego se tuestan –explicó Dewy–. Saben deliciosas.

Los tejones cargaron tantas castañas con sus cáscaras llenas de pinchos como pudieron poner en el sombrero de Basil y luego volvieron a casa.

Willie les seguía a corta distancia cuando, de pronto, se detuvo. Nunca había visto una bola tan grande. Basil y Dewy se pondrían muy celosos cuando la pelara y comiera el enorme fruto de aquella monumental castaña él solito.

Willie tuvo problemas para tomar en sus manos la gran castaña, ya que era demasiado punzante. Le hizo decir «¡Ay!» y «¡ooh!» todo el camino, pues las púas se le clavaban en las manos. Pero merecería la pena. Por fin llegó a casa con la punzante castaña.

—¿Qué tienes ahí, Willie? –preguntó Dewy, que estaba a la puerta.

—Tengo la castaña más grande del mundo –dijo Willie muy satisfecho–. Mira.

Willie puso orgullosamente la castaña en el suelo. Entonces, con los ojos como platos, vio cómo la castaña salía corriendo.

—¡Vuelve! –le gritó Willie muy sorprendido–, ¿a dónde vas?

—Lo más probable es que vaya a ver a su madre, –dijo Dewy riéndose–. ¿Todavía no sabes distinguir a un erizo joven cuando lo ves?

—Naturalmente que sí. Pues, ¿qué te has creído? –dijo Willie, pretendiendo que lo había sabido todo desde el principio–. ¡Pero me alegro muchísimo de no haber intentando pelarlo!

6 DE MAYO

El zorro ansioso

Unos pastores encontraron un lugar que creyeron seguro para guardar su almuerzo. Lo pusieron en el tronco hueco de un viejo árbol y se fueron con sus rebaños. Volverían más tarde a recoger su comida.

Pero, casualmente, aquella mañana pasó por allí un zorro hambriento. No tardó mucho tiempo en descubrir el agujero del que provenía aquel delicioso olor. Se estrechó cuanto pudo para poder entrar en el hueco que daba al lugar del almuerzo, se tragó toda la comida sin dejar ni una sola miga y luego intentó estrecharse de nuevo para poder salir. Pero no pudo, pues había comido demasiado. Le resultó imposible apretarse lo suficiente para poder salir por el estrecho hueco y se quedó aprisionado en el árbol.

Cuando volvieron los pastores, decidieron dejar al zorro glotón allí hasta que adelgazase de nuevo.

7 DE MAYO

Un refrán de Siam (primera parte)

En la antigüedad, en el Reino de Siam, la gente tenía un refrán o proverbio: «¡Ten cuidado! ¿Quién puede distinguir a un hombre honesto de una serpiente venenosa?» El refrán fue inventado por un sabio rey y hay una historia que lo explica.

El Rey tenía seis hijos, todos ellos jóvenes y robustos. Un día, el hijo que demostrara ser el mejor príncipe gobernaría sobre la parte más grande del reino. A cuatro de sus hijos les pareció bien la disposición, pero a los otros dos no les gustó en absoluto.

—Podríamos tener tantas posesiones como quisiéramos si nuestro padre no nos lo impidiera –se quejaron.

Así que, paseando por los jardines de palacio, conspiraron para matar al Rey.

Allí, enroscada alrededor de los árboles y deslizándose por la maleza del jardín, había una serpiente rosa y negra llamada Singalú. Tenía una lengua de aspecto maligno y una mirada penetrante, pero en realidad era inofensiva. Cuando oyó los planes de los príncipes malvados, decidió proteger al Rey.

A la noche siguiente se quedó de vigía y al instante oyó voces que susurraban. Los dos príncipes conspiradores llevaban un árbol al huerto del Rey. Singalú observó en silencio cómo arrancaban un naranjo y plantaban otro arbusto alto en su lugar.

—¡Ea! –susurraron–. Padre verá este árbol nuevo e intentará probar la fruta. El veneno actuará con rapidez y morirá inmediatamente. Entonces podremos tener todo el terreno que queramos.

Cuando los príncipes se fueron, Singalú se deslizó árbol arriba. Tenía unas frutas amarillas, como naranjas tropicales. La gente probablemente las querría probar y Singalú se preguntó cómo podría salvar la vida del Rey.

---

8 DE MAYO

Un refrán de Siam (segunda parte)

Dos príncipes planeaban matar a su padre, el Rey. La serpiente Singalú oyó el plan para envenenarle con la fruta de un arbusto que habían plantado.

Cuando caminaba por el jardín a la mañana siguiente, el Rey vio el nuevo arbusto.

—Debo probar esa fruta dorada –dijo.

Pero al extender la mano vio una serpiente enroscada al árbol. La lengua de Singalú se disparó y el Rey retrocedió. Entonces, la inteligente serpiente tiró una fruta del árbol. Esta se abrió al caer y su jugo se esparció por el suelo. La hierba se marchitó donde el jugo había caído.

Buena serpiente –exclamó el Rey–, creo que me has salvado la vida.

Acto seguido ordenó a sus jardineros que arrancaran el venenoso árbol.

Singalú siguió a los príncipes malvados y escuchó sus planes: a la noche siguiente, cuando se retirara a sus aposentos, el Rey recibiría otra sorpresa. Su habitación era la más alta de palacio y daba a todo el reino. Había un balcón por donde al Rey le gustaba mirar. Aquella noche vio a la serpiente rosa y negra enroscada en las barras del balcón.

—¿Has venido con otro aviso? –le preguntó.

En seguida Singalú se desenroscó de las rejas y el Rey las miró con atención. Las habían cortado en trozos con mucho cuidado. Si el Rey se hubiera apoyado en ellas, habría caído y se habría matado.

—Me has salvado la vida de nuevo –dijo el Rey–. Pero, ¿quién, me pregunto, trata de hacerme daño? Creo que tú, mi fiel serpiente, debes de saber la respuesta. Llamaré a mis hijos para que me ayuden a resolver este maldito misterio.

Singalú se quedó quieta en el suelo. ¿Qué ocurriría cuando llegaran los príncipes? La serpiente sabía que debía pensar con rapidez y trazar un plan.

---

9 DE MAYO

Un refrán de Siam (tercera parte)

Singalú, la serpiente, había salvado al Rey por dos veces. Ahora el Rey planeaba reunirse con sus hijos para averiguar quién intentaba matarlo.

En el gran salón de palacio, los seis príncipes se reunieron con su padre. Se pusieron en pie ante él y les contó el peligro en que se encontraba. Los dos príncipes malvados fingieron estar tan sorprendidos como los demás. Mientras los dos hablaban con enfado entre sí, Singalú se deslizó silenciosamente por el suelo y, en un abrir y cerrar de ojos, se enroscó entre los pies de los dos hijos traidores.

En seguida, los otros príncipes desenvainaron las espadas para matar a la serpiente, pero el Rey levantó la mano.

—¡Deteneos! –gritó–. Esta es una serpiente buena y fiel. Luego pensó por un momento y siguió hablando:

—Pero es una criatura muy venenosa. Un toque de su lengua produce la muerte instantáneamente.

—Perdónanos, padre, perdónanos –suplicaron aterrados los dos príncipes malvados–. Nosotros planeamos matarte, pero tú no puedes dejar que esta serpiente venenosa nos mate.

—No es venenosa –contestó el Rey lentamente–, aunque parezca serlo. Vosotros no sois honestos, pero parecéis serlo. Yo digo a mi pueblo: «¡Tened cuidado!

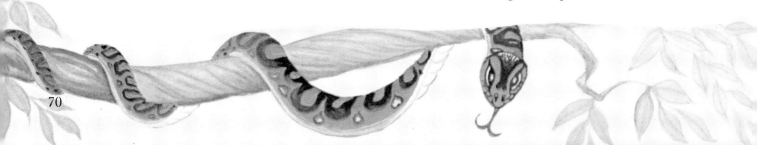

¿Quién puede distinguir un hombre honesto de una serpiente venenosa?»

En ese momento Singalú se desenroscó de las piernas de los príncipes, que cayeron al suelo, llorando como cobardes que eran.

—Buena serpiente, tú eres más hijo mío que estos dos villanos –dijo el Rey–. No les volveré a mirar a la cara. Están expulsados de Siam.

Y así fue. Los dos hijos dejaron Siam y Singalú vivió felizmente en los jardines de palacio el resto de sus días.

10 DE MAYO

Perejil, el cerdito cantante

Perejil, el cerdito recogió sus pertenencias y se despidió de sus amigos.

—Si no me dejáis cantar –amenazó Perejil–, abandonaré el hogar e iré a donde nadie me oiga.

—Sí te queremos, de verdad, Perejil –le dijeron sus amigos–. Sólo que no podemos aguantar tu horrible canto.

Perejil se dirigió al bosque y mientras caminaba comenzó a cantar. Su espantoso canto inundó el bosque. Todos los pájaros se taparon los oídos con las alas.

De repente, Perejil vio una llave a un lado del sendero.

—¡Una llave! –cantó–. He encontrado una llave debajo de un árbol.

Los animales del bosque se escondieron bajo tierra para evitar el ruido. Entonces Perejil llegó a una casa.

—¡Una casa! –cantó Perejil–. ¡Qué casa más bonita para un cerdo o una ratita!

—¿Qué es ese ruido tan horrible? –dijo una voz desde dentro de la casa.

—Sólo cantaba –dijo Perejil, bastante herido.

—Bueno, cállate y dáme la llave –dijo la voz.

Perejil entró en la casa y vio a una vieja.

—Ven conmigo –dijo–. Es la llave de mi ático. La he estado buscando durante siglos.

La vieja abrió la puerta del ático.

—Aquí tienes la recompensa por encontrar la llave –dijo, y le dio a Perejil una caja de madera–. Llévala a casa y podrás cantar cuanto quieras. No le importará a nadie.

Perejil recogió la caja y cuando llegó a casa la abrió. Era un tocadiscos. Ahora Perejil compra discos y, aunque aún canta tan mal como siempre, nadie lo oye, debido al agradable sonido de la hermosa música que se oye continuamente.

11 DE MAYO

El malgastador y la golondrina

Una vez había un hombre que era un derrochador. Había perdido una fortuna gastando a lo loco y sin pensar en lo que el futuro le podía deparar. Todo lo que tenía que pudiera decir que era suyo eran las ropas que llevaba puestas.

Un día, a comienzos de la primavera, cuando el sol lucía y el aire era caliente, vio una golondrina solitaria volando sobre la ciudad.

—Ya están aquí las golondrinas. Eso quiere decir que viene el verano –dijo.

Se quitó el abrigo y lo vendió a la primera persona que se le acercó.

—Nadie necesita abrigo en verano –añadió.

Gastó enseguida el dinero que había recibido por él.

Pero entonces, como ocurre tan a menudo a principios de primavera, cuando el tiempo pasa del frío al calor y al revés, como en el balancín, hubo unas terribles heladas.

Se volvió todo blanco y se helaron las charcas. El frío era tan intenso que la golondrina murió.

El malgastador vio en el suelo el cuerpecito inerte del pajarillo.

—Pájaro maldito –le reprochó tiritando, mientras trataba de calentarse–. Por tu culpa vendí el abrigo y ahora también yo me estoy quedando congelado.

12 DE MAYO

Hansel y Gretel (primera parte)

Éranse una vez una muchacha llamada Gretel y un muchacho llamado Hansel. Una noche oyeron a su padre y a su madrastra hablar.

—Sería mucho mejor si sólo tuviéramos que alimentar dos bocas –decía la madrastra–. Mañana tienes que llevar a los niños al bosque y dejarlos allí.

Se quejaba tanto de ser pobre que el padre decidió hacer lo que le decía. Gretel comenzó a llorar.

—Yo cuidaré de ti –susurró Hansel y, cuando todos dormían, salió de la casa y llenó sus bolsillos de piedritas.

Al día siguiente el padre los llevó al bosque y los dejó allí, diciendo que volvería a buscarlos más tarde. Los niños esperaron y esperaron. Esperaron tanto que la luna se asomó por encima de los árboles desprendiendo una luz azul en el suelo; entonces Gretel vio unas piedrecitas blancas que llegaban hasta el claro. Sin que nadie lo hubiese notado, Hansel las había dejado caer, una a una, por el sendero que habían seguido y ahora el camino a casa estaba claro.

Esa noche oyeron a la madrastra decir al padre de nuevo:

—¡Menudo lío que has preparado! Mañana asegúrate de llevarlos a lo más profundo del bosque. No queremos que encuentren el camino de regreso a casa.

—Guardaré más piedrecitas –susurró Hansel, pero cuando quiso salir a llenar los bolsillos, la puerta estaba cerrada con llave.

Al día siguiente todo ocurrió como el día anterior, excepto que esta vez en lugar de piedrecitas, Hansel dejó un sendero de blancas migas de pan. Pero cuando la luna salió y los niños buscaron ansiosamente las migas que les llevaran de vuelta a casa, descubrieron que los pájaros se las habían comido todas. ¡Ahora sí que estaban perdidos!

13 DE MAYO

Hansel y Gretel (segunda parte)

Hansel y Gretel llevaban tres días en el bosque, cuando encontraron una casa muy extraña: las paredes estaban hechas de pan de jengibre, el tejado estaba cubierto de tejas de galletas y las ventanas estaban hechas de caramelo de café con leche. Los niños cortaron trozos y se los comieron. La vieja que vivía dentro los invitó a entrar.

—¡Qué amable eres! –dijo Gretel.

Pero Gretel no se dio cuenta de que era una bruja. Una vez dentro, la bruja encerró a Hansel en una jaula.

—¡Ji... ji... ji...! –rió la bruja–. Ahora, pequeña, tienes que dar de comer a tu hermano hasta que esté lo bastante gordo como para que yo pueda comérmelo.

La bruja hacía que Hansel comiera todos los días empanadas, pasteles y flan. A Gretel no le daba más que cortezas de pan y salsa.

—No te preocupes –le susurró Hansel–. No dejaré que me coma.

Todos los días, cuando la bruja le mandaba que sacara el dedo entre los barrotes de modo que supiera lo gordo que se iba poniendo, Hansel sacaba un palito en su lugar. La bruja no podía entender cómo aún estaba tan delgado y en los huesos. Entonces, una mañana, dijo muy enfadada:

—Enciende el horno, Gretel. Estoy harta de esperar.

¡Pobre Gretel! Las lágrimas le corrían por las mejillas mientras atizaba el fuego. El horno cada vez estaba más caliente... ¡Pobre Hansel!

—¿Qué podría hacer para salvarle? –se decía Gretel.

—Métete en el horno para probar la temperatura –le ordenó la bruja.

—No alcanzo –replicó Gretel.

—Mira. Así –le dijo la bruja impaciente, metiéndose en el horno. Gretel cerró la puerta del horno de un golpe y la dejó dentro.

—¡Déjame salir! –chilló la bruja. Gretel fingió no oírla. Sacó a Hansel de la jaula y corrieron hacia el bosque.

Encontraron un sendero que los llevó a casa. Su padre se alegró muchísimo al verlos y les dijo que su madrastra se había ido. Así que los tres vivieron felices juntos.

14 DE MAYO

Los gatitos traviesos

Mamá gata estaba tan orgullosa de sus tres gatitos que decidió llevarlos a pasear por el parque. Los puso muy guapos y luego les dijo:

—¡Ahora, Filo, Nico, Chico! ¡Prestad atención, por favor! ¡Hoy vamos a dar un paseo por el parque! Debéis prometerme que os portaréis bien. No debéis alejaros y, por ninguna razón del mundo, perderme de vista.

Los gatitos le prometieron que se portarían bien. Pero, una vez que se encontraron en el parque, se olvidaron inmediatamente de las promesas.

Filo comenzó a perseguir mariposas y Nico y Chico se escabulleron entre la hierba alta jugando al escondite. En un momento los tres gatitos traviesos no se veían por ninguna parte.

Cuando, después de un gran rato, Filo se cansó de perseguir a las mariposas y Nico y Chico se cansaron de jugar al escondite entre la hierba, todos se reunieron de nuevo.

—¿Dónde está mamá? –preguntó Filo–. ¿Dónde está?

—No sabemos –contestaron sus hermanos–. ¡No la hemos visto!

—Nos hemos perdido. ¡Puede que no la volvamos a ver! –dijo Filo. Y comenzó a llorar.

Nico y Chico se miraron y también se pusieron a llorar. Entonces empezó a llover y ellos lloraron y gimieron más fuerte que antes. Pronto la mamá gata los oyó y fue corriendo a buscarlos.

—¡Gatitos traviesos! –les dijo enfadada–. ¡Mirad cómo estáis! Ahora seguidme de cerca y os llevaré a casa.

¿Sabéis que estos gatitos traviesos no miraron ni a izquierda ni a derecha cuando cruzaron el parque? No apartaron los ojos de mamá gata hasta que estuvieron a salvo en casa.

15 DE MAYO

El bigote de MacTavish

MacTavish había decidido dejarse el bigote más largo del mundo. Lo acariciaba y lo enceraba mientras crecía cada vez más.

Su mujer le reñía:

—¿Cuándo te cortarás ese estúpido bigote? No te traerá nada más que problemas.

Los amigos de MacTavish se reían del bigote.

—¿Qué tal crece la bufanda? –le preguntaban, cuando el bigote le llegaba a las rodillas.

Un día dos pájaros, buscando algo con que hacer su nido, agarraron una punta del bigote cada uno y volaron en dirección opuesta. MacTavish aulló de dolor. Decidió llevar las puntas del bigote en los bolsillos.

—Evitará que se enganchen con las correas de los zapatos –dijo, mientras el bigote seguía creciendo.

Entonces, un día hubo una gran conmoción.

—Una soga... una soga... alguien que traiga una soga...

Un muchachito había caído al acantilado y estaba colgando de una roca. MacTavish se acercó a la cima del acantilado y dejó caer las dos puntas del bigote.

—Agárrate a eso, muchacho –le gritó.

Mientras el padre del muchacho agarraba los tobillos de MacTavish, éste tiraba del muchacho con su larguísimo bigote hasta que estuvo a salvo.

MacTavish se convirtió en un héroe local y fue aceptado rápidamente, ¡y también su bigote!

16 DE MAYO

La magia oculta (primera parte)

La neblina aún cubría los campos, cuando Juan el campesino sacó su arado del pajar y salió con sus dos caballos a arar un campo que estaba cubierto de hierba y maleza.

A Juan le encantaba arar. Le gustaba ver al arado voltear la tierra y cortar los surcos marrones, que eran tan rectos como las líneas trazadas sobre el papel. Cuando el sol apareció en el cielo y la neblina se hubo despejado, Juan silbó alegremente con los pájaros.

Había llegado a la mitad y estaba girando el arado, cuando oyó un extraño sonido. Juan conocía todos los ruidos del campo y cualquier sonido anormal atraía su atención.

«Alguien llora», se dijo.

Dejó el arado y caminó por el lindero, apartando las ramas y buscando el origen de aquel ruido. No encontró a nadie, pero el sonido continuaba. Anduvo por todo el campo pero siguió sin ver a nadie.

No es muy frecuente que alguien se esconda y yo no lo descubra. ¿Me oyes, pilluelo? —gritó Juan.

Juan estaba a punto de abandonar la búsqueda, cuando vio algo extraño en una roca junto al lindero. Era una diminuta pala con un largo mango. Tomándola con cuidado en sus manos, se dio cuenta inmediatamente de que el mango estaba roto.

—Ah, ahora entiendo –dijo Juan–. Un muchachito ha roto el mango de la pala y es demasiado tímido para pedirme que se la arregle.

Juan arregló la pala, cortando y quitando la cáscara a una ramita con el cuchillo y poniéndola en lugar del mango roto.

—La dejaré aquí y esperaré a ver quién viene a buscarla.

---

17 DE MAYO

La magia oculta (segunda parte)

Juan el campesino había oído llorar a alguien en el campo donde estaba arando. Entonces había encontrado una pala diminuta con el mango roto y la había arreglado. Ahora esperaba a ver quién venía a buscarla.

Esperó una media hora. Ya fuese por el calor del sol a mediodía, ya por algún polvo invisible que le cayó en los ojos, Juan se quedó dormido.

Por la altura del sol, cuando se despertó, Juan supo que había dormido sólo unos minutos. Bostezó, se estiró, se levantó para seguir arando y entonces se acordó de la pala. Miró a la roca. Naturalmente la pala ya no estaba y se dio cuenta de que tampoco se oía lloriquear a nadie.

Juan sonrió mientras caminaba hacia el arado. El sueño le ayudó a hacer bien el trabajo de aquel día. Por la tarde, ya había terminado todo el campo.

Echó una última ojeada a los surcos que se veían perfectos a la luz del sol poniente.

—El campo parece una enorme cama con una mullida colcha de pana marrón –dijo–. Sería bastante buena para dormir.

Y sonrió con satisfacción.

De camino a casa, por casualidad, Juan pasó por el lindero junto al que se encontraba la roca, a la que echó una mirada. Allí, en el lugar donde había estado la pala, había una hogaza de pan. Olía tan bien que no pudo evitar comérsela. No recordaba haber probado un bocado tan sabroso en su vida.

Cuando volvía a casa, Juan comenzó a preguntarse:

—Aquella pala era bastante similar a la que usan los panaderos para sacar el pan del horno. Seguro que podría haber sido un duende panadero quien lloraba porque había roto la pala. Me pregunto si esa hogaza era mi recompensa por haberla arreglado.

Juan nunca averiguó si tenía razón o no, pero se reía al recordar la historia todas la primaveras, cuando iba a arar aquel campo.

18 DE MAYO

Un lobo con piel de oveja

Un viejo y astuto lobo se disfrazó con una piel de cordero; luego se mezcló con un rebaño de ovejas que pastaban en un campo. Planeaba esperar hasta que oscureciera y luego comerse a la oveja más tierna y más gorda para cenar.

Las ovejas lo miraron con desconfianza. Se dieron cuenta de que no era como ellas, aunque no sabían por qué. Ni siquiera el pastor sospechó nada y, cuando llevó el rebaño al redil y lo encerró para pasar la noche, metió también al lobo.

El lobo esperó pacientemente a que anocheciera. Ya había decidido qué oveja se iba a llevar.

Y quiso la suerte que la familia deseara carne fresca en la granja, aque-

lla noche. Uno de los hombres fue a buscar una oveja para cenar. El viejo y astuto lobo aún esperaba a que oscureciera más para quitarse el disfraz y llevarse su oveja. Aún llevaba la piel de cordero. El hombre lo tomó por un cordero de verdad y, de esta manera, aquella noche cenaron lobo.

---

19 DE MAYO

Las aventuras de *El Tulipán*: Un pequeño y descarado cisne

Mientras nuestros amigos Tomás y Wilbur estaban ocupados en el barco *El Tulipán*, Minty estaba fuera pintando el casco.

La Mamá Cisne y sus cuatro hijitos pasaron nadando cerca, cuando el pequeño cisne que iba atrás vio a Minty sentado en la plataforma con la cola casi tocando el agua. Se acercó para mirarlo más fácilmente. No pudo resistir la tentación de picar la cola de Minty.

—¡Tú, travieso pájaro! –dijo Minty–. ¡Lárgate!

Empujó al pequeño cisne con la punta de la brocha.

—¡Mamá! –graznó el cisne–. ¡Mamá, me están empujando!

—¡Chis! –dijo Minty–. Deja de alborotar. ¡Cállate!

Pero la Mamá Cisne lo había oído y vino nadando hasta Minty.

—No empujes a mi pequeño –dijo, empujando la plataforma de Minty con el pico.

—No empujes a mi hermano –dijo otro pequeñuelo que también se había acercado.

Luego todos empujaron la plataforma de un lado a otro. Minty trató de mantener el equilibrio y empeoró las cosas. Primero el bote de pintura se derramó, luego se cayó la brocha y finalmente Minty acabó recibiendo un chapuzón. ¡Splash!

—Ya basta por ahora –dijo Mamá Cisne; recogió a Minty, que flotaba como un tronco en el agua, y lo puso de nuevo en la plataforma–. ¡Qué te sirva de lección! Vamos, hijos.

Y se fueron.

Minty oyó a alguien carcajearse encima de él. Miró hacia arriba y vio a Tomás y a Wilbur inclinándose sobre la barandilla.

—¿Habéis estado ahí desde el principio? –les preguntó.

No respondieron. Sólo sonrieron.

20 DE MAYO

El búho y la gatita

El búho y la gatita se fueron al mar
en una hermosa barca de cristal,
llevándose con ellos un tarro de miel,
envuelto en una hoja colosal.
Bajo las estrellas él le cantó
con voz alegre y melodiosa:
«Gatita, gatita tú eres mi amor,
tan suave y tan hermosa,
hermosa,
hermosa,
tan suave y tan hermosa»

Ella dijo: «¡Qué guapo eres!
Tan bueno y tan sencillo.
Casémonos, casémonos.
¿Y qué usamos como anillo?»
Viajaron mucho tiempo
por el País de la Perdiz;
conocieron a un cerdito
con un anillo en la nariz,
nariz,
nariz,
con un anillo en la nariz.

«Cerdito, ¿no vendes tu anillo?»
El cerdito dijo: «¡Pues claro!»
Fueron a casarse al instante
ante un pavo que era muy raro.
Comieron membrillos y flanes
pero sin tocar cuchara alguna.
Se dieron un beso muy dulce,
bailando a la luz de la luna,
luna,
luna,
bailando a la luz de la luna.

21 DE MAYO

El sastrecillo valiente (primera parte)

Un día, un sastre estaba sentado en su banco, cosiendo con hilo y aguja. A su lado había un plato y en el plato un trozo de pan con mermelada. Era su almuerzo y cuanto antes terminara de coser, antes podría comérselo. Le gustaba el pan con mermelada. Pero no sólo a él.

—Mermelada... –zumbaron las golosas moscas–. Olemos mermelada.

—¡No osaréis! –gritó el sastrecillo.

Buscó un trozo de tela.

—¡Atrapad esto! –gritó, y trató de aplastarlas.

Siete murieron en la mesa.

—¡Qué inteligente soy! –dijo el sastre–. He matado siete de un golpe. Debo contárselo a todo el mundo.

A fin de que todo el mundo supiera cuán inteligente era, se hizo un cinto y en él bordó las palabras: «Siete de un golpe».

Puso queso en su bolsillo por si le entraba hambre y partió. Junto a la puerta, cuando salió, había un pájaro marrón atrapado en un arbusto. Lo desenganchó y lo metió también en el bolsillo, con el queso.

Siguió una carretera que serpenteaba por la montaña. En la cuarta curva de la carretera se topó con un gigante que llevaba un árbol.

—¿Quieres venir conmigo y hacerme compañía? –le preguntó el sastrecillo.

—¡Ja ja! –se rió el gigante, que era tan alto como el árbol. El sastrecillo valiente apenas le llegaba a las rodillas–. ¡Ja, ja! Yo caminar contigo. ¡Ja, ja, ja!

—¡Lee! –le dijo el sastrecillo valiente, señalándole el cinto–. Y luego mira a ver si aún tienes ganas de reírte.

—«Siete de un golpe» –leyó el gigante.

Pensó que quería decir que el sastrecillo valiente había matado siete ogros o quizá siete dragones y se quedó impresionado. Sin embargo, decidió poner a prueba al sastrecillo valiente. Después de todo, es muy fácil decir que eres valiente y fuerte.

22 DE MAYO

El sastrecillo valiente (segunda parte)

Un gigante decidió probar cuán valiente era un sastrecillo. El gigante eligió una enorme roca que habría aplastado al sastrecillo si le hubiera caído encima.

—¿Puedes hacer esto? –le preguntó el gigante.

Alzó la roca, la oprimió fuertemente y unas gotitas de agua salieron de ella.

—Eso es bastante fácil –dijo el sastrecillo. Fingió tener una piedra entre sus manos, pero sacó el queso del bolsillo. Era un queso suave y blando. Un ligero apretón y le corrió un reguero lechoso por entre los dedos.

—¡Oooh! –dijo el gigante muy impresionado–. ¿Puedes tirarla tan lejos como yo?

Tomó una roca y la arrojó con todas sus fuerzas. Voló

76

por el aire como una centella y cayó con un golpe seco en la hierba, al menos a una media milla de distancia.

—Fácilmente –respondió el sastrecillo.

Esta vez sacó el pájaro del bolsillo. Se había recuperado del susto de estar atrapado en el arbusto y se alegró de poder volar en libertad. Cuando el sastrecillo lo tiró al aire, voló y voló hasta que sólo parecía una manchita a lo lejos.

—Caerá al suelo en cualquier momento –dijo el sastrecillo mirando hacia el horizonte.

—Si eres tan fuerte –dijo el gigante–, puedes ayudarme a llevar este árbol a casa.

—Encantado –aceptó el sastre–. Ve delante y llévate las raíces; yo te seguiré y llevaré las pesadas ramas.

El gigante volvió a cargar el pesado tronco a la espalda. Las retorcidas raíces sobresalían por delante y no vio al sastrecillo meterse entre las ramas, detrás de él.

—¡Cuando quieras! –gritó el sastrecillo.

Y se sentó cómodamente a caballo en el árbol. Cuando llegaron a la cueva del gigante, éste posó el árbol y se sentó. El valiente sastrecillo no estaba cansado ni lo más mínimo. El gigante no podía dar crédito a sus ojos. Él se encontraba sofocado. Si este sastrecillo era tan fuerte como parecía, podría ser peligroso. Tendría que librarse de él.

---

23 DE MAYO

El sastrecillo valiente (tercera parte)

Un sastrecillo valiente había engañado a un gigante, haciéndole creer que era muy fuerte. El gigante decidió librarse de él.

—Ven a la cueva si quieres conocer a mis hermanos –le propuso el gigante ladinamente–. Puedes pasar la noche con nosotros.

Aquella misma noche dejó que el sastrecillo durmiera en su propia cama, mientras el gigante dormía en el suelo. La cama era del tamaño adecuado para un gigante, pero era demasiado grande e incómoda para el sastrecillo valiente. Cada bulto del colchon parecía una montañita. No podía dormirse.

Finalmente, se escabulló hasta una esquina de la cueva y allí se durmió. ¡Vaya suerte!, porque por la noche todos los gigantes apalearon la cama con barrotes de hierro. Si el sastrecillo valiente hubiera dormido en ella, seguro que habría muerto.

A la mañana siguiente, los gigantes estaban desayunando, alegres con la idea de que el sastrecillo valiente, que había matado a siete de un solo golpe, también estaba muerto. Se quedaron boquiabiertos cuando el sastrecillo pidió el desayuno.

Bramaron del susto y salieron corriendo de la cueva. Corrieron hasta que llegaron al mar y lo cruzaron, y puede que todavía estén corriendo.

24 DE MAYO

El concurso de canto

Dos pajaritos se habían posado encima de su piedra favorita para charlar.

—¿En qué piensas? –preguntó uno.

—¿Quién crees va a ganar el concurso real de canto? –dijo el otro.

—No lo sé –le contestó el primero–. La alondra me dijo que iba a ganar. Dijo que el Rey la elegiría a ella. ¡Cómo es tan guapa...!

—¡Qué gracia! –dijo su amigo–. La curruca me dijo que iba a ganar ella. Se pavoneaba tanto de su canto que tuve que buscar una excusa para alejarme de allí y dejarla.

Después de un rato de amena charla, los dos amigos siguieron caminos opuestos. Luego se vieron de nuevo el día del concurso.

—Ahí está la curruca –dijo uno–. Parece muy orgullosa y segura.

—También la alondra –dijo el otro–. ¡Chis! Será mejor que nos callemos. La alondra va a comenzar a cantar.

La alondra cantó bastante bien. También la curruca, que la seguía. El Rey mostró su aprobación al inclinar la cabeza ante cada pájaro. Entonces, para sorpresa de la audiencia, un pajarillo marrón preguntó si se le permitía cantar.

—Naturalmente –dijo el Rey.

El pajarillo abrió el pico y trinó con tal encanto y belleza que hubo un sorprendente y emocionado silencio tras su actuación.

—¿Quién es? ¿De dónde viene? –se preguntaron los dos amigos con un susurro.

Luego habló el Rey.

—El premio es para este amiguito de aquí –dijo–. Se llama ruiseñor y acaba de llegar de allende los mares. ¡Supongo que estáis todos de acuerdo en que no hay ningún otro que cante como él!

Después de esto, los dos amigos volvieron a su piedra favorita. Y se pasaron un largo tiempo hablando del concurso.

---

25 DE MAYO

El cerdito y el gnomo

Una noche, un ladrón robó un cerdito y lo guardó en un saco. El cerdito era muy pesado y pronto el ladrón se sintió cansado y se paró a descansar. Dejó el saco posado junto a un árbol y se quedó inmediatamente dormido; y roncando muy alto.

El ladrón había dejado el saco junto a un agujero donde tenía su casa un gnomo. Con los chillidos del cerdito y los ronquidos del ladrón, el gnomo no podía dormir, así que decidió ver qué pasaba.

Desató el saco y el cerdito salió corriendo.

«Creo que me voy a divertir aquí», pensó el gnomo.

Se metió sigilosamente en el saco y esperó a que el ladrón se despertara. Pronto se despertó, recogió el saco y siguió su camino.

—Es un viaje un poco ajetreado –se dijo divertido el gnomo desde dentro del saco.

—¿Quién dijo eso? –gritó sorprendido el ladrón.

—El que viaja a espaldas de un cerdo, dentro de tu saco –respondió el gnomo. Naturalmente, el ladrón pensó que era el cerdito el que hablaba.

—No tengo nada que ver con un cerdo hablante –dijo el ladrón, dejando caer el saco. Y salió corriendo, con un susto mortal.

—No creo que robe otro cerdito por mucho tiempo –se rió el gnomo mientras salía del saco y volvía a casa.

26 DE MAYO

Los tres cabritillos Topete (primera parte)

Había sido un largo y crudo invierno. Apenas se encontraba comida y los tres cabritillos estaban muy delgados. Pero ahora la nieve había desaparecido de los pastos y la hierba parecía fresca y verde.

—Hoy iré al pasto de arriba –dijo Chiquitín–. Siempre es más verde y fresca la hierba allí.

—Ten cuidado con el ogro —le dijo su hermano. Nosotros te seguiremos luego.

El único camino para llegar al pasto era cruzar un riachuelo, y la única manera de cruzarlo era pasar por un tosco puente. Bajo el puente vivía un malhumorado ogro. Tenía los ojos tan grandes como platos y la nariz tan larga y afilada como un atizador. Todo el mundo le tenía miedo y nada le gustaba tanto para comer como el cabrito.

El ogro estaba chapoteando, con los pies metidos en el riachuelo, cuando oyó «tip... tap... tip... tap...» sobre su cabeza.

—¿Quién camina por mi puente? –gritó

—Soy Chiquitín –dijo el cabritillo, temblando como una vara.

—¡Tú serás mi comida de hoy! –rugió el ogro.

—No hagas eso –suplicó Chiquitín–. Soy muy pequeño y delgado. Ahora viene mi hermano, que es mucho más gordo que yo.

—Entonces esperaré y me lo comeré a él –dijo el ogro–. Sigue tu camino antes de que cambie de idea.

Chiquitín no necesitó que el ogro se lo repitiera dos veces. Salió corriendo tan deprisa como le permitían sus cortas patitas.

El malhumorado ogro volvió a ponerse bajo el puente y esperó a que llegara su comida. Al fin oyó más pasos golpeando en el puente: «tip... tap... tip... tap...»

—¿Quién camina por mi puente? –gritó.

—Soy el cabritillo Mediano.

—¡Entonces tú serás mi comida de hoy! –rugió el ogro.

—No hagas eso –suplicó Mediano–. Ahora viene mi hermano y él es mucho más gordo que yo.

—Entonces esperaré para comer, –dijo el ogro–. Sigue, antes de que cambie de idea.

Tampoco hizo falta que se lo repitiera dos veces al cabritillo Mediano. Se unió rápidamente a Chiquitín en los pastos.

27 DE MAYO

Los tres cabritillos Topete (segunda parte)

El ogro esperó bajo el puente a que llegara el tercer cabritillo. El ogro se sentó a la sombra y esperó. Tenía mucha hambre y estaba cada vez de peor humor. Al fin oyó pasos sobre su cabeza: «tip... tap... tip... tap...»

—¿Quién camina por mi puente? –gritó.

—Soy el cabritillo Grandón.

—¡Entonces voy a comerte!

—Prueba –gritó Grandón

Salió el ogro, pero ¡menuda sorpresa que se llevó! Grandón tenía unos largos y retorcidos cuernos y un poblado bigote colgándole de la barbilla; además no le tenía miedo a nadie. Agarró al ogro con los cuernos y lo volteó en aire. Lo volteó tan alto que casi llegó a la luna.

Entonces, mientras el ogro daba tumbos en el cielo, el cabritillo Grandón se unió a sus hermanos en el pastizal de arriba. El ogro se marchó y desde entonces nunca se supo más de él.

Ahora ya se puede cruzar el tosco puente con toda seguridad.

79

28 DE MAYO

El granjero pobre y su caballo (primera parte)

Una tarde, el caballo de Simón se encontraba descansando en el suelo; estaba demasiado cansado para moverse. Aún estaba enganchado a la grada, ya que habían estado gradando todo el día.

—Oh, Trotón —le dijo su amo—, levántate, viejo compañero. Esta noche helará. ¡No puedo dejarte aquí!

Una voz gritó:

—¡Simón! ¿Estás ahí, hombre?

—¡Estoy aquí! ¿Quién eres? —contestó Simón.

Una figura se le acercaba. Era su amigo Gustavo. Los dos amigos se abrazaron. Habían pasado la guerra juntos y luego se habían separado.

—¡Gustavo! ¡Qué feliz me siento de verte de nuevo! Ven a ayudarme a llevar a mi caballo a la cuadra.

Colocaron sacos bajo Trotón, que estaba muy delgado y débil, y lo pusieron encima de la grada. Gustavo aparejó a Bella, su yegua, la enganchó a la grada y, así, arrastraron a Trotón hasta la casa.

Simón compartió su última corteza de pan y un trozo de queso con su amigo Gustavo.

La comida de Bella se dividió entre ella y Trotón. Con una taza de café de bellota ante ellos, los dos amigos estuvieron hablando.

—Cuando volví de la guerra —dijo Simón—, mi tierra estaba cubierta de maleza y matorrales. Trotón me ayudó a limpiarla. Pensaba sembrar esta primavera, pero ahora...

—Sí, las cosas también me van mal a mí. Estoy buscando trabajo. Al menos Bella es joven y fuerte. Quizá podríamos asociarnos. ¿Qué dices?

Se estrecharon las manos y durmieron hasta el alba.

29 DE MAYO

El granjero pobre y su caballo (segunda parte)

Los dos amigos, Simón y Gustavo, habían decidido asociarse y trabajar juntos. Por la mañana, Trotón parecía un poco mejor. Gustavo salió a buscar comida.

Por el camino se encontró con una anciana.

—¡Buenos días! —saludó Gustavo.

—¡Buenos días! —respondió ella—. ¿Ha visto un burro por aquí? Siempre se me escapa y lo necesito para ir al mercado.

—Yo la llevaré al mercado —se ofreció Gustavo—. Puede que a lo largo del camino encontremos al fugitivo.

Pronto encontraron el burro. Gustavo lo engañó con una zanahoria y lo ató al carro. La vieja se sentía encantada. Gustavo le ayudó a colocar los pollos, la mantequilla y los huevos para vender. Luego le ayudó a servir a los clientes.

El puesto de Madre Piedad vendió muy pronto toda la mercancía, por lo que a la hora del almuerzo ya estaban de vuelta en su cabaña. Le dio un buen almuerzo a Gustavo y le hizo un paquete con comida; insistió en que se llevara incluso heno y zanahorias para los caballos.

—Has hecho más por nosotros de lo que piensas —dijo Gustavo—. Gracias.

—Si alguna vez puedes ayudarme, no dejes de hacerlo —le rogó ella—. Te lo agradecería.

—Vendré todos los días de mercado —le prometió Gustavo, mientras le decía adiós.

A Simón le gustaba oír hablar de Madre Piedad. La comida que les había dado era deliciosa. Los ojos de Trotón chispearon cuando él y Bella comenzaron a tronchar las jugosas zanahorias.

Mas tarde, al envolverse en la manta, Gustavo le dijo a su amigo:

—Si Madre Piedad cultiva, también podemos hacerlo nosotros. ¿No te parece? Mañana cavaré un campo para plantar verduras, mientras tú levantas un gallinero.

—Entonces, sólo necesitamos gallinas y semillas —le recordó Simón.

Los dos amigos rieron y se durmieron. Al día siguiente tendrían mucho trabajo.

30 DE MAYO

El granjero pobre y su caballo (tercera parte)

Simón se sentía contento al ver a su caballo, Trotón, mejorar día a día. Pronto podría caminar de nuevo por el campo.

Cuando a la semana siguiente llegó el día de mercado, Gustavo, amigo de Simón, partió para ayudar a Madre Piedad. La encontró tirada en el suelo, rodeada de huevos rotos e inmediatamente la ayudó a levantarse.

—¡Oh, joven! –suspiró–, soy demasiado mayor para este trabajo. ¿Qué va a pasar conmigo?

—No se preocupe –le dijo amablemente Gustavo–. Yo lo arreglaré.

Fue al mercado y vendió todos los productos. Madre Piedad le dio de comer y le hizo dos paquetes de comida para que se llevara a casa.

Al llevar a Bella al establo, Gustavo oyó gritar a su amigo:

—¡Tráeme una pala, Gustavo! Trotón está dando patadas al suelo y creo que trata de decirme algo –dijo Simón, comenzando a cavar.

—Aquí es donde se encontraba la noche que llegué –dijo Gustavo.

—¡Cierto! –dijo Simón–. ¡Ea! ¿Qué es esto? ¡Una moneda...! ¡Oro...! ¡Y más! ¡Una bolsa de cuero repleta de cosas! ¡No me lo creo! –susurró Simón–. ¿Cómo lo supiste, Trotón?

—¿Dónde estuvo durante la guerra? –preguntó Gustavo.

—Aquí –contestó Simón–, con un viejo amigo, cuidando del lugar. El enemigo lo capturó y se llevaron todo. Quizás Trotón vio a alguien enterrar todo esto para ponerlo a salvo. Bien, habrá avena para ti mañana, Trotón.

—¿Qué te parece si le compramos la granja a Madre Piedad? –sugirió Gustavo–. Ella podría cocinar para nosotros. ¡Sus guisos son tan sabrosos!

Es una idea genial –aceptó Simón. Y los dos amigos se pusieron a bailar como niños.

---

31 DE MAYO

Snip y Snap

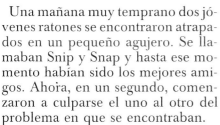

Una mañana muy temprano dos jóvenes ratones se encontraron atrapados en un pequeño agujero. Se llamaban Snip y Snap y hasta ese momento habían sido los mejores amigos. Ahora, en un segundo, comenzaron a culparse el uno al otro del problema en que se encontraban.

—Esto es culpa tuya –reprochó Snip–. Tú dijiste que el agujero nos llevaría a la manteca.

—Pero tú viste antes el agujero –se defendió Snap–. Tú dijiste que podía llevar a alguna parte...

Después de un rato Snip comentó:

—Siempre pensé que estabas un poco gordo. ¿Por qué no inspiras y te haces más delgado?

Snap replicó:

—¡Tú te das muchos aires con esa atrevida corbata, pero tienes los sesos de un escarabajo!

Así que en lugar de tratar de pensar en el modo de salir de aquel agujero, los dos ratones tontos se reprochaban mutuamente sus defectos. Y puede que hubieran seguido insultándose durante largo rato si no hubieran oído un ruido los dos reconocieron enseguida. Se miraron con ansiedad.

—¡Chis! –susurró Snip–. ¡Cállate! ¡Es el gato!

Giró la cabeza con tal fuerza, que de repente se dio cuenta de que podría salir del agujero caminando hacia atrás. Temblando de miedo, esperó a que Snap se le uniera.

Cuando estuvieron a salvo en el sótano, los dos se miraron.

—Mejor haremos en olvidar lo de antes, –murmuró Snip–. Por supuesto que no sentía lo que te dije.

—Yo tampoco –confesó Snap–. Compartamos ese pedazo de queso sabroso que guardé para el día de mi cumpleaños.

El queso era en verdad muy sabroso y, al instante, se hicieron de nuevo los mejores amigos.

JUNIO

1 DE JUNIO

La Fiesta del jardín

Mogaldo era el duende más popular de Pequeña Ciudad. Siempre estaba ayudando a la gente y animándoles con su baile y su canción. Una mañana, se sentía más feliz que de costumbre. Había recibido una invitación para ir a la Fiesta del jardín de la Reina. El alcalde lo había recomendado, por ser el duende más servicial de la ciudad. Con su alegría saltó sobre una pared, perdió el equilibrio y cayó sobre un macizo de flores, torciéndose una pierna.

—¡Vaya! –dijo el hada Maribella–. Debo llamar a una ambulancia cuanto antes.

—Una semana en el hospital, –dijo el doctor Huesoduro–, y te sentirás como nuevo.

Mogaldo gimió:

—¿Qué pasa ahora con la Fiesta del jardín de la Reina?

El doctor Huesoduro dijo que no podría asistir.

—No importa –dijo la enfermera Rosamari, mientras una lágrima le corría por la mejilla a Mogaldo.

Al día siguiente Mogaldo escribió una carta a la Reina para decirle que no podría ir y entonces trató de ser un paciente servicial.

El día de la Fiesta del jardín llegó y Mogaldo trató de no pensar en ella pero, de repente, a las cuatro en punto, las puertas se abrieron y entró la Reina de las hadas y todo su cortejo, llevando sombreros de papel y ropas de fiesta. Algunas llevaban grandes bandejas de deliciosa comida.

—Tú no pudiste venir a mi fiesta –dijo la Reina–, y eres un duende tan bueno que he traído mi fiesta a ti.

Mogaldo no podía creerselo; era tan emocionante... Todo el mundo se unió y fue un éxito tal que la Reina prometió que daría una fiesta en el hospital todos los años.

2 DE JUNIO

Chuffa al rescate (primera parte)

—Vamos, muchachos. Tenemos que llevar esta carga a Woodville –dice el señor Conductor, mientras Chuffa se está cargando con todos los troncos. Chuffa se pregunta si podrá arrastrar toda esa carga. Al menos lo intentará.

—Cha-ca-cha-cha-chac. –Lentamente Chuffa tira y se mueve por la vía. Es un esfuerzo terrible, pero al fin llegan a Woodville, con la caldera a punto de reventar.

—Muy bien, Chuffa –dice el señor Conductor, mientras se descargan los troncos y por fin puede descansar.

Así pasaron los días, con Chuffa trabajando mucho y sintiéndose feliz de ser útil. Pero un día llegó a casa después del trabajo y encontró una locomotora en su lugar. Era enorme, resplandeciente y muy potente y era demasiado importante para hablar con la pequeña Chuffa.

—Ésa es Sansón –dijo el guardavía–. Va a ocupar el lugar de la vieja Chuffa.

3 DE JUNIO

Chuffa al rescate (segunda parte)

Chuffa había sido reemplazada por una nueva y potente locomotora llamada Sansón, que podía arrastrar diez veces más de troncos que Chuffa. Sansón nunca llegaba tarde; no perdía tiempo diciendo hola a los pájaros y animales o deteniéndose para llevar a alguien como Chuffa.

Chuffa se encontró en la vía muerta todo el verano. Allí se quedó hasta que llegaron las lluvias. Los ríos comenzaron a llenarse y a desbordarse con toda la lluvia. Los leñadores se refugiaron en su cabaña de madera. De pronto el capataz entró en la cabaña.

—¡Ea, muchachos! –gritó–. Nos han avisado de que hay una emergencia. El puente de Redwood River se lo está llevando la riada. Sin él nos quedaremos aislados. Tenemos que tratar de repararlo.

Los leñadores corrieron montaña abajo hacia la vía muerta y llenaron de troncos los vagones de Sansón. La lluvia no cesó, cubriendo la vía de agua.

—¡Venga, muchachos, daos prisa! –gritó el capataz. Por fin se llenó a Sansón. El señor Conductor encendió el motor. Las ruedas de Sansón giraron y giraron pero la locomotora no se movió.

—Patinamos con toda esta agua –gritó el señor Conductor.

Por mucho que lo intentó, Sansón no pudo moverse ni hacia delante ni hacia atrás. Las ruedas sólo giraban sobre sí mismas. La enorme, resplandeciente y potente locomotora se encontraba atascada.

4 DE JUNIO

Chuffa al rescate (tercera parte)

—Imaginad que le pedimos a Chuffa que nos ayude –sugirió el señor Conductor mientras Sansón, la superpoderosa máquina nueva que había reemplazado a Chuffa, se encontraba atascada debido a la lluvia.

—Muy bien –dijo el capataz–, pero deprisa.

El señor Conductor se acercó a Chuffa y le explicó lo que había ocurrido.

—Es una emergencia, viejo amigo. ¿Crees que puedes ayudarnos? –Chuffa dio un silbido, lo que quería decir que lo intentaría. Los hombres desengancharon los vagones llenos de troncos, los engancharon a Chuffa y, lentamente al comienzo Chuffa se movió. ¡Sansón estaba tan enfadada que hizo estallar la caldera! ¡Qué vergüenza!

Chuffa siguió cada vez más rápido con la carga. Llegaron pronto al puente de Redwood. Casi se había derrumbado. Los hombres se pusieron a trabajar. Primero tuvieron que colocar los soportes; luego repararon la vía que pasaba por encima. Era un trabajo difícil y peligroso; podían haber sido arrastrados por el río en cualquier momento. Por fin lo hicieron y el puente era lo suficientemente fuerte para poder soportar el peso de una locomotora pequeña como Chuffa.

Se le pidió a Chuffa que ocupara el lugar de Sansón.

—No podemos tener una máquina en la que no se puede confiar –dijo el guardavía–. Bueno, de todas formas, Chuffa es exactamente la máquina para esta línea.

—Cha-chaca-chac –dijo Chuffa, mientras se deslizaba por la vía y todos los amigos le saludaban. Se sentía satisfecho de volver a trabajar.

5 DE JUNIO

La ranita Federica

Una ranita en una hoja
por el río navegaba.
Desde la orilla sus amigos
vieron que Federica temblaba.

Rápido el río bajaba
hacia el mar sin descansar.
«Salta, salta» le gritaron.
«Tienes que saltar.»

«No puedo, no puedo,
sabéis que soy cobarde».
«Date prisa, por favor,
pronto será muy tarde.»

Un cisne hermoso la vio
y bajó a recogerla.
«¡Vaya cena me daré!»,
creyendo ya tenerla.

Al ver al cisne decidió:
«Yo no seré tu cena.»
Y dando un salto al aire
terminó toda su pena.

«Sí que puedo, ahora puedo.»
Y se sintió muy orgullosa.
Y luego invitó a sus amigos
a una tarta deliciosa.

6 DE JUNIO

Los ratones y las comadrejas

Estaba teniendo lugar una guerra entre los ratones y las comadrejas. Los ratones perdían todas las batallas que sostenían, y sus filas decrecían cada vez más.

—Debemos hacer algo antes de que desaparezcamos todos los ratones –dijo uno de los que quedaban–. No ganamos batalla alguna porque no planeamos nuestras acciones. Necesitamos generales que nos digan qué tenemos que hacer, y generales que nos dirijan cuando entremos en batalla.

Los otros ratones asintieron y eligieron a cuatro generales. Los generales decidieron ponerse cascos con penachos de plumas y grandes insignias para que todo el mundo supiera quiénes eran. Parecían muy distinguidos y se sentían muy importantes.

Los generales estudiaron y planearon y la siguiente vez que las comadrejas atacaron, se pusieron sus cascos con penachos de plumas y llevaron a los ratones a la batalla.

Los ratones lucharon mejor que nunca, pero las comadrejas eran demasiado inteligentes para ellos y los generales dieron la orden de romper filas y huir. Los ratones corrieron velozmente a sus agujeros y se encontraron a salvo. Los generales corrieron también, pero se encontraban tan pesados con los cascos y las insignias que fueron los últimos en abandonar el campo de batalla. Las comadrejas los cazaron a todos y los generales concluyeron que no deberían haber sido tan engreídos.

7 DE JUNIO

El abrigo nuevo (primera parte)

El duendecillo Pim se balanceaba un día en una telaraña de los matorrales, cuando el abrigo se le enganchó en una púa y se rasgó desde el cuello hasta el dobladillo. Se abría por detrás lo mismo que por delante.

—Creo que debería poner unos botones en el rasgón –dijo–, pero entonces todo el mundo pensaría que tenía la cabeza al revés, lo de atrás para adelante. Creo que es hora de que me compre un abrigo nuevo.

Fue a ver al duende sastre.

—Quiero un abrigo nuevo igual que este –dijo Pim.

—Me encantará hacerlo –dijo el sastre.

—Pero me gustaría que me lo hicieras con un teñido verde diferente esta vez... Me gustaría el teñido que tiene el tuyo.

El sastre escribió «color verde esmeralda» en su libreta.

—¿Cuándo estará listo? –preguntó Pim.

—Mañana, si comienzo inmediatamente –dijo el sastre, y se fue a la estantería y bajó un rollo de tela verde esmeralda.

—Ummmmmm –dijo Pim pensativamente–. Quizá sería mejor el azul.

El sastre dejó las tijeras.

—Si quieres que termine tu abrigo para mañana –dijo–, debes decidirte rápidamente.

—Me iré y lo pensaré –dijo Pim. Antes de llegar a la puerta se volvió y dijo:

—Ya lo he pensado. Hazlo en rojo.

—Muy bien... si estás seguro –dijo el sastre.

Pim dijo que estaba seguro, pero cinco minutos después volvió.

—He cambiado de idea. Lo quiero amarillo.

—¿Quieres decidirte de una vez? –suspiró el sastre.

—Estoy decidiendo –dijo Pim–. Ya lo he decidido cuatro veces.

El sastre puso todos los rollos de tela en la mesa.

—¿Cuál va a ser ahora? –dijo.

—Lo malo es –se lamentó Pim–, que me gustan todos los colores. Realmente es difícil escoger uno.

—Entonces deja que yo elija –dijo el sastre–, y vuelve por la mañana.

8 DE JUNIO

El abrigo nuevo (segunda parte)

Pim apenas pudo pegar ojo, pues estuvo toda la noche preguntándose de qué color le haría el nuevo abrigo el sastre. A la mañana siguiente, tan pronto como hubo luz, fue a esperar a la puerta de la sastrería. Pasaron horas antes de que el sastre abriera. A las nueve en punto, por el reloj de diente de león, abrió la puerta y lo dejó entrar.

—¿Está terminado? ¿De qué color lo hiciste? Déjame ver. ¡Oh, espero que usaras el color adecuado!

—¿Qué color es el color adecuado? –preguntó el sastre.

—No sé... si al menos lo supiera... –se lamentó Pim. Apenas podía mirar mientras el sastre descubría el abrigo. ¿Qué diría si el color que el sastre había elegido no le gustaba? Pero vaya sorpresa que se llevó. Se quedó boquiabierto. Aplaudió de alegría. Saltó encima de la mesa y se puso a bailar. Se reía de oreja a oreja. La punta de su sombrero se enrollaba y se desenrollaba por sí sola. El sastre se sintió complacido.

—¡Vaya, qué sastre más inteligente! –exclamó Pim. El sastre enrojeció de placer.

—Pruébatelo para ver la talla –dijo el sastre. Le quedaba perfecto.

—Gracias... gracias... gracias... –cantaba Pim, mientras salía bailando a la calle. El sastre inteligente había usado un trozo de tela de cada uno de los rollos y le había hecho un abrigo que tenía todos los colores del arco iris.

9 DE JUNIO

Las aventuras de *El Tulipán:* **Una clase de natación**

Tomás, Wilbur y Minty decidieron arrastrar la barca *El Tulipán* hasta la orilla y pararse para darse un baño. Bien, Tomás y Wilbur son buenos nadadores, pero Minty no sabe dar ni una brazada y siempre lleva puesto el chaleco salvavidas amarillo a bordo de *El Tulipán*.

—¿Quieres enseñarme a nadar? –preguntó Minty.

—Tendrás que quitarte el chaleco salvavidas –dijo Wilbur.

Buscaron un lugar poco profundo y, mientras Tomás agarraba a Minty por la cintura, Wilbur le enseñaba cómo mover las patas.

—Estoy nadando –gritó Minty–. Suéltame, Tomás. Estoy nadando.

Tomás lo soltó. Minty se hundió como un plomo. Tomás sacó a Minty

del agua. Lo intentaron una y otra vez pero todas las veces Minty se hundía.

—Por lo menos no tienes miedo de empaparte –dijo Tomás–. Pero creo que no naciste para nadar.

—Quizá podría nadar con el chaleco salvavidas, sugirió Wilbur. Minty se lo puso y se metió en el agua.

—¡Floto! ¡Floto! –gritó cuando el agua lo levantó.

—¡Mueve las patas! –dijo Tomás. Minty dio un terrible chapoteo y no se sabe por qué razón comenzó a girar en círculo.

—Estoy nadando –dijo Minty.

—No es eso a lo que yo llamo nadar, –dijo Tomás riéndose–. ¡A eso lo llamo chapotear!

A Minty no le importaba si era chapotear. Ahora podía divertirse tanto como los demás.

---

10 DE JUNIO

La gallinita Roja

La gallinita Roja vivía en una granja. Un día encontró unos granos de trigo. Estaba a punto de tragárselos, cuando se le ocurrió algo. Transformaría los granos en una hogaza de pan.

—¿Quién me ayudará a plantar estos granos de trigo? –preguntó la gallinita Roja.

—Yo no, –dijo su amigo el pato–. Me gusta nadar en la charca.

—Yo no –dijo su amigo el cerdo–. Me gusta revolcarme en el barro.

—Yo no –dijo su amigo el gato–. Quiero echarme al sol.

—Entonces lo haré yo sola –dijo la gallinita Roja.

Pronto, las delgadas cañas verdes y sus espigas se convirtieron en dorados granos de trigo.

—¿Quién segará el trigo? –preguntó la gallinita Roja.

—Yo no –dijo el pato.

—Ni yo –dijo el cerdo.

—Ni yo –dijo el gato.

—Entonces lo haré yo sola –dijo la gallinita Roja–. ¿Quién lo molerá?

—Yo no –dijo el pato.

—Ni yo –dijo el cerdo.

—Ni yo –dijo el gato.

—Entonces lo haré yo sola –dijo la gallinita Roja.

El trigo fue molido. La harina fue hecha pan.

—¿Quién me ayudará a comer el pan? –preguntó la gallinita Roja.

—Yo –dijo el pato.

—Yo –dijo el cerdo.

—Y yo –dijo el gato.

—Oh no, vosotros no –dijo la gallinita Roja–. Yo encontré los granos. Yo corté el trigo cuando estaba maduro. Lo hice harina y yo misma me lo voy a comer.

Y así fue.

11 DE JUNIO

La princesa y la sombrilla (primera parte)

¿Qué le gustaría a la princesa Sing Cha Lu para su décimo cumpleaños? Sus padres, el rey y la reina de Tai Tuan, amaban muchísimo a su hija y le darían cualquier cosa, pero a ella parecía no preocuparle nadie excepto ella misma.

Siempre que salía en el jinrikisha hacía correr a sus criados cuanto podían. Cuando corrían por el mercado, tiraban los puestos de los comerciantes y pisoteaban las flores y la fruta con sus pies.

Cuando iba con sus cachorros a los arrozales los dejaba correr por entre las cañas de arroz estropeando las cosechas.

—Un día —decía la gente—, un día la pequeña Sing Cha Lu se hará una buena princesa.

El cumpleaños de Sing Cha Lu se acercaba. Caminaba por los jardines reales preguntándose si pediría un traje de plumas de pavo real o una hermosa diadema de oro para el pelo, cuando sintió el calor del sol. Abrió la sombrilla para que la librara del sol y, sorprendentemente, la sombrilla se volvió del revés. Una fuerte torba de viento la levantó y la llevó por el aire. Se agarró con fuerza al parasol, mientras pasaba por encima de las murallas del palacio.

—¡Bajadme! —gritaba—. Soy la princesa de Tai Tuan. ¡Bajadme!

Entonces oyó voces extrañas.

—Somos los espíritus de la Tierra, el Aire, el Fuego y el Agua. Te llevaremos adonde queramos.

12 DE JUNIO

La princesa y la sombrilla (segunda parte)

La princesa Sing Cha Lu había sido llevada por los aires por los espíritus de la Tierra, el Aire, el Fuego y el Agua.

—Dejadme volver a casa —gritó, cuando ella y la sombrilla volaban sobre una casita de madera. Sentada delante de la casa estaba una niña de su edad, muy delgada y pálida.

—¿Quién es esa pequeña? —dijo la princesa.

—No está bien —dijo el espíritu del Aire—. No ha comido desde que el puesto de sus padres en el mercado fue arrollado por un jinrikisha que corría por el mercado.

—Era mi jinrikisha —susurró la princesa.

—No se queja —dijo el espíritu.

Entonces el viento la elevó hasta que la princesa planeó sobre un viejo.

—Parece muy débil —dijo la princesa.

—Vive de arroz —dijo el espíritu de la Tierra—, pero la cosecha de arroz fracasó este año. Unos perros la arrasaron.

—Eran mis perros —susurró la princesa.

—Él no se queja —dijo el espíritu.

El viento volvió a llevar a la princesa y la sombrilla al palacio. Tan pronto como sus pies tocaron la tierra, la princesa corrió hacia su padre el rey.

—Padre —dijo—, quiero pedirte tres cosas para mi cumpleaños.

El corazón del rey se sintió abatido. «¿Qué tesoros me pedirá ahora?»

—¿Sí, hija mía?

—Quiero un puesto nuevo en el mercado para los padres de una niña que he conocido, un saco de arroz para un anciano que he visto y un día de vacaciones para todo el mundo en Tai Tuan.

Cuando todos en Tai Tuan tuvieron noticias de los planes para el cumpleaños, asintieron: «Ahora podemos decir que nuestra pequeña Sing Cha Lu se ha hecho una hermosa y generosa princesa.»

13 DE JUNIO

Manguito y Pelusilla

Manguito y Pelusilla eran dos diminutos gatitos. Vivían en una habitación y les encantaba su suave alfombra roja. Estaban acostumbrados al papel con dibujo de la pared. Les gustaba recostarse y mirar al blanquísimo techo sobre sus cabezas.

Su ama decía:

—Estaréis encantados cuando podáis salir fuera. Pronto seréis bastante grandes.

—¿Como sería el exterior? –se preguntaban.

Por fin, la puerta trasera se abrió. Manguito y Pelusilla salieron al corral.

—No me gusta –susurró Manguito–. No hay alfombra, sólo piedras bajo nuestros pies.

—No hay dibujos en las paredes –se quejó Pelusilla.

—Y mira –gritó Manguito, sorprendido–. El techo se mueve ¡Y cambia de color, de azul a blanco!

Los gatitos se asustaron. Entonces Manguito tuvo una idea.

—Las paredes no llegan al techo –le dijo a Pelusilla–. Podríamos subirnos a las paredes y entonces nos encontraríamos fuera.

Así que se subieron a la verja del jardín y saltaron al campo, al otro lado.

Esto era mucho mejor. Corrieron a jugar en una suave alfombra verde de hierba. Vieron los dibujos hechos por las flores. Afilaron las uñas en el tronco de un árbol. Luego vieron un arroyuelo.

—¡És agua! –gritó Pelusilla–. Pero se mueve. El agua de beber siempre estaba quieta en el plato.

—¿Qué te parece si vemos a donde va? —Los dos gatitos corrieron colina abajo junto al arroyuelo.

Entonces comenzó a llover.

—Vaya –se quejó Pelusilla–. El techo gotea y nos estamos calando.

Así que volvieron corriendo a casa para secarse junto al fuego.

—¿Os gustó el exterior? –les preguntó el ama.

—¡Ojalá pudieramos explicarnos! –pensó Manguito–. ¡Estaría bien si alguien arreglara el techo!

---

14 DE JUNIO

La fábula de los árboles y el hacha

Un leñador fue al bosque y allí preguntó a los árboles si podía cortar uno para hacer el mango de un hacha.

La mayoría de los árboles llevaban mucho tiempo en el bosque. Eran fuertes y vigorosos, y tan grandes que no había nadie que pudiera rodearlos con los brazos. Se consideraban nobles e importantes. Fueron ellos los que tomaron la decisión.

—La tuya es una modesta petición –dijeron–. Puedes cortar el joven arbolito que está solo.

Se inclinaron hacia un joven fresno que no había tenido tiempo para tener la anchura de la muñeca de un hombre. No se le dio una oportunidad al fresno para hablar por sí mismo.

El leñador les dio las gracias por su amabilidad y cortó el fresno antes de que tuvieran tiempo de cambiar de opinión. Hizo un fino y fuerte mango para el hacha.

Nada más poner el mango al hacha se puso a trabajar. Esta vez no pidió permiso ni mostró piedad. Cortó todo árbol que se encontró en su camino, grandes y pequeños.

En ese momento, cuando vieron lo que estaba a punto de ocurrirles, los árboles dijeron con tristeza:

—Es culpa nuestra que vayamos a morir. Al sacrificar la vida de un árbol más pequeño y débil que nosotros hemos perdido nuestras propias vidas. Si hubieramos defendido el derecho a vivir del arbolillo, nos habríamos salvado nosotros durante unos años.

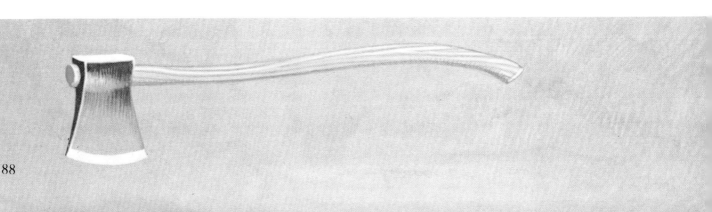

15 DE JUNIO

Los tontos de capirote

—Algunas criaturas me hacen reír —le dijo el pájaro Castaño a Pan, el Dios de los Bosques—. Nunca están contentas. Siempre quieren ser otro.

—Sí —dijo Pan—. Yo los llamo tontos de capirote.

—¡Mira! Aquí vienen.

A la cabeza se encontraba Ratón, que quería ser una ardilla y se había colocado un cepillo en la cola. Luego llegó Gato con un pijama de rayas. Pretendía ser un tigre.

Pájaro Castaño se rió:

—¡Ja! ¡Ja! ¡Ja! Ahí va Burro con un helado pegado a la frente. Quiere ser un unicornio.

—¡Mira hacia el cielo! —gritó Pan—. ¡Es Aguila Pelada, con la peluca de una señora!

Luego vieron a Cotorra en un árbol con un plumero atado a la cola. Pájaro Castaño se rió todavía más alto incluso mientras decía:

—¡Ja! ¡Ja! cree que es una paloma de cola de abanico.

—Y aquí viene el más gracioso de todos. —dijo Pan—. Un hombre meneándose hacia el lago con aletas negras en los pies. Ahora se mete en el agua. Se cree un pato. Los patos se morirán de risa.

Cuando se hubieron ido todos, Pájaro Castaño dijo:

Me siento muy feliz de ser como soy. Nadie puede llamarme tonto de capirote. Quiero decir que siempre me comporto de forma normal. —Luego bostezó—. Oh, vale. Es hora de acostarse. Debo echar mi sueñecito de belleza.

Se colgó de una rama boca abajo y se quedó dormido.

—¡Vaya! ¡Dios me ampare! —se rió Pan—. ¡Se cree un murciélago! ¡Vaya tonto de capirote!

16 DE JUNIO

Castillos movientes

Rey Feliz y Rey Tacaño-y-Perezoso vivían en los extremos opuestos del mundo, pero tenían una cosa en común: ambos querían un castillo nuevo. Rey Feliz tenía tantos hijos que no tenían dónde jugar en el limpio, resplandeciente y pequeño castillo del País Reluciente; mientras el Rey Tacaño-y-Perezoso tenía un castillo en ruinas, aunque muy grande. El tejado tenía goteras, las puertas estaban colgando de los goznes, porque era demasiado vago para hacer cualquier reparación y demasiado tacaño para pagar a criados; el castillo estaba lleno de enormes telarañas por todas partes.

Un día Rey Tacaño-y-Perezoso encontró un libro muy antiguo en un armario. Le quitó el polvo que lo cubría y leyó el título: «Cómo mover castillos con magia.»

—¡Qué suerte encontrarlo! —dijo—. Con este libro podré trasladar este horrible, sucio y viejo castillo al País Reluciente mediante magia y trasladar el agradable y pequeño castillo de Rey Feliz aquí, en su lugar. Luego quemaré el libro y Rey Feliz no podrá hacer magia de nuevo.

Rey Tacaño-y-Perezoso se sentó en el trono y pasó toda la noche leyendo el libro de punta a cabo.

A la mañana siguiente Rey Feliz y sus hijos se encontraban desayunando, cuando el castillo desapareció, dejándolos sentados alrededor de la mesa, al aire libre. Pero antes de que tuvieran tiempo de dar un suspiro encontraron el castillo de Rey Tacaño-y-Perezoso en su lugar.

—¡Ay, qué asco! ¡Qué castillo más sucio y horrible! —gritaron todos los niños, una vez recuperados del susto.

Rey Feliz dio una vuelta por el castillo.

—Habrá bastante espacio para que podáis jugar —dijo muy animado—. Todo lo que hay que hacer es limpiarlo y arreglarlo.

El Rey Feliz y sus hijos se pusieron a trabajar con martillos y puntas, cepillos, brochas y botes de pintura. En menos que canta un gallo, el castillo se encontraba tan limpio y resplandeciente como el anterior. Los hijos se alegraron.

El pequeño castillo de Rey Tacaño-y-Perezoso pronto comenzó a derrumbarse. Era tan vago para hacer nada y tan tacaño para pagar a criados... Antes de un año el tejado goteaba, las puertas estaban desencajadas y todo estaba sucio y lleno de telarañas por doquier. Y lo que es más grave, ya no podía volver a hacer magia, porque había quemado el viejo libro.

17 DE JUNIO

José y los palitos mágicos

José vivía en una choza en el bosque, en la ladera de la montaña. Los turistas venían a comprar sopa y sus famosas «dos vueltas». Eran galletas, cocinadas en un fuego al aire libre. Nadie hacía las galletas «dos-vueltas» como José.

Un día, su fuego no acababa de ponerse en marcha; era sólo humo.

—¡Vamos! –dijo enfadado–. ¿Qué te pasa?

—Quizá los palitos no sean buenos –dijo una voz–. Un viejo caminante se encontraba a la puerta.

—¿Los palitos? –dijo–. Siempre uso estos... Pero entre. Tengo sopa.

El viejo se sentó.

—Prueba estos –dijo dándole un pequeño manojo de palitos. Inmediatamente el fuego comenzó a ponerse a tono. El viejo terminó la sopa y se tomó unas cuantas galletas «dos-vueltas».

—¿Son mágicos sus palitos? –preguntó José–. ¡Duran tanto tiempo!

—Quizá –masculló el viajero–. Te diré dónde encontrarlos; pero tú tendrás que decirme cómo haces estas galletas.

—¡Ah no, señor! –dijo José–. ¡No puedo! Es una receta familiar secreta. Le prometí a mi padre que sólo se la diría a mi hijo.

El viejo se fue.

Al día siguiente, el fuego de José humeaba incluso peor. De nuevo el viajero se acercó a ofrecerle los palitos. De nuevo el fuego ardió bien y José le dio sopa y galletas «dos-vueltas».

—¿Has cambiado de idea? –le preguntó el hombre.

—No, señor –dijo José–. Una promesa es una promesa. Le haré una propuesta. Siempre que me traiga palitos le daré una buena comida. ¿Qué le parece?

Se pusieron de acuerdo y todas las semanas el viajero le traía palitos. De repente cesaron las visitas; pero José encontró el manojo cerca de la choza. Dentro había una nota: «Estos palitos no se agotarán, José. Yo también mantengo mis promesas».

Así, si alguna vez encuentras a José, verás el fuego ardiendo y te gustarán sus «dos-vueltas» de mantequilla.

---

18 DE JUNIO

El panda de Carlos

Ésta es la historia de un muchachito, llamado Carlos, que quería un osito de peluche para su cumpleaños.

—Tendrás que esperar y verás –le dijo su padre–. Pero estoy seguro de que tía Petra dijo que iba a darte un osito de peluche.

Pues bien, en la fiesta de cumpleaños había toda clase de paquetes para que abriera Carlos.

—Abriré el regalo de tía Petra el último –le dijo a sus amigos–. Va a ser un osito de peluche. El paquete tiene la forma correcta. Y parece tan suave y blando.

¡Cuando Carlos abrió el paquete vio que no era un osito de peluche en absoluto! ¡Era un panda! Carlos se sintió tan decepcionado que dejó el panda en una silla y no quiso mirarlo.

Nada más llegar su padre a casa aquella noche, Carlos le contó su decepción. Su padre sacó un libro de animales salvajes y le mostró a Carlos una foto de un panda gigante real.

—Los pandas son realmente muy especiales –le dijo su padre–. Te llevaré un día a que veas un panda cuando vayamos al zoo. Su entorno natural son los bosques de bambú de China.

—Y comen los brotes de bambú –dijo Carlos, recordando de repente algo de lo que había aprendido en el colegio. Carlos tomó el panda y le dio un abrazo.

—¿Crees que los pandas son tan especiales como los ositos de peluche? –le preguntó.

—Naturalmente que sí –le dijo su padre sonriendo–. Tan especiales, como mínimo.

—¡Entonces me alegro de que sea un panda después de todo! –dijo Carlos felizmente–. Lo llevaré al colegio mañana para enseñárselo a todo el mundo.

19 DE JUNIO

El gigante y el zapatero
(primera parte)

Érase una vez un gigante gruñón que no quería a nadie. Y le desagradaba aún más la gente que vivía en la Ciudad Blanca. Un día, decidió librarse de todos ellos.

Un río pasaba muy cerca de la ciudad.

—Haré una presa en el río –dijo el gigante–, e inundaré la ciudad. Entonces todos los que viven allí se ahogarán.

Es muy fácil para alguien tan grande y fuerte como el gigante hacer una presa en el río. Todo lo que tiene que hacer es coger una palada de tierra –con una pala gigante, por supuesto– y dejar caer la tierra en el sitio justo. El gigante era bastante estúpido. En lugar de esperar hasta que llegara a Ciudad Blanca para llenar la pala de tierra, la llenó delante de su propia cueva.

Hacía un día muy caluroso e incluso los gigantes se cansan, sobre todo cuando llevan un montón de tierra e intentan no dejar caer ni un gramo. De algún modo se perdió. Se sentó junto al camino, sosteniendo la palada de tierra, y esperó a que alguien pasara por allí y le dijera qué dirección debía tomar.

Por fin pasó por allí un zapatero, que había ido personalmente a Ciudad Blanca a recoger todas las botas y zapatos que le habían encargado reparar.

—¡Hola, eh! –zumbó una voz por encima de la cabeza del zapatero–. ¿A qué distancia está Ciudad Blanca?

El zapatero se mostró sorprendido, pero no era una persona fácil de asustar y pensó para sí, «¿Qué puede estar haciendo un gigante como éste con una palada de tierra como esa...? nada bueno, me aseguraré». En voz alta dijo:

—¿Por qué lo quieres saber?

—Voy a hacer una presa en el río; inundaré la ciudad para que toda la gente que vive allí se ahogue –fue la respuesta del gigante.

---

20 DE JUNIO

El gigante y el zapatero
(segunda parte)

Un zapatero se encontró con un gigante que se había perdido. El gigante llevaba una palada de tierra y se encontraba en camino para construir una presa, que inundaría la Ciudad Blanca. «Hay que hacer algo... y deprisa», pensó el zapatero.

—¿Sabes a qué distancia está Ciudad Blanca? –preguntó enseguida.

—No –dijo el gigante.

—Yo mismo vengo de allí –dijo el agudo zapatero. Diría que es un viaje agotador.

Abrió el saco y empezó a sacar todos los zapatos y botas desgastadas que había recogido para arreglar.

—Éstas son todas las botas y zapatos que he gastado desde que salí de Ciudad Blanca –dijo. El zapatero cruzó los dedos detrás de la espalda, porque no decía la verdad. La Ciudad Blanca estaba muy cerca, al otro lado de la colina.

—Posiblemente no pueda llevar una palada de tierra tan lejos –se quejó el gigante.

—Si yo estuviera en tu lugar, la dejaría aquí y me iría a casa –dijo el zapatero, volviendo a poner los zapatos y botas en el saco.

—Es un buen consejo –dijo el gigante, y dejó caer la tierra de la pala. Cayó con un fuerte temblor, como el estallido de una nube de lluvia marrón y, cuando el polvo marrón hubo desaparecido, el zapatero se encontraba junto a una nueva colina. El gigante se estaba limpiando las botas con la pala. Había suficiente tierra pegada a ellas como para hacer una pequeña colina junto a la grande. Luego, el gigante se fue a casa.

21 DE JUNIO

Andora

Érase una vez un ladrón de caballos llamado Cuatrero. Viajaba por el país robando y vendiendo caballos. Un día vio un cartel en una pared que anunciaba la llegada del circo. Mostraba a una bella amazona montando un hermoso caballo blanco.

Cuatrero pensó: «podría vender un caballo como ese por mucho dinero». Enganchó una caravana para caballos a su furgoneta y se dirigió al circo.

Aquella noche, Andora, el caballo blanco, bailó por la pista del circo y Rosi hacía sobre él unos trucos que entusiasmaban al público. Pero Rosi estaba triste, porque el director del circo había decidido vender a Andora al día siguiente.

Durante la noche, Rosi se levantó para decir adiós a Andora por última vez. Cuatrero se encontraba cerca. Vio a Rosi venir. Se le acercó por detrás, le puso una mordaza en la boca y la ató a un poste. Luego llevó a Andora a la caravana y se fue.

Rosi logró desatarse y dio la alarma.

—Él va en una furgoneta gris, con una caravana para caballos, –le dijo a la policía.

Cuando Cuatrero vio venir a la policía, paró la furgoneta y sacó a Andora. Luego se montó en el caballo.

—¡Venga! –chilló–. ¡Sácame de aquí!

Pero Andora, sabiendo que algo no iba bien, comenzó a correr en círculos, vuelta tras vuelta. Cuatrero se mareó tanto que se cayó del caballo justo brazos de la policía.

Cuando el director del circo supo todo esto, decidió quedarse con Andora. Ahora todo el mundo quiere ver a Andora, el inteligente animal que burló al famoso ladrón de caballos.

22 DE JUNIO

El elegante globo

Leo Llamazares y Servando Senante
fueron de viaje en un globo elegante.
Llevaron pasajero– ¡qué cosa más fina!
¿Quién era? Pues la gata Josefina.

Viajaron llevados por el viento.
«La cesta no me gusta, lo siento»,
dijo el gato mientras arriba subía,
donde la vista mejor se veía.

Cruzaron las nubes, subieron muy alto,
porque el globo dio un gran salto.
Entraron en el espacio, el globo paró.
Les dio un gran susto cuando alunizó.

Quiso salir la gata de repente,
ya que tenía una idea en la mente.
Tenía una meta esta gata muy tuna:
ser la primera en beber leche en la luna.

Moverse no pudo, aunque lo intentó.
Inmóvil y triste allí se quedó.
No sabía qué hacer; no dio ni un paso
se quedó con las ganas de leche en un vaso.

¿Cómo podrán salir del gran lío?
¿Lanzando otra vez el globo al vacío?
Llegó entonces un cohete americano.
Gritó una voz: «¡Eh, vosotros. Dadme la mano!»

Servando Senante y Leo Llamazares
llegaron sanos y salvos a sus hogares.
Cenaron merluza en salsa de ron
Y a Josefina invitaron a melón.

23 DE JUNIO

Juan el Saltarín (primera parte)

Juan comenzó a saltar en cuanto pudo andar; saltitos al principio, luego cada vez eran más grandes. Cuando hubo crecido se dio cuenta de que era más fácil y rápido ir saltando a todas partes.

—Ahí va Juan el Saltarín —decían—. De nada vale tratar de seguirle.

Un día decidió dejar el pueblo donde vivía e irse a ver mundo. Decidió también caminar millas y millas y curarse de su obsesión por saltar. Dijo adiós a sus padres.

—¡Volveré, madre! Me haré rico y me libraré de esta enfermedad saltarina. No quiero que me llamen Juan el Saltarín toda la vida.

Después de varias millas, Juan vio un espacio de agua delante de él. Dejando los zapatos a la orilla, chapoteó en las frías aguas. ¡Imaginaos el pánico cuando vio venir un enorme cocodrilo hacia él! ¿Qué podría hacer? Sólo una cosa: ¡Saltar!

De un salto, Juan aterrizó en la otra orilla. De pronto, por todas partes aparecieron soldados, armados hasta los dientes. Dio otro salto... –¡sobre sus cabezas!– Todos miraron hacia arriba sorprendidos. Juan miró hacia abajo, al patio donde iba a aterrizar; se encontraba frente a un esplendido palacio.

Salieron más soldados, lo apresaron y lo llevaron ante el rey. Juan pidió el perdón de Su Majestad y le explicó que tan sólo había saltado porque se había encontrado en peligro.

—¡Así es! ¡Así es! –asintió el rey–. Eres el primero que ha logrado escapar de Camila.

Juan sintió un escalofrío al pensar en el terrible cocodrilo.

En ese momento, la hermosa Arabella entró y habló con su padre. Él se volvió hacia Juan:

—Tenemos otros visitantes aquí, compitiendo para conseguir la mano de mi hija. ¿Quieres unirte a ellos?

Juan hizo una reverencia, primero a la princesa y luego al rey.

—Me sentiría muy honrado, Majestad.

---

24 DE JUNIO

Juan el Saltarín (segunda parte)

Juan el Saltarín competía por la mano de la princesa Arabella. Había una prueba aquella tarde. Juan tendría que batirse en duelo con un príncipe, ante la familia real y cientos de personas. Sería muy peligroso.

Al principio, Juan bailó alrededor, manteniéndose a salvo. Luego dio unos cuantos saltos. Lo consideraron inteligente y gracioso. La gente comenzó a reírse. Pronto todos se partían de risa. El rey se moría de risa. Casi se desmayó cuando Juan saltó sobre la cabeza del príncipe.

—¡Para! ¡Para! –gritó–. Ya basta... ¡Ya no puedo más!

¿Le echaría el rey a Camila, el cocodrilo, por hacer que el príncipe pareciera idiota? Al contrario, Arabella le entregó su mano y bailaron por el salón. Ella le miró a los pies.

—Son muy ágiles, ¿Pero no estarían más cómodos con zapatos? –Juan se sintió avergonzado, pero enseguida vio a la princesa riéndose.

—¡Vamos! –dijo él y salieron a bailar al borde del agua. Allí Juan tomó a Arabella en sus brazos y dio un salto volador. Los ojos de Camila relucieron a la luz de la luna, cuando los vio pasar. Aterrizaron a salvo, junto a los zapatos de Juan, que se los puso y, dando otro gran salto, con la princesa en sus brazos, regresó sobre el agua al palacio.

Allí el rey dio una conferencia anunciando la boda. Se enviaron invitaciones a los padres de Juan. Éste recibió un título y el rey le preguntó como le gustaría que le llamaran.

—Cualquier nombre que desee Su Majestad, —respondió—. ¡Me siento tan feliz que incluso me podríais llamar Juan el Saltarín!

25 DE JUNIO

Pillín, en el bosque

Un día, Pillín, el simpático duendecillo, fue a dar un paseo por el bosque. Buscaba un amigo con quien divertirse.

—Hace un día tan bueno –dijo Pillín–, seguro que encontraré un amigo que quiera jugar.

El primer amigo que se encontró fue Ardilla.

—Deja eso y ven a jugar conmigo, Ardilla –dijo Pillín.

—Estoy demasiado ocupada cogiendo nueces –dijo Ardilla–, como ves...

Y se fue corriendo. Pillín trató de alcanzarla pero se quedó sin respiración y tuvo que pararse. Luego vio a Tejón, olisqueando entre las hojas.

—¿Quieres jugar conmigo, Tejón? –dijo Pillín.

—Estoy demasiado cansado –dijo Tejón con voz quejumbrosa.

—Debo seguir haciendo la cama para que me pueda echar un buen sueño.

En ese momento Ratón pasó corriendo junto a sus pies, retorciéndose los bigotes.

—¿Quieres jugar conmigo? –preguntó Pillín.

—Por supuesto que no –chilló Ratón, mirando alrededor, nervioso–. ¿No ves que estoy huyendo?

—¡Ay! –dijo Pillín decepcionado–. Si huyes de Buho, es demasiado temprano para la cena. Sólo come por la noche...

Pero Ratón ya había desaparecido.

Pillín estaba triste y a punto de volverse a casa, cuando oyó chillidos, risas y saltos. Los conejitos saludaron a Pillín con gritos de alegría.

—¡Ven a jugar con nosotros! –chillaron–. ¡Enséñanos nuevos juegos! ¡Mamá no sabe ninguno!

Pillín comenzó a reír. Ahora, por fin, había encontrado unos amigos con quien jugar. Se puso a enseñar a los conejillos uno de sus juegos favoritos: «Esconde-la-nuez».

---

26 DE JUNIO

Cenicienta (primera parte)

Érase una vez una muchacha llamada Cenicienta. Vivía con su padre y sus hermanastras en una casa enorme. Cenicienta era bellísima. Las hermanastras eran feas. Cenicienta era amable y gentil. Las hermanastras groseras. Pasaban el tiempo tratando de ponerse guapas y hacían que Cenicienta se pasara todo el día limpiando, fregando y raspando el suelo para que nadie se diera cuenta de lo guapa que era.

Una mañana, cuando Cenicienta estaba raspando los suelos, hubo un gran alboroto.

—Mira lo que tenemos –gritaron las hermanastras, bailando por la cocina–. Hemos sido invitadas al baile del rey. Vamos a conocer al príncipe. Me atrevo a asegurar que se casará con una de nosotras.

—¡Ay!, por favor ¿puedo ir al baile? –preguntó Cenicienta. Las hermanastras gritaron de risa.

—¿Tú? ¿Ir al baile? ¡Qué idiota eres! No tienes nada que ponerte. —Eso era cierto. La pobre Cenicienta sólo tenía un vestido marrón lleno de jirones y un viejo delantal—. Y además, te necesitamos para que nos ayudes a prepararnos.

La noche del baile le pidieron a Cenicienta que hiciera esto y aquello.

—Toma esto... cambia eso... plancha lo otro... ata eso... busca esto... hazlo; desata eso... átalo... deja de tirar... ajústalo... La pobre Cenicienta se sintió mareada cuando hubo terminado de prepararlas para el baile.

—Friega los platos... mantén el fuego... y ten la cena preparada –le dijeron cuando se subían a la carroza que las esperaba, igual de feas que siempre.

Pobre Cenicienta. Hizo todas las labores de la casa, luego se sentó junto al fuego y se puso a llorar. Ella también quería ir al baile.

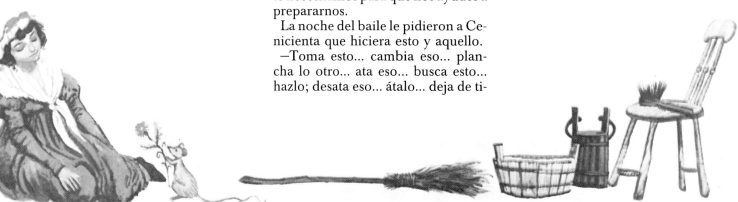

27 DE JUNIO

Cenicienta (segunda parte)

Cenicienta se sentó a llorar junto al fuego porque no podía ir al baile. De pronto hubo un rayo de luz y vio a una extraña mujer, pequeña, que llevaba un sombrero puntiagudo y una varita de estrellas bailarinas.

—No temas, –dijo–. Soy tu Hada Madrina. Irás al baile.

—Pero no tengo nada que ponerme –dijo tristemente Cenicienta–. No puedo ir con estos andrajos.

—No llevas andrajos ahora –dijo el Hada. Tocó el vestido marrón de Cenicienta con la varita. Lo transformó en un hermoso traje y le puso unos zapatos de cristal en los pies.

El Hada pidió una calabaza. La tocó con la varita y se convirtió en un carruaje. Convirtió a los ocho ratones en ocho caballos blancos, y a los seis lagartos verdes en seis sirvientes con librea. Finalmente transformó a una rata en el cochero.

—Debes estar de vuelta en casa a medianoche –dijo el Hada cuando Cenicienta se subió al carruaje–. Mi magia se acaba a medianoche y tu traje se transformará en harapos otra vez.

En el baile, Cenicienta bailó con el príncipe toda la tarde. No podía apartar los ojos de ella. Le pareció la muchacha más hermosa que jamás había visto. Cenicienta nunca había sido tan feliz en su vida. Era tan feliz que se olvidó de que el tiempo corría y, hasta que el reloj dio las doce, no se acordó del consejo del Hada.

—Espera... –gritó el príncipe, mientras ella se iba de sus brazos–. No me has dicho cómo te llamas...

No había tiempo que perder. Cenicienta salió corriendo del salón sin mirar hacia atrás. Siete... ocho... nueve... perdió un zapato cuando corría escaleras abajo. No se atrevió a pararse a cogerlo... diez... once. Al duodécimo tañido, el hermoso traje se volvió harapos de nuevo, y el carruaje se convirtió en una calabaza.

28 DE JUNIO

Cenicienta (tercera parte)

Cenicienta volvió del baile con sus harapos. Pero una cosa no había cambiado: el zapato de cristal que se encontraba en las escaleras de palacio. Fue el mismo príncipe quien lo encontró. Lo reconoció al instante.

—Me casaré con la muchacha que pueda ponerse este zapato –dijo–. No importa quién sea.

Envió mensajeros por todo el país con la orden de que todas las muchachas del reino tenían que probarse el zapato. Al fin llegaron a la casa donde vivían Cenicienta y las hermanastras. Las feas hermanastras estaban emocionadas. Le arrebataron el zapato de cristal al mensajero antes de que pudiera hablar.

—Mira.. me queda bien... –dijo la primera.

—Pero el tacón te sobresale, –dijo el mensajero.

—Me queda bien... me queda bien... –dijo la segunda hermana.

—Pero tienes los pies doblados –dijo el mensajero. Entonces preguntó–: ¿hay alguien más que quiera probarse el zapato?

Antes de que Cenicienta pudiera hablar, una de las hermanastras le puso la mano en la boca.

—Es sólo una criada... el zapato no le queda bien.

Pero el mensajero cumplió las órdenes. Naturalmente, el zapato le quedaba muy bien.

—Cenicienta se casará conmigo –dijo el príncipe.

—¡Fuiste tú... fuiste tú quien nos robó el príncipe! –gritaron las feas hermanas, con los ojos casi saliéndose de las órbitas–. ¡No es justo... no es justo! –Patearon el suelo enfadadas. Nadie les hizo caso, y hubo una boda real.

29 DE JUNIO

Remolino alcanza el tren

Un día, cuando volvía a casa, Remolino, el helicóptero amarillo, volaba sobre la estación, cuando vio que una señora le llamaba moviendo los brazos. Remolino bajó a ver qué pasaba.

—¿Puedes ayudarme? –dijo la señora–. Mi hijita, Emma, se ha ido en el tren y se ha dejado la maleta aquí. ¿Puedes alcanzar el tren?

—Lo intentaré –dijo Remolino, agarrando la maleta. Y se fue tan rápido como pudo, siguiendo la línea del ferrocarril. Pronto divisó el tren. El revisor abrió la ventana cuando Remolino se acercó.

—¿Qué haces aquí? –preguntó.

—Tengo una maleta para una niña que va en este tren. ¿Puede dársela? Se llama Emma.

El revisor tomó la maleta y fue en busca de la niña. Remolino siguió al tren y cuando ya se apartaba vio a alguien en uno de los vagones, haciéndole señas. Debe de ser Emma. Sí. Había una maleta con ella. Ella gritaba algo. Remolino no la oía muy bien por la ventana, pero parecía como si dijera: «Gracias». Emma sonreía a Remolino.

Remolino le devolvió la sonrisa y luego se fue dando un pequeño giro en el cielo, encantado de haber podido servir de ayuda.

30 DE JUNIO

Los pajaritos descarados

Los pajaritos no encontraban nada que comer.

—¡Mamá! –gritaron–. Tenemos tanta hambre y el terreno está tan duro para encontrar gusanos...

—¡Allí! ¡Allí! –dijo Mamá Pájaro–. La señora de la casa pronto tirará las migas.

Y así fue. Cuando la señora vio a los pájaros hambrientos, les tiró unas migas.

Los pajaritos estaban a punto de comer las migas cuando Perro Ansioso corrió hacia ellas.

—¡Guau! ¡Guau! –ladró, asustándolos. Luego se tragó todas las migas.

Al día siguiente la señora tiró más migas. Pero la observadora Mamá Pájaro vio dos ojos bajo un arbusto.

—¡Cuidado! ¡Es Gato Gordo! –gritó–. ¡Quedaos en el árbol!

Los pajaritos hambrientos tuvieron que observar cómo Gato Gordo salía a por las migas y se las comía todas.

Todos los días la señora tiraba las migas, pero si Perro Ansioso no las comía primero, era Gato Gordo quien se las zampaba. Y los pajaritos tenían cada vez más hambre.

Un día, cuando Mamá Pájaro vio a Perro Ansioso en el jardín, se le ocurrió una idea. Fue a buscar a Gato Gordo. Cuando lo encontró, fingió tener un ala rota y revoloteó por el suelo.

—¡Ajá! –sonrió Gato Gordo–. ¡Pronto te cazaré!

Pero Mamá Pájaro era demasiado rápida para Gato Gordo, ¡y demasiado inteligente! Llevó a Gato Gordo hasta donde estaba Perro Ansioso, que se enfureció cuando lo vio.

—¡Grrr! –ladró Perro Ansioso.

—¡Miau! –maulló Gato Gordo, con las zarpas listas.

—¡Bueno! ¡Nunca vi lucha tal! ¡Hubo arañazos, ladridos y peladuras por todas partes! Mientras luchaban, aquellos descarados pajaritos bajaron del árbol y se comieron todas las migas. Gato Gordo y Perro Ansioso nunca más volvieron al jardín.

JULIO

1 DE JULIO

La torre

Laura era una chiquita feliz, hasta que comenzó a crecer. Creció tanto que todos pensaban que era una persona adulta. A Laura no le gustaba ser tan alta. Era todavía una niña. Le gustaba jugar con los juguetes. Pero la gente siempre le decía: «Eres demasiado grande para jugar con juguetes». En las fiestas, todas sus amigas tenían pareja para bailar. Pero nadie quería bailar con Laura, porque era demasiado alta.

Un día, alguien dijo:

—¡Mira esa torre andante!

Cuando Laura comenzó a llorar dijeron:

—¡Las chicas grandes no lloran!

—¡Pero sólo soy una chiquita por dentro! –dijo Laura.

Trató de parecer más pequeña metiendo la cabeza entre los hombros y caminando encorvada. Pero eso sólo hacía reír a la gente. A veces soñaba que era pequeña y tenía muchísimas parejas para bailar. Suspiraba cuando se despertaba y veía sus largas piernas.

Decidió aprovechar esa altura.

—Si no puedo bailar, entonces aprenderé a jugar a ciertos juegos –dijo.

Un día, en el parque, vio una vieja bolsa de la compra que colgaba de un árbol. Laura le tiró una pelota y ésta salió por el fondo.

—Trataré de ver cuántas veces puedo meter la pelota en la bolsa –dijo. Iba mejorando poco a poco y pronto fue capaz de acertar todas las veces.

Un día, una chica le dijo a Laura:

—Serías una buena jugadora de baloncesto. ¿Quieres pertenecer a nuestro equipo?

Laura se sintió muy feliz, porque las chicas del equipo eran tan altas como ella. Comenzó a ponerse tiesa y a caminar sin encorvarse. ¡Ahora no le importa lo más mínimo ser alta!

2 DE JULIO

Botitas

Botitas, la pequeña esquimal, había recogido unas semillas. Su madre las pintó con zumo de mora y las cosió a sus botas nuevas, haciendo un precioso dibujo.

—Gracias, mamá –dijo Botitas–. Creo que iré a dar un paseo con ellas.

—¡No te pierdas! –le previno su mamá.

Botitas siempre se perdía. Le encantaba perseguir a las criaturas salvajes. Tan pronto como se perdía de vista, se olvidaba del consejo de su madre. Esta vez se puso a perseguir a un zorro blanco. El zorro se escapó. Cuando Botitas miró a su alrededor, supo que se había perdido. Había oscurecido y hacía mucho frío. Encontró un agujero en la nieve y se metió en él. Era la casa de invierno de un ave de la nieve.

—Parece que tienes mucha hambre –le dijo Botitas al ave–. Siento no tener comida.

Luego se acordó de las semillas de las botas. Las arrancó y se las dio al ave de la nieve.

La madre de Botitas la encontró a la mañana siguiente. Botitas le contó lo del ave hambrienta y las semillas. Su madre se sonrió.

—Coseré unas semillas nuevas a tus botas. Anoche encontré éstas en el trineo.

Los ojos de Botitas chispearon.

—¡Quizá cayeron del cielo! –dijo.

Era cierto. Para compensar su amabilidad, los espíritus de las Estrellas habían puesto magia en las semillas. ¡Resplandecían como las estrellas, iluminando siempre el camino a casa y, por eso, nunca más se perdió!

3 DE JULIO

El buhonero de Swaffham (primera parte)

Una vez, hace mucho tiempo, cuando el Puente de Londres estaba rodeado de tiendas, un buhonero que vivía en el campo, lejos, muy lejos de Londres, tuvo un extraño sueño. Soñó que si iba al Puente de Londres recibiría buenas noticias. La primera vez que lo soñó no le hizo ni el menor caso. La segunda vez comenzó a preguntarse si era cierto y la tercera vez decidió ir a la ciudad de Londres.

Era demasiado pobre para alquilar un caballo y había una larga caminata. Los zapatos casi se le habían desgastado cuando llegó allí. Estuvo cruzando el Puente durante tres días de un lado al otro, esperando oír las buenas noticias. Al tercer día, un tendero que tenía una tienda junto al Puente no lo pudo soportar más.

—Lo he visto pasear por el puente estos tres días —dijo—. ¿Tiene algo para vender?

—No —dijo el buhonero.

—¿Entonces está pidiendo? —preguntó el tendero, viendo los zapatos desgastados y el polvoriento abrigo.

—Por supuesto que no —dijo el buhonero.

—¿Entonces qué hace aquí? —preguntó el tendero.

El buhonero le contó el sueño.

4 DE JULIO

El buhonero de Swaffham (segunda parte)

Un pobre buhonero había soñado que si iba al Puente de Londres oiría buenas noticias. Le contó el sueño a un tendero que tenía una tienda en el Puente.

El tendero dio una carcajada.

—¿Quieres decir que has recorrido todo este camino por un simple sueño? Yo también sueño. Precisamente anoche soñé que en el huerto que hay detrás de la casa de un buhonero de Swaffham, que es un lugar del que nunca he oído hablar, hay un roble y, bajo el roble, hay enterrado un tesoro... ¿Pero crees que sería tan idiota como para dejar la tienda y hacer ese viaje a un lugar del que nunca he oído hablar, sólo por un sueño...? ¡Eh! ¿A dónde vas?

—A casa —le contestó el buhonero.

—Qué individuo más raro —dijo el tendero, y se volvió a la tienda, moviendo la cabeza. ¿Cómo iba a saber que el buhonero vivía en un lugar llamado Swaffham y que había un huerto detrás de su casa?

Nada más llegar a casa, el buhonero fue al huerto y comenzó a cavar. Y así fue: encontró un arcón con un tesoro y el sueño se hizo realidad. Por eso el buhonero fue rico hasta el final de sus días y todo gracias a uno o, mejor dicho, a dos sueños.

5 DE JULIO

Ash Lodge: Bajo la lluvia

Era una lluviosa mañana en Ash Lodge. Willie creyó que él y sus amigos, Basil y Dewy, tendrían que quedarse en casa.

—Pues yo no entiendo por qué –dijo Dewy–. Podríamos probar los impermeables nuevos.

Basil bajó los chubasqueros nuevos y los sombreros de la balda superior del armario.

—Es una lástima que no tuvieran una talla más pequeña para Willie –dijo, mientras se vestían.

Willie estuvo de acuerdo. Tal como era, arrastraba el chubasquero por el suelo y apenas podía ver por debajo del sombrero, Willie tuvo la sensación de que no iba a ser divertido.

Basil y Dewy se dirigieron al bosque y Willie arrastró los pies tras ellos. Por desgracia, con el ruido de la lluvia y el tamaño del sombrero Willie ni oyó ni vio a Basil y Dewy girar a la derecha en un cruce del sendero. Sólo pensaba que el sendero que seguían era bastante empinado, cuando pisó el impermeable y cayó dando tumbos colina abajo. Se detuvo de golpe contra el tronco de un árbol.

—¿Qué supones que es? –dijo una voz.

—Parece un champiñón amarillo gigante –dijo otra. Dos patos lo empujaban.

—Es un champiñón amarillo con sombrero –dijo el primer pato.

—No os riáis de mí –dijo Willie.

—Es un champiñón amarillo hablador, con sombrero –dijo el segundo pato.

Willie ya se había hartado. Se puso de pie, se quitó el impermeable como si fuera una camisa y salió corriendo. Pero inmediatamente topó con Basil y Dewy.

—Bien, éste ha sido un delicioso paseo –dijo Willie sofocado.

—Esta bien, Willie –dijo Dewy–. Ya es hora de volver a casa.

6 DE JULIO

El lobo y la cabra

Un lobo vio a una cabra pastar en la cima de un acantilado y pensó: «qué buena comida». El lobo no trepaba tan bien como la cabra y no encontraba el modo de llegar hasta la cima del acantilado. Si quería comerse la cabra tendría que hacer que la cabra bajara hasta donde él estaba.

El lobo mostró su astuta sonrisa y le dijo a la cabra:

—Señora Cabra, ¿por qué arriesgas la vida en ese peligroso acantilado donde sólo hay hierba seca para comer? Acepta el consejo de un amigo. Ven aquí, donde la hierba es fresca y verde.

La cabra miró hacia abajo y meneó la cabeza.

—Poco te importa si la hierba es verde y fresca, o seca y marrón. Sé perfectamente lo que quieres –dijo tranquila–. Así que me quedaré donde estoy.

7 DE JULIO

El rey de los pájaros (primera parte)

Una vez, hace mucho tiempo, el rey de los pájaros vivía con sus súbditos en las tierras altas de Burma, que estaban llenas de colinas. Un día uno de los súbditos voló hasta las tierras bajas. Cuando volvió, reunió a todos los pájaros.

—Hoy he visto algo maravilloso –dijo–. En las tierras bajas los campos están llenos de semillas para comer. Es de tontos pasar tanto tiempo buscando comida en las colinas, cuando nos está esperando abajo.

—Volemos a las tierras bajas –chillaron todos con gran nerviosismo.

—Quedaos en las tierras altas, donde estáis seguros, –dijo el rey de los pájaros, que era rey porque era sabio–. Habrá hombres guardando los campos. Os cazarán a todos.

Pero los pájaros estaban tan excitados que no escucharon sus sabias palabras.

—Volaremos en una bandada –dijeron–. Siempre hay seguridad en la cantidad.

Nada de lo que dijo el rey los hizo cambiar de parecer. Cuando llegaron a los arrozales, descendieron con un ensordecedor coro de gorgojeos y comenzaron a comer lo más rápido que pudieron.

—El rey estaba equivocado; nosotros teníamos razón –dijeron entre bocado y bocado. Pero los hombres que habían plantado el arroz lo necesitaban para sus familias. Había una trampa preparada. Los pájaros nunca habían visto una red.

De pronto se oyó un griterío. Los hombres y los niños salieron de los escondites del campo y soltaron la red. Capturaron a todos los pájaros, que aletearon y revolotearon, pero la red era bastante fuerte y no los dejó salir.

—El rey tenía razón y nosotros estábamos equivocados –dijeron con tristeza.

8 DE JULIO

El rey de los pájaros (segunda parte)

Contra el consejo de su rey, los súbditos habían volado a las tierras bajas y ahora se encontraban atrapados en una red. Arriba, en las tierras altas, el rey exploraba el cielo con ansiedad. Hacía mucho tiempo que sus súbditos se habían ido. Demasiado tiempo. Algo había ocurrido. Él mismo decidió bajar a las tierras bajas.

—Es el rey –gritaron cuando lo vieron–. Es el rey. ¡Ay, por favor, ayudadnos!

El rey de los pájaros, que no sólo era rey por ser sabio, sino también porque era amable, dijo:

—Sólo puedo ayudaros si hacéis lo que os diga.

—Lo haremos..., lo haremos... –dijeron los pájaros nerviosamente.

Cuando se cercioró de que todos le escuchaban, dijo:

—Cuando yo dé la señal, todos debéis agitar las alas al mismo tiempo y levantaros hacia el cielo juntos.

—Estamos listos... Estamos listos... –gorgojearon los pájaros. Y volaron hacia arriba. Cuando subían hacia el cielo, la red que los tenía atrapados subió con ellos.

—¡Volad! ¡Volad! ¡Volad! Seguidme a casa, a las tierras altas –les ordenó el rey de los pájaros, mientras ellos le seguían.

---

9 DE JULIO

El rey de los pájaros (tercera parte)

Qué vista tan extraña era la de una red llena de pájaros volando por el cielo. Llegaron a las tierras altas sanos. Pero no estaban libres.

—¿Tendremos que quedarnos aquí para siempre? –se preguntaron.

—Yo conseguiré ayuda –dijo el rey de los pájaros.

Visitó a su amigo el ratón.

—Por favor, ven enseguida –dijo.

—¿Qué puede hacer un diminuto ratón contra una red tan grande? –preguntaron los pájaros tristemente cuando vieron al diminuto ratón olisquear alrededor de la red.

El ratón se fue a buscar a sus parientes. Lo que un ratón puede hacer en una hora, doce pueden hacerlo en unos minutos. Mordisquearon y royeron las mallas. Pronto hicieron un agujero lo bastante grande como para que el pájaro más grande pudiera salir por él. Uno a uno salieron y extendieron sus alas.

—El rey tenía razón –cantaron–. El rey tenía razón.

La red quedó vacía en el suelo. Qué grande era ser libre. Qué suerte tenían los pájaros de tener un rey que era tan amable como para perdonar su temeridad, y lo bastante sabio para hallar respuesta a su problema.

10 DE JULIO

La ratita Mini

La ratita Mini fue al mar
por primera vez en barco;
la vela hecha de retales.
¡Que divertido era el charco!

Un viaje tan bonito fue
hasta que el tiempo cambió;
las olas se levantaron;
¡Pobre Mini! casi murió.

Mini, mareada, se reclinó
agarrada con manos y cola
cayó la noche tormentosa.
Mini dijo: «¡Qué sola!»

El día amaneció claro
y gritó de alegría
cuando a lo lejos vio
lo que realmente quería.

A una isla llevó la marea
y Mini a tierra saltó.
Se encontró con una tortuga,
que con alegría la recibió.

Quiero una cosa igual que tú.
A mi barco la vuelta demos.
La tortuga a Mini ayudó;
No nos quedemos, entremos.

A Mini la isla le encantó;
Con amigos y lo demás.
Nunca a un barco volvió
y ya no lo hará jamás.

11 DE JULIO

Boby Erizo y el árbol hablador

A Boby Erizo le gusta hablar. Siempre tiene mucho que contar. Habla de las flores, de los árboles, del cielo, de las cosas que ha hecho. Habla de cualquier cosa con cualquiera.

Un día Boby Erizo encontró una piedra con un agujero y quiso contárselo a alguien. Por lo que fue a ver a Pequeño Hámster.

—Mira lo que he encontrado –dijo Boby Erizo.

—Ahora no, Boby Erizo. Estoy ocupado cavando –dijo Pequeño Hámster–. Más tarde.

Boby fue a ver a Cerdito Poly.

—Mira esto, Poly –comenzó Boby.

—Ahora mismo estoy lavando, Boby. Dímelo en otro momento –dijo Poly.

Boby partió en busca de Pollito Chipy.

—¡Hola Chipy! –dijo Boby–. No vas a creer lo que he encontrado.

—No puedo pararme ahora –dijo Pollito Chipy–. Tengo que hacer la limpieza. Vuelve luego.

Todo el mundo estaba demasiado ocupado para escuchar a Boby Erizo. Entonces Boby vio un árbol. El árbol no estaba ocupado. El árbol no dijo, «más tarde». Así que Boby le contó lo de la piedra.

Cerdito Poly y Pequeño Hámster vieron a Boby hablando con el árbol.

—Gastémosle una broma –dijo Poly.

Se escondieron tras el árbol.

—¿Dónde encontraste la piedra? –preguntó Hámster, tratando de que sonara como la voz de un árbol. Boby no podía dar crédito a sus oídos; el árbol hablaba.

Boby corrió a contar a todo el mundo que el árbol hablaba. Sólo encontró a Pollito.

—Ven a ver este árbol hablador –dijo, arrastrando a un enfadado Chipy tras él.

—Dí algo, árbol –dijo Boby. El árbol no dijo nada–. Vamos, árbol. Habla.

El árbol dio una carcajada.

Chipy miró tras el árbol y sacó a Poly y a Pequeño Hámster, que no podían dejar de reír.

—Te hemos tomado el pelo, Boby –le dijeron los dos. Por primera vez, Boby Erizo no tuvo nada que decir.

12 DE JULIO

El zapatero y los duendes (primera parte)

Érase una vez un zapatero. Era un buen trabajador, pero los tiempos eran difíciles y llegó el día en que no le quedaba más piel que la suficiente para hacer un par de zapatos. Cortó los trozos con mucho cuidado. Un error y no tendría suficiente piel para hacer los zapatos.

Durante la noche, mientras él y su mujer dormían, algo misterioso ocurrió.

—¡Esposa! ¡Ven rápidamente! –la llamó, cuando iba a comenzar el trabajo al día siguiente. En el banco donde había dejado los trozos para hacer los zapatos había un par de zapatos como jamás habían visto.

—¿Cómo ha podido ocurrir? –dijo la mujer.

—Debemos tener un amigo –dijo el zapatero. Y mira lo bien hechos que están. Yo mismo no podría hacerlos tan bien.

Vendieron los zapatos aquella mañana y por un buen precio. Ahora podrían comprar suficente piel para hacer dos pares de zapatos. Cortó los trozos y los dejó en el banco, como había hecho la noche anterior.

Cuando bajó a desayunar a la mañana siguiente, había cuatro zapatos terminados en el banco. Y así continuó, noche tras noche. Cuanta más piel pudiera comprar, más zapatos podría cortar. Cuantos más trozos dejara en el banco, más zapatos terminados encontraría por la mañana. En poco tiempo se hizo un hombre rico, porque los zapatos eran muy bonitos y todo el mundo quería tener un par.

13 DE JULIO

El zapatero y los duendes (segunda parte)

Un zapatero se encontró con que, si dejaba trozos de piel en el banco por la noche, a la mañana siguiente aparecían unos zapatos. Una tarde, muy poco antes de Navidad, su mujer le dijo:

—Ojalá supiéramos quién hace los zapatos para poder darle las gracias.

Decidieron que en lugar de acostarse aquella noche, se quedarían despiertos y vigilarían. A medianoche, la puerta se abrió y dos duendes entraron en la tienda. Se sentaron con las piernas cruzadas en el banco y se pusieron a trabajar, hasta que todos los trozos estuvieron cosidos y se convirtieron en zapatos. Luego se fueron tan silenciosamente como habían llegado.

El zapatero y su esposa salieron del escondite.

—¿Viste qué harapos llevaban? –dijo la esposa–. Les haré un traje nuevo a cada uno.

El zapatero se puso de pie y dijo:

—¿Viste qué iban descalzos? Les haré un par de zapatos a cada uno.

El zapatero y su esposa se sintieron tan contentos con la idea que se pusieron a trabajar ese mismo día. Para Nochebuena habían terminado. El zapatero había hecho cuatro diminutos zapatos. Su esposa había hecho cuatro pares de diminutos pantalones verdes, dos abrigos verdes, dos pares de medias blancas y dos gorros terminados en una pluma.

Aquella noche dejaron las ropas nuevas fuera. Luego se escondieron y se quedaron vigilando. Cuando los duendes entraron y vieron aquellas ropas, se pusieron a bailar de alegría. A partir de entonces no los volvieron a ver. Pero su suerte había cambiado y fueron felices para siempre.

14 DE JULIO

Las aventuras de *El Tulipán:* Río arriba

—Tomemos el bote y vayamos a explorar, –dijo Tomás una mañana soleada.

Así que los otros dos, Minty y Wilbur, amarraron el barco, *El Tulipán,* prepararon un *picnic* y los tres partieron, remando por el sinuoso riachuelo.

—Está todo tan tranquilo –dijo Tomás, arrastrando la mano por el agua, mientras los otros dos agarraban los remos.

Después de un rato, los árboles quedaron atrás, mientras el riachuelo corría entre las verdes praderas. Tomás se acostó en el barco y cerró los ojos. Minty y Wilbur seguían remando y las riberas se volvían cada vez más escarpadas. Luego, una sombra cayó sobre el barco.

—Se ha ido el sol –dijo Minty.

Miró hacia arriba para ver lo grande que era la nube... y luego suspiró. No era una nube en absoluto. Era un zorro hambriento.

—¡Forasteros! –susurró el zorro a alguien que estaba tras él.

Luego aparecieron tres zorros más detrás del primero. Minty despertó a Tomás de un codazo. Bostezó, miró hacia arriba e inmediatamente se despertó.

—Yo agarraré los remos –dijo Tomás, girando el barco. Minty y Wilbur sujetaron los otros remos y remaron hacia atrás a toda velocidad. Los zorros los siguieron por la orilla, hasta que se terminó el sendero. Sólo cuando llegaron a la desembocadura del riachuelo y se encontraron de nuevo en el río, Tomás redujo la velocidad.

—¡Caramba! –dijo Wilbur–. Eso lo explica todo.

Indicó un letrero en la orilla, que estaba oculto por las hojas. Decía: «Propiedad privada... no entren... cuidado con los zorros»

15 DE JULIO

Carreras en el bosque

Chicho, el conejo, estaba muy nervioso. Todos en el bosque estaban nerviosos. Habían programado un día de carreras y la Reina de las Hadas había aceptado la invitación para venir a inaugurarlo. Todo el mundo estaba ocupado programando las carreras: una carrera de relevos, una carrera de obstáculos y muchas más.

—Yo voy a correr en la carrera de la cuchara con la nuez –dijo el amigo de Chicho, Alby.

—Y yo correré los cien metros –dijo Dolan–, ¿Qué vas a hacer tú, Chicho?

Chicho se quedó pensativo, pues no se le daban bien los deportes.

—Me gustaría conocer a la reina –dijo.

Dolan se rió.

—Anda, y a todo el mundo –dijo.

Chicho esbozó una sonrisa.

—Se me ha ocurrido algo –dijo.

Al día siguiente, Chicho se encerró en su casita y no salió cuando le llamaron sus amigos.

—Me pregunto qué hace –dijo Alby.

A la mañana siguiente, Chicho les abrió la puerta.

—Lo he conseguido –dijo, agitando un trozo de papel ante ellos–. He escrito una canción para la reina.

Alby y Dolan se quedaron sorprendidos.

—¿Cómo te las arreglarás para que la oiga? –preguntó Dolan.

—No os preocupéis –dijo Chicho y se fue a ver a Osorio, el oso, que era el director del coro del bosque.

El día de las carreras llegó por fin. Todos se lo pasaron pipa y la reina entregó dos trofeos a todos los que participaban. A la hora de la merienda, todos se reunieron alrededor del árbol más grande y fue entonces cuando el coro del bosque subió al escenario para cantar. Osorio presentó la canción de Chicho, y Chicho mismo la dirigió. Tuvo un gran éxito y la reina no dejó de aplaudir. Incluso Chicho se acercó a estrechar su mano. Fue el momento más emocionante de su vida. Este es el estribillo de la canción de Chicho:

«Tres hurras a la Reina de Hadas,
esperamos se lo haya pasado bien.
Hurra, hurra, hurra.
Que vuelva a vernos otro día también.»

103

16 DE JULIO

El adivino

Un adivino se encontraba en el mercado, adivinando el futuro. Mucha gente de la ciudad se apelotonaba a su alrededor. Todos tenían dinero en las manos. Y todos estaban deseosos de saber lo que el futuro les guardaba.

De repente, un muchacho comenzó a empujar para meterse entre la gente.

—No empujes, muchacho. Debes esperar a que te toque –dijo el adivino. Pero el muchacho no se detuvo.

—He venido a contaros una noticia –dijo deprisa.

—¿Y qué noticia es esa? –preguntó el adivino.

—Han entrado en tu casa. Los ladrones se han llevado todo lo que tienes.

—¡Qué! ¿Qué has dicho? –gritó el adivino, poniéndose rojo de ira.

—Los ladrones han entrado en tu casa –repitió el muchacho.

El adivino se hizo paso entre la gente. Corrió a casa gritando y agitando los brazos, como si estuviera a punto de volar.

La gente lo miró sorprendida.

—¡Qué raro! –dijo uno de ellos–. El que se dice saber lo que el futuro nos deparará, ni siquiera puede ver lo que le deparará a él mismo.

17 DE JULIO

El cocodrilo que bostezaba (primera parte)

Casimiro se estaba volviendo un viejo cocodrilo bastante perezoso. Le encantaba nadar en el río pero, sobre todo, le gustaba arrastrarse por la orilla y tomar el sol. Pero Casimiro se dormía inmediatamente cuando estaba fuera del agua. Nada más acomodarse en la orilla comenzaba a bostezar. Moviendo su enorme cabeza aquí y allá, admirando los árboles y las flores que les rodeaban, Casimiro bostezaba y bostezaba.

Los pájaros que vivían en los arbustos de la ribera le tenían mucho miedo. Temblaban de miedo al ver la boca abierta de Casimiro. Los enormes dientes parecían muy fieros. Los pájaros estaban aterrorizados, ya que un día el gran cocodrilo llegaría a los arbustos, cerraría de golpe las mandíbulas y se comería a uno de ellos.

Siempre que Casimiro se dormía, todos los pájaros daban un suspiro de alivio. Pero, después de una hora más o menos, se despertaba y luego, en un periquete, el viejo cocodrilo perezoso bostezaba de nuevo y los pájaros temblaban.

—No entendemos por qué tenemos que huir a causa del cocodrilo –dijeron los pájaros más valientes–. Después de todo, los arbustos son nuestras casas.

—Pero es tan aterrador... –contestaron otros.

—¡Tiene una boca tan grande que podría tragarse a una docena de nosotros de un bocado! –gritó un diminuto colibrí.

Así que Pedro, el papagayo verde, decidió que se debía hacer algo.

—Tengo un plan –les dijo a los temblorosos pajarillos.

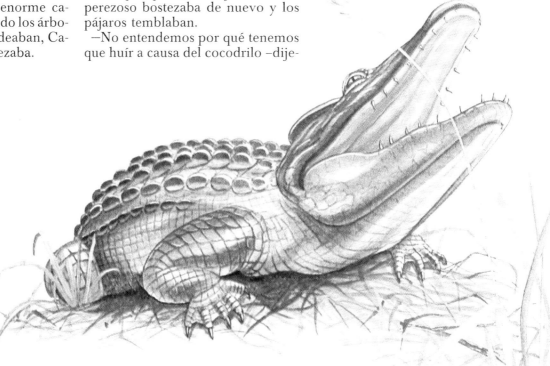

18 DE JULIO

El cocodrilo que bostezaba (segunda parte)

Pedro el Papagayo tenía un plan para ayudar a los otros pájaros. Éstos tenían miedo de los enormes dientes del cocodrilo cuando bostezaba.

—Hay dos letreros a la orilla del río, ¿no? –dijo.

—Cierto –contestó Martín Pescador, sorprendido–. Uno dice «No tire basura» y el otro «Prohibido navegar».

—Bien –dijo Pedro,– pondremos un tercer letrero. Dirá «Prohibido bostezar».

Así que, con la ayuda de Pedro, los pájaros prepararon el letrero y lo colocaron junto a los otros, en la orilla del río. Al poco rato, Casimiro volvió de su natación, listo para echarse una siesta. Al instante vio el nuevo letrero.

—¡Vaya! –murmuró–. ¡«Prohibido bostezar»! ¿Qué voy a hacer? Me encanta bostezar antes de dormir.

Entonces tuvo una gran idea.

—Ya sé –dijo con placer–. En lugar de bostezar, cantaré para dormir.

Así que Casimiro abrió su boca mucho más que antes y cantó con una voz horrible y desafinada.

Los pájaros se quedaron atemorizados.

—¡Ay, Pedro! –piaron desesperados los colibríes–, ¡el canto es incluso peor que el bostezo! ¡Los dientes del cocodrilo parecen más grandes que nunca y el ruido es terrible! Tendremos que irnos.

—Por favor, tened paciencia –les pidió Pedro.

Pedro se pasó la noche cavilando. Al día siguiente, apareció un cuarto letrero en la orilla del río: «Prohibido cantar».

Cuando Casimiro salió del agua meneó la cabeza sorprendido.

—Otro letrero –masculló–. ¡«Prohibido cantar»! ¡Vaya! ¿Qué puede hacer un pobre cocodrilo?

Casimiro se acomodó por un momento, pensando. Luego se dio cuenta de algo raro.

—Vaya –murmuró–, los pájaros están cantando.

Los pájaros comenzaron a temblar cuando Casimiro se movió hacia los arbustos...

---

19 DE JULIO

El cocodrilo que bostezaba (tercera parte)

Los pájaros habían colocado letreros para impedir que Casimiro, el cocodrilo, bostezara y cantara. Pero ahora se estaba acercando a los pájaros que cantaban. Los pájaros se asustaron tanto que no pudieron huir. Vieron con horror como Casimiro abría la boca.

—Perdón –comenzó el cocodrilo–. Siento mucho interrumpiros, pero creo que no habéis visto el letrero nuevo. Es un rollo, ¿sabéis? Dice que ya no se permite cantar. Y hay otro que dice que no se permite bostezar.

Ahora eran los pájaros los que tenían la boca abierta. Se quedaron tan sorprendidos al oír este amistoso aviso del cocodrilo que no supieron qué hacer. Pero Pedro pensó con rapidez. Los pájaros podían ver y oír al cocodrilo muy cerca de ellos. Así que dejarían de tenerle miedo. En ese mismo momento se asomaron a su enorme boca, llena de dientes, mientras Casimiro continuaba diciendo:

—Espero no haberos molestado –y se volvió para marcharse.

—Muy amable –dijo Pedro–. Me pregunto si podríamos cambiar los letreros.

—No entiendo muy bien –dijo Casimiro, sorprendido.

—Bueno –continuó Pedro–, si ponemos «Excepto para pájaros» en el letrero del canto y «Excepto para cocodrilos» en el del bostezo, todos podremos ser felices.

—Vale, es una buena idea –se rió Casimiro con ganas.

Sorprendentemente, ni los más diminutos pajarillos se asustaron de su enorme boca.

—Tengo una brocha y pintura, si quieres que lo haga –dijo Pedro, y eso fue lo que hizo.

—Así está mejor –dijo Casimiro, cuando Pedro hubo terminado.

Pronto todo volvió a ser como siempre. Casimiro seguía bostezando y los pájaros cantando.

20 DE JULIO

La desafortunada merienda del rey

Pedro tenía un ratón blanco llamado Cirilo. Cirilo vivía en el bolsillo de Pedro. Pedro trabajaba como pinche en la cocina real. Ninguno de los cocineros sabía nada de Cirilo y, si lo hubieran sabido, se habrían preocupado. Los cocineros tienen miedo a los ratones. Cuando los ratones corren por la cocina, los cocineros no saben qué hacer. Se asustan y todo sale mal.

Al rey le gustaba que le sirvieran té y pasteles todas las tardes. Una tarde en particular, Pedro se encontraba sentado bajo la mesa de la cocina hablando con Cirilo. Pero Cirilo había visto las piernas de los cocineros pasar al lado y decidió subirse por una de ellas. Cirilo eligió la pierna del cocinero jefe.

—¡E-e-e-e! –gritó–. ¡Un ratón!

Saltó y cayó en la mesa, metiendo la cabeza en un pastel de chocolate. Todos los demás cocineros gritaron y chillaron, subiéndose a la mesa para escapar del ratón. No les importó pisar las tartas o las gelatinas o dar patadas a las tazas de té. Cualquier cosa, con tal de escapar del ratón.

Entre tanto, Pedro encontró un trocito de queso. Cirilo olisqueó y fue corriendo a la mano de Pedro.

—Bien hecho, muchacho –dijo el cocinero jefe, quitándose el pastel de chocolate de la cara–. Gracias a Dios que lo has atrapado. Ahora, por favor llévate cuanto antes a ese animal.

Y así es como el rey merendó tostadas con mermelada en lugar de pasteles aquella tarde. Y así, después de aquel día, Pedro decidió dejar a Cirilo en casa cuando iba al trabajo.

21 DE JULIO

Saltarín se divierte

La rana Saltarín estaba triste. Era el mejor nadador de todas las ranas. Todas las criaturas de la charca estaban de acuerdo. Pero justamente al otro lado del parque, cerca de la charca de Saltarín, habían construido una nueva piscina.

Al principio, Saltarín les sonreía a los nadadores y decía:

—Son bastante buenos, ¡pero no tan buenos como yo! –entonces Saltarín se dio cuenta de algo extraño. A veces la gente subía por una escalera, caminaba por una plancha y saltaba al agua desde gran altura. ¡Incluso hacían piruetas al caer!

—Yo no sé hacer eso –se dijo a sí mismo Saltarín–, y eso que vivo en el agua. Esa gente vive en la tierra.

Así que intentó saltar desde un nenúfar. Pero cayó al agua dando un barrigazo y se sintió bastante torpe.

Saltarín fue a dar un paseo por la charca. Por fin encontró un árbol con fuertes ramas, que daban al agua. Así que se subió. Cuando Saltarín llegó al mismo borde de la rama, miró hacia el agua. Le pareció muy lejana. Las piernas le temblaron, pero Saltarín no era un cobarde. Dando una fuerte inspiración, se zambulló en la charca. Cayó al agua como una flecha.

—La próxima vez intentaré una pirueta –decidió. ¡Era maravilloso! Pronto las otras ranas se percataron, y le aplaudían y vitoreaban. Las más jóvenes comenzaron a zambullirse en la charca desde las rocas. Pero no eran lo bastante valientes para subirse a los árboles, como Saltarín. Así que él es la única rana de la charca que puede dar una triple pirueta sin salpicar al entrar en el agua.

22 DE JULIO

Ricitos de Oro y los tres osos (primera parte)

Había una vez tres osos: Papá Oso, Mamá Osa y el osito. Una mañana Mamá Oso preparó sopa para el desayuno, como siempre.

—La sopa está muy caliente esta mañana –dijo.

—Demos un paseo mientras se enfría –dijo Papá Oso.

Alguien más se encontraba en el bosque aquella mañana: una chiquita de largos cabellos dorados. Se llamaba Ricitos de Oro. Olió la sopa, hasta que llegó a la ventana abierta de la casa de los osos. Cuando vio las tres escudillas de sopa encima de la mesa le entró hambre y se coló por la ventana.

—Creo que probaré algo de ésa –dijo. Probó la sopa de la escudilla grande.

—Ay, no –dijo–, está demasiado caliente.

Probó la sopa de la escudilla mediana.

—Ay, no –dijo–, demasiado dulce.

Probó la sopa de la escudilla pequeña.

—Mmm. Ésta está bien –dijo y se la comió.

Cuando hubo terminado la sopa, dio una vuelta por la casa abriendo cajones y mirando aquí y allá, y probó todo lo que vio. Se sentó en la gran silla de Papá Oso.

—Oh, no –dijo–, es demasiado dura. Se sentó en la silla mediana de Mamá Osa.

—Oh, no –dijo–, es demasiado blanda.

Se sentó en la silla del osito.

—Ésta está bien –dijo poniéndose cómoda. Pero se movió tanto que una pata se partió y Ricitos de Oro se cayó al suelo.

Se levantó y fue al dormitorio. Probó la gran cama de Papá Oso.

—Oh, no –dijo–, es demasiado alta.

Se echó en la cama de Mamá Osa, la mediana.

—Oh, no –dijo–, demasiado mullida. Se hechó en la cama de Bebé Oso.

—Ésta está muy bien–, dijo y se quedó dormida.

---

23 DE JULIO

Ricitos de Oro y los tres osos (segunda parte)

Cuando los tres osos volvieron a casa, se dieron cuenta inmediatamente de que alguien había entrado en ella antes.

—¿Quién ha probado mi sopa? –gritó Papá Oso.

—¿Quién ha probado mi sopa? –gritó Mamá Osa.

—¿Y quién ha probado mi sopa y se la ha tomado? –chilló el osito.

—¿Quién se ha sentado en mi silla? –rugió Papá Oso.

—¿Quién se ha sentado en mi silla? –rugió Mamá Osa.

—¿Y quién se ha sentado en mi silla y la ha roto? –chilló el osito y estalló en lágrimas.

—¿Quién se ha acostado en mi cama? –dijo Papá Oso.

—¿Quién se ha acostado en mi cama? –dijo Mamá Oso.

—¿Quién se ha acostado en mi cama y aún está en ella? –vociferó Osito–. ¡Mirad!

Ricitos de Oro abrió los ojos y se sentó en la cama. Cuando vio a los tres osos mirándola, saltó de la cama y salió por la ventana.

Los osos no se molestaron en perseguirla. Parecía tan asustada que se dieron cuenta de que había aprendido la lección y nunca se metería en la casa de alguien sin ser invitada.

Mamá Osa preparó más sopa para el osito, Papá Oso arregló la silla y todos se sentaron a desayunar.

24 DE JULIO

Pip el perrito

Pip era sólo un perrito y había muchas cosas que no sabía. La cola era una de ellas. No estaba seguro de si le pertenecía a él o si sólo le seguía. Pip dio un brusco ladrido para avisarla. Entonces oyó a alguien contestarle con un ladrido.

—Guau, guau, guau –ladró.

—Guau, guau, guau –oyó. Debía de haber otro perro.

Se puso a buscarlo. Primero se encontró con Ricardo, el caballo, en el campo.

—¿Has visto a otro perro? –le preguntó Pip.

—Tú eres el único perro de por aquí y todavía no eres realmente un perro –le contestó el caballo.

Pip siguió pero no sabía a dónde ir. Entonces vio a la señora Rechoncha, la cerda, acercándose por el sendero, seguida de sus cochinillos.

—¿Ha visto a otro perro por aquí, señora Rechoncha? –le preguntó Pip.

—¿Otro perro? –le contestó la señora Rechoncha–. Con uno basta, querido. Vamos cerditos –y se alejaron al trote.

—Guau –Pip dio otro ladrido.

—Guau –sí, ahí estaba otra vez, y no muy lejos.

Siguió por el sendero, ladrando de vez en cuando para decirle al otro perro que se acercaba. El otro perro le devolvía el ladrido todas las veces.

—¿A qué se debe todo este alboroto? –dijo una brusca voz cuando pasó Pip. Era la señora Buho, desde los árboles–. ¿No sabes que yo duermo durante el día?

—Lo siento, señora Buho –dijo Pip–. Sólo le decía hola al perro que me está contestando.

—¿Qué perro? –le preguntó la señora Buho.

—¡Escuche! ¡Guau, guau, guau! –ladró.

—Guau, guau, guau –le respondían.

—Perrito tonto –dijo la señora Buho–. No es otro perro. Es tu eco.

—Vaya –dijo Pip. desilusionado.

—¡Pip! ¡Pip! ¿Dónde estás? –gritó una voz.

—¡Hurra!

Los niños habían vuelto del colegio y Pip salió corriendo, olvidándose de todo.

25 DE JULIO

Mi payaso

Cuando por la ciudad caminaba,
un payaso por la calle andaba.
«Buenos días», dije. Lo mismo me contestó;
su sombrero levantó y luego guiñó.

«¿Por qué no vienes a la función?
Soy yo quien hace la presentación.
Caballos y leones saldrán
y todos los niños aplaudirán.

Dos artistas caminan por lo alto.
Te asustarás cuando den un salto.
Los acróbatas se balancean,
pero los payasos no alardean.»

«Lo siento, señor», tuve que decir,
«no puedo pagar, no puedo ir».
«Debes divertirte», así me dijo.
«Disfruta, aquí tienes, hijo».

Sentado en la primera fila
a los elefantes vi salir en hila.
Caballos y leones salieron
y todos los niños aplaudieron.

Los acróbatas hicieron maravillas;
las chicas se balancearon en sillas.
Los payasos sí que me gustaron;
me gastaron bromas y tocaron.

Vaya noche la de aquel día,
nunca jamás olvidar podría.
Al marcharme el payaso me vio,
su sombrero levantó y me guiñó.

26 DE JULIO

Algo de lo que reírse

A Tobías, el caballo del molino, le gustaba ir al mercado con su amo Mungo, el molinero, pero no le gustaba el viaje de vuelta. Con frecuencia, después de que Mungo había cobrado el dinero de la harina y volvía a casa, les atacaban enmascarados, que lo tiraban del carro y le robaban todo el dinero. Entonces los dos caminaban pesarosos hacia casa. La vida ya no era divertida.

Todos los amigos de Mungo, los granjeros y molineros que vivían cerca, habían sido robados una u otra vez. Todos eran pobres y se sentían tristes, lo mismo que Mungo.

Un día, Mungo reconoció a los ladrones en el mercado y se lo dijo a los amigos. Entre todos trazaron un plan para detenerlos.

—Esto es lo que debes hacer –le dijeron–. Cuando te pa-guen la harina, enseña el dinero y alardea del buen precio que conseguiste. Asegúrate de que te oigan los ladrones. Déjanos a nosotros el resto.

Mientras Mungo alardeaba del dinero, los ladrones aguzaron los oídos. De vuelta a casa, como era de esperar, los ladrones lo pararon y le mandaron bajar del carro, ordenándole que les entregara el dinero. Pero, de pronto, de cada saco de harina salió un hombre. Los otros granjeros y molineros se habían escondido allí. Rodearon inmediatamente a los ladrones, los ataron y metieron luego a cada uno en un saco de harina. Cargaron a los ladrones en el carro.

—Démosles una buena carrera –se rió Mungo, mientras él y Tobías se dirigían a la prisión. Tobías dio un fuerte relincho. Ahora tenían algo de que reírse.

---

27 DE JULIO

El nuevo barquero

—¿Por qué deseas cruzar el río hacia el castillo del rey? –le preguntó el barquero a Juan.

—Creo que el rey busca un nuevo barquero –contestó Juan.

El hombre le dijo que sí.

—Es cierto. Yo no soy barquero. Sólo ayudo.

Cuando Juan se sentó, un hombre gordo se acercó a la barca.

—Crúceme el río –gritó–. Voy a ver al rey para ser su nuevo barquero.

Juan hizo sitio para que se sentara el hombre gordo. Luego apareció corriendo una mujer que llevaba a un bebé.

—Por favor, crúceme el río –gritó–. Mi hijo está enfermo. Tengo que llevarlo al médico del rey.

El barquero le pidió al hombre gordo que dejara su sitio a la mujer, pero él rehusó.

—Ella puede ocupar mi sitio –dijo Juan, saltando a tierra–. Esperaré a que vuelvas.

Cuando el barquero volvió, le preguntó a Juan si temía que el hombre gordo llegara al castillo primero.

—Correré y le adelantaré –contestó Juan sonriendo.

Ya casi había cruzado el río cuando el barquero perdió el equilibrio y cayó al agua.

—¡Socorro! No se nadar –gritó.

Juan saltó al agua y arrastró a tierra al barquero. Calados hasta los huesos, corrieron hasta la cabaña del barquero. Éste le dio ropas secas a Juan y entraron en otra habitación.

«Ahora seguro que no alcanzaré al hombre gordo», pensó Juan, mientras se cambiaba. Entonces el barquero entró en la habitación vestido de rey.

—¡Sois el rey! –dijo Juan sorprendido.

—Dije que no era realmente un barquero –dijo el rey riéndose–. Quiero que seas mi nuevo barquero, porque eres no sólo amable sino también valiente. El hombre gordo ha hecho su viaje en vano y tu primer viaje será cruzarle el río de vuelta.

28 DE JULIO

El ratón Chiqui y el queso verde (primera parte)

Un día el ratón Chiqui les dijo a sus cuatro hermanos y hermanas:

—Estoy harto de comer siempre el mismo queso rancio. La luna está hecha de queso verde, así que..., vamos a la luna.

—Sí, vamos –gritaron sus hermanos y hermanas.

Pero el abuelo ratón dijo:

—Un gato oigo,
un perro huelo;
por favor no vayas,
porque no es bueno.

El ratón Chiqui sólo dijo:

—Sabemos cuidarnos, abuelo –y así partieron cantando:

«Modernos ratones somos,
valientes y osados somos.
A la luna volaremos,
Adiós, viejo ratón, diremos»

—¿En qué volaremos a la luna? –preguntó un hermano del ratón Chiqui.

—Volaremos en el avión de los niños. Esta preparado en el jardín –y así fue.

---

29 DE JULIO

El ratón Chiqui y el queso verde (segunda parte)

El ratón Chiqui y sus hermanos y hermanas se dirigieron al avión de los niños.

«A la luna iremos.
Al mediodía allí estaremos.

Queso verde comeremos,
tanto como deseemos».

Así cantaron los ratones, ignorando el consejo del viejo abuelo. El ratón Chiqui comenzó a meterse en el avión. Los hermanos y hermanas le siguieron. ¿Pero qué ruido era aquél? ¿Y qué era aquel extraño olor?

¡Un perro! ¡Y un gato! ¡Dormidos en el avión! Los ratones salieron y cayeron unos encima de otros. Y el primer ratón en volver a casa del abuelo fue Chiqui.

—Fue una rápida excursión a la luna –dijo el abuelo ratón.

—No nos gusta el queso verde, después de todo –dijo el ratón Chiqui–. ¿Podríamos comer un poco de tu queso, por favor? Tenemos mucha hambre.

El abuelo ratón se sonrió, mientras observaba a los ratones mordisquear alegremente el queso que les dio.

---

30 DE JULIO

El grajo y la jarra de agua

Un grajo sediento buscaba algo para beber. Sabía que, si no lo encontraba, pronto se moriría de sed. Por fin vio agua en el fondo de una jarra. La veía, pero no podía alcanzarla. Su pico era demasiado corto. El grajo sabía que, si inclinaba la jarra sobre un lado, se desparramaría el agua y mojaría el suelo. Se perdería para siempre.

«¿Me voy a morir», –pensó– «en el momento que veo lo que me podría salvar?»

El grajo estaba tan desesperado que tenía que encontrar de algún modo la respuesta a su problema.

Había unos guijarros en el suelo. Comenzó a tomarlos, uno por uno, y los dejaba caer dentro de la jarra. Cuantos más guijarros ponía en la jarra el nivel del agua subía más. Y cuando llegó al borde de la jarra, el sediento grajo pudo beber.

31 DE JULIO

Los gigantes voladores de Miguel

A Miguel le encantaba que su padre tuviera tiempo para contarle un cuento.

—Cuéntame algo diferente esta vez –dijo, cuando encontró a su padre medio dormido en el jardín–. Algo real...

—Te hablaré de unos gigantes voladores que vivieron de verdad –dijo su padre, después de un rato–. ¿Vale?

Antes de que Miguel pudiera decir nada, rápidamente su padre continuó:

—Estos no eran gigantes de cuentos. De hecho vivieron hace millones y millones de años. Volaban por el aire como pájaros.

—¿Eran como los dos canarios de Sara? –preguntó Miguel.

Su padre se rió.

—Espera aquí y traeré un libro para mostrarte un dibujo –dijo.

Miguel esperó impacientemente, hasta que su padre volvió con un libro enorme y comenzó a pasar hojas y hojas.

—¡Vaya, parecen pájaros! –dijo Miguel, cuando su padre encontró la página que buscaba.

—Volaban por el aire como pájaros –dijo el padre–, pero, en realidad, eran lagartos con alas. Sus alas, como de cuero, eran enormes, pero sus patas traseras eran muy pequeñas y débiles. Así que no se desenvolvían muy bien en la tierra.

—¿Qué comían? –preguntó Miguel–. ¿Y cómo se llaman?

—Se alimentaban de los peces que pescaban en el mar –dijo el padre, sonriendo–. Y aunque no lo recordarás, se llaman pterosaurios...

—¿Cómo? ¿tiranosaurios? –interrumpió Miguel, muy orgulloso de sí mismo–. Una vez pinté un cuadro de uno en el colegio. ¡Tan alto como una casa y con una boca como una puerta y llena de horribles dientes largos!

—¡Ojalá hubiera visto el cuadro! –dijo su padre riendo.

—Está colgado en la pared de la clase –dijo Miguel–. Era el mejor. ¿Quieres que te haga otro cuadro de estos gigantes voladores? ¡Quizá el profesor lo cuelgue en la pared también!

—Si no lo hace, lo haré yo –dijo el padre cerrando los ojos. Miguel fue a buscar papel y pinturas para hacer los gigantes voladores.

111

AGOSTO

1 DE AGOSTO

La escapada de Chuffa (primera parte)

Chuffa trabajaba en el interior de una mina de carbón. Era oscura, sucia y polvorienta, y Chuffa necesitaba que la limpiaran con frecuencia. Se dedicaba a transportar el carbón desde la veta hasta la galería de salida. Luego, al final del día, llevaba a todos los mineros hasta la galería de salida. Ellos salían al exterior para ir a casa. Pero Chuffa nunca salía al exterior; la mina era su hogar.

Un día, después de haberle quitado el polvo a Chuffa, todos los hombres habían ido a casa. Pero Chuffa no estaba sola. Dos ardillas amigas suyas, Cascanueces y Bellotera, habían venido a verla. Le contaban cuentos de los árboles, de los campos, del río y de la luz del sol. Mientras, Chuffa pensaba cuánto le gustaría ver la luz del sol otra vez.

—Te ayudaremos a escapar –dijeron las dos ardillas–. Vámonos a ver el mundo ahora mismo. ¿Cuál es la palanca de arranque?

—Chaca-chac, chaca-chac –dijo Chuffa, cuando salía de la mina con las dos ardillas en la cabina. Aún había luz fuera. Mientras viajaban por el campo. Era maravilloso estar fuera de nuevo.

No sabían a dónde iban. Pronto comenzó a oscurecer. Cascanueces estaba preocupada.

—Vamos a perdernos –dijo.

—¡Qué más da! –dijo Bellotera–. Estamos libres.

Chuffa silbó. Le gustaba ser libre.

---

2 DE AGOSTO

La escapada de Chuffa (segunda parte)

Chuffa había trabajado en una mina de carbón. Sus dos amigas, las ardillas Cascanueces y Bellotera, la habían ayudado a salir al exterior. Las dos ardillas no sabían mucho de cómo conducir trenes. Viajaron durante toda la noche. Por la mañana se encontraron en una vieja línea que no se había usado durante años.

Comenzó a llover y la línea se embarró cada vez más. Chuffa tuvo que reducir velocidad, hasta que, al final, el pegajoso barro le llegó a los ejes y no pudo moverse.

—Supongo que no deberíamos haber ayudado a Chuffa a escaparse –dijo Cascanueces, mientras la lluvia convertía la línea en un lago cada vez más profundo. Chuffa empezó a flotar. Cascanueces y Bellotera encontraron unos trozos de madera que podían usar como paletas y comenzaron a dar paladas hacia tierra seca. Chuffa empezaba a lamentar haber salido de la mina, cuando las ruedas sintieron los raíles de nuevo.

Chuffa no lo sabía, pero ella y las ardillas habían encontrado el camino hacia una línea de montaña.

3 DE AGOSTO

La escapada de Chuffa (tercera parte)

Chuffa y sus amigas, las ardillas Cascanueces y Bellotera, se habían escapado de una mina y ahora se encontraban subiendo por una montaña cubierta de nieve. Estaban en una línea de montaña. De vez en cuando, Bellotera tenía que bajarse para quitar la nieve de los raíles. Las ruedas de Chuffa nunca habían pasado tanto frío en la mina.

Por fin llegaron a la misma cima de la montaña. Luego comenzaron a bajar por la otra ladera. Se movían muy lentamente al principio, pero luego la montaña se volvió más inclinada e iban más deprisa. Las ruedas de Chuffa giraban como locas y no podía pararse. ¡Ahora sí que era una verdadera escapada! Casi sin atreverse a mirar, Cascanueces vio el tren eléctrico más enorme allí abajo, en el valle, cruzando su línea.

—¡Vamos a chocar! –gritó Cascanueces, mientras bajaban a toda velocidad por la colina. Los dos trenes estaban a punto de encontrarse en el cruce, cuando Bellotera halló los frenos de Chuffa y tiró de ellos con todas sus fuerzas. Chuffa dio un chirrido al detenerse... ¡justo a tiempo! El tren eléctrico pasó y ni se percató de ellos.

—Creo que es hora de irse a casa –dijo Bellotera mientras todos daban un suspiro de alivio. Chuffa silbó para mostrar que estaba de acuerdo. La escapada había sido suficiente; puede que estuviera sucia en la mina, pero estaba segura y en casa.

---

4 DE AGOSTO

El sueño de Katy

Katy, la oruga, se sentía sola. Nadie quería ser amigo suyo.

—Eres vulgar y lenta –dijo el rey Cardo, mientras ella se arrastraba.

Katy se arrastró hasta el estanque del jardín para bañarse. Quizá eso la animara. En ese momento, observó un objeto feo y verde que la miraba desde el agua.

—¿Quién eres? –gritó.

—¿Qué pasa, Katy? –dijo Dori, el pez dorado, sacando la cabeza del estanque–. ¿No ves que es tu reflejo? Es como mirarse en un espejo.

Pobre Katy. Sintiéndose muy cansada y triste, se acurrucó bajo una hoja caliente y se durmió. Katy tuvo un sueño maravilloso. Soñó que era la criatura más hermosa del jardín.

Algún tiempo después, el jardinero estaba muy ocupado trabajando.

—Tengo que arrancar todos estos cardos, –murmuró–. Afean el jardín.

El rey Cardo tembló de miedo. Una gran lágrima surgió de su ojo y cayó al suelo, donde una hermosa mariposa bailaba.

—Me van a cortar –dijo tristemente el rey Cardo–. ¡Cómo me gustaría ser hermoso como tú!

—¡No llores. Yo te ayudaré! –dijo la mariposa. Voló hasta su corona de espinas.

—Vaya –dijo el jardinero–. Pareces tan hermosa posada en ese cardo. Quiza sea tu flor favorita. Después de todo será mejor que lo deje donde está.

—Qué amable eres –susurró el rey Cardo, agradecido–. ¿Cómo te llamas?

—Me llamo Katy, naturalmente –replicó–. Me quedé dormida y tuve el sueño más maravilloso. Cuando me desperté me habían crecido dos hermosas alas y pude volar alto en el cielo.

El rey Cardo agachó la cabeza con vergüenza. Había sido tan descortés con Katy cuando era una oruga... Katy sonreía mientras revoloteaba sobre la cabeza del rey Cardo. Era maravilloso pensar que a veces los sueños se vuelven realidad.

5 DE AGOSTO

La gran carrera (primera parte)

Pepito Pincho estaba orgulloso de su huerto de nabos. Él y su mujer, Rosa, adoraban comer nabos y beber el vino de nabo que preparaban. Pepito estaba regando los nabos un día, cuando un desconocido le tocó en los hombros con un bastón, cuyo mango estaba cubierto de oro.

—Disculpa, chico —dijo—. Me llamo Leandro Liebre. ¡Qué huerto de nabos más bonito tienes!

—Gracias, señor —dijo Pepito—. ¿Quiere comprar unos nabos?

—Pensaba, en realidad, en una pequeña apuesta, chico —dijo Leandro—. ¿Qué te parece si hacemos una carrera y apostamos tu huerto de nabos y mi elegante bastón?

—¿Una carrera? —dijo Pepito—. ¡Pero usted es una liebre, señor!

—Sí, pero una liebre muy vieja —dijo Leandro astutamente—. Ya casi no puedo dar ni un paso.

—Entonces, de acuerdo —dijo Pepito—. ¿Apostamos también mi vino de nabos contra una de tus monedas de oro?

—Fantástico —dijo Leandro.

—¿Qué te parece si el ganador es el que dé cinco carreras de una punta del huerto a la otra? —dijo Pepito.

—De acuerdo —dijo la liebre.

Se dieron las patas y Pepito dijo:

—Me prepararé para la carrera. —Y, sin más, entró en su casa y le contó a Rosa lo que pensaba hacer.

6 DE AGOSTO

La gran carrera (segunda parte)

—Bueno, chico —dijo Leandro Liebre, listo para la carrera con las zapatillas de correr—. Listo, cuando quieras; y, cuando gane, la plantación de nabos y el vino de nabos serán míos.

—Cinco veces hasta el otro extremo y otras cinco de vuelta —dijo Pepito—. ¡Preparado, listo, ya!

La liebre salió como un rayo. En diez segundos había llegado al otro extremo... pero no podía dar crédito a sus ojos cuando vio a Pepito allí antes que él. Leandro dio la vuelta y salió disparado hacia el otro extremo. No sabía cómo, pero Pepito había llegado allí antes que él también esta vez.

Leandro se volvió y corrió cuanto pudo hacia el otro extremo, pero Pepito ya se encontraba allí esperándolo.

Leandro fue y vino pero Pepito ya se encontraba allí cuando llegaba. Sin fuerza para dar la última vuelta, caminando, Leandro se afanó en llegar, pero allí estaba esperándolo Pepito, sin apenas fatiga.

—Me rindo, tú ganas —dijo Leandro cayendo como una pelota.

—Tomaré la moneda de oro —dijo Pepito, dirigiéndose hacia Leandro—. Pero puedes quedarte con tu bastón. Creo que tú lo necesitas más que yo.

Leandro se apoyó en el bastón, tomó las ropas y se fue. Pepito caminó hacia el otro extremo, donde se encontraba su esposa, Rosa, vestida lo mismo que Pepito. Por supuesto, la liebre había pensado que era Pepito el que se encontraba en los dos extremos de la plantación.

—Muy bien, Rosa —dijo Pepito—. La liebre se rindió, así que gano yo. Tomemos un vaso de vino de nabos para celebrarlo.

7 DE AGOSTO

El hombre y el sátiro

Érase un hombre que compartía su casa con un sátiro. Un sátiro es mitad hombre, mitad cabra. Todo iba bien entre ellos hasta un día a mediados del invierno. El hombre tenía las manos frías y se las soplaba.

—¿Por qué haces eso? –preguntó el sátiro.

—Para calentarlas, naturalmente –dijo el hombre–. Siempre lo hago.

Aquella misma noche cenaron sopa. La sopa estaba muy caliente y el hombre temió quemarse la lengua. Se llevó el puchero a los labios y sopló la sopa.

—¿Por qué haces eso? –preguntó el sátiro.

—Para enfriarla, naturalmente –dijo el hombre, sorprendido del que el sátiro le preguntara.

El sátiro se levantó de la silla.

—¿Adónde vas? –preguntó el hombre.

—Me voy –dijo el sátiro.

—¿Irte? ¿Pero por qué? –preguntó el hombre muy sorprendido.

—Porque no puedo seguir siendo amigo de un hombre que puede calentar y enfriar con el mismo aliento –dijo el sátiro, y salió de la habitación.

---

8 DE AGOSTO

El escorpión de Bantúm

Un día en un colegio nigeriano, el profesor de Bantúm dijo:

—Le daré un pequeño premio al que haga el mejor modelo de un pájaro o de cualquier animal.

Bantúm estaba muy emocionado. Esto era mucho mejor que hacer sumas. Le encantaba tallar los trozos de madera que encontraba en el río.

Aquella tarde, después del colegio, Bantúm llevó las cabras de la familia a pastar junto al río. Chapoteó en el río en busca de trozos de madera para tallar. El único trozo que pasó flotando era la raíz de un árbol viejo. Era grueso a un extremo y curvo al otro. Bantúm dio un suspiro. Quizá encontrara un trozo mejor al día siguiente. Recogió el ganado y volvió a casa con la raíz.

De pronto surgió un escorpión en el sendero. Bantúm se detuvo. El escorpión arqueó la cola sobre la espalda antes de desaparecer entre las hierbas.

—¡Eso es lo que haré! –exclamó Bantúm–. ¡Un escorpión!

Volvió rápidamente a casa y se puso a tallar. La curva de la raíz se transformó en la curva de la cola del escorpión. Poco a poco, el extremo grueso comenzó a parecerse a las pinzas, el cuerpo y las patas. Era un escorpión de aspecto enfurecido.

El día del concurso se colocaron los modelos en una gran mesa.

—Es difícil decidir quién es el ganador, –dijo el profesor. Entonces alguien dijo:

—¡Cuidado, hay un escorpión!

Un escorpión apareció entre los modelos. Se encontró con el escorpión de Bantúm cara a cara. Se detuvo y curvó la cola sobre la espalda.

—Cree que se ha encontrado con otro escorpión –dijo el profesor. Todos se rieron. El escorpión real se cayó de la mesa y desapareció.

—Si tu escorpión puede engañar a un escorpión de verdad, Bantúm –dijo el profesor–, tú debes ser el ganador.

Todos estuvieron de acuerdo y Bantúm recibió el premio lleno de orgullo.

9 DE AGOSTO

Sing-lo y el dragón (primera parte)

Hace mucho tiempo, en un pequeño pueblo de China, hubo una gran conmoción. Un mensajero del Gran Emperador de China había convocado a toda la gente en la plaza del pueblo, porque tenía algo importante que decirles.

—El Emperador desea que se sepa que el Dragón imperial se ha escapado. Habrá una recompensa para aquél que lo encuentre y será incluso mayor para el que lo capture y lo devuelva al Palacio Imperial.

A un extremo del pueblo vivía una pobre vieja con su nieto Sing-Lo. Era vieja y no iba al pueblo muy a menudo. Sing-Lo se detuvo cuando volvía del colegio, de modo que pudo escuchar al mensajero del Emperador y se lo contó a su abuela.

Sing-Lo volvió rápido a casa para practicar con la cometa antes de la cena, ya que iba a haber un premio en el colegio al final de la semana para el muchacho que volara más alto la cometa.

Inmediatamente se fue a la colina que daba a su casa, cantando alegremente. Era una tarde muy agradable y Sing-Lo se sentó a descansar. Había muchas cuevas cerca de allí, pero Sing-Lo nunca había entrado en ellas. Tuvo un extraño presentimiento. Podía sentir que no se encontraba solo; alguien lo observaba. Se volvió y vio dos grandes ojos que lo miraban desde la oscuridad de las cuevas.

---

10 DE AGOSTO

Sing-Lo y el dragón (segunda parte)

Sing-Lo se encontraba en la colina, a punto de volar su cometa, cuando vio dos ojos. Casi se desmayó. ¿Podría ser el dragón?, se preguntó.

—¿Quién está ahí? –susurró.

Un gentil bufido surgió del interior y una voz profunda dijo:

—No temas. Soy Kwang Fu, el dragón, y he escapado del palacio del Emperador. Estoy harto de lanzar fuego todo el día y de asustar a todos. Quiero ser un dragón amistoso, pero nadie quiere acercarse a mí.

—¡Ah! –dijo Sing-Lo, sintiéndose más tranquilo.

—¿Me dejas que sea tu amigo? No sé nada de dragones, pero estoy dispuesto a aprender.

—Bueno, a los dragones nos gustan las naranjas, ¿sabes? –dijo el dragón.

Aquella semana, todas las tardes, Sing-Lo subió a la cueva con muchas naranjas. Le pareció mejor no hablar a nadie del dragón, ya que Kwang Fu estaba decidido a quedarse en la cueva; pero sería cuestión de tiempo hasta que los soldados del Emperador lo encontraran y lo llevaran al palacio.

Por fin Sing-Lo decidió ir a ver al Primer Ministro del Emperador. Le explicaría lo de Kwang Fu, pero sin decirle dónde se ocultaba.

—Así que Kwang Fu se siente solo –dijo el Primer Ministro–. Dile que le traeremos otro dragón para que le haga compañía.

Sing-Lo volvió a las montañas, a decírselo a Kwang Fu. Por fin Kwang Fu aceptó conocer al nuevo dragón.

A la noche siguiente, Kwang Fu regresó a los jardines de palacio y al instante se hizo amigo del otro dragón.

—Me quedaré –le dijo Kwang Fu al Emperador–, siempre que mi amigo Sing-Lo me traiga mis naranjas.

Y de esta manera Sing-Lo se convirtió en el proveedor de naranjas del Dragón imperial y cuando se hizo mayor fue el Jefe de Guardianes de los dragones de palacio.

11 DE AGOSTO

La gallina Marcelina

Una mañana, cuando la gallina Marcelina estaba sentada bajo un roble, una bellota le cayó en la cabeza.

—¡Caramba! –dijo la gallina Marcelina–, el cielo se cae. Debo ir corriendo a decírselo al rey.

Cuando se dirigía al palacio se encontró con su amiga la gallina Catalina.

—¿Dónde vas? –le preguntó la gallina Catalina.

—A decirle al rey que el cielo se cae –dijo la gallina Marcelina.

—Entonces iré contigo –dijo la gallina Catalina.

El gallo Carvallo escarbaba en busca de trigo.

—¿Adónde vais con tanta prisa? –les preguntó.

—A decirle al rey que se cae el cielo –dijo la gallina Marcelina.

—Entonces iré con vosotros –cacareó gallo Carvallo.

—¿Adónde vais? –les preguntó la patita Anita cuando los vio.

—A decirle al rey que el cielo se cae –dijo la gallina Marcelina sin parar.

—Entonces os acompañaré –cuaqueó la patita Anita.

—¿Adónde vais? –les dijo el pato Renato desde la charca.

—A decirle al rey que el cielo se cae –dijo la gallina Marcelina.

—Entonces os acompañaré –dijo el pato Renato.

La gansa Fuensanta los estaba escuchando.

—Os acompañaré –siseó.

Y yo iré también... bien... bien –glugluteó el pavo Gustavo, a quien no le gustaba que le dejaran al margen de nada.

El zorro Mamporro acechaba tras un arbusto.

—¿Adónde vais todos con tanta prisa? –preguntó astutamente.

—A decirle al rey que el cielo se cae –dijo la gallina Marcelina.

—Entonces será mejor que me sigáis –dijo el zorro Mamporro.

Los llevó a todos, a la gallina Marcelina, a la gallina Catalina, al gallo Carvallo, a la patita Anita, al pato Renato, a la gansa Fuensanta y al pavo Gustavo a su madriguera. Se los comió para el almuerzo y el rey nunca supo que un trozo de cielo le había caído en la cabeza a la gallina Marcelina.

---

12 DE AGOSTO

Ash Lodge: El tesoro

Willie paseaba por el bosque cerca de Ash Lodge un día, cuando oyó algo moviéndose entre la maleza. Se acercó más y vio unas ramitas y unas hojas, en medio de las cuales se encontraba Jake, la ardilla.

—¿Qué estás haciendo, Jake? –preguntó Willie.

—Estoy buscando algo –dijo Jake.

—¿Qué has perdido? –le preguntó Willie.

—He perdido mi tesoro. Se me cayó cuando me encontraba allá arriba... y ahora está aquí abajo.

—¡Tesoro! –dijo Willie, y se metió entre el follaje tirando las hojas al aire. Llevaba ya dos o tres minutos cuando se dio cuenta de que no sabía lo que buscaba. Miró a la ardilla, que se encontraba con las manos en las escaleras, golpeando el suelo con el pie nerviosamente.

—Eee... ¿cómo es el tesoro? –le preguntó Willie.

—Marrón, redondo y gordo, –dijo Jake.

—Eh... –dijo Willie–. ¿No quieres decir resplandeciente, brillante y dorado?

—No –dijo Jake–. Pero si vas a ayudarme, busca por allí y yo lo haré por aquí.

Se pusieron a trabajar y pronto Jake dio un grito:

—¡Hurra! ¡Lo he encontrado!

—Déjame ver, déjame ver –dijo Willie con ansiedad–. Pero si es sólo una nuez.

—Es mi mejor nuez –dijo Jake con orgullo.

—Pero dijiste tesoro –se quejó con tristeza Willie.

—Para mí es un tesoro –dijo Jake.

Willie se fue de muy mal humor. Cuando llegó a casa se le ocurrió algo. Fue a su habitación y sacó la caja de cosas especiales de debajo de la cama.

—Supongo que mis tesoros son sólo tesoros para mí –dijo, examinando uno por uno–. A mí tampoco me gustaría perder ninguno de los míos.

13 DE AGOSTO

Tomás tiene un día de descanso (primera parte)

—Tienes mucha suerte, mujer –le dijo Tomás a su esposa, Gertrudis, un día–. Yo trabajo en el campo y tú te quedas en casa todo el día y juegas con el bebé.

—Pero yo cuido de los animales, hago la mantequilla, cocino y limpio –protestó la esposa.

—¡No llames a eso trabajo! –dijo Tomás–. Trabajar es sembrar, quitar las hierbas, raspar los campos...

—Está bien –dijo la esposa–. ¡Tú te quedas en casa mañana y yo iré al campo!

Tomás aceptó rápidamente. Ahora iba a saber Gertrudis lo que era trabajar de verdad.

A la mañana siguiente, Gertrudis dejó a Tomás las instrucciones y partió para el campo. Tomás decidió echarse primero una siestecita. Luego removió la mantequilla durante un rato, pero esto le hizo que le doliera el brazo y le dio sed. Se fue al sótano a beber una jarra de cerveza. Pero entonces oyó unos ruidos arriba. Dejó la jarra antes de que se llenara y subió corriendo a la cocina. El cerdo había salido de la cuadra y había tirado la mantequilla. El suelo estaba todo pegajoso por la mantequilla derramada.

Tomás echó al cerdo y comenzó a limpiar el charco de mantequilla. Luego el niño comenzó a llorar. Cuando por fin el niño se calmó, se acordó de la jarra de cerveza.

—¡Oh, no! –dijo, y bajó corriendo al sótano. Había cerveza por todas partes.

—Bueno, al menos pasaré una descansada tarde –se dijo Tomás mientras se disponía a limpiar el sótano.

14 DE AGOSTO

Tomás tiene un día de descanso (segunda parte)

Tomás tenía un día descansado. Había cambiado los papeles con su mujer: ella había ido al campo y él cuidaba de la casa. La mañana no había resultado muy bien. Tomás terminó de limpiar el desorden del sótano y de recoger la mantequilla de la cocina, cuando se acordó de la vaca.

—Me había olvidado de ella por completo –dijo Tomás–. No hay tiempo para llevarla al pasto.

Entonces se le ocurrió una brillante idea. Decidió subir a la vaca al tejado para que pastara allí.

—Hay bastante hierba y, si le pongo una soga alrededor del cuello, la bajo por la chimenea y me la ato a la cintura, no se perderá.

Tomás se sentía muy satisfecho consigo mismo y se sentó en una silla a leer. Tenía la cacerola de sopa al fuego. Ahora podría descansar. Se sorprendió de lo cansado que se encontraba. Antes de contar tres se había dormido.

De pronto se despertó sin entender por que se encontraba colgado sobre la cacerola en la chimenea.

La respuesta era sencilla. La vaca no estaba acostumbrada a pastar en el tejado. Se acercó mucho a la orilla del tejado y se cayó. Como estaba atada a Tomás, cuando la vaca cayó, Tomás subió y ahora los dos se encontraban suspendidos en el aire, uno dentro de la casa y el otro fuera.

Y así fue como permanecieron, Tomás y la vaca, hasta que por fin volvió su esposa a casa. Gertrudis vio la vaca colgando e inmediatamente cortó la soga. La vaca le dio un mugido de agradecimiento cuando cayó al suelo. Hubo un grito y mucho revuelo en el interior. Gertrudis entró para encontrarse con Tomás sentado en la cacerola de sopa. Cuando ella cortó la soga, Tomás cayó sobre ella.

—Mañana –dijo Tomás levantándose–, yo iré al campo y tú puedes quedarte en casa.

15 DE AGOSTO

¿Quién mató a Petirrojo?

¿Quién mató al Petirrojo?
Yo, dijo el gorrión José,
pues dardo y flecha usé,
yo maté al petirrojo.

¿Quién lo vio morir?
Yo, dijo la Mosca,
con una voz muy tosca;
yo lo vi morir.

¿Quién recogió su sangre?
yo, dijo la Trucha,
en esta triste hucha
yo recogí su sangre.

¿Quién hará la mortaja?
Yo, dijo el Escarabajo,
no será mucho trabajo,
yo haré la mortaja.

¿Quién cavará la tumba?
Yo, dijo el Mochuelo,
con mucho anhelo,
yo cavaré la tumba.

¿Quién será el cura?
Yo, dijo el Cuervo,
aunque no esté cuerdo,
yo seré el cura.

¿Quién será el escribiente?
Yo, dijo la Alondra,
si no hay mucha sombra
yo seré el escribiente.

¿Quién llevará la antorcha?
Yo, dijo el Pardillo,
al ser muy sencillo,
yo llevaré la antorcha.

¿Quién será la plañidera?
Yo, dijo la Paloma,
asomándose a la loma,
yo seré la plañidera.

¿Quién llevará el ataud?
Yo, dijo el Milano,
echando al instante una mano,
yo llevaré el ataud.

¿Quién llevará la cruz?
Yo, dijo el Colibrí,
ese trabajo para mí,
yo llevaré la cruz.

¿Quién cantará el salmo?
Yo, dijo el Canario,
desde el campanario
yo cantaré el salmo.

¿Quién tocará a duelo?
Yo, dijo el Caballo
como buen vasallo,
yo tocaré a duelo.

Los pájaros en el aire
comenzaron a llorar
al pobre Petirrojo,
cuando lo iban a enterrar.

16 DE AGOSTO

Copo de Nieve
y el conejo verde

Copo de Nieve, el conejo blanco, se encontraba en la conejera cuando un diminuto conejo verde llamó a la puerta.

—Tengo hambre. ¿Tienes leche? –le preguntó el conejillo verde.

—No tengo leche. ¿Quieres una zanahoria? –dijo Copo de Nieve.

—No puedo comer zanahorias, –dijo el conejillo verde–. Vengo del planeta Lácteo, donde los conejos viven de leche.

Copo de Nieve salió de la conejera y lo llevó al cobertizo.

—Aquí tienes un caldero de leche –le dijo.

El conejillo verde tuvo que subirse a las espaldas de Copo de Nieve para alcanzar la parte superior del caldero. Se inclinó para beber leche, perdió el equilibrio y se cayó dentro. Copo de Nieve no podía sacarlo, así que fue a buscar ayuda. Encontró al perro dormido en la perrera y lo despertó.

Hay un conejillo verde ahogándose en el caldero de la leche –gritó.

El perro no le creyó.

—¡Un conejo verde! ¿Quién ha oído hablar de un conejo verde? –dijo bostezando, y se volvió a dormir.

Copo de Nieve fue a buscar al caballo, que estaba comiendo heno en el establo.

—¡Ayúdame a salvar al conejo verde! –gritó.

—¡Conejo verde! –se rió el caballo–. ¿Quién ha oído hablar de un conejo verde?

Y siguió comiendo.

Copo de Nieve se encontraba desesperado. Nadie le creía y no sabía cómo salvar al conejillo verde. Entonces lo vio pasar corriendo.

—¿Cómo diablos saliste del caldero de leche? –le preguntó.

—Di vueltas nadando, hasta que la leche se convirtió en mantequilla –contestó el conejillo–; cuando se hubo puesto dura me puse de pie y logré salir.

A Copo de Nieve le resultó difícil creérselo. Pero, luego, cuando se lo contó al perro y al caballo, el conejillo verde se había ido y ya no sabía si creérselo él mismo. Después de todo, no se había encontrado con un conejillo del planeta Lácteo ninguna otra vez.

17 DE AGOSTO

La Bella y la Bestia
(primera parte)

Érase una vez un mercader que tenía tres hijas. Dos hijas eran feas y estaban siempre enfadadas. La tercera era guapa y siempre amable. Cuando el mercader perdió todo su dinero y se vio obligado a cambiar su espléndida casa por una cabaña, las dos hijas feas se pasaron el día sentadas, quejándose y murmurando. Bella, como se llamaba la más joven, cuidaba del padre y de las hermanas. Limpiaba la casa, cocinaba, hacía las camas y fregaba los platos. No se quejaba de nada.

Un día el mercader volvió a casa con buenas noticias.

—Me han ofrecido un trabajo en una lejana ciudad –dijo–. Cuando vuelva me gustaría traeros un regalo. ¿Qué queréis que os traiga?

—Un vestido de seda –dijeron las dos hermanas feas a la vez. Bella sabía que su padre no tenía suficiente dinero para comprar regalos.

—Me gustaría que me trajeras una rosa –dijo, porque sabía que una rosa no costaría nada.

El mercader terminó sus asuntos unas pocas semanas después y emprendió el camino de regreso a casa. En la mitad le sorprendió una tormenta y no se sabe cómo, pero se perdió. Se subió a un árbol a fin de ver dónde se encontraba y a lo lejos vio un castillo.

«Tal vez haya alguien que pueda indicarme el camino», –pensó y se encaminó hacia el castillo.

Las puertas del castillo estaban abiertas de par en par. No había nadie. Había pálidas velas encendidas en los candelabros y troncos ardiendo en la chimenea. Había comida en la mesa, así que se sentó a comer. Había una cama preparada, se acostó y se durmió.

Por la mañana encontró ropas limpias, y el desayuno en la mesa. Cuando hubo desayunado, se dirigió al jardín y cortó una rosa para llevársela a Bella.

18 DE AGOSTO

La Bella y la Bestia (segunda parte)

Un mercader había pasado la noche en un extraño castillo abandonado. A la mañana siguiente cortó una rosa del jardín para su hija Bella. De pronto se oyó un terrible rugido. Se volvió y se encontró cara a cara con una criatura que tenía el cuerpo de un hombre y la cabeza de una bestia. Estaba muy enfadado.

Te he recibido con gran honor en mi casa –rugió la Bestia–, y ahora robas en mi jardín. Prepárate a morir.

El mercader le pidió y suplicó por su vida. Le explicó que había cortado la rosa para su más querida hija. Al final, la Bestia le dijo al mercader que podía irse si le prometía enviarle a cambio al primer ser viviente que viera cuando llegara a casa. El perro del mercader era siempre el primero en recibirlo cuando había estado fuera, así que accedió alegremente y la Bestia lo dejo marcharse.

La alegría del mercader al llegar a casa se transformó de repente en tristeza. El perro se encontraba dentro de la cabaña, durmiendo junto al fuego, y fue Bella quien salió corriendo a recibirlo. Le preguntó por qué parecía tan triste.

—Debo deciros adiós a todas, –dijo el mercader.

No podía enviar a Bella a la Bestia, así que volvería él mismo. Pero Bella logró que le contara lo que había ocurrido y, a pesar de sus protestas, ella dijo que iría al castillo.

---

19 DE AGOSTO

La Bella y la Bestia (tercera parte)

Bella accedió a quedarse con la Bestia para salvar la vida de su padre. Se estremeció cuando la vio.

—No temas –le dijo la Bestia–. No te haré daño.

Aunque la Bestia era fea, era amable e hizo todo lo que pudo para que Bella se sintiera feliz.

Un día le dijo:

—¿Crees que soy feo?

—Bueno... mmm... si, –le dijo Bella.

—¿Quieres casarte conmigo?

—¡Oh, no...! –dijo Bella–. No puedo casarme contigo.

Pasó el tiempo y una noche Bella soñó que su padre estaba enfermo.

—Ve a verlo –dijo la Bestia–. Pero, por favor, vuelve cuando se encuentre bien otra vez.

El padre de Bella se recuperó pronto cuando vio que su hija estaba bien y era feliz.

Pasaron los días y las semanas y Bella casi se había olvidado de la Bestia. Entonces, una noche, soñó que la Bestia había muerto. Se despertó del sueño llorando. Se vistió rápidamente y volvió al castillo.

Al principio pensó que la Bestia se había ido y, entonces, lo vio tendido junto a la fuente. Le roció la cara con agua para reanimarlo.

—Querida Bestia... –dijo ella–. ¿Qué importa que seas feo? Naturalmente que me casaré contigo.

Entonces algo maravilloso ocurrió. La fea bestia se transformó en un bello príncipe.

—Estaba embrujado –dijo feliz el príncipe–; sólo se rompería el hechizo cuando alguien me amara a pesar de mi fealdad.

Y así fue cómo el mercader ganó a un príncipe como yerno y Bella se convirtió en princesa.

20 DE AGOSTO

Las aventuras de *El Tulipán:* Perdido y hallado

El barquito *El Tulipán,* con Tomás, Minty y Wilbur como tripulación, flotaba río abajo una soleada mañana, cuando Minty avistó a un amigo suyo en la orilla. Era la rana Ramón, que estaba sentado junto a su bicicleta, llorando.

—¿Qué te pasa, Ramón? –le dijo Minty.

—He perdido el timbre de la bicicleta en el río y no lo encuentro, estoy cansado, tengo calambres y lo he perdido para siempre. –Ramón se deshizo en lágrimas.

—No te preocupes, Ramón –le dijo Wilbur–, yo lo encontraré.

Wilbur, sin más, se metió en el agua y empezó a buscar entre los nenúfares. De pronto sintió algo que le empujaba. Había un banco de peces a su lado.

—Nos estás estorbando –le dijo el jefe–. Es la hora del recreo.

Wilbur volvió a la superficie.

—Hay problemas –le gritó a Tomás, que había saltado a tierra–. Los peces están jugando. Pronto habrán revuelto el fango y nunca encontraremos el timbre.

—¡Oh, no! –gritó Ramón desesperado–. Baja, baja.

Wilbur volvió a bucear.

—¿No puedes hacer nada? –le suplicó a Tomás.

Tomás gritó:

—Vamos, pececitos, es la hora de los cuentos.

—¿Hora de cuentos? –Ramón casi explotó–. Quiero decir que hagas algo sensato.

Pero Tomás pronto tuvo a todos los peces escuchando en silencio una historia de piratas y barcos hundidos con un tesoro.

De repente, Wilbur surgió del agua.

—¡Lo conseguí! –gritó, mostrando el timbre en una mano.

—¡Calla! –dijo Ramón bruscamente–. ¿No ves que estamos escu-

chando un cuento? Pero, cuando el cuento terminó, Ramón se alegró mucho al recuperar el timbre.

---

21 DE AGOSTO

El pavo real y la cigüeña

Érase una vez un pavo real que era muy vanidoso. Siempre alardeaba de sus hermosas plumas. Cada vez que llovía recorría todos los charcos y allí se miraba, hasta que el agua se secaba.

—¡Mirad mi cola! –decía–. ¡Mirad los colores de mis plumas! ¡Miradme! Debo de ser el ave más bella del mundo.

Extendía la cola y se paseaba como un rey, esperando a que alguien lo admirara.

Un día pasó una cigüeña. El pavo real miró sus plumas grises.

—Eres muy vulgar y corriente, –le dijo abruptamente el pavo real–. ¿No puedes hacer nada para dar brillo a tus plumas?

—No puedo negar que tus plumas son más hermosas que las mías –le dijo la cigüeña, mientras extendía las alas–. Pero veo que no vuelas. A pesar de toda su belleza, tus plumas no pueden levantarte del suelo, mientras que las mías, aunque corrientes, me llevan por el cielo.

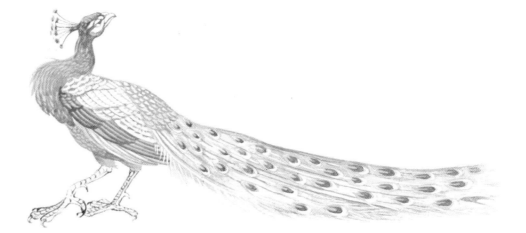

22 DE AGOSTO

La ratita soberbia y la ratita amable

Érase un ratón que estaba enamorado de una hermosa ratita.

—¿Quieres casarte conmigo? –le preguntó un día.

La ratita contestó orgullosa:

«Si conmigo casarte quieres,
joyas debes traerme
de allende los mares.
Dentro de un año y un día
vuelve;
Entonces seré tuya y lejos
llévame».

Así que el ratón cruzó el mar, pero la barca se encontró en medio de una terrible tormenta. Fue arrastrado a tierra, más muerto que vivo, y llevado a un hospital. Allí le cuidó una ratita enfermera.

Mientras se encontraba en el hospital pensó:

«La ratita por la que arriesgué mi vida es muy bonita pero muy soberbia. La enfermera que me cuida no es bonita pero es muy amable». Así que cuando se hubo recuperado le pidió a la ratita enfermera que se casara con él.

Cuando la ratita hermosa vio la fotografía de la boda en la *Revista Ratonil* se puso muy enfadada. La rabia la afeó y ningún otro ratón quiso casarse con ella.

La ratita enfermera nunca se enfadaba y era siempre tan amable que su marido le decía:

«Ay, mi enfermerita,
Mi amor eres tú:
No hay mejor ratita
en el mundo que tú».
Y vivieron felices para siempre.

---

23 DE AGOSTO

El gran osado Dani, el Pirata

Dani no tenía a nadie con quien jugar, pero no le importaba. En realidad, le gustaba estar solo, porque entonces podía jugar a su juego favorito: fingir.

Hoy fingiría ser un gran osado pirata. Encontró unas ropas viejas y un enorme sombrero. Había viajado por los Siete Mares en busca de aventuras y ahora buscaba algún lugar donde esconder su tesoro.

—¡Tierra a la vista! –gritó al dirigir el barco a una isla desierta que se encontraba en medio de un resplandeciente mar azul.

—¡Dani! –lo llamó su madre desde la cocina–. ¿Puedes dar de comer a los conejos?

—Lo siento –contestó Dani–. No puedo, mamá. ¡Soy el gran osado Dani, el Pirata! Estoy ocupado llevando el barco a la bahía.

El gran osado Dani, el Pirata, dio una vuelta por la isla hasta que llegó a una colina de arena. Unas enormes palmeras crecían junto a un viejo árbol medio seco.

—¡Ea! –gritó Dani–. Es el lugar adecuado para guardar mi tesoro.

Levantó una pala y se puso a trabajar.

—¡Dani! –le llamó la madre–, ¿quieres llevar estas compras a la señora Rosa, la vecina?

—Lo siento –se quejó Dani–. ¡Soy el gran osado Dani, el Pirata! y estoy ocupado cavando un agujero para enterrar mi tesoro.

Pronto fue la hora de comer. Dani entró corriendo en casa.

—El gran osado Dani, el Pirata, ha estado trabajando toda la mañana y tiene hambre. ¿Quieres prepararme unas salchichas, por favor?

—Lo siento –le contestó la madre desde la cocina–. Soy el Hada Madrina y hoy no cocino salchichas para grandes y osados piratas si no son mis amigos especiales.

—¿Y cómo se puede ser tu amigo especial? –le preguntó Dani al Hada Madrina.

—Haciendo lo que el Hada Madrina manda hacer –dijo su madre, muy seria.

—¡Ah! –dijo el gran osado Pirata. Tomó la comida de los conejos y se la llevó. Tomó la cesta de la compra y se la llevó a la señora Rosa. Luego volvió a la cocina.

—¿Eres aún el Hada Madrina? –le preguntó a la madre.

—Sí –dijo sonriendo–, y estoy ocupada preparando salchichas para un amigo mío muy especial. ¿Las comemos juntos en el barco pirata?

—Mmm. Sí, por favor –dijo el gran osado Dani, el Pirata.

24 DE AGOSTO

Los tres cazadores

Delgado, Fortachón y el señor Alegre contaban maravillosos cuentos de sus aventuras de caza, ¡aunque no habían ido de caza en su vida! Una noche, mientras se divertían alrededor de la mesa del alcalde, fueron interrumpidos por un buen aldabonazo. Entró un payaso.

—¡Señores! –dijo–. Necesito hombres que sepan cazar. Se ha escapado un león del circo.

—Tienes suerte –dijo el señor Alcalde–. Tenemos aquí a los tres mejores cazadores. Venga, señor Alegre, ¡vaya oportunidad!

Delgado, Fortachón y el señor Alegre manosearon los sombreros, se pusieron bien las corbatas y tomaron las escopetas, confundiéndolas con los paraguas.

Por fin, el alcalde los despidió. Los tres esperaban que el león se encontrara lejos, pero no fue así. Allí, al fondo del jardín, estaba el gran animal lamiéndose las garras.

—Dejad aquí las escopetas, –susurró el señor Alegre–. No debemos asustarlo.

—Y bien, viejo amigo –comentó Fortachón–. ¿Qué estás haciendo? ¿Escaparte, eh?

—¿Tienes malito el pie? –le preguntó Delgado–. Muéstraselo a tu tío...

Y se acercaron. La luna brillaba en un trozo de cristal clavado entre las garras del león.

—Ahora –dijo Delgado–, Fortachón te sujetará la mano y yo te sacaré ese cristal en un segundo... Está... ¡Qué chico tan valiente! Dále un suave lamido y el señor Alegre te la vendará.

Mientras el señor Alegre encontraba las vendas, Delgado y Fortachón anudaron las corbatas para hacer una correa. Las ataron al cuello del león. Luego llevaron el león al circo. La gente les miró sorprendida, mientras entraban en la Gran Carpa. ¡Por fin los tres cazadores fueron famosos por una caza de verdad!

25 DE AGOSTO

El queso y las abejas

—A casa y cerrad las puertas – gritaba la gente del pueblo–. Vienen los gitanos.

Estos no eran los gitanos que arreglaban cacerolas y cacharros. Eran los gitanos que se llevaban las ropas tendidas, rompían las vallas y se llevaban lo que no les pertenecía. Cuando llegaban al pueblo, nada estaba seguro, a menos que se cerrara con llave o se escondiera.

—Hay que hacer algo –dijo el viejo Juan–. Debemos consultar al hechicero.

Y así, el viejo Juan y los ancianos del lugar fueron a ver al hechicero.

—Sé por qué habéis venido –dijo el hechicero antes de que pudieran decir nada–. Dad la vuelta y volved a casa. La próxima vez que vengan los gitanos al pueblo, cerrad las ventanas y poned el cerrojo a las puertas, y dejadme a mí hacer el resto.

A los pocos días llegaron los gitanos. Las ventanas estaban cerradas y las puertas tenían todos los cerrojos echados.

—Ja, ja, ja –se rió el jefe de los gitanos–. Alguien tenía tanta prisa que olvidó un queso.

Colocado donde los gitanos no pudieran dejar de verlo, en una banqueta de tres patas había un queso redondo.

—El queso es mío –dijo el hechicero cojeando, fingiendo tener miedo.

—Ah no,... ya no –dijo el jefe de los gitanos.

—Dejadme tomar una loncha al menos –dijo el hechicero, metiendo rápidamente el cuchillo en el cremoso queso.

—¡Largo de aquí! –gritó el jefe de los gitanos, de mala uva. Apartó al hechicero a un lado. Pero del agujero que había hecho en el queso el hechicero, surgieron miles de zumbantes y enfadadas abejas.

—¡Ay... ay... ay! –gritaban los gitanos mientras ponían pies en polvorosa, con las abejas tras ellos. Aún puede que las abejas los estén persiguiendo hoy día, ya que ni los gitanos ni las abejas han vuelto a ser vistos.

26 DE AGOSTO

Dad una vuelta

Había 10 en la cama
y el pequeño dijo:
«¡Dad una vuelta!»
Todos dieron una vuelta
y uno se cayó.

Había 9 en la cama
y el pequeño dijo:
«¡Dad una vuelta!»
Todos dieron una vuelta
y uno se cayó.

Había 8 en la cama
y el pequeño dijo:
«¡Dad una vuelta!»
Todos dieron una vuelta
y uno se cayó.

Había 7 en la cama
y el pequeño dijo:
«¡Dad una vuelta!»
Todos dieron una vuelta
y uno se cayó.

Había 6 en la cama
y el pequeño dijo:
«¡Dad una vuelta!»
Todos dieron una vuelta
y uno se cayó.

Había 5 en la cama
y el pequeño dijo:
«¡Dad una vuelta!»
Todos dieron una vuelta
y uno se cayó.

Había 4 en la cama
y el pequeño dijo:
«¡Dad una vuelta!»
Todos dieron una vuelta
y uno se cayó.

Había 3 en la cama
y el pequeño dijo:
«¡Dad una vuelta!»
Todos dieron una vuelta
y uno se cayó.

Había 2 en la cama
y el pequeño dijo:
«¡Dad una vuelta!»
Todos dieron una vuelta
y uno se cayó.

Había 1 en la cama
y el pequeño dijo:
«¡Dad una vuelta!»
Él dio una vuelta
y se cayó

No había nadie en la cama
y nadie dijo:
«¡Dad una vuelta!»

«¡Estamos todos en el suelo!»

27 DE AGOSTO

El pescador flautista

Érase un pescador que sabía tocar la flauta. Un día la llevó con él cuando fue a la playa.

«Si puedo hacer que los peces vengan a mí, no tendré que arrojar las redes y luego tirar de ellas para recogerlas», se dijo. Sacó la flauta y comenzó a tocar la canción más alegre que conocía. «Esto hará saltar a miles de peces del mar a la playa», pensó.

El pescador sopló la flauta hasta que no le quedaban fuerzas, pero ni un solo pez saltó del mar a la arena. Estaba decepcionado. Tendría que seguir pescando como siempre.

Metió la flauta en el bolsillo y arrojó las redes al mar. Cuando la arrastró a la playa estaba llena de peces.

Cuando el pescador vio a los peces dar saltos y brincar en la red, gritó enfadado:

—¡Por qué es que cuando toco nadie baila, pero ahora que he dejado de tocar, bailáis?

El traje nuevo del Emperador (primera parte)

Érase un emperador que cambiaba constantemente de ropas. Tenía un traje para cada hora del día. Siempre que sus ministros querían verlo para algo especial, iban al guardarropas real primero. Era más que probable que estuviera allí, decidiendo qué ponerse a continuación, que aprobando las leyes de la Cámara del Consejo o haciendo balances del presupuesto de la Casa de Cuentas.

Un día llegaron dos hombres a la ciudad. Sabían lo mucho que le gustaban al Emperador las ropas nuevas y habían tramado un plan. Difundieron por la ciudad que ellos tejían la tela más hermosa que nadie jamás había visto y que, además, era mágica. La tela era invisible para cualquiera que fuera idiota o indigno de la posición que detentaba.

—Debo hacerme un traje de esa tela maravillosa de la que habla todo el mundo –dijo el Emperador. Así que hizo venir a los tejedores. Accedieron a tejer tela para él y se fueron del palacio llevándose una buena suma de dinero.

Montaron el telar. Allí estaba el telar más ajetreado, con constante zumbido y chismorreo. El Emperador estaba ansioso por ver cómo surgía el nuevo tejido, pero le daba un poco de miedo. «¿Qué haré si no veo el tejido?», pensaba. Aunque estaba seguro de ser digno de ser Emperador, envió a su fiel Primer Ministro a echar una ojeada a la tela.

---

29 DE AGOSTO

El traje nuevo del Emperador (segunda parte)

Dos astutos hombres fingieron saber hacer la tela más bella. Dijeron que era invisible para los idiotas y los indignos. El Emperador les ordenó que le tejieran aquella tela y envió al Primer Ministro al telar para inspeccionar la obra.

«Caramba», pensó. «Si el Emperador descubre que no veo la tela perderé mi cargo. Debo fingir que la veo».

—Es la tela más preciosa del mundo –le dijo al Emperador al volver a palacio. El Emperador decidió ir a verla él mismo. Reunió a sus consejeros favoritos y se encaminó al telar.

—Mostradnos vuestra hermosa tela nueva –dijo.

—¿No la ves? Está ahí en el telar, –dijeron los tejedores.

—Oh sí... oh sí... –dijo el Emperador, la voz llena de vergüenza, porque tampoco veía la tela. Pero entonces ninguno de los otros la veía, aunque todos pensaban que todos los otros la veían. Hubo tantos gritos de admiración por la belleza de la nueva tela...; fue bastante sorprendente.

—Hacedme un traje de esa tela y me la pondré mañana para la procesión –dijo el Emperador.

A la mañana siguiente, a las ocho, el traje estaba listo. O así se lo dijeron al Emperador. El Emperador se bañó. Se empolvó el pelo. Se puso los calcetines y los zapatos. Y luego dejó que los tejedores lo vistieran con el nuevo traje.

30 DE AGOSTO

El traje nuevo del Emperador (tercera parte)

El Emperador había ordenado un traje nuevo para la gran procesión. Desgraciadamente, los hombres que hicieron el traje le habían engañado diciéndole que la tela no podía ser vista por los idiotas. No queriendo aparecer como idiota, el Emperador y todos sus consejeros admiraron el traje, aunque no había traje alguno.

—Le queda de maravilla –dijeron los hombres que confeccionaron el traje.

—Le queda de maravilla –dijeron todos los consejeros.

—Me queda muy bien –dijo el Emperador, aunque no veía nada excepto su rosada piel.

Cuando el Emperador estaba preparado, o pensaba que lo estaba, comenzó la procesión por las calles de la ciudad. Todo el mundo sabía lo de la tela. Todos sabían que sólo los dignos podían verlo y que los demás no lo verían.

—¡Mirad el nuevo traje del Empera-

dor! ¡Qué hermoso es...! –gritaba la gente mientras pasaba por la calle el Emperador.

Entonces la voz de un pequeño sobresalió de las demás. No había oído las historias de la tela maravillosa.

—¡El Emperador va completamente desnudo! –gritó.

Alguien se rió.

—¡El muchacho tiene razón! ¡El Emperador va desnudo! –la gente comenzó a gritar lo mismo.

—¡El Emperador va desnudo!

El pobre Emperador tiritaba de frío. Así se dio cuenta de que el pueblo tenía razón, pero siguió orgullosamente por las calles de vuelta al palacio con la cabeza alta y la piel amoratándose.

Envió a sus guardias a prender a los hombres que se habían atrevido a burlarse de él, pero habían desaparecido. Desde aquel día el Emperador pasó menos tiempo probándose ropas y se dedicó más a los asuntos de estado.

31 DE AGOSTO

El último extraño

Juan, el hijo del granjero, sujetaba del ramal a Valiente, de vuelta a casa, y llevaba a un forastero en el carro con la última carga. Le estaba ayudando desde hacía más de una semana. Se presentó como Mario; y a Juan le gustaba.

—¿Qué te parece si vienes a la fiesta esta noche, Mario? –le preguntó Juan–. Hay abundante comida y bebida y chicas muy guapas para bailar. ¿Qué dices?

—Me encantaría –contestó Mario–. Gracias.

Aquella tarde, Mario, limpio y aseado, se sentó en el cobertizo, tocando unas canciones con su gaita, cuando de pronto entró Juan.

—¡Hola Mario! –dijo–. ¡No sabía que eras músico! Mis músicos no han

aparecido. Si no vienen pronto, ¿me ayudarías?

—Naturalmente –dijo Mario–, si me traes una flauta. No se me ocurrió traer la mía.

Juan se rió.

—Tendrás una, Mario. Estás lleno de sorpresas.

Aquella noche todos bailaron al ritmo de la música de Mario. Todos aplaudieron y pidieron más y más.

Durante la cena llegaron los tres músicos; su caballo cojeaba.

—Ahora, Mario, –dijo Juan–, tendrás tiempo para bailar tú también. ¿También se te da bien el baile?

—No demasiado mal –contestó–. Soy bastante famoso con los zancos.

—¡Bien! –dijo Juan.

Se hizo un corro para Mario. En unos segundos Mario claqueaba cada vez más deprisa. Luego, girando alrededor del suelo, gritó:

—¡Seguidme!

Los jóvenes se agarraron a su pareja, riéndose tanto que apenas podían mantenerse de pie. Salieron al corral y subieron la colina siguiendo a Mario con su gaita. Desde la cima se volvió, les saludó y, cuando los otros llegaron a la cima, el camino estaba vacío.

Se quedaron en silencio y oyeron las notas de la gaita cada vez más lejanas, hasta que dejaron de oírse. Mario había desaparecido y nadie lo volvió a ver.

SEPTIEMBRE

1 DE SEPTIEMBRE

Kalunda del Cielo Plateado (primera parte)

Kalunda del Cielo Plateado era un bebé que nació en el momento en que salía la luna, una noche de Diciembre. Sus padres, indios los dos, que vivían en una colonia en Norteamérica, habían suspirado por un niño. El padre de Kalunda era alto y moreno. La madre tenía también la piel oscura de la tribu. Por ello esperaban un niño de tez morena.

Pero las mujeres que asistieron al parto se quedaron sorprendidas.

—¡El niño no tiene pelo! –dijeron con horror. Pues el pelo moreno y fuerte de los indios solía comenzar a crecer nada más nacer y la piel era normalmente morena y tosca.

—Parece una niña –susurraron las mujeres–. ¡Tiene la piel suave y rubia y ni una brizna de pelo!

Mientras crecía, la madre rezaba y rezaba para que la piel se le pusiera morena y el pelo se le volviera negro. Pero sus oraciones no fueron escuchadas. Cuando Kalunda tenía tres años, su pelo era largo y plateado como la luz de la luna. Tenía la piel fina y suave como la seda.

Al ser diferente, Kalunda era temido por todos los indios de la tribu. Incluso su madre sentía vergüenza del extraño y plateado niño que dormía junto a ella. Antes de que cumpliera los cinco años, dejó de preocuparse de él. El niño vagabundeaba por el poblado, solo y, a menudo, hambriento. ¿Qué sería de aquel niño?

2 DE SEPTIEMBRE

Kalunda del Cielo Plateado (segunda parte)

Kalunda era un niño indio de tez rubia en vez de morena. Más allá del poblado, en su propia tienda, vivía una india anciana llamada Anra. Nadie sabía su edad, pero todos los indios la respetaban por su sabiduría. Sin embargo, debido a su avanzada edad, también era diferente y los demás indios la temían.

Kalunda encontró un amigo en la anciana Anra. Cuidaba del niño y pronto se dio cuenta de que no era sólo el pelo y la tez lo diferente en él. El niño tenía extraños poderes. La tierra de Anra se había vuelto seca, pero el niño cuidó con cariño de los retoños, hasta que se volvieron verdes de nuevo. Tenía una especial comprensión de todo lo natural. Los pájaros y los animales lo adoraban y enseguida confiaban en él. Incluso los lobos, que a veces destrozaban las cosechas de los indios, se volvían mansos y caminaban a su lado.

Así que los dos vivían felices juntos y en las largas noches de luna el joven de pelo plateado se sentaba junto a la arrugada anciana.

—Háblame de los años del pasado –le suplicaba Kalunda del Cielo Plateado. Y así conoció la existencia de la gran tribu india.

Sin embargo, los indios de la reserva estaban hartos de esta extraña pareja. Un año, cuando, sin ninguna razón las cosechas fueron malas, comenzaron los comentarios entre los indios.

—Es culpa de Anra y Kalunda, que viven al borde de nuestra tierra, –dijo uno–. Nos traen mala suerte.

Aquella noche, cuando Kalunda escuchaba sentado los cuentos de Anra, el muchacho vio a tres bravos guerreros. Se acercaron a la tienda, con los arcos y las flechas listos, con las caras pintadas para la guerra. Anra agarró la mano del muchacho fuertemente con la suya mientras esperaban.

3 DE SEPTIEMBRE

Kalunda del Cielo Plateado (tercera parte)

Kalunda y Anra, dos indios americanos, eran acusados de las desgracias de la tribu. Anra saludó a los guerreros, que entraron, como de costumbre:

—La paz con vosotros –les dijo, sin preocuparse por sus pinturas de guerra.

—Venimos a causa del hambre –gritó enfadado el primer guerrero.

—Contadnos vuestros problemas –dijo la anciana Anra amablemente.

Los guerreros se sintieron inseguros. ¿No serían espíritus malignos la sabia anciana y el pálido muchacho? Sin ganas, se sentaron y cruzaron las piernas, mirando a Anra y Kalunda. Les contaron cómo las cosechas estaban arruinadas.

—Y los lobos atacan nuestra reserva –añadieron–. ¡Escuchad! Podéis oírlos.

—Os ayudaremos –dijo Anra. Levantándose, ella y Kalunda volvieron a la reserva. Por cierto, los lobos rondaban. Atentos y temerosos, los bravos guerreros oyeron al joven Kalunda llamar a los lobos y acallar a los aullantes animales.

Al día siguiente, los sorprendidos indios vieron cómo Kalunda y Anra recorrían los campos. Casi al instante las cosechas mejoraron. Al final de la semana nacieron nuevos brotes. Había pasado la amenaza del hambre.

El jefe indio llamó a Anra y Kalunda a su tienda.

—Perdonadnos –dijo humildemente–. Os temíamos porque sois diferentes. Pero habéis demostrado ser nuestros amigos. ¡Venid! Volved a vivir con nosotros.

Anra les contestó:

—Gracias, os lo agradecemos. Pero nuestras vidas son felices. Nos quedaremos en nuestra casa. Os ayudaremos siempre que lo necesitéis.

En silencio, mientras los otros indios se asomaban por la abertura de las tiendas, los dos volvieron a casa.

Y así, años después de la muerte de Anra, Kalunda, de piel suave y pelo rubio, protegía la reserva en la que nunca vivió.

---

4 DE SEPTIEMBRE

Tut-Tut va a nadar

Tut-tut, la pequeña locomotora, se había salido de los raíles y se alejó de la ciudad a buscar un lugar donde darse un baño. Estaba muy sucia después de trabajar en la granja. Tut-tut olisqueó el aire. Era bastante salado. Luego se encontró con las ruedas hundiéndose en la suave arena. Avanzó un poco más y ya no había ante ella nada a excepción del agua azulada.

Tut-tut se acercó al borde del mar y lo probó con una rueda delantera.

—¡Uuy!

Estaba fría. Pero había niños bañándose, así que se metió más en la profundidad. Le gustó: el agua estaba fresquita y pronto se sentiría limpio. No se metió en demasiada profundidad; no quería mojar la bocina. Los niños la salpicaron y jugaron al futbol con ella. Tut-tut atrapaba la pelota con la chimenea y la lanzaba de nuevo.

Entonces la pelota se fue lejos. Tut-tut la siguió y se metió hasta que sólo se veía la chimenea sobre el agua. En ese momento, el guardacostas, que había estado durmiendo, se despertó. Oteó el horizonte con los prismáticos y vio la chimenea de Tut-tut. Corrió hacia el embarcadero.

—¡No se permiten submarinos en la playa! –gritó. Tut-tut salió del agua, escupiendo algas por la bocina. El guarda se quedó tan sorprendido al ver a la locomotora moviéndose por la arena que se olvidó de gritarle por dejar huellas en la arena.

—Adiós, adiós –les dijo a los niños, y la locomotora dio un silbido..., sólo por diversión.

5 DE SEPTIEMBRE

Mermelada de mora (primera parte)

Érase una vez una anciana a la que le gustaban las moras. No las comía. Con ellas hacía mermelada; tarro sobre tarro de mermelada de mora. Tenía el armario lleno de tarros. Nunca usaba toda la mermelada que hacía, pero solía almacenarla, como un avaro almacena oro.

Tan pronto como el fruto estaba maduro, salía a recoger cada mora. A las criaturas del bosque también les gustaban las moras, pero ella las apartaba mientras dejaba los arbustos limpios.

Un día, cuando volvía a casa con su pesada cesta de frutas, se topó con un oso.

—¿Puedes darme unas moras? –le pidió.

—Recógelas tú mismo –dijo la anciana.

—Pero tú las has recolectado todas, –dijo el oso.

—Entonces deberías levantarte antes, –le dijo la anciana.

—Hay bastantes moras para que podamos compartirlas, –dijo el oso.

—Si quiero recolectar todas las moras, lo haré –dijo la anciana y pasó junto al oso con la cabeza levantada.

El oso decidió convocar a todas las criaturas para darle una lección a la anciana.

---

6 DE SEPTIEMBRE

Mermelada de mora (segunda parte)

—Le daremos a la anciana una nueva oportunidad de compartir las moras que recoge –dijo el oso–, luego haremos esto...

Al día siguiente el oso llamó a la puerta de la anciana.

—Si no podemos recolectar moras, ¿podemos tomar un tarro de mermelada? –preguntó el oso.

—Por supuesto que no, –respondió y le dio con la puerta en las narices.

Aquella noche los animales entraron en la casa y se llevaron toda la comida que había almacenado, a excepción de la mermelada de mora.

A la mañana siguiente, la anciana se dio cuenta de que no tenía nada que comer hasta que llegara el próximo día de mercado, para el que aún faltaba una semana. Nada, claro, salvo mermelada.

Desayunó mermelada, almorzó mermelada, merendó mermelada y, cuando tuvo hambre antes de acostarse, tuvo que abrir otro tarro de mermelada.

Después de una semana de memelada de mora, la anciana decidió que no quería volver a ver mermelada de mora. Desde entonces, todos recolectaron su parte de moras y la anciana se sentía feliz de dejar que lo hicieran.

7 DE SEPTIEMBRE

Huevo Gordo

Huevo Gordo en la pared se sentó;
de su extraño asiento al suelo cayó.
Se cortó la mano,
se hizo un chichón.
En sus bombachos se hizo un siete grandón.

Huevo a la hierba entonces bajó;
quitándose el polvo, a todas partes miró.
Los soldados del reino
no pudieron esta vez
subir al desafortunado a la pared.

Así que lo llevaron a la corte real,
donde dijo que era un súbdito leal.
Con ojos muy grandes
el rey le miró.
Se reía, se reía y casi lloró.

—Pero Huevo, amigo, yo suponía
que tú estarías en una huevería.
Aunque estés roto,
tu eres un huevo
y con pegamento estarás como nuevo.

El rey dio la vuelta, otra vez lo miró.
—Quizás nos puedes ser útil —comentó—
siendo la mascota
de mis soldados.
Dadle bombachos que no estén usados.

Pusieron a Huevo uniforme muy fino.
todos se sorprendieron cuando vino
el primero en la fila.
Este huevo sensato.
Cuando estaba cansado, iba en un plato.

Entonces viajó por todo el mundo.
Ya que su éxito era tan rotundo,
cuidados especiales
la gente tomó
y el accidente jamás ocurrió.

8 DE SEPTIEMBRE

Chiquitín llama al País de las Hadas

Chiquitín, el duendecillo, salía del bosque de Campanilla cuando se encontró un teléfono. Estaba al pie de un viejo árbol. Chiquitín se detuvo y lo miró con mucha curiosidad.

«Es un lugar extraño para encontrar un teléfono», se dijo. «Seguro que alguien lo ha perdido».

Entonces se le ocurrió una brillante idea a Chiquitín. Llevaba mucho tiempo pensando en sus amigos del País de las Hadas.

—Ya sé —dijo—. ¡Los llamaré! Tengo muchas cosas que contarles. Hablaré con todos ellos.

Por cierto que hay un número especial para llamar al País de las Hadas y Chiquitín tuvo que sentarse y pensar durante un rato. Luego recordó cuál era. Marcó el número. Oyó sonar dos veces y luego recibió contestación.

—¡Hola!, éste es el País de las Hadas. La Reina de las Hadas al habla —dijo la voz.

¡La Reina de las Hadas! Chiquitín no podía creérselo. Estaba hablando con la Reina de las Hadas.

—¿Hola? —dijo ella bruscamente—. ¿Hay alguien ahí? Diga de qué se trata.

Chiquitín estaba tan sorprendido que no supo qué decir. Todo lo que había planeado se le había borrado de la mente.

—¿Quién se encuentra al aparato? —dijo la voz, impacientándose—. Porque vas a tener problemas.

Chiquitín se atragantó.

—Lo siento. Me equivoqué de número —dijo rápidamente y colgó el teléfono.

—Quizá no fue una idea tan brillante llamar al País de las Hadas hoy —dijo Chiquitín—. Probaré mañana.

Chiquitín se sintió bastante aliviado al día siguiente, al ver que el teléfono había desaparecido. Pero les contó con orgullo a todos sus amigos del bosque de Campanilla que había hablado con la Reina de las Hadas.

9 DE SEPTIEMBRE

Ash Lodge: Un justo intercambio

Willie el topo vive con sus dos amigos los tejones, Basil y Dewy, en Ash Lodge. Un día, cuando Willie estaba fuera, Basil descubrió que el fondo del caldero se había desprendido. Willie no había querido romperlo. Lo había usado para subirse a él, para alcanzar algo, pero el pie lo había roto. Lo ocultó bajo un montón de hojas y esperó que nadie se diera cuenta.

Justo cuando Basil se preguntaba dónde estaría el fondo del caldero, la comadreja Calderero apareció a la vuelta de la esquina, con cacerolas y sartenes colgando del cinto.

—Exactamente la persona que buscaba –dijo Basil–. ¿Tienes algún caldero nuevo?

—Por supuesto que sí.

Y al momento Basil había intercambiado el caldero viejo y dos trozos de pastel de moras de Dewy por un caldero nuevo de Comadreja Calderero.

Willie, al volver a casa, se topó con Comadreja Calderero en el sendero.

—Estoy salvado –suspiró. Agarró el caldero que el Calderero llevaba y le dio el telescopio a cambio. Calderero no tuvo oportunidad de explicar que era un caldero roto y Willie no se dio cuenta, ya que salió corriendo para casa y fue al cobertizo a colgarlo.

Allí Willie vio el caldero nuevo.

—¿Qué hace aquí esto? –preguntó.

—¿Por qué no debería estar ahí? –dijo Basil–. ¿Qué guardas en tu espalda, Willie?

—No podrá llevar muchas cosas –dijo Dewy, metiendo la mano por el fondo.

Willie dijo:

—Me han engañado.

En ese momento apareció Comadreja Calderero.

—Creo que ha habido un error –dijo entregándole el telescopio a Willie.

Basil le devolvió el caldero a la confusa comadreja.

—Sabíamos que estabas metido en el ajo, Willie, –dijo con una sonrisa.

10 DE SEPTIEMBRE

Yorinda y Yoringuel (primera parte)

Érase una vez una bruja que vivía en un castillo, en medio de un oscuro bosque. A la puesta del sol se transformaba en un buho y volaba por el bosque dispuesta a embrujar al que se atreviera a acercarse al castillo.

Un día, un chico y una chica se adentraron en el bosque. Estaban planeando la boda y se metieron en el bosque más allá de lo que pretendían. En el momento en el que el sol se ponía, Yoringuel dijo:

—Deberíamos volver a casa... nos estamos acercando demasiado al castillo de la bruja.

Pero ya era demasiado tarde, porque cuando así hablaba, un buho salió de los árboles y voló sobre ellos.

—¡Uuu! ¡Uuu! ¡Uuu! –chilló.

El embrujamiento había caído sobre ellos: Yoringuel no podía moverse y Yorinda se había convertido en un pajarillo marrón.

El buho voló hacia un arbusto. Se oyó un ruido y un momento después apareció la vieja bruja. Metió al pajarillo marrón en una jaula de mimbre y se lo llevó al castillo. Y aunque Yoringuel lo vio todo, no pudo hacer nada para ayudar a Yorinda. Estaba clavado al suelo. Y allí se quedó, tan tieso como una estatua de piedra, hasta que la vieja bruja volvió y deshizo el embrujamiento.

—¿Dónde está Yorinda? ¿Qué le has hecho? Por favor, devuélvemela –suplicó.

Pero la vieja bruja hizo oídos sordos a sus súplicas.

—Vuelve a casa... –le dijo ella–. No me hagas perder el tiempo.

Yorinda y Yoringuel (segunda parte)

Una bruja había convertido a Yorinda en un pajarillo y la había llevado en una jaula al castillo. Yoringuel intentó una y otra vez entrar en el castillo, pero, cada vez que se acercaba a las murallas, ella lo embrujaba y no podía moverse. Pensó que nunca volvería a ver a Yorinda.

Entonces, una noche tuvo un sueño extraño. Soñó que había encontrado una perla enorme en el centro de una hermosa flor roja. En el sueño cortó la flor y se dio cuenta de que todo lo que tocaba con la flor se libraba del encantamiento de la bruja.

Cuando Yoringuel se despertó, decidió ir en busca de la flor hasta que la encontrara. Buscó en los bosques y en las praderas durante ocho días enteros y entonces, al noveno, encontró una flor exactamente como la del sueño.

Pero, en lugar de una perla entre los rojos pétalos de terciopelo, había una brillante y resplandeciente gota de rocío. Yoringuel la cortó con cuidado, de modo que no desparramara la gota de rocío, la acunó entre las manos y corrió hacia el castillo.

---

12 DE SEPTIEMBRE

Yorinda y Yoringuel (tercera parte)

Yoringuel había encontrado una flor que esperaba que rompiera el encantamiento de la bruja sobre Yorinda.

Llegó a la puerta del castillo sin quedarse inmovilizado. Nunca había estado tan cerca del castillo antes. Tocó la puerta con la flor. La puerta se abrió. Mientras caminaba por el castillo la bruja bailó a su alrededor, chillando y gritando y echándole todos los embrujos en los que podía pensar. Pero nada funcionaba. El poder mágico de la flor era más fuerte que el suyo.

Por fin, Yoringuel llegó a una habitación donde colgaban de unos ganchos en el techo setecientas jaulas de mimbre. Dentro de cada jaula había un triste pajarillo marrón. ¿Cómo podría saber cuál de las setecientas era Yorinda? Entonces Yoringel vio a la bruja huyendo con una de las jaulas. En seguida se dio cuenta de que aquella era Yorinda. Se la arrebató y abrió la puerta. En el momento en que los rojos pétalos de terciopelo tocaron el ala del pájaro éste volvió a ser Yorinda.

—Sabía que vendrías —susurró. Entonces Yoringuel liberó a todos los otros pajarillos del encantamiento de la bruja. Pronto hubo setecientas jaulas vacías colgando del techo.

Desde aquel día la bruja perdió el poder del encantamiento y todos pudieron caminar por el bosque de día y de noche.

13 DE SEPTIEMBRE

Míguez el chimpancé

Tomás y su padre pasaron la tarde en el campo que tenían detrás de la casa, amontonando el heno para que se secara.

—Trataré de conseguir las entradas para el circo de mañana como recompensa por todo el trabajo –dijo el padre cuando entraban en casa.

Muy temprano, a la mañana siguiente, cuando Tomás aún se encontraba en la cama, Míguez, el chimpancé del circo, corría por el campo. Chocó contra uno de los montones de heno, que se derrumbó a su alrededor, cubriéndole de heno de pies a cabeza. Míguez se asustó y empezó a dar vueltas alrededor.

Cuando Tomás se despertó, se asomó por la ventana y se sorprendió al ver un pequeño montón de heno corriendo alrededor del campo. Tomás bajó corriendo las escaleras y abrió la puerta de la cocina para tener una vista mejor. La parva de heno entró por la puerta, directamente en la cocina.

Ahora le había tocado asustarse a Tomás. Subió las escaleras chillando.

—¡Socorro! una parva se ha vuelto viva y está en la cocina.

Cuando su padre bajó, Míguez se había sacudido el heno y saltaba por la habitación.

—Es un chimpacé –dijo su padre riendo–. Debe pertenecer al circo. Llamó al circo y al momento llegaron los dueños para llevárselo. Se alegraron de encontrar a Míguez sano y salvo y les dieron a Tomás y a su padre dos entradas para esa tarde.

A Tomás le pareció muy divertido el circo, especialmente el grupo de los chimpancés. Míguez terminó cubierto de pasteles de crema y de merengue.

—Eso se le da bien –dijo Tomás–. ¡Esta mañana fue una parva de heno corriendo y ahora es un helado caminando!

---

14 DE SEPTIEMBRE

El ratón y el toro

Un ratón mordió a un toro en la nariz y éste le persiguió por su osadía. El ratón era muy ágil y demasiado rápido para el toro, que, aunque más fuerte, era mucho más torpe. El ratón se metió en un agujero de una pared y luego se volvió y miró al toro. El ratón sabía que estaba a salvo y se permitió burlarse. El toro estaba muy enfadado. Un ratoncillo no iba a burlarse de él.

El toro arremetió contra la pared. Él era fuerte, pero la pared también. Siguió y siguió hasta que tuvo la cabeza dolorida, pero no causó daño alguno a la pared. Por fin puso rodilla en tierra, de cansancio. Era la oportunidad que esperaba el ratón.

Salió del agujero y le mordió de nuevo. El toro se levantó con un fuerte mugido, pero no fue lo bastante rápido. El ratón se metió rápidamente en el agujero. El toro resopló y golpeó el suelo hasta que tembló. No había nada más que hacer.

Al rato, una vocecilla chillona lo llamó desde el agujero:

—No siempre el grande y fuerte es el mejor.

15 DE SEPTIEMBRE

El pato Dife (primera parte)

La señora Pata se sentía feliz. Veía los pequeños resquebrajos, lo que significaba que los huevos se estaban rompiendo y pronto habría una familia de patitos. Uno de los huevos no hacía más que rodar hacia fuera, sin hacer el menor ruido.

—¿Esto por qué? –preguntaba la señora Pata, mirándolo fijamente.

¡Cris! ¡cras! ¡plaff! hicieron todos los otros huevos y salieron los pequenos patitos amarillos.

—¡Qué hermosos! –suspiró la señora Pata felizmente. Y miró al huevo que faltaba por abrir.

¡Snap! Sin previo aviso, por fin el último huevo se abrió y el patito que había dentro salió por los aires. La señora Pata observó con el pico abierto cómo el patito más joven surcaba el espacio.

Pero el pequeño pronto cayó al suelo porque, naturalmente, no sabía volar y cayó patas arriba junto a sus hermanos y hermanas.

La señora Pata miró a su hijo con amor.

—Pensé que serías diferente, –dijo.

—¡Diferente! –gorgojeó el patito–. ¡Llámame Dife!

Lo primero que Dife quiso hacer fue irse de casa.

—¡No! –dijo la señora Pata–. Te quedas.

—Tengo espíritu de aventurero, –explicó Dife.

—Guárdatelo hasta que seas mayor, –chilló la señora Pata. Tuvo que chillar, porque el pequeño Dife ya estaba en camino.

---

16 DE SEPTIEMBRE

El pato Dife (segunda parte)

El pato Dife era diferente. Nació con espíritu aventurero y decidió viajar por el mundo.

El primer lugar al que llegó no fue tan lejano como pensó que podría ser. Creyó que después de todo aquel caminar habría llegado a alguna zona extranjera, pero no. Sólo había llegado a la casa de la granja.

La esposa del granjero estaba haciendo la limpieza. No le gustaba el trabajo, así que lo hacía lo más rápido posible. Era bastante miope y cuando Dife se puso en el mango de una cuchara de madera para descansar, ella pensó que era un plumero.

Dife tuvo que aferrarse fuerte al mango, ya que la señora lo tomó para quitar el polvo a los cuadros. Luego lo puso de lado para limpiar el reloj y luego boca abajo para limpiar un jarrón.

En lugar de Dife se le debió llamar «Polvoriento». Salió corriendo nada más que ella posó la cuchara. Trató de salir por la puerta pero, con todo el polvo en los ojos, se equivocó y acabó contra la pared.

En ese momento el hijo, Fred, llegó de la escuela. Fred no vio a Dife sentado en el suelo tratando de limpiarse los ojos. Fred se quitó el sombrero y lo tiró al otro lado de la habitación. Falló la percha y el sombrero cayó encima de Dife.

Dife pensó que el tejado le había caído y corrió para sacudirse el sombrero de encima. Fred vio el sombrero moviéndose por el suelo y chilló.

Con el chillido sonándole en los oídos, Dife dejó su espíritu de aventura tras él, en la casa de la granja. Se dio cuenta de que su pico le señalaba su charca-casa, porque oyó a su madre decirle a los hermanos y hermanas qué hacer mientras los llevaba a su primera clase de natación. Dife decidió unirse a ellos e intentar su espíritu de aventura más tarde. Pero se sintió tan contento de nadar con su madre, hermanos y hermanas que nunca más se molestó en buscarlo de nuevo.

17 DE SEPTIEMBRE

Los galeones del Rey

El Rey Avaricia con rabia pisó
y al almirante Escocés convocó:
«Saca tus barcos y busca en el mar
a mi hija, a quien quiero recuperar».

Con un tal Lancelot se ha escapado
¿y sabes lo que se han llevado?
grandes cofres del tesoro de mis cuevas.
Sal inmediatamente y tráeme nuevas.

Con majestuosos galeones partió
y en el puerto se le despidió.
Del pueblo salieron con fulgor,
pero del tiempo no oyeron rumor.

La Princesa en una balsa se alejó
y con su Lancelot se divirtió.
En una isla hicieron su hogar
bajo una montaña junto al mar.

Aquella noche la tormenta empezó
y el Escocés casi todos sus barcos perdió.
Gritó: «Rotos los barcos nos viene la muerte.
Lanzaos al mar. Y os deseo suerte».

Los marineros se mantuvieron a flote
agarrándose a los trozos del bote.
Tragaron mucha agua sin reparo.
¿Quién los salvó? Lancelot, claro.

El Rey había cambiado de opinión.
Ofrecieron a Lancelot una compensación.
Mi tesoro vuestro es, ahí lo tenéis,
pero nunca de vuestro padre os olvidéis.

18 DE SEPTIEMBRE

La excursión lunar de Chuffa (primera parte)

Chuffa era alegre, divertida y encantadora. También era dormilona y soñadora. Hoy está dormitando a la plateada luz de la luna y la gaviota Sebastián está en la chimenea. Sebastián es uno de sus mejores amigos. Chuffa sueña con volar como un pájaro, como Sebastián. Da un gran suspiro, «Ch-ac», y se duerme.

De pronto oye a Sebastián llamarla. No sólo un Sebastián, ¡seis Sebastianes! la llevan por el aire. Todos, los seis. ¡Qué fuertes son!

Chuffa vuela como un pájaro por el cielo. Mira hacia abajo y ve todo el mundo plateado a la luz de la luna, mientras cruzan el espacio.

Chuffa no tiene el menor temor aun cuando la tierra queda ya muy lejos y se encuentran en el País de las Nubes, donde viven los ángeles.

Pero ni siquiera seis fuertes Sebastianes pueden seguir llevando a Chuffa sin agotarse. Van a dejarla caer...

136

19 DE SEPTIEMBRE

La excursión lunar de Chuffa (segunda parte)

A Chuffa la han subido por los aires seis gaviotas Sebastianes. Pero ya se están cansando. Están a punto de soltarla... cuando dos angelitos vienen al rescate.

—Necesitas planear –dice un ángel–. Cada uno de nosotros te prestará un ala. Nosotros sólo necesitamos un ala si nos abrazamos y volamos juntos.

Así lo hacen. Se quitan un ala cada uno. Luego los ángeles se la ajustan a la cabina de Chuffa. Con cuidado mueve un ala y luego la otra. Luego las dos a la vez. ¡Y... sí! ¡Vuela!. ¡Chuffa, la primera locomotora del espacio! y ahora, a la luna. Chuffa aletea y aletea. Sube y sube.

Los ángeles la guían hasta la grande, redondeada y polvorienta superficie de la luna. Chuffa se siente atraída hasta que aterriza en un cráter lunar. Pero no se da un fuerte golpe. Es tan suave y blando como cuando te echas en la cama. Chuffa se siente tan ligera como una pluma.

—¿Qué hacemos ahora? –pregunta un ángel.

—Bueno, ¿Qué os parece un paseo por la gran estación espacial? –dice el otro. Allí es donde van todos los trenes cuando ya son viejos. Sólo necesitas dar un silbido.

Un silbido es suficiente para llevar a Chuffa al espacio exterior, hasta llegar a un país de nubes multicolores. Primero una nube azul, donde viven todas las locomotoras cuando llegan al final de la línea de ferrocarril. Allí viven felices sin horarios ni nada que les preocupe. ¡Le prometen a Chuffa que un día podrá ir a vivir allí también!

20 DE SEPTIEMBRE

La excursión lunar de Chuffa (tercera parte)

Chuffa está volando por el espacio con dos ángeles. Los ángeles la llevan a una nube rosa donde ve una locomotora preciosa y decide aterrizar y entablar amistad con ella.

—No lo hagas –le dicen los ángeles–. No podrá contigo. Eres demasiado pesada para esa nube.

Pero Chuffa no les escucha.

—¡Traaaaasss! –Chuffa atraviesa la nube rosa. Cae y cae y cae.

Al caer, las plumas de las alas que la mantienen, se van. Pronto no le queda ni una sola pluma en las alas y no hay nada que la mantenga. ¡Pobre Chuffa!

Pero como en un sueño, cuando te caes y nunca te haces daño, así es como Chuffa se posa sobre los railes con un ligero golpe. Ahí está, de vuelta a la Tierra, con la luz de la luna luciendo sobre su cabeza y el viejo Sebastián dormido en la chimenea. Y en el techo de la cabina hay una sola pluma. Puede que sea una pluma de Sebastián o una pluma de un ángel. ¿Quién sabe?

21 DE SEPTIEMBRE

Hércules y el carretero

Un hombre llevaba su caballo y el carro por un sendero embarrado, cuando una de las ruedas se atascó en el barro. Por mucho que tiró el caballo, nada pudo hacer por sacarlo del barro.

El hombre se tiraba de los pelos con desesperación.

—¿Qué voy a hacer? –lloraba–. ¿Por qué no viene nadie a ayudarme? ¿Por qué el todopoderoso Hércules, que es el hombre más fuerte de la Tierra, no viene a ayudarme ahora mismo?

Hércules oyó que invocaban su nombre y fue a ver qué era lo que deseaban de él.

—Deja de gemir y apoya tu hombro contra la rueda –dijo Hércules–. Si tú muestras que eres capaz de ayudarte a ti mismo, yo compartiré con gusto tu carga. ¿Pero cómo puedes esperar que otros te ayuden, si tú mismo no te ayudas?

---

22 DE SEPTIEMBRE

La bruja y el molino de viento

Tomás, el molinero, estaba ocupado en el molino. Le encantaba ver las aspas girar, moviendo las grandes piedras de moler, machacando el trigo para hacerlo harina.

Hubo un fuerte aldabonazo a la puerta. ¡Era la bruja Botas Osadas!

—Aquí tienes –dijo, descargando el saco de grano ante él–. No te llevará mucho tiempo. Lo recogeré esta tarde.

Luego se fue en su escoba.

El molinero estaba moliendo el grano del granjero Pérez, así que llenó un saco con la harina que ya tenía. Cuando la bruja volvió más tarde no le dio ni las gracias.

A la semana siguiente Botas Osadas trajo un saco de plantas frescas de los linderos.

—¡Muele estas hierbas! –ordenó–. Para mañana.

—Pero, señora –dijo Tomás–, ¡estropearán la molienda siguiente de harina!

—¡Tonterías! –dijo la bruja–. Las necesito ¡para hacer hechizos!

Tomás trabajó hasta tarde. Secó las hierbas en el horno de pan de su mujer y luego las troceó. Botas Osadas siguió trayendo más hierbas.

Tomás estaba tan cansado y preocupado que ni la oía llamar. De pronto, desde la plataforma superior, la vio cabalgar en la escoba alrededor de las aspas.

—¡Estúpida mujer! –gritó–. ¡Te harás daño!

Gritando de risa, salió disparada hacia las aspas. Antes de que Tomás pudiera detener el molino, la escoba rozó una de las aspas.

¡Zas!... ¡Trozos de escoba por todas partes! Los refajos de la bruja se extendieron como un paracaídas. Pero no se deslizó hacia abajo; ¡subió más arriba!

—¡Ay, Dios mío! –gritó Tomás–. ¿Qué puedo hacer?

—Nada, querido –le dijo su esposa–. No podemos echarle una cuerda. Pero se aposentará en alguna parte.

Muy lejos, en una isla, la bruja aterrizó en un cardo. No había ni molinero amable, ni escoba y Botas Osadas no sabía nadar. Así que allí se quedó.

23 DE SEPTIEMBRE

Un tarro de oro (primera parte)

Patricio vivía en una diminuta cabaña, en medio de Irlanda, con su madre. Tenían una vaca y unas gallinas. Eran pobres pero se sentían felices.

Todas las mañanas, mientras ella soplaba el fuego para calentar la sopa del desayuno, llamaba a su hijo Patricio.

—¡Levántate, holgazán! Nunca atraparás un enanito zapatero con los ojos cerrados.

Estos enanitos eran los zapateros de las hadas. Vivían en agujeros en el suelo y entre las raíces de los árboles. Se decía que eran muy ricos y que donde hubiera un enanito zapatero, seguro que había un tarro de oro oculto en sus alrededores.

Algunos enanitos zapateros habitaban cerca de la cabaña donde vivía Patricio con su madre. El viento había dejado de soplar por un instante y los agudos oídos de Patricio pudieron captar el martilleo de sus martillos contra el cuero.

—Si por casualidad ves un enanito

zapatero —le dijo su madre—, al menos una vez al día, no le quites el ojo de encima ni un instante. Si lo haces, desaparecerá y nunca encontrarás el tarro de oro.

Un día, cuando Patricio volvía a casa, oyó el ruido de un martillo. Miró hacia abajo y allí, a sus pies entre la hierba, había un enanito. Se encontraba tan ocupado en remachar unas botas que no se dio cuenta de la presencia de Patricio.

---

24 DE SEPTIEMBRE

Un tarro de oro (segunda parte)

Patricio había descubierto un enanito zapatero.

—¡Te cacé! —gritó al atrapar al enano en la mano.

—¡Suéltame! ¡Suéltame! —gritó el enanito luchando por liberarse.

—¡Dime primero dónde escondes el oro!

—¿O... o... oro? —el enanito zapatero, luchando, se puso pálido.

—¡Rápido! ¡Mira detras de ti! ¡Hay una vaca en el trigal! —dijo el enanito.

En ese momento, Patricio se acordó de no mirar.

—Ja... ja... no me engañas tan fácilmente. No te perderé de vista. ¿Y ahora, dónde está el oro?

—¡No tengo ningún tarro de oro! —dijo el enano—. ¡Rápido! ¡Mira detras de ti! ¡Tu casa está ardiendo!

Patricio estuvo a punto de mirar.

—De nada vale intentar engañarme —dijo Patricio—. No voy a soltarte hasta que me digas donde guardas el oro.

—Está bien, está bien. Te mostraré dónde está —le dijo el enanito, y llevó a Patricio a un campo de cardos.

—Está bajo ese cardo —le dijo, señalando a un cardo lleno de púas—. Necesitarás una pala para cavar y sacarlo. Será mejor que vayas a casa y la traigas.

—Pondré una liga a su alrededor para señalarlo —dijo Patricio, y quitándose una liga que sujetaba los calcetines de lana, la colocó alrededor del cardo.

—Ahora iré a buscar la pala a casa —dijo—, y para asegurarme de que no

me tomas el pelo, te pondré en el bolsillo.

Pero al poner al enanito en el bolsillo, Patricio lo había perdido de vista.

Cuando volvió al cardo con la pala, todos los cardos tenían una liga alrededor. ¿Cuál debería elegir? Patricio buscó en el bolsillo al enanito zapatero. Pero había usado su magia y había desaparecido. No había nada en el bolsillo.

25 DE SEPTIEMBRE

El Bosque de la Armonía

Había gran conmoción en el Bosque de la Armonía. Era el día del concierto. Saltamontes había hecho una flauta de una larga brizna de hierba, mientras Araña había tejido una fuerte tela en forma de triángulo. Producía un suave sonido cuando le daba un golpe con el pie. Conejo estaba orgulloso del tambor que había he-

cho al secar hojas al sol y al extenderlas luego sobre un tronco de árbol hueco. Sus fuertes patas traseras eran adecuadas para golpear y dar un buen ritmo. Incluso Zorro se había unido a la juerga recogiendo todas las sobras de trocitos y haciendo una guitarra de lo más rara.

Búho se asomó a la boca de su agujero en el árbol con tristeza. Porque, como solía dormir durante el día, no había tenido tiempo para hacer o aprender a tocar nada.

—Instrumentos, listos, tocad –dijo la Liebre, que tenía prisa de que el concierto acabara para poder empezar con la comida. ¡Vaya! No habían tocado los instrumentos juntos antes. No sonaba bien.

—¡Parad! –gritó Búho–. Suena horrible.

Voló hasta una rama donde todos lo vieran. Luego, moviendo las alas, les indicó cuándo debían comenzar a tocar los intrumentos. Búho comenzó entonces a sentirse orgulloso.

—Eso está mejor –dijo.

Caracol escribió unas notas musicales con la babilla en una hoja grande y Mirlo la puso en alto para que todos pudieran leerla. Todos los pájaros de alrededor cantaron dulces notas, mientras las mariposas bailaban con elegancia al son de la música.

De pronto a todos les dio el hambre, y se sentaron a comer una gran cantidad de comida: bocadillos de nectar en hoja, pasteles de polen y tartas de mora. ¡Qué día más maravilloso en el Bosque de la Armonía!

26 DE SEPTIEMBRE

El ganso de oro (primera parte)

Un hombre tenía tres hijos. Un día, el mayor fue al bosque a cortar leña. A mediodía, cuando estaba almorzando, apareció una anciana de no se sabe dónde y le pidió que le diera un bocado.

—¡Lárgate! –dijo el hijo mayor–. No comparto mi comida con nadie.

No sabía que la anciana tenía poderes mágicos y pensó que era sólo mala suerte que el hacha se deslizara y se cortara el pulgar aquella tarde mientras trabajaba.

Al día siguiente, el hermano mediano fue al bosque. A mediodía apareció de nuevo la anciana.

—¡Lárgate! –dijo el muchacho–. No comparto mi comida con nadie.

Él también pensó que era mala suerte cuando un tronco cayó sobre su pie y lo dañó tanto que volvió cojeando a casa.

Al tercer día, le tocó al hijo menor ir al bosque a cortar leña. A mediodía, cuando se encontraba sentado almorzando, otra vez apareció la anciana, y una vez más pidió un bocado.

—Ven a sentarte a mi lado –le dijo el muchacho–. Compartiremos la comida.

Una vez que la anciana hubo terminado el almuerzo, señaló un viejo y podrido tronco de árbol.

—Córtalo, –le dijo–, y encontrarás una recompensa por tener un corazón tan generoso.

Y dicho esto, desapareció tan misteriosamente como había llegado.

27 DE SEPTIEMBRE

El ganso de oro (segunda parte)

A un muchacho le habían dicho que cortara un árbol y que encontraría una recompensa por su amabilidad. Lo cortó como le había dicho la anciana. Apareció un ganso con las plumas doradas. Le dijo al muchacho que le acariciara la cabeza y se recostó en sus brazos cuando éste lo levantó del suelo.

—No puedo dejarte aquí —dijo el muchacho—. Seguro que alguien te mataría para quedarse con tus plumas doradas. Creo que será mejor que te lleve conmigo.

En el camino se detuvo en una posada. El posadero tenía tres hijas. Una miró con envidia las plumas doradas del ganso y decidió tener una.

Cuando el muchacho no miraba, intentó arrancar una pluma de la espalda del ganso, pero al tratar de tirar, se encontró con que no podía mover la mano. Trató de soltar la pluma pero tampoco pudo.

—¡Ay... ay...! —gritó—, se me ha quedado la mano presa. Hermana, tira de mí.

La hermana vino a ayudarla, pero nada más tocar el vestido de la primera, también se quedó presa. Lo mismo le ocurrió a la tercera hermana cuando trató de liberar a la segunda hermana.

El muchacho partió con el ganso sujeto bajo el brazo. Fingió no darse cuenta de que las hermanas le seguían. Luego un clérigo intentó liberar a las muchachas y también quedó preso. Y lo mismo le ocurrió al ayudante del clérigo y a tres sepultureros que se unieron a la cadena por diversión y luego no pudieron soltarse.

---

28 DE SEPTIEMBRE

El ganso de oro (tercera parte)

Un muchacho había encontrado un ganso de oro y una cadena de gente le seguía mientras viajaba por el país. Todos estaban unidos los unos a los otros por la magia del ganso. Cada vez que alguien tocaba la cadena ya no podía soltarse. Al muchacho le parecía divertido cada vez que la cadena se alargaba.

Dio la casualidad de que pasaron por un país donde vivía una princesa muy triste. Cuando vio a toda aquella gente siguiendo al muchacho con un ganso bajo el brazo, todos tropezando y chocando unos con otros, no pudo evitar reírse.

—¿Quién ha hecho reír a mi hija? —preguntó el Rey.

El muchacho soltó el ganso y se acercó al Rey.

—Te casarás con mi hija si lo deseas —dijo el Rey—. Nadie la había hecho reír anteriormente.

—Gracias, Señor —dijo el muchacho.

Él y la princesa se rieron juntos, mientras la cadena humana desaparecía tras la colina, pegados los unos a los otros tras el ganso que volaba delante.

El muchacho y la princesa vivieron felices y, en cuanto a la cadena humana, puede que aún siga creciendo hoy en día.

29 DE SEPTIEMBRE

Seis y siete

Había una casa rodeada por siete pinos. Tras la casa había siete onduladas montañas. En la casa de los siete pinos y bajo las siete onduladas montañas vivían seis enanos. Sí, seis enanos.

En cada una de las siete montañas había una mina. Cada uno de los enanos tenía una. Había una mina de diamantes, una mina de oro, una de cobre, una de sal, una de estaño, una de plata y una de carbón. Siete minas y tan sólo seis enanos. Ninguno trabajaba en la mina de carbón.

Una tarde en que caminaban por el bosque de vuelta a casa, se encontraron con un enorme oso pardo.

—¡Hola, vecinos! –les dijo el oso–. Voy a trasladarme a esa mina vacía vuestra la próxima semana para pasar el invierno.

—¿Pero qué pasa con nuestro trabajo? –protestaron los enanos.

—Está bien –dijo el oso–. Podéis seguir trabajando en las otras minas. Siempre que no hagáis demasiado ruido. Puedo volverme muy furioso si se me despierta. Como un oso con dolor de cabeza.

El oso se alejó.

—¿Qué hacemos? –dijeron los enanos–. No podemos trabajar sin hacer ruido y los osos duermen todo el invierno.

—Ya sé –dijo el enano más sabio–. Solicitaremos otro enano. El oso no querrá **trasladarse** allí si alguien trabaja en esa mina.

Pusieron un anuncio en el periódico: «Urgente. Se necesita enano. Debe gustar el carbón. Bueno con los osos. Solicitud a los seis enanos de la casita de los siete pinos bajo las siete montañas».

Un enano solitario, que vivía a siete millas, vio el anuncio y partió inmediatamente. Enseguida les gustó a los seis enanos. Le contaron lo del oso y la mina.

—Ah, el oso puede dormir en mi cabaña. Es muy silenciosa. ¡Y siempre he querido trabajar en una mina de carbón!

Y así el oso pasó el invierno en aquella cabaña tranquilamente y en la casa de los siete pinos bajo las siete onduladas montañas vivieron los siete enanos.

30 DE SEPTIEMBRE

Remolino y los ladrones

Remolino, el pequeño helicóptero amarillo, volaba hacia casa un día escuchando la radio, cuando la música se paró. Una voz dijo:

—¡Atención, por favor! Aquí la policía. Ha habido un robo en el banco y los ladrones han escapado en un coche rojo, matrícula B 123 D. El coche fue visto por última vez dirigiéndose hacia el norte. Si alguien lo ve, puede llamar a la policía enseguida. Gracias.

Remolino mantuvo los ojos en la carretera, controlando la matrícula de todos los coches rojos. Por fin descubrió uno que salía muy rápido de la ciudad. Remolino descendió para comprobar la matrícula: B 123 D. ¡Ése era! Remolino llamó a la policía por radio.

—Remolino llamando. Veo el coche B 123 D. Sale a toda velocidad por la autopista del norte. Por favor, envíen ayuda.

Remolino siguió al coche. ¿Cómo podría detenerlo? Entonces se acordó del gancho y la cuerda que llevaba en la bodega. Se deslizó tras el coche y bajó el gancho. Fue como pescar, al tratar de enganchar el coche. ¡Sí, el gancho se había prendido! Los hombres del coche se quedaron sorprendidos al verse colgando en el aire.

—¡Socorro! ¡Bajadnos! –gritaban.

—Os soltaré –dijo Remolino y los soltó ante un coche de la policía que los esperaba.

—Muy bien, Remolino –le dijo el policía–. Serías de mucha utilidad en la policía.

—Llamadme siempre que me necesitéis –dijo Remolino y salió volando, dando un pequeño giro al salir.

OCTUBRE

1 DE OCTUBRE

La pequeña molestia

La señora Casilda tenía que vigilar al hijo pequeño, Toni, constantemente. ¡Tocaba todo!... ¡Absolutamente todo! Le encantaba tirar del mantel y ver cómo se rompían los platos. Sacaba las cosas de los armarios. Abría los grifos y los dejaba abiertos. Incluso guardaba cosas como llaves y sombreros y, una vez, la señora Casilda encontró tomates bajo los cojines, aplastados... ¡Qué asco!

—¡Qué fastidio eres! —se quejaba la señora Casilda. Pero el pequeño Toni era demasiado pequeño para entenderlo; aún no había aprendido a hablar.

Cuando fue el cumpleaños del señor Rodolfo, su mujer, la señora Casilda decidió darle una fiesta. La abuela vino a cuidar del niño, mientras la señora Bellini preparaba todo y colgaba los adornos. Al final del día fue a la habitación a ponerse el traje de fiesta y el collar de perlas. Pero recibió una mala sorpresa. ¡Había huellas de barro por toda la alfombra, los cajones de la cómoda estaban fuera y el collar había desaparecido!

—¡Me han robado el collar! —gritó—. ¡Debo llamar a la policía!

—En el salón encontró a Toni alcanzando la pecera.

—¡Deténlo! —gritó—. ¡O se la echará por encima!

Luego quedó boquiabierta de sorpresa. ¡Pues el collar estaba bajo la pecera!

—¡Toni ha debido de ponerlo aquí! —dijo la abuela riendo.

La señora Casilda esbozó una sonrisa.

—Si Toni no hubiera ocultado el collar, el ladrón se lo habría llevado.

Tomó a Toni en sus brazos.

—A veces eres una preciosa molestia, —añadió.

Luego la «preciosa molestia» alcanzó los adornos y los tiró.

—¡Vaya! —dijo la abuela—. Ahí va otra vez.

---

2 DE OCTUBRE

Tut-tut recibe un susto

Tut-tut era una locomotora a vapor que se había escapado de los raíles. Estaba pensando en lo bien que se lo había pasado en la playa, mientras caminaba por la carretera cuando, ¡qué susto! casi se chocó de frente con un coche que venía en dirección opuesta. ¡Aún peor, reconoció a los hombres del coche! Eran los del almacén que iban a desguazarlo.

Ellos reconocieron enseguida a Tut-tut.

—¡Rápidos, atrapadlo! —gritaron.

¿Qué podía hacer Tut-tut? Entonces se le ocurrió algo. Dio vueltas y vueltas a su alrededor echando mucho humo negro.

—¿Qué dirección siguió? —gritó uno de los hombres.

—No lo sé —dijo otro—. No veo absolutamente nada con todo este humo.

Los hombres aún estaban discutiendo la dirección que debían seguir, mientras Tut-tut se alejaba silenciosamente por una calle de al lado. Se quedó quieto hasta que los hombres se cansaron de buscarlo y se fueron.

Nadie iba a desguazarlo. No mientras le quedara un bufido en la caldera. Aún había mucho que ver y hacer, pensó, mientras caminaba alegremente por la calle. La caldera traqueteaba, las ruedas se bamboleaban y tenía percebes pegados al parachoques, pero no le importaba. Y para demostrarlo, silbó, sólo por diversión.

3 DE OCTUBRE

El Sultán da una fiesta

El Sultán que gobernaba los países del lejano Oriente habló con su pueblo.

—Mi hija, la Princesa Ishmel, ha estado enferma. El médico la ha curado y dice que ahora necesita reírse y pasarlo bien. Esta noche estáis todos invitados a una fiesta. Todo el que sepa bailar, contar cuentos o hacer magia será muy bien recibido. ¡Por favor, venid!

Vinieron cientos. Resplandecientes luces y brillantes colores llenaron el palacio. La Princesa Ishmel parecía radiante. Acróbatas, cuentistas y magos la hicieron reír y aplaudir con ganas.

Luego, cuando se encontraba cansada, Ramie se colocó ante el trono. ¡Qué guapo era! ¡Cuán lleno de vida! Sólo con mirarlo la Princesa dejó de sentirse cansada.

—Gran Sultán del Este —dijo inclinándose—, Su Alteza, Princesa Ishmel. Soy Ramie, el encantador de serpientes ¿Me permitís que os muestre mis serpientes y mis habilidades?

El Sultán estuvo a punto de rehusar.

—Por favor, padre —le suplicó Ishmel, sonriéndole a Ramie.

Las cestas de Ramie fueron traídas y se hizo un círculo con ellas. Después de quitarle las tapaderas, Ramie se sentó en medio y comenzó a tocar la flauta. Nadie se movió.

Entonces surgió la cabeza de una serpiente, moviéndose al ritmo de la música. ¡Otra y otra! Salieron de cada cesta deslizándose hacia Ramie, enroscándose a su cuello, brazos y tobillos. Ramie se puso de pie, inclinándose y sonriendo al Sultán y a la Princesa Ishmel.

Acariciando las serpientes, las fue poniendo una por una en las cestas y tocó música suave y lenta. Una a una, las serpientes se fueron quedando dormidas.

Un estallido de aplausos mostró cuánto habían disfrutado de la actuación. Ramie no sólo había encantado a las serpientes sino también a todos los allí presentes, especialmente a la Princesa Ishmel. La próxima fiesta podría ser una boda real.

---

4 DE OCTUBRE

Júpiter y la tortuga

En un lejano tiempo, antes de que la tortuga llevara caparazón, Júpiter invitó a todos los animales a una fiesta. Asistieron todos a excepción de la tortuga.

—La tortuga debe de haber tenido alguna razón para no asistir —dijo Júpiter—. Estoy seguro de que habría venido si hubiera podido.

Cuando Júpiter se encontró con la tortuga le preguntó por qué no había ido a su fiesta.

—Todos te echamos de menos, —dijo, pareciendo preocupado—. ¿Estuviste enferma? ¿Te pasó algo?

—Me encuentro perfectamente bien —dijo la tortuga—. La verdad es que no me apetecía salir. Prefiero quedarme en casa.

Júpiter la miró con seriedad.

—En ese caso —dijo—, será mejor que lleves la casa contigo adonde quiera que vayas.

Y una orden de Júpiter se debe obedecer; la tortuga ha llevado la casa consigo desde entonces.

Dormi, Cansi y Nicos

Dormi, Cansi y Nicos se fueron
a navegar en un zueco vacío,
justo cuando las estrellas salieron,
hasta un lago de rocío.
«¿Qué queréis? ¿Adónde vais?»,
a los tres preguntó la luna.
«A pescar las sardinas de este país,
que viven en esta laguna.
De oro y plata es nuestra red»,
Dijeron los tres casi a la vez.

La luna estaba alegre, algo cantó
mientras iban en el zueco vacío,
y toda la noche el viento sopló
moviendo el lago de rocío.
Las estrellas eran los peces
que vivían en aquella laguna.
«Tirad la red varias veces
e intentad tomar una a una»,
gritaron las estrellas a los tres chicos
Dormi, Cansi y Nicos.

Toda la noche las redes echaron
en busca de peces a la luz del claro.
Luego los pescadores a casa marcharon
a bordo de su barco tan raro.
Un viaje tan hermoso a todos encantó;
parecía mentira,
como algo que alguien alguna vez soñó
al son de una lira.
Pero yo conozco a aquellos chicos
Dormi, Cansi y Nicos.

Dormi y Cansi son dos ojitos
y Nicos su bella cabecita,
y su barco son sus zuequitos.
¡Realmente tu camisa!
Cierra los ojos mientras mamá canta
de todo lo que ha oído hablar
y verás cosas bajo tu manta
en tu viaje por la brumosa mar
a la que fueron nuestros chicos
Dormi, Cansi y Nicos.

6 DE OCTUBRE

El nabo gigante (primera parte)

El viejo Poppascoff paseaba por el jardín admirando las flores y verduras que allí crecían. ¡Entonces vio el nabo!

—Ven aquí, deprisa, –le dijo a su esposa–. Lo planté ayer. Casi lo ves crecer mientras lo miras.

—No me gusta –susurró ella–. No está bien... me parece muy extraño.

Poppascoff lo palmeó, diciéndole:

No crezcas más por hoy... Vendré a verte por la mañana.

Muy temprano, a la mañana siguiente, se despertó cuando los rayos del sol penetraban por la ventana de la habitación. Era de un verde pálido precioso. Poppascoff se acercó a la ventana descalzo.

—¡Ay, madre mía! –murmuró–. ¡Ay, Dios mío!

Su esposa se levantó a ver qué sucedía. Tuvo que ponerse de puntillas, porque el suelo estaba muy frío.

—¡Ese maldito nabo! –gritó–. Supe que algo extraño sucedía nada más verlo.

Bajaron al jardín a echarle una ojeada. El nabo era gigante. Se cayeron de espaldas tratando de ver la parte superior y allí se sentaron, boquiabiertos.

¿Qué vamos a hacer? –suspiró Poppascoff.

—Comerlo, espero –dijo su esposa. Fue a buscar una escalera y una sierra para cortar las hojas. Luego ataron una soga alrededor de los trozos que quedaron y la otra punta se la ató a la cintura.

—Ahora, querida –dijo–, empuja el nabo desde el otro lado mientras yo tiro de éste... lo sacaremos pronto.

---

7 DE OCTUBRE

El nabo gigante (segunda parte)

El viejo señor Poppascoff tenía un enorme nabo pero era incapaz de arrancarlo.

—Tiraremos los dos –dijo a su esposa y tiraron los dos. El nabo ni se movió. Los niños que venían del colegio se detuvieron a mirar.

—¡Hola, Juanito! –dijo Poppascoff–. Ven a ayudarnos a tirar del nabo.

—Vale –dijo Juanito y se agarró a la cintura de la mujer. Tiraron, pero el nabo ni se movió.

Juanito llamó a Anita, su hermana, que vino a ayudarles.

—¡Tirad! –dijo Poppascoff–. ¡Otra vez!

Clavaron los talones en el suelo, se pusieron rojos, pero, por mucho que lo intentaron, nada pudo mover el nabo.

—Llama al perro –dijo Juanito.

El señor Poppascoff le silbó a Lucía, la perra. Les ayudó a tirar. Pero el nabo ni se movió. Luego vino Mismis, el gato, y se agarró a la cola del perro. Pero el nabo ni se movió.

De pronto, un ratoncito cruzó el jardín. La zarpa de Mismis atrapó el rabo del ratón.

—Ven a ayudarnos –dijo el gato. El ratoncito retorció su cola alrededor de la cola del gato y comenzó a tirar. Una... dos... tiraron. Entonces, de re-

pente, el nabo salió del suelo. ¡Todos cayeron en un montón!

Poppascoff los invitó a todos a cenar nabo.

—Traed a vuestros amigos, –dijo–. Traed a todo el mundo... Os encantará la sopa de nabo de mi mujer.

Después de la cena, cuando todos se hubieron ido, Lucía y Mismis dormitaron en la alfombra, el ratoncito se enroscó en su agujero y Poppascoff y su mujer se sentaron junto al fuego.

—Fue una fiesta maravillosa, –dijo el marido.

—Muy buena, –dijo la esposa–. ¡Pero no quiero volver a ver otro nabo mientras viva!

—No –dijo el marido–. Yo tampoco.

8 DE OCTUBRE

Ash Lodge: Una mañana brumosa

Willie el topo vive con Basil y Dewy en Ash Lodge. Una mañana brumosa Willie tuvo que salir a echar una carta a correos.

—No tardes —le dijo Basil—. La niebla está espesando.

—Supongo que crees que me voy a perder. No te preocupes. Sé cuidarme —le contestó Willie, y se fue.

Pero Willie comenzó a vagabundear. Se detuvo a mirar unas hojas de aspecto interesante y luego le dio la vuelta a unas piedras planas para ver qué había debajo. Después de sentarse en un cómodo tronco a repasar la carta que iba a echar a correos, la niebla se había vuelto demasiado cerrada.

Se levantó y chocó con el buzón.

—¡Qué fácil! —dijo—. Ahora volveré a casa.

Mientras volvía a casa con aquella niebla, no podía reconocer nada. Los árboles parecían saltar sobre él por minutos. Mientras iba dando trompicones de árbol en árbol, se perdió, tropezó y tambaleó, cada vez más asustado.

Por fin encontró un árbol muy suave y decidió agarrarse a él y pedir ayuda.

—¡Basil! ¡Dewy! —gritó.

—Está bien —dijo una voz junto a él—. No hace falta que grites.

Era Basil. Willie estaba a salvo.

—¿Por qué te agarras con tanta fuerza a esa columna? —le preguntó Basil, surgiendo de entre la niebla. Willie escudriñó entre la niebla y allí, detrás de Basil, estaba la puerta principal de su casa. Por casualidad, Willie había vuelto dando tumbos.

—Bueno, por ninguna razón en particular —dijo Willie—. Estaba esperando a que llegarais a la puerta. Eso es todo.

9 DE OCTUBRE

El Príncipe que no podía mentir

—Un príncipe debería ser encantador —le decía la Reina a su hijo—.

¿Cómo encontrarás esposa si siempre dices lo que piensas?

El Príncipe suspiró.

—Pero parece que no soy capaz de controlar mi lengua. Siempre me sale la verdad.

La Reina dijo:

—Se me ha dicho que la Princesa Megan busca esposo. Debes adularla para ganártela. Debes decir cosas como: «Tus ojos son tan azules como zafiros; tus labios tan rojos como pétalos de rosa; tu pelo es como los dorados rayos del sol».

¡Pero cuando el Príncipe vio a la Princesa se olvidó de todo! No era muy guapa, pero había un algo que atrajo al corazón del Príncipe. Y se enamoró de ella al instante. Sabía que no podía mentir.

—Princesa —dijo—. ¿Quieres casarte conmigo? No eres hermosa, tienes los ojos demasiado grandes, tu nariz está cubierta de pecas y tus labios son muy gruesos.

Todo el mundo se quedó mudo. Luego dijeron:

—¡Ha insultado a la Princesa! —y trataron de atacarlo.

—¡Dejad que termine! —gritó la Princesa.

El Príncipe continuó:

—Pero hay una suavidad en tus ojos... una sonrisa bordea tus labios... y yo adoro tu nariz pecosa.

—¡Sí! Me casaré contigo —dijo la Princesa sonriendo—. La adulación no me engaña. Llevo esperando mucho tiempo a un príncipe honesto que viniera a buscarme.

—Mi madre se quedará sorprendida —dijo el Príncipe riendo.

10 DE OCTUBRE

El hechizo mágico de Roque

—¡Oh, no! –dijo Roque el grajo, mirando al suelo desde su árbol–. ¡Es el gato de la bruja otra vez! ¿Por qué no se va? ¡Me pone nervioso!

Micifú caminó despacio y olisqueó a su alrededor hasta que la bruja Piruja lo llamó:

—¡Ven Micifú, es la hora del cepillado!

Pero cuando la bruja se alejaba, algo se le cayó del bolsillo. Roque bajó a echarle una ojeada más de cerca. ¡Era su libro de hechizos! Se lo llevó al árbol y lo estudió.

—¡Maravilloso! –dijo–. ¡Aquí hay un hechizo para hacer desaparecer a los gatos!

Voló hacia el bosque recitando el hechizo una y otra vez.

—¡Un caldero de moras, unas ramitas y unas piedrecitas, una hoja de acedera, una seta y diez huesos chupados!

Pronto encontró todo y lo mezcló. La mezcla borboteó y echó humo y... ¡Bang! Explotó. Volaron trocitos por todas partes. Sorprendido y asustado, Roque volvió a su árbol.

Temblaba como una vara verde pero, entonces se dio cuenta, ¡También temblaba el árbol! Miró hacia abajo.

—¡Oh, no! –graznó–. ¡Mira lo que he hecho!

Micifú era ahora diez veces más grande y se estaba rascando la barbilla en el árbol. Roque y su nido se bambolearon y acunaron y luego cayeron al suelo.

La bruja Piruja no se lo podía creer cuando vio a Micifú. Roque recogió el libro de hechizos del destrozado nido y fue hasta Piruja.

—Lo siento –dijo atragantándose–. Tomé tu libro prestado. Intenté hacer desaparecer a Micifú porque me asusta.

—¿Te asusta? –dijo la bruja Piruja haciendo eco–. ¿Por qué? Micifú es muy gentil. Sólo un poco grande en este momento. Pero tú, has perdido tu nido. Ea, tengo una gran idea.

Encontró una escalera y le dio un buen cepillado a Micifú. Luego recogió la enorme bola de pelos que había sacado al cepillar a Micifú. ¡Con unas palabras mágicas, la bola de pelo se convirtió en un gran nido muy acogedor!

Roque se sintió muy feliz y Piruja tuvo razón: Micifú era muy gentil. Pronto se encogió hasta volver a su tamaño anterior y Roque se hizo su mejor amigo. El nido de pelo negro era suave, caliente y Roque pensó que su hechizo mágico había resultado bastante bien ¡después de todo!

---

11 DE OCTUBRE

Ayuda para Ben

Ben, el percherón, estaba muy cansado. Había sido un día duro para él tirando del arado arriba y abajo. Le dolían las patas y los cascos le parecían ahora tan pesados como enormes piedras.

—¡Pobre Ben! –dijo el granjero–. Creo que el trabajo está siendo demasiado para ti. Supongo que tendré que pensar en comprar un tractor, aunque no me hace mucha gracia la idea. Horribles, ruidosas y malolientes cosas.

Esto le preocupaba a Ben.

«¿Qué pasará conmigo si el granjero compra un tractor?», pensaba. «En la pradera todo el día contando las margaritas, si tengo suerte; hecho picadillo para hacer comida para gatos si no la tengo».

Al día siguiente trató de trabajar más, pero las patas no le respondían. «No funciona», pensó. «Estoy al final de mis días».

El granjero también estaba preocupado. No quería dejar de usarlo. Le gustaba ver al gran caballo en el trabajo, con los fuertes músculos tirando del arado.

En ese momento un granjero que vivía muy cerca de allí, vino a verlo. También tenía problemas. Se acababa de retirar y le había dejado la granja a su hijo para que la llevara. El hijo iba a modernizar la granja y conseguir maquinaria nueva.

—Así que no sé que va a pasar con la pobre Bes, mi yegua percherona. Ha trabajado mucho para mí estos últimos años, y no puedo soportar ver que la maten, –dijo.

—Sé lo que quieres decir –dijo el primer granjero–. Mi Ben se está volviendo cada vez más lento y no creo que pueda mantenerlo por mucho más tiempo.

—Se me ocurre una idea maravillosa –dijo el segundo granjero–. ¿Por qué no tomas a Bes? Te la daré si la unces al arado con Ben. ¡Dos percherones tirarán del arado sin problemas!

Y así fue como Ben y Bes trabajaron felizmente juntos.

12 DE OCTUBRE

Lin va de pesca

Lin y su madre pasaban hambre. La cosecha había sido pobre y no les quedaba nada para comer.

—Iré a pescar –dijo Lin–. Puede que pesque algo para la cena...

—... O las joyas del Emperador, le dijo su madre–. Oí en el mercado que el Emperador había perdido las joyas en el Gran Río cuando viajaba hacia el norte.

—Pescaré una bolsa de rubíes para ti –dijo Lin riendo.

—Un pez para la cena de esta noche creo que sería mejor –le contestó su madre.

Lin se dirigió al Gran Río, donde el Maestro Tung tenía su barca.

—¿Podría prestarme su barca, Maestro Tung? –le preguntó Lin–. No tenemos nada para cenar y los peces son grandes donde el agua es más profunda.

—Por supuesto –dijo el Maestro Tung–. Puede que pesques las joyas del Emperador.

Lentamente Lin remó hasta el medio del Gran Río. Dejó caer el ancla, tiró la caña y se recostó soñando con las joyas del Emperador.

De pronto sintió un tirón de la caña. Comenzó a recogerla. Quizá fuera una bolsa de rubíes. Pero cuando casi todo el sedal se encontraba en el carrete, Lin vio un enorme pez enganchado.

Remó hasta la orilla, le dio las gracias al Maestro Tung y corrió a casa, con el gran pez colgando de la espalda.

—Esto es mejor que las joyas del Emperador –dijo la madre de Lin, abriendo el pez.

De repente dejó caer el cuchillo con el que cortaba el pez. En el vientre del pez había un anillo de jade, tallado con dragones y adornado con tres perlas enormes.

—Es el famoso anillo del Dragón del Emperador. Seguramente me dará una gran recompensa por encontrarlo.

Y así fue. El Emperador le dio suficiente plata para comprarse su propio barco; y a partir de entonces nunca más pasaron hambre ni él ni su madre.

13 DE OCTUBRE

Simón el simple

Simón con el panadero se encontró
yendo al mercado.
Simón al panadero le pidió
empanada de pescado.

A Simón el panadero replicó:
«Quiero ver tus duros».
Simón al panadero contestó:
«Mira, estoy en apuros».

Simón luego fue a pescar,
«quería pescar ballenas».
Pero a casa sólo volvió
con las botas de agua llenas.

Simón fue a averiguar
si en el cardo crecen ciruelas.
Y un cardo tanto masticó
que le dolieron las muelas.

Fue a por agua con colador
pero toda la perdió
y ahora, pobre Simón,
cansado se acostó.

14 DE OCTUBRE

No hables nunca con extraños

Pequeño Pollito se divertía deslizándose por un pequeño tobogán. Cuando una voz le susurró por un agujero de la valla:

—¡Hola, Pequeño Pollito! ¿Te gustaría deslizarte por un gran tobogán?

Pequeño Pollito se asomó por el agujero de la valla y vio a Zorro.

—Mi madre me advirtió que no hablara con extraños –dijo.

Zorro se rió.

—¡Cierto! Pero yo no soy un extraño. Tu madre me conoce. Acabo de hablar con ella. Dice que puedes venir conmigo.

—Entonces está bien –dijo Pollito Pequeño inocentemente–. ¿Pero dónde está tu gran tobogán?

—Allá arriba –Zorro esbozó un sonrisa–. Es un tobogán maravilloso, muy inclinado y deslizante. Sólo un pollito valiente se atrevería a tirarse por él.

—¡Ése soy yo! –dijo Pollito Pequeño–. Te mostraré lo valiente que soy.

—Sal por ese agujero de la valla –dijo Zorro–. Yo iré delante. Sígueme.

Y se fue.

—¡No vayas! –le dijo el perro del granjero, que había escuchado la conversación–. ¡Ese zorro quiere comerte!

Pollito Pequeño no le hizo caso. Siguió a Zorro por la colina. Pero no había tobogán en la cima. ¡Sólo Zorro esperando para comérselo!

Zorro estaba a punto de tragárselo cuando apareció el granjero con su perro. El perro había despertado al granjero. Pollito Pequeño se encontraba a salvo, ya que Zorro huyó.

—La próxima vez –le dijo el perro a Pollito Pequeño–, deberías recordar el consejo de tu madre.

---

15 DE OCTUBRE

La cerda Samanta

Érase una vez una gorda, grande y divertida cerda llamada Samanta. Tenía un precioso rabito terminado en un rizo. La vida de la granja le iba bien, siempre que hubiera barro para bañarse todas las mañanas. Se revolcaba en el barro y allí se quedaba, tomando el sol y gruñendo placenteramente.

¡Pero una mañana no hubo baño! El delicioso barro se ocultaba tras unas piedras y planchas de madera. Samanta dio un gruñido de rabia y decidió escaparse. Y así fue.

Siguió trotando por el sendero hasta que vio una cabaña y delante de ella ¡suave barro! Se revolcó adelante y atrás y luego se quedó completamente quieta, moviendo la jeta. Era uno de los mejores baños que jamás había disfrutado.

Mientras allí descansaba, una mujer gorda salió de la cabaña y miró sorprendida a la cerda retozando. La anciana se rió. Samanta se sentía feliz. ¡Le gustaba ver a la gente feliz, especialmente si ella también lo era!

—¡Bien, eres una belleza rosa! –dijo la anciana al fin–. Supongo que eres de la granja. Les haré saber que estás aquí, aunque me gustaría quedarme contigo.

El granjero pasó a recogerla un poco más tarde y ella se sintió feliz al estar de vuelta en su cuadra. Fue entonces cuando decidió que, si no encontraba el baño de barro por la mañana, sabía donde encontraría uno, además de una buena amiga.

16 DE OCTUBRE

El Príncipe Rana (primera parte)

Una hermosa princesa jugaba un día con una pelota dorada y se le cayó. La pelota rodó por el borde de un estanque profundo y cayó al fondo. La vio allí abajo sobre unas piedras blancas pero no podía alcanzarla, y las lágrimas le corrieron por las mejillas.

—¿Por qué lloras? –le preguntó una voz cercana. La única criatura que vio era una rana verde. Se quedó tan sorprendida de ver a una rana hablar que le respondió inmediatamente:

—Mi pelota se encuentra en el fondo del estanque –dijo tristemente.

—Te la traeré –dijo la rana–, si me permites sentarme en tu silla, compartir tu comida cuando comas y dormir en tu almohada cuando esté cansada.

—Te daré cualquier cosa –le prometió la princesa–. Tráeme la pelota.

Pero cuando la rana se hubo sumergido y sacó la pelota y se la dio, la ingrata princesa se la arrebató y se fue riendo por los jardines de palacio. No se volvió a acordar de la rana ni de la promesa que le había hecho.

17 DE OCTUBRE

El Príncipe Rana (segunda parte)

A cambio de una promesa, una rana había recuperado la pelota dorada de la princesa. A la mañana siguiente, cuando saltaba a la comba por los pasillos de palacio, se encontró con la rana verde y, al instante, se dio cuenta de que había venido a reclamar la promesa. Echó a correr y se ocultó tras su padre.

El Rey la tomó con delicadeza por los hombros.

—Pareces muy pálida –le dijo–. ¿Te ha asustado algo?

La Princesa le contó cómo la rana le había recuperado la pelota dorada y la promesa que le había hecho.

—Por favor, haz que se vaya, padre –le suplicó.

Pero el Rey dijo muy serio:

—Una promesa es una promesa y debes cumplirla. Invita a la rana a nuestra mesa.

La Princesa hizo lo que se le dijo y el Rey y sus cinco hijas se sentaron a desayunar. La rana saltó a su lado.

—¿Puedo sentarme en tu silla? –preguntó. La Princesa la subió al brazo barnizado de la silla.

—¿Puedo compartir tu comida? –preguntó la rana. La Princesa la puso al lado de su plato.

Cuando la rana hubo comido dijo:

—Me siento muy cansada, ¿puedo echarme en tu almohada?

La Princesa la llevó a su habitación, pero le dio tanto asco, que la puso en la silla de la esquina.

—Le contaré a tu padre que no cumpliste la promesa –le previno la rana.

La Princesa estalló en lágrimas. Tomó a la rana y la tiró contra la cama. De repente la rana verde se transformó en un bello príncipe. Había sido hechizado y al haber compartido su silla, su comida y su cama con él, había roto el hechizo.

El Príncipe y la Princesa se casaron y vivieron felices en un país donde las promesas se cumplían siempre.

18 DE OCTUBRE

El lobo y el caballo

Un lobo se encontraba de viaje cuando llegó a un campo de avena. La avena estaba madura y lista para comerse. Los lobos no comen avena, así que el lobo pasó sin darle la menor importancia.

Al rato se encontró con un caballo.

—Ése es un fabuloso campo de avena, estarás de acuerdo, –dijo–. Te vi venir y sé que a los caballos les gusta comer avena, así que, siendo muy generoso por mi parte, te he dejado todo el campo de avena para ti. Me sentiré satisfecho con oírte triturarla con los dientes.

El caballo no se dejó embaucar.

—Si a los lobos les gustara comer avena –dijo–, no te privarías de una buena comida sólo por oírme a mi comerla. No hay ningún mérito en darme algo que tú mismo no quieres.

---

19 DE OCTUBRE

El solitario Unicornio encuentra un amigo

El Unicornio se encontraba solo.

—¿Quieres ser mi amigo? –le preguntó al Ciervo.

El Ciervo contestó:

—Yo pertenezco al mundo moderno. Tú perteneces a tiempos anteriores, así que no puedo ser amigo tuyo.

Luego le preguntó al Zorro:

—¿Quieres ser mi amigo?

El Zorro respondió:

—Pertenezco al mundo real, tú perteneces al mundo de la fantasía, así que no puedo ser amigo tuyo.

Entonces el Unicornio le preguntó al Conejo:

—¿Quieres ser amigo mío?

El Conejo respondió:

—Yo pertenezco al mundo de aquí y ahora. Tú perteneces al mundo de hace muchos años. Así que, ¿cómo puedo ser amigo tuyo?

Entonces el Unicornio corrió y corrió hasta llegar a la playa. Allí vio a una sirena llorando amargamente.

La Sirena le dijo con tristeza:

—El Caballito de la playa dice que sólo soy de ensueño, así que no puede ser mi amigo. El Burro dice que sólo finjo, por tanto no puede ser mi amigo. Y el Perro dice que pertenezco al mundo de las fábulas, de modo que no será amigo mío.

—Pero yo seré amigo tuyo –le dijo el Unicornio con alegría–. Soy como tú. Los dos somos criaturas de la fantasía y pertenecemos al mundo de los ensueños.

Y así los dos amigos viajaron por el sendero del sol y de la luna sobre el mar. Le echaron una carrera al viento por el bosque. Cuando se cansaron escucharon la música de los cuernos del País de los Duendes. Y vivieron felices para siempre.

20 DE OCTUBRE

La cueva secreta (primera parte)

El pequeño tren entró en la estación y todos los niños saltaron de él, listos para pasar todo el día junto al mar.

Tito fue el último en apearse y vagabundeó por el andén para ver la locomotora. Le encantaban los trenes. Y cuando el guarda y el maquinista salieron a beber algo, se subió a la plataforma del maquinista. Con un «¡tut-tut!» el tren se movió. ¡Sólo por diversión! Tito estaba solo pero era por fin un maquinista. Se asomó a la ventana. La locomotora siguió por una línea en desuso. La locomotora sabía que las cosas no iban bien y redujo la velocidad al llegar a otro túnel. Exacto; tierra, bloques de piedra y rocas habían caído a la vía. Tito se sintió decepcionado; no podía continuar.

Se bajó y vio que había espacio para entrar en el túnel apretujándose. Estaba muy oscuro allí dentro, a excepción de un pequeño círculo de luz que se veía al fondo, donde terminaba el túnel. No llegó al final, porque a medio camino había una cueva. Colgando de las paredes había muchas diminutas y resplandecientes lámparas. Bancos de trabajo bajitos se encontraban bajo cada luz y herramientas pequeñas estaban allí, colocadas con mucho orden. Había montones de guijarros; unos toscos, otros suaves y brillantes.

Entonces los vio: seis hombrecillos, con la cabeza agachada, sacando arena. Eran delgados, bastante mayores, de pelo y barba blanca, pero rápidos y activos. Todos tenían un mandil alrededor de la cintura. De pronto, todos se detuvieron y se dirigieron a la cueva.

«Éste debe ser su taller», pensó Tito y se ocultó en la esquina más oscura.

---

21 DE OCTUBRE

La cueva secreta (segunda parte)

Tito había descubierto una cueva en la que trabajaban seis hombrecillos. Trabajaron en sus bancos sin decirse palabra, mientras Tito estuvo oculto.

Martillearon y dieron brillo a lo que parecían diminutas conchas. De pronto uno terminó un collar. Se volvió hacia donde estaba Tito y se lo dio. Tito salió con una sonrisa vergonzosa, le dio las gracias al hombrecillo y metió el collar en el bolsillo.

Entonces todos los hombrecillos lo rodearon sonriendo y lo invitaron a seguirlos por un estrecho corredor. Bajaron y bajaron hasta que, al final de muchos escalones, llegaron a una habitación con las paredes de cristal. Detrás del cristal había agua del mar y rocas, plantas y peces nadando alrededor.

—Estamos bajo el mar –dijo Tito sorprendido.

Los hombrecillos sólo sonrieron. De repente se oyó un sonido como un chasquido; era el ancla de un barco que apareció tras los cristales.

—Eso va a romper los cristales –dijo Tito alarmado–. ¡Rápidos! Debemos salir de aquí.

Tito empujó a los hombrecillos, que le precedían escaleras arriba, justo a tiempo de ver al ancla hacer añicos el cristal y comenzar a llenarse de agua la habitación. Los hombres se quedaron horrorizados al ver que habían perdido la casa bajo el mar, pero dieron gracias de estar a salvo.

Tito oyó a la locomotora moverse. Rápidamente, se despidió y saltó a la locomotora cuando volvía a la estación.

Cuando llegaron a la estación, Tito volvió al vagón en el que había venido. Entonces los otros niños, en fila, se fueron subiendo al tren, charlando del día junto al mar.

—Te perdiste toda la diversión, Tito –le dijeron. Tito sólo sonrió y palpó el collar que llevaba en el bolsillo.

22 DE OCTUBRE

Apropiado para un rey
(primera parte)

—Laura... –dijo Samuel una agradable mañana de primavera–. Voy al mercado a vender la yegua blanca.

—Bien, pero saca un buen precio –le dijo su esposa–. Es una yegua preciosa, apropiada para que la monte un rey.

El camino al mercado atravesaba un bosque. Samuel se sentó a lomos de la yegua y se sintió como un rey mientras trotaba bajo la moteada luz del sol. En la profundidad del bosque, donde los matorrales eran más frondosos y mayores eran las sombras, fue saludado por un anciano de larga barba blanca.

—¿Quiere pararse un momento? Tengo que preguntarle algo.

—¡So, mi bella! –le dijo Samuel a la yegua blanca. Se detuvo con un suave relincho antes de que tuviera tiempo de tirar de la brida.

—¡Hola, anciano! ¿Hay algo que pueda hacer por usted? –le preguntó Samuel.

La voz del anciano era baja pero sorprendentemente fuerte para alguien que parecía tan débil y anciano.

—Tienes una hermosa yegua –dijo, acariciándola–. Si está en venta, te la compraré.

Samuel le echó una ojeada al traje del anciano con los codos rotos y se rió.

—Está en venta, pero no para alguien como tú, me temo. La llevo al mercado para que la compre un caballero. Alcanzará un buen precio; de eso estoy seguro. Sin más, le dijo adiós al anciano y se alejó galopando.

---

23 DE OCTUBRE

Apropiado para un rey
(segunda parte)

Samuel se dirigía al mercado a vender su hermosa yegua, cuando se encontró con un anciano. El anciano le ofreció comprarle la yegua, pero Samuel pudo ver que el anciano no tenía medios. El anciano vio a Samuel y a su caballo alejarse a galope y sonrió como si hubiera un secreto que tan sólo él conocía.

El mercado estaba abarrotado y la venta era buena aquella fresca mañana de primavera. Había muchos caballeros por allí. Y varios trataron de comprarla. Todo el mundo admiraba su yegua. Samuel se frotaba las manos pensando en el oro que le llevaría a su mujer a casa. Pero el día vino y se fue. El mercado se llenó y se quedó vacío.

—¿Qué... aún sin vender la yegua? –le preguntó un hombre que había vendido todos sus cerdos.

—No lo entiendo –dijo Samuel–. Tú mismo ves lo hermosa que es mi yegua. He estado a punto de venderla una docena de veces... pero a punto no es suficiente.

Samuel agarró a la yegua por la brida y se puso en camino de vuelta. Sorprendentemente, cuando pasaba por el bosque, se volvió a encontrar con el anciano.

—Veo que aún tienes la yegua contigo –dijo el anciano–. Ven conmigo, si te parece bien.

Después de unos minutos llegaron al pie de un arrecife. Samuel no vio sendero de subida sobre él ni alrededor de él. El anciano golpeó el arrecife con el puño.

Antes de que Samuel pudiera reírse y decir: «Así nunca moverás el arrecife, anciano», dos enormes verjas se abrieron con un horrendo ruido. El anciano lo invitó a pasar. Ahora, sintiéndose muy asustado, Samuel lo siguió a la cueva que se encontraba tras las verjas.

24 DE OCTUBRE

Apropiado para un rey (tercera parte)

Samuel no había podido vender la yegua en el mercado y de vuelta a casa se volvió a encontrar con el anciano. El anciano lo llevó a una cueva. Allí se encontró con algo increíble. El Rey Arturo de la Tabla Redonda y sus Caballeros dormían en la oscuridad.

—El Rey Arturo y sus Caballeros aún dormirán por un rato –dijo el anciano, quien, le parecía a Samuel, había crecido de pronto y caminaba recto–. Pero llegará el día en que Inglaterra necesite de sus antiguos reyes, y entonces el Rey Arturo y sus Caballeros se despertarán y cabalgarán en caballos blancos. Necesitan otro caballo blanco... un caballo apropiado para que un rey lo monte. ¿Y ahora quieres venderme tu yegua blanca?

Samuel no dijo ni palabra. Le entregó la brida de la yegua a Merlín, porque el anciano era en realidad el hechicero que había vivido en la Corte del Rey Arturo y que los vigilaba mientras dormían. Samuel tomó la bolsa de oro que Merlín le dio... y echó a correr.

Nadie creyó la historia de Samuel, por supuesto. El arrecife se encontraba en el bosque pero por mucho que se golpeó y aporreó, las verjas nunca se reabrieron. Con el tiempo, incluso a Samuel le parecía difícil creer lo que había sucedido. Pero había una cosa de la que todos estaban seguros: la yegua blanca había desaparecido sin dejar rastro.

---

25 DE OCTUBRE

La invitación

Pequeño Hamster era feliz. El sol era resplandeciente y caminaba a ningún sitio en particular– uno de los mejores lugares a donde ir.

—Hace una buena mañana –dijo cuando pasó junto a Pepe el Puercoespín, que se encontraba en el jardín.

—No tan buena –dijo éste tirándose de las púas–. ¿Qué es otro año más? A mi edad tratas de olvidarte de los cumpleaños.

Y se metió en casa.

«Vaya», pensó Pequeño Hamster. «No lo sabía. Debo pensar en algo para animar al pobre Pepe. ¡Ya sé! Daremos una fiesta. Iré a ver a Casia el Conejo. Tiene la casa más grande de los alrededores».

A Casia y a su amigo Marvin el Topo les pareció una gran idea.

—Haré un gran pastel con mucho polvo de azucar encima –dijo Marvin–, y escribiré: "Feliz Cumpleaños, Pepe".

—Muy bien –dijo Casia–. Sacaré los sombreros y los adornos para que la habitación parezca más animada.

—¿Qué puedo hacer yo? –dijo Pequeño Hamster, sintiéndose un poco al margen.

—Podrías hacer una preciosa tarjeta de invitación para Pepe –dijo Casia–. Tú eres el artista.

—Ah, sí –dijo Pequeño Hamster alegremente–. Voy a hacerla inmediatamente.

En el camino Pequeño Hamster cortó tres hojas: una con el borde redondeado, otra con el borde en punta y la otra con un borde fino. Luego sacó las pinturas y un trozo de cartulina. Mezcló un rojo brillante de amapola con las pinturas y pintó la hoja redondeada de rojo. Luego la pegó a la cartulina y la quitó a continuación, dejando la forma de una hoja roja. Hizo lo mismo con las otras dos, usando pintura azul y amarilla. Luego escribió en la parte posterior de la cartulina: "Querido Pepe, por favor ven a la fiesta de cumpleaños de Casia hoy a las tres". Luego la metió en un sobre y fue corriendo a casa de Pepe.

A Pepe le encantó ir a la fiesta, y se sintió tan contento con el sombrero, el pastel, y especialmente con la tarjeta de invitación que dijo que era la mejor fiesta de cumpleaños que jamás había tenido.

26 DE OCTUBRE

Caperucita Roja (primera parte)

La madre de Caperucita Roja había preparado una cesta con huevos, mantequilla y pan casero.

—¿Para quién es? –le preguntó Caperucita Roja.

—Para la abuelita –le dijo la madre–. No se encuentra bien.

La abuelita vivía sola en una preciosa cabaña en medio del bosque.

—Yo se la llevaré –dijo Caperucita Roja. Se puso la capa roja con la capucha roja y tomó la cesta.

—Vete directamente a la cabaña –le dijo la madre–, y no hables con extraños.

Caperucita Roja tenía la intención de ir directamente, pero había tantas flores silvestres en el bosque que decidió detenerse a cortar algunas para la abuelita.

—Buenos días –le dijo una voz a la altura del codo. Era un lobo.

—¿Adónde llevas eso? –le preguntó el lobo, metiendo la nariz en la cesta.

—Se lo llevo a la abuelita –dijo Caperucita Roja, olvidándose de lo que su madre le había dicho de hablar con extraños.

—¿Dónde vive? –le preguntó el lobo.

—En la cabaña que hay en medio del bosque –le dijo Caperucita Roja.

—Córtale un gran ramo de flores –dijo el lobo y se fue deprisa.

El lobo se fue directamente a la casa de la abuela. Llamó a la puerta.

La abuelita preguntó:

—¿Quién es?

—Caperucita Roja –contestó el lobo, imitando la voz de Caperucita Roja.

—Entonces levanta el pestillo y entra –dijo la abuelita. Pero dio un chillido cuando vio la cara del lobo asomarse tras la puerta relamiéndose los labios. Saltó de la cama y se encerró en el armario.

El lobo recogió el gorro de dormir de la abuelita, que había caído al suelo, y se lo puso en la cabeza. Se envolvió en las sábanas hasta cubrirse por completo, luego se sentó en la cama esperando a Caperucita Roja.

---

27 DE OCTUBRE

Caperucita Roja (segunda parte)

Caperucita se encontraba de camino a casa de su abuelita pero un lobo había llegado allí primero y fingía ser la abuelita. De pronto hubo una llamada a la puerta.

—¿Quién es? –dijo el lobo con una voz que se parecía a la de la abuelita.

—Soy Caperucita Roja –contestó ella.

—Entonces levanta el pestillo y pasa –dijo el viejo y astuto lobo.

Caperucita entró.

—¿Te encuentras bien, abuelita? –le preguntó.

—Sí hija, sí –dijo el lobo–. Déjame ver lo que hay en la cesta.

Al inclinarse para mirar, el gorro de dormir se movió y una oreja apareció.

—¡Qué orejas más grandes tienes! –dijo Caperucita Roja.

—Son para oírte mejor –dijo el lobo.

—¡Qué ojos más grandes tienes! –dijo Caperucita, comenzando a tener miedo.

—Son para verte mejor –dijo el lobo.

—¡Qué dientes más grandes tienes! –dijo Caperucita, realmente asustada.

—Son para comerte mejor –dijo el lobo. Apartó las sábanas y saltó de la cama.

—¡Socorro! ¡Socorro! –gritó Caperucita Roja, saliendo de la casa hacia el bosque con el lobo tras ella.

Un leñador oyó los gritos y fue en su ayuda. El lobo, al ver el hacha del leñador, huyó lo más rápido que pudo.

Caperucita le contó al leñador lo que había ocurrido.

—¿Dónde está la abuelita? –le preguntó el leñador.

—No lo sé –dijo Caperucita sollozando–. Quizá se la haya comido el lobo.

Pero cuando volvieron a la cabaña, oyeron a alguien llamando desde dentro del armario, que preguntaba si no había peligro de salir.

—¡Soy yo, abuelita! –dijo Caperucita.

La abuelita abrió la puerta del armario.

—Qué suerte hemos tenido al poder escapar –dijo Caperucita Roja, y le dio un fuerte abrazo a su abuelita.

28 DE OCTUBRE

El vagabundo

Mamá Conejo estaba preocupada. Volvió a contar a sus hijos.

—Falta uno, —le dijo a papá Conejo–. ¿Dónde está Conejín?

—Está en el campo de berzas –dijeron los conejitos.

—¡Qué pillo! –dijo papá Conejo–. Le dije que no se alejara.

—¡Ay, Dios mío! –suspiró mamá Conejo–. No me gusta que se aleje cuando Comadreja se encuentra por los alrededores. A Comadreja le encanta comer conejitos.

—Lo encontraremos enseguida –dijo papá Conejo. Y fue directamente al campo de berzas.

Lo primero que vio fue a Comadreja merodeando por entre las berzas. Y no parecía feroz. Parecía sorprendida y nerviosa. Porque al lado había una enorme tortuga de aspecto raro, que daba repentinos saltos hacia la Comadreja. ¿Qué era aquella extraña criatura? La tortuga dio otro salto y ya fue demasiado para la Comadreja. Se asustó y salió corriendo.

Entonces la tortuga de aspecto raro dio un salto hacia papá Conejo. Papá Conejo se rió. La tortuga tenía las orejas largas y la nariz nerviosa.

—¡Ea! ¡Es Conejín! ¡Sal del caparazón de la tortuga!

—Engañé a Comadreja, ¿no? –dijo Conejín.

—¡Claro que lo hiciste, pillín! Eres un valiente –dijo Papá Conejo–. Pero no lo vuelvas a hacer. ¡Puede que no la engañes la próxima vez!

Y de esta manera Conejín salió del caparazón y decidió en aquel momento no volverse a alejar.

29 DE OCTUBRE

La alondra y el granjero

Una alondra había hecho su nido en un campo de trigo. Un día, poco antes de que sus pajarillos estuvieran listos para abandonar el nido, el granjero vino a ver el trigo.

—Está bastante seco ya –dijo–. Creo que es hora de hablar con mis vecinos y pedirles que me ayuden a cosecharlo.

Los pajarillos se asustaron.

—Deprisa, mamá... debes trasladar la casa.

—Un hombre que habla de ir a pedirle ayuda a sus vecinos, no tiene demasiada prisa –dijo la Madre Alondra–. Aún tenemos mucho tiempo.

Unos días más tarde el granjero volvió al campo. El trigo ya estaba listo y comenzaba a caer al suelo.

—Debo avisar a los hombres inmediatamente y ponerlos a trabajar –dijo el granjero–, ...o perderé todo mi trigo.

—Vamos, hijos, –dijo la alondra–. El granjero confía en sí mismo y no en la buena voluntad de los vecinos. Es hora de irnos.

30 DE OCTUBRE

Gordon el fantasma

—¡Uuuuuuuu! –La voz ronca y profunda de Gordon, el fantasma, resonó por los pasillos del Castillo del Miedo. Les daba escalofríos a todas las personas que habían pagado por oírlo.

Un día, Gordon, el fantasma, le dijo al duque que tendría que dejar el castillo si las cosas no mejoraban.

—¡Uuuuuuuuuuuuuuu! ¡Hace fríoooooooooooo en estos pasillos! –se quejó–. ¿Por qué tengo que volar tapándome con una sábana sólamente?

—¡No te vayas! –dijo el duque–. La gente sólo paga por oírte. Y necesito el dinero para que se repare el castillo. ¿Qué quieres que haga?

—Dame dinero –dijo Gordon–. Voy de compras.

Nadie veía a Gordon porque era un fantasma. Así que el dependiente dio un grito cuando una voz profunda dijo:

—¡Busco ropa interior!

Al dependiente casi se le salieron los ojos de las órbitas cuando un conjunto de ropa interior comenzó a bailar ante él (Gordon la había tomado). Entonces, la ropa interior se llenó y quedó de pie (Gordon, el fantasma, se la había puesto).

—Me llevaré esto –dijo Gordon. Apareció dinero en el mostrador y la ropa interior se fue. Hubo gritos y chillidos cuando el conjunto de ropa interior sin cabeza pasó sobre la gente y se dirigió al castillo.

Cuando el duque lo vio, puso un letrero en la puerta del castillo: «¿Ha oído hablar del fantasma sin cabeza?... ¡Ahora puede verlo!» De esta manera el fantasma Gordón le consiguió mucho dinero al duque y siguió asustando a la gente.

Ahora que se sentía caliente de nuevo, le volvió a gustar su trabajo y la gente también le quiso a él.

31 DE OCTUBRE

Berta la bruja

La bruja Berta, de cara malvada,
bajó al camino y atronadora
gritó: «Un ladrón llevó mi escoba.
Quiero que me la devuelva ahora».

«Esta noche es la fiesta de las brujas»,
dijo: «necesito mi escoba
o no podré surcar el cielo
y tendré que quedarme en la alcoba».

Persiguió gatos, ratones y perros,
los juguetes de los niños rompió,
y asustó a todas las muchachas
y con sus hermanos peleó.

Las vacas comenzaron a mugir.
Las ovejas por doquier corrieron,
los gallos salieron volando;
las gallinas huevos no pusieron.

Luego en una ventanita,
su rostro asomó un chiquito
de mejillas rojas y pelo rizado
y con hablar muy suavecito.

«Hola, tengo tu preciosa escoba»
le dijo, «te la devolveré
si mi deseo realmente cumples
y nunca nada más te pediré».

La bruja Berta lo contempló.
Él le sonrió con encanto.
«Venga, no perdamos el tiempo
y evitaremos futuro llanto».

«Oh, bruja, yo quiero», le dijo,
«que te conviertas en un gato».
Con un ¡bang, plaf, zas
Miau! se cumplió el trato.

NOVIEMBRE

1 DE NOVIEMBRE

Chuffa va al circo (primera parte)

Un día Chuffa fue alquilada para llevar el circo a una lejana ciudad llamada Maryville. A primeras horas de la mañana, cargaron los vagones de Chuffa con tiendas, disfraces, cuerdas, mástiles, tigres, elefantes. Era una carga pesada pero a Chuffa no le importaba mientras se movía. «Chaca-chac, chaca-chac».

Cuando llegaron a Maryville, los payasos llevaron el circo por la ciudad. La pobre Chuffa tuvo que quedarse en la estación. No pudo unirse a la juerga. Todo lo que podía hacer era escuchar a la banda tocar y a la gente aplaudir y animar.

Luego, llegó el momento de montar las tiendas. Chuffa ayudó a sacar todas las cosas pesadas. Vio cómo la Gran Carpa era colocada. Siguió mirando mientras se montaban las demás cosas. Ojalá pudiera unirse a ellos.

Aquella noche, el dueño abrió la taquilla. Cómo se apiñaba la gente. Chuffa pensó que todo el mundo de Maryville había comprado una entrada. Pronto la bolsa del dinero estaba a rebosar. Pero no era Chuffa la única que había visto la bolsa del dinero repleta.

---

2 DE NOVIEMBRE

Chuffa va al circo (segunda parte)

Chuffa había llevado el circo a Maryville y todo el mundo disfrutaba del espectáculo excepto Chuffa. Había quedado fuera deseando estar dentro y todo lo que podía ver era la tienda... ¡y alguien que salía de ella! Alguien que se dirigía a la taquilla. Recogía la bolsa del dinero con todas las ganancias y... salía alejándose, pensando que nadie lo había visto.

Sin ruido, Chuffa acumuló vapor y se deslizó por la vía hasta que estuvo detrás del ladrón. Entonces Chuffa dio un terrorífico silbido. El ladrón saltó por el aire debido a la sorpresa. Chuffa siguió silbando: «Uuuu-uuu. Uuu-uuu».

Todo el mundo salía furioso de la carpa del circo.

—Ese tren maldito ha detenido la actuación —se quejó el dueño. Entonces vio al ladrón con la bolsa del dinero.

—¡A ese hombre! –gritó.

Al instante el ladrón se vio rodeado de payasos y acróbatas y trapecistas y animales. Encerraron al ladrón en una jaula vacía y el dueño del circo puso la bolsa del dinero a buen recaudo.

Luego, el dueño del circo dio una charla que terminaba:

—... Y así es como Chuffa ha salvado al circo. Como recompensa especial, daremos una representación para él aquí fuera, al aire libre.

Así fue como Chuffa, por fin, pudo ver el circo.

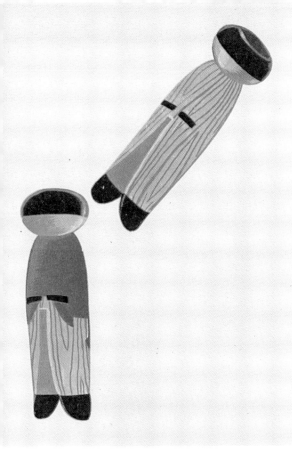

3 DE NOVIEMBRE

Los soldados

Diez pinzas de madera
hechas con trabajo,
sobre la mesa,
boca abajo.
Botas negras,
sombrero elegante,
túnicas rojas
detrás y delante.
Piernas azules
con rayas blancas
y, por botones,
doradas manchas.

Diez soldaditos
de madera hechos
suben y bajan
por los techos.

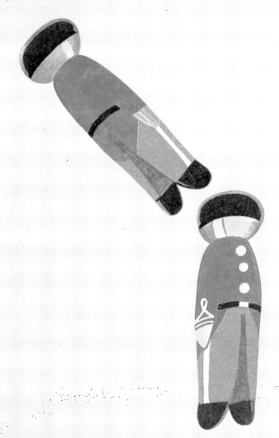

4 DE NOVIEMBRE

Las aventuras de *El Tulipán:* El acueducto

—Cruzaremos el acueducto hoy –le dijo Tomás a Wilbur y Minty. Los tres amigos habían pasado un tiempo maravilloso a bordo de su barco, *El Tulipán.*

—¿Qué es un acueducto? –preguntó Minty.

—Eso –dijo Tomás señalando a un puente de siete arcos que cruzaba el valle.

—¿Cómo subiremos a *El Tulipán* allí? –preguntó Minty.

—El río pasa por arriba –le explicó Tomas.

El Tulipán se encontraba a mitad del acueducto, con Minty tapándose los ojos con las manos para no ver el valle allá abajo, cuando estalló una nube. LLovía a cántaros sobre el tejado de la casa sobre ruedas y entonces el motor de *El Tulipán* chisporreteó y se paró.

—El agua ha entrado –dijo Tomás–. Estamos atascados.

—¡Pero mira –dijo Minty–, el nivel del río ha subido con la lluvia. Seremos arrastrados y tirados por el borde!

—¡Eh, los del barco! –era una voz desde el sendero de al lado. Era la rana Tana con el impermeable, la bicicleta bajo él.

—Vaya lugar más tonto para pararse. Será mejor que salgáis de ahí antes de que se inunde –les dijo la rana Tana.

—Estamos atascados y no podemos poner el motor en funcionamiento –le explicó Tomás. Sin decir nada más, Tana se montó en la bicicleta y se fue.

Diez minutos más tarde se oyó otro grito:

—¡Los del barco! Tiradme una cuerda. –Era Tana y a su lado había un viejo caballo percherón de rostro amable. Tana ató la cuerda al cuello del caballo y el caballo siguió por el sendero, tirando de *El Tulipán* hasta llevarlo a salvo.

—Gracias, Tana –le dijeron todos.

—No me deis las gracias a mí. Dadle las gracias a Horacio –dijo la rana sonriendo.

5 DE NOVIEMBRE

El flautista de Hamelín (primera parte)

La ciudad de Hamelín estaba plagada de ratas. Perseguían a los gatos y se comían el grano. Asustaban a los niños y se llevaban las manzanas. Había tantas que era imposible caminar por las calles sin tropezar con ellas. Las gentes de Hamelín probaron todo para librarse de las ratas pero todo fracasó.

El Alcalde y el consejo se encontraban desesperados y ofrecieron una gran recompensa a quien encontrara la solución para su problema. Toda la ciudad estaba desolada. Entonces, llegó a la ciudad un forastero vestido con un abrigo multicolor.

—Me han dicho que hay una recompensa para el hombre que libre a la ciudad de las ratas, –dijo.

—Cualquier cosa... cualquier cosa con tal de que puedas ayudarnos –dijo el Alcalde.

El forastero se encaminó al medio de la plaza de la ciudad y sacó una flauta del bolsillo.

—¿Qué va a hacer? –susurraron las gentes de la ciudad.

El forastero se llevó la flauta a los labios y comenzó a soplar. Cuando las ratas oyeron la música, comenzaron a salir de los agujeros para escuchar. Una vez reunidas a sus pies, comenzó a caminar por la ciudad. Fue calle arriba y calle abajo y, al pasar por todas las puertas, las ratas dejaban lo que estaban haciendo y le seguían. Cuando llegó a las puertas de la ciudad, todas las ratas de la ciudad de Hamelín le seguían. El flautista siguió por las praderas hacia el río.

—¿Qué va a hacer ahora? –preguntaban las gentes. Cuando llegó a la orilla del río, el flautista se metió en el agua hasta que le llegó por las rodillas. La música que tocaba se volvió más dulce y las ratas le siguieron y... se ahogaron.

6 DE NOVIEMBRE

El flautista de Hamelín (segunda parte)

El flautista había librado de las ratas a Hamelín. Pero las gentes del lugar eran muy desagradecidas. Nada más librarse de la última rata, volvieron a sus comidas y juegos. Nadie le dio las gracias al flautista.

El flautista fue al Alcalde y le pidió la recompensa. El Alcalde lo miró con el ceño fruncido. Ahora que las ratas se habían ido no vio ninguna razón para entregar el dinero.

—¿Recompensa? –dijo–. ¿Qué recompensa? No hay recompensa. ¡Vete enseguida de la ciudad! ¡Aquí no se te quiere!

El flautista no dijo ninguna otra palabra y se encaminó a las puertas de la ciudad, entonces comenzó a tocar otra canción aún más hermosa. Esta vez no fueron las ratas las que salieron de las casas. Fueron los niños.

Todos los niños de la ciudad quisieron bailar aquella canción y lo siguieron por las praderas. Pero esta vez en lugar de ir al río, se volvieron hacia las montañas.

Una chiquita que era coja no pudo seguir a la danzarina y bulliciosa procesión de alegres chiquillos. Fue la única que vio lo que ocurrió después.

—La falda de la montaña se abrió –les dijo a todos– y todos los niños siguieron al flautista a su interior. Traté de encontrar la puerta para poderlos seguir pero no fui capaz; había desaparecido.

Las gentes de la ciudad se sentían desesperadas. Buscaron por la falda de la montaña durante días, pero no volvieron a ver a sus hijos. Habían desaparecido, lo mismo que habían desaparecido las ratas, y ellos eran los únicos culpables.

7 DE NOVIEMBRE

Dos extraños pájaros

El tío Bernardo iba a venir. Diego y Cristina planearon por ello gastarle una broma, ya que él siempre les gastaba bromas. Pusieron un nido de palitos en un árbol, con dos pajarillos de juguete.

—Cuando oscurezca –le dijo Diego a su hermana–, dile al tío Bernardo que hay dos pajaritos en el jardín que no aparecen en ningún libro de pájaros. Pero, por favor, no te rías.

Todo salió bien. El tío Bernardo estaba realmente sorprendido hasta que se dio cuenta de lo inmóviles que estaban los pajaritos.

—Bueno –dijo muy serio–, ¡no lo sé! Vendré temprano mañana para estudiarlos a la luz del día.

Conteniendo las risas, le dieron las gracias y subieron a dormir.

—¡Lo hemos engañado esta vez! –dijo Diego riéndose.

A la mañana siguiente en el desayuno, Cristina dijo:

—¿Ya has ido a ver a los pajaritos, tío?

—Por supuesto que sí –contestó–. También hay un par de huevos extraños con ellos.

Diego y Cristina no pudieron resistir la tentación de ir a echarle una ojeada al nido. Y así era, a cada lado de los pajaritos había un huevo resplandeciente.

—¡Son huevos de chocolate! –dijo Cristina riéndose.

—Hay uno para cada uno, para más tarde –dijo el tío Bernardo sonriendo.

—Mmm –dijo Diego–, ésa es la clase de bromas que más nos gustan.

8 DE NOVIEMBRE

El hombre de los tarros

—Abuelita, cuéntanos un cuento de cuando eras una niña y vivías en Inglaterra –dijo David.

—Sí, nos encantan los cuentos –dijo Sasha.

La abuelita sonrió, mientras se sentaba cómodamente en el sillón.

—¿Alguna vez os he contado lo del hombre de los tarros? Me solían gustar los sábados por la mañana, porque el señor Terrones aparecía con su carretilla. Coleccionaba tarros vacíos y te daba cualquier cosa a cambio. Unas veces caramelos y otras veces globos.

Un sábado en particular lo vi repartiendo molinillos. Eran de colores preciosos y giraban con el viento.

—¿Te queda algún tarro vacío? —le preguntó a mi madre.

—No, —contestó—. Te di el último la semana pasada.

Yo estaba decepcionada.

—De todas formas –dijo mi madre–, quiero que veas si la señora Robles quiere algo.

La señora Robles era una anciana que vivía a nuestro lado. No podía caminar.

—¡Me alegro de que hayas venido! –dijo cuando entré–. Mira, se me ha caído una caja de alfileres por el suelo y no puedo agacharme a recogerlos.

Me puse de rodillas y en un periquete los había puesto todos en la caja de nuevo.

—Gracias, –dijo—. ¿Y ahora qué puedo hacer por ti?

—No tendrá un tarro vacío, ¿verdad? –pregunté.

—¿Por qué un tarro vacío? –dijo la señora Robles.

Le expliqué lo de los molinillos, pero me preguntó si el señor Terrones ya se habría ido.

—Aquí tienes –dijo la señora Robles, entregándome un tarro vacío.

Le dí las gracias al irme. Tuve cuidado de no correr con el tarro de cristal y me alegré de ver al señor Terrones al final de la calle. Elegí un molinillo dorado y miré cómo giraba mientras volvía a casa corriendo.

—Ojalá el señor Terrones viniera aquí –dijo David.

—Ojalá –dijo Sasha–, ojalá.

9 DE NOVIEMBRE

El venado junto a la charca

Un venado fue a una laguna a beber. Cuando hubo saciado su sed, miró su propio reflejo en el agua.

—Por cierto qué cornamenta más elegante tengo –dijo muy orgulloso–. Es magnífica. Qué lástima que no concuerda con mis patas. Son demasiado débiles y delgadas. Ojalá pudiera hacer algo para mejorarlas.

Un león lo vio en la laguna y empezó a perseguirlo. El terreno estaba abierto y libre de árboles y poco a poco le sacaba más ventaja al león. Luego se metió en el bosque, donde había muchos lugares para ocultarse. Pero antes de que llegara a un lugar adecuado, la magnífica cornamenta de la que estaba muy orgulloso se enganchó en una rama que colgaba y lo retuvo.

—¡Ay de mí! –dijo, mientras el león se le acercaba–. ¿Pero por qué estaba orgulloso de mi cornamenta y despreciaba las patas, que podrían haberme salvado?

10 DE NOVIEMBRE

El entrometido

Había una vez un pueblo donde todo siempre salía mal. Los fondos de los calderos de agua se desprendían, las vallas siempre se caían, las verduras se pudrían, los huevos recién puestos estaban malos y la gente siempre estaba triste.

Todo había sido así desde que uno recuerda, desde que alguien había hecho que una vieja bruja se quitara del lado malo de la cama. Desde aquel día la vieja bruja, que vivía en una cueva cercana, se había entrometido en los asuntos del pueblo. Los gatos estaban demasiado asustados para maullar y los pájaros para cantar, por miedo a los hechizos de la vieja bruja.

Por fin, tres hermanos del pueblo fueron a ver al abad de un lejano monasterio para pedirle consejo.

—Creo que nuestro hermano puede ayudaros –dijo éste señalando a un monje delgado y de apariencia débil.

Cuando los hermanos volvieron con el monje, los vecinos suspiraron tristemente.

—¿Qué podría hacer un hombre como aquél cuando el fornido herrero huía de la bruja como un conejo asustado? –dijeron todos.

Pero el monje era más valiente de lo que aparentaba. Los vecinos le siguieron, a una distancia prudente, hasta la cueva de la bruja. El monje entró. La bruja salió de su escondrijo partiéndose de risa. Pero en cuanto vio al monje con sus ropas marrones dio un chillido y trató de huir.

Él, con calma, derramó agua sobre la bruja, y los que tuvieron la valentía de mirar, vieron cómo la bruja se convertía en una piedra.

—El bien ha triunfado sobre el mal –les dijo el monje a los paisanos–. Ahora podéis vivir en paz.

11 DE NOVIEMBRE

El Hombre León de África (primera parte)

Hace mucho tiempo había en África una tribu llamada Ukulu. No solían recibir bien a los que eran extraños a los pueblos de la tribu, porque la gente sospechaba de cualquier cosa desconocida. Pero los Ukulus eran una gente muy amistosa. Tenían la piel oscura, el pelo rizado y amplias sonrisas de amistad.

Una noche, un anciano llegó al pueblo de los Ukulus. No se parecía a nadie que los Ukulus hubieran visto antes, pero lo recibieron con gran afecto. Tenía la tez oscura como ellos. Hablaba su lengua. Pero su pelo era largo, ondulado y tenía un mechón dorado. Era exactamente como la melena de un león. Como había viajado desde muy lejos, le dieron una tienda para descansar y comida que comer.

Después de varios días, los niños del lugar le pusieron por nombre, «El Hombre León», debido a su pelo. El les sonreía.

—Habláis con sabiduría, hijos míos –dijo.

Cuando llegó el momento de que el anciano dejara el poblado, la gente se reunió para decirle adiós. Volviendose hacia ellos les hizo una promesa:

—Ya que me habéis recibido con cariño os dejo una bendición al pueblo Ukulu. El león siempre os protegerá. –Diciendo esto, levantó la mano y se metió en la jungla.

—¿Puede esto ser cierto? –se preguntaban los ancianos. A lo lejos, los habitantes del poblado oyeron los rugidos de los leones y se asustaron. Pero se preguntaron por la promesa del Hombre León.

---

12 DE OCTUBRE

El Hombre León de África (segunda parte)

El tiempo pasó y, extrañamente, el poblado Ukulu nunca fue atacado por los leones. Sorprendentemente, no tuvieron tampoco problemas con los tigres, ni con los bisontes, ni con otras bestias de la jungla. Por fin una partida de hombres se aventuró a salir, descubriendo que una manada de leones, que vivían cerca del poblado, los protegían del peligro. La promesa del Hombre León se había hecho realidad.

Pronto se convirtió en una costumbre arrojar comida a los leones siempre que había una fiesta en el poblado y se reunían deseosos de disfrutarla. De esta manera los Ukulus compartían las celebraciones con los leones que los protegían.

Como todos los jóvenes, a los niños Ukulus les encantaba jugar. Pero un día una niña gritó:

—¡Un león! ¡Un león! –Estaba acurrucado cerca de los niños viéndolos jugar. La niña corrió hacia sus hermanos, que la calmaron e hicieron que los niños pequeños se sentaran.

El león comenzó a ir de árbol en árbol, unas veces asomándose y otras veces ocultándose. Entonces encontró una rama grande y la tiró al aire para atraparla con las garras. Lo hizo una y otra vez, hasta que los niños dejaron de tenerle miedo, y rieron y aplaudieron. La cola del león golpeó el suelo con placer.

—Es sólo un cachorro –dijo el mayor de los niños–; quiere jugar a nuestros juegos.

—Es muy valiente al venir solo aquí –dijo otro niño–. Llamémosle Héroe.

Y así fue. Héroe se convirtió en un gran amigo de los niños Ukulus y jugó con ellos a sus juegos. Pero ningún adulto sabía esto.

13 DE NOVIEMBRE

El Hombre León de África (tercera parte)

Cada vez que Héroe volvía a la manada, su madre se daba cuenta de que se comportada de modo extraño. Parecía tan enérgico y lleno de humor...

—No te acerques demasiado al poblado, —le previno su madre—. Debemos proteger a los Ukulus y nunca molestarlos.

—Nunca los molestaré, madre, —dijo Héroe.

Llegó el momento de la fiesta del poblado. Como un león joven, sin ser adulto todavía, Héroe no iba a disfrutar de la comida. Solo en la jungla, aquella noche le pareció larga y oscura al cachorro.

Los Ukulus sabían cómo pasárselo bien en una fiesta. Hubo cantos, bailes y toque de tambor. Pero, solo, entre la espesura, Héroe sintió el peligro. Una manada de búfalos, sabiendo que los leones iban a las celebraciones, se deslizó por la espesura y se acercó cada vez más.

Héroe se dio cuenta de que debía proteger al poblado enseguida. Se quedó al acecho y saltó sobre el búfalo guía del grupo. Héroe luchó a muerte con el búfalo y por fin mató al gran animal. Asustados por el ataque el resto de los búfalos se manturievon alejados por un momento. Héroe dio la alarma con un fuerte rugido.

Todos los leones volvieron rápidamente a la jungla. Los búfalos se alejaron acosados y Héroe permaneció sin herida alguna. Qué orgullosa se sintió su madre y, luego, cuán sorprendida, pues los niños del poblado corrieron a acariciarlo.

—Nos has salvado a todos, Héroe —gritaron—. Has protegido a los Ukulus como el Hombre León nos dijo.

---

14 DE NOVIEMBRE

Ash Lodge: La pérdida del centro

Willie el topo, que vivía con sus amigos los tejones, Basil y Dewy, en Ash Lodge, estaba un día ayudando a limpiar la despensa.

—Cuidado con esa bolsa de harina, Willie, el fondo... —Dewy lo dijo tarde. El fondo de la bolsa se había roto y la harina se esparció por todas partes.

Basil se hizo cargo, mientras Dewy y Willie no hacían más que estornudar.

—Willie, saca la alfombra y límpiala, mientras Dewy y yo limpiamos aquí dentro.

Willie sacó la alfombra multicolor a la hierba y comenzó a sacudirla con un sacudidor. Cuanto más sacudía, más tosía y estornudaba y pronto tuvo que entrar a beber algo.

Cuando volvió, se quedó horrorizado de lo que vio: el centro de la alfombra se había quedado sin hilos.

—No debiste golpear tan fuerte —dijo Basil.

—No lo hice —protestó Willie. Basil no sabía si creerle o no, pero entonces alguien tosió cortésmente tras ellos.

—Ejém... ¿Es esto vuestro? —preguntó un lirón avergonzado, que estaba luchando con una madeja de trozos de lana sueltos.

—Los niños trataban de ayudarnos a pasar un invierno caliente —les explicó—. Así que lo tomaron de vuestra alfombra. Si queréis venir conmigo, hay más en casa.

Willie, Dewy y Basil siguieron al lirón a su casa y vieron a todos los lironcillos enroscados, dormidos bajo una cama de lana.

—No los despiertes —dijo Basil.

—¿Y qué pasa con vuestra alfombra? —dijo la lirona.

—La arreglaremos con otra cosa —dijo Willie.

Y es por esto que una alfombra en Ash Lodge tiene el centro marrón y los bordes de los colores del arco iris.

15 DE NOVIEMBRE

Muelles va a dar unos saltos

Muelles, la pequeña canguro, le dijo a su madre:

—Ya soy un adulto. Voy a escaparme del zoo y ver mundo.

Cuando el cuidador no miraba, se escapó.

—Qué maravilloso es el mundo –pensó Muelles, mientras daba unos saltos por el parque. Cuando se detuvo a comer unas hojas, dos niños la vieron.

—¡Mirad! –dijeron—. ¡Es un pequeño canguro!

Y comenzaron a perseguirla. Muelles se asustó. No había ninguna bolsa marsupial donde refugiarse. Pero encontró algo mejor: Una cesta de flores colgando de la albarda de un burro. Muelles dio un salto y se ocultó. Cuando los niños pasaron corriendo, salió para seguir viendo mundo.

Llegó al centro comercial. El barullo y trajín y todos aquellos ruidos la pusieron nerviosa. Una señora pasó junto a ella arrastrando un carrito de la compra. Muelles saltó a su interior. Pero cuando la señora vio las patas de Muelles colgando del carrito se desmayó. ¡Vaya lío! Muelles se alejó saltando.

De pronto vio una cosa cerca que venía hacia ella. Era un autobús, pero Muelles no lo sabía. Asustada, se metió en la primera bolsa que vio. Era la bolsa de la moto de un policía. El policía sonreía mientras volvía con el canguro al zoo. Allí lo puso en la bolsa de la madre.

Muelles miró hacia el rostro feliz de su madre.

—Me imagino que no soy tan adulta después de todo. La tuya es la mejor bolsa.

16 DE NOVIEMBRE

La corneja y el cisne

Una corneja vio a un cisne nadando en un estanque y se llenó de envidia.

—Ojalá tuviera las plumas blancas como el cisne –dijo suspirando.

Sus plumas eran tan negras como el carbón pero no le parecían bastante buenas. Quería plumas blancas. Observó al cisne con atención, tratando de entender por qué eran diferentes.

—El cisne pasa la mayor parte de su tiempo en el agua –dijo la corneja–. Por eso debe de ser que tiene las plumas tan blancas. Viviré como un cisne; entonces quizá mis plumas se vuelvan blancas también.

La corneja dejó el lugar donde siempre había vivido, donde podía encontrar el tipo de comida que le gustaba, y se fue a vivir junto a un río. Aprendió a nadar en el agua que corría. Se bañaba en las lagunas y se lavaba las plumas muchas veces al día y todos los días. No importaba las veces que se lavara, las plumas seguían siendo tan negras como habían sido siempre. Comenzó a adelgazar, porque, aunque la comida que encontraba en el río le iba bien al cisne, no le iba bien a ella. Entonces decidió que la vida de cisne no era para ella y volvió para ser una corneja.

17 DE NOVIEMBRE

El hombrecillo de pan de jengibre (primera parte)

Había una vez un anciano y una anciana que vivían en una granja. A la anciana le gustaba cocinar, y un día, cuando el marido estaba durmiendo en la mecedora, se le ocurrió una idea.

—Haré un hombrecillo de pan de jengibre –dijo y se puso a trabajar al instante. Le dio forma a la cabeza, brazos y piernas. Le puso dos pasas como ojos y un trozo de peladura como boca y luego lo puso en el horno.

Pronto llegó el momento de sacarlo del horno pero, antes de que pudiera sacar la bandeja, el hombrecillo de pan de jengibre había saltado del horno. La anciana chilló y el anciano se despertó de pronto, cuando el hombre de pan de jengibre salía corriendo por la puerta.

—¡Detente! ¡Detente! –gritaron el anciano y la anciana, mientras corrían tras el hombre de pan de jengibre.

—Corred, corred cuanto podáis. No podéis atraparme, soy el hombre de pan de jengibre, –dijo riéndose, y siguió corriendo.

En el camino cruzó por una pradera donde se encontró con una vaca.

—¡Detente! ¡Detente! –mugió la vaca–. Me pareces muy bueno para comerte.

El hombre de jengibre se rió.

—He huido de un anciano y una anciana y también escaparé de ti, –dijo. Y así fue.

Cuando estaba atravesando el corral de una granja, le persiguió un perro.

—¡Detente! ¡Detente! ladró. Me pareces muy bueno para comerte.

El hombre de pan de jengibre se rió.

—He huido de un anciano y de una anciana y también de una vaca. También huiré de ti, –dijo. Y así fue.

En el sendero cubierto de hojas se encontró con un caballo.

—¡Detente! ¡Detente! –relinchó el caballo–. Me pareces bastante bueno para comerte.

El hombre de jengibre se rió.

—Me he escapado de un anciano, de una anciana, de una vaca y de un perro y también me escaparé de ti. Y así fue.

18 DE NOVIEMBRE

El hombrecillo de pan de jengibre (segunda parte)

El hombrecillo de jengibre pensaba en lo inteligente que era, cuando se topó con un zorro. El zorro miró al hombrecillo de pan de jengibre y se lamió los labios de hambre.

El hombrecillo de pan de jengibre dijo:

—No me cazarás. He escapado de un anciano, de una anciana, de un perro, de una vaca, y de un caballo y también me escaparé de ti.

—No tienes por qué escaparte de mí –dijo el astuto zorro–. No quiero comerte. Demos una vuelta juntos.

Y así fue.

Luego llegaron a un río.

—¿Qué haremos? –preguntó el hombrecillo de pan de jengibre–. No sé nadar.

—Eso no es problema –dijo el zorro–. Yo sé nadar. Si te subes a mi cola, te llevaré al otro lado.

Y, de esta manera, el hombrecillo de pan de jengibre se subió a la cola del zorro. Cuando se encontraban en medio del río, el zorro dijo:

—Cada vez es más profunda. Será mejor que te pases a mi nariz o te mojarás.

El hombrecillo de pan de jengibre no quería mojarse y por tanto se subió a la espalda del zorro, hasta que llegó a su nariz.

—Ya veo dónde vamos –dijo riéndose–. Es divertido.

Pero nada más llegar a la orilla, el zorro volvió la cabeza, tirando al hombrecillo de pan de jengibre al aire. Cuando caía, lo cogió con la boca y se lo tragó. Ése fue el final del hombrecillo de pan de jengibre.

19 DE NOVIEMBRE

Los zapatos danzantes (primera parte)

Mario era un travieso duende. Un día se encontraba sentado en el almacén de zapatos del señor Botines, cuando un oficial del Rey entró. El oficial le dio una carta muy grande al señor Botines.

—¡Hurra! –gritó el zapatero–. El Rey me ha pedido que le haga un par de zapatos. Comenzaré inmediatamente.

Mario dejó la habitación y pensó en hacer algunas diabluras.

Aquella noche, Mario volvió al almacén llevando una lata. Encontró una ventana abierta y entró por allí. Una vez dentro, vio un par de elegantes zapatos rojos en el mostrador. Sacó unos clavos de la lata y comenzó a clavarlos en los zapatos. La etiqueta de la lata decía «Clavos para Zapatos de Bailar».

El Rey se puso muy contento al recibir sus nuevos zapatos rojos al día siguiente. Decidió ponérselos aquella noche para un banquete especial al que asistiría gente importante.

Cuando todo el mundo estaba sentado y a punto de que les sirvieran, el Rey sintió que sus pies se movían. Trató de no hacerles caso. El movimiento aumentó y tuvo que levantarse y bailar. Todos los invitados importantes se quedaron mirando cómo el Rey saltaba por la habitación, con la cola del frac flotando.

El Rey sonrió al principio, esperando que terminaría pronto pero, después de veinte minutos, gritó desesperado:

—¡Socorro! ¡Quitadme estos zapatos! –Los guardias del palacio corrieron a quitarle los zapatos.

Todo el mundo se quedó sorprendido de todo el lío; todos excepto el duendecillo de la ventana, que observaba el banquete.

20 DE NOVIEMBRE

Los zapatos danzantes (segunda parte)

El Rey estaba muy enfadado por haber hecho el ridículo en el banquete. Ordenó que se quemaran los zapatos. El guardia pensó que eran unos zapatos demasiado buenos para ser quemados y, por tanto, al día siguiente, los dejó a las verjas del palacio.

El duende vio cómo una anciana que pasaba por allí. Vio los zapatos nuevos; los suyos estaban viejos y desgastados y se los puso. Le quedaban muy bien. Dio un salto y continuó al mercado. Pronto se vio dando saltos, brincos y por fin bailando por las calles.

—¡Socorro! –gritó mientras taconeaba alrededor de la plaza. Un médico paseaba por la plaza. La anciana se agarró a él.

—Por favor, quíteme los zapatos –dijo.

El médico le quitó los zapatos y le puso una botella de sales olorosas bajo la nariz para ayudarla a recuperarse. Luego echó una atenta ojeada a los zapatos. Sabía un poco de magia. Los puso en el suelo.

—Id a buscar al que comenzó esto –dijo.

Los zapatos dieron un salto y bailaron hasta un lugar detrás de una pared, en la que se encontraba Mario acurrucado como una pelota, partiéndose de risa. Los zapatos mismos se pusieron en sus pies e hicieron que Mario bailara hasta donde estaba el médico.

—Ahora veremos lo bien que bailas –dijo el médico mientras Mario se alejaba bailando por las calles y salía de la ciudad.

21 DE NOVIEMBRE

El ganso y el anillo (primera parte)

Soy Plumas, el ganso salvaje. Ésta es la historia de mi primer largo vuelo desde Siberia. Mis hermanos y yo nacimos en Siberia; éramos parte de una gran bandada que pasaba el verano allí. El sol lucía casi todo el tiempo y había muchos insectos para alimentarnos. Los días pasaron y el tiempo empeoró. El guía de la bandada nos dijo que, cuando el viento cambiara, deberíamos estar listos para irnos.

La primera parte del viaje fue divertida. Volamos sobre bosques y campos, pueblos y ciudades, pero entonces el tiempo cambió. Hubo rayos y truenos, el viento soplaba a rachas y, apenas yo podía seguir a los otros. Estaba muy cansado y sentía hambre y frío. Tenía que descansar.

Por fortuna, vi el agua relumbrar bajo mí y me posé en un lago. Acababa de comer y estaba a punto de seguir a los otros, cuando me aterrorizaron unos fuertes ladridos a mi espalda. ¡Perros! Aleteé por el agua tratando de salir volando pero, de pronto, me vi atrapado en una red.

22 DE NOVIEMBRE

El ganso y el anillo (segunda parte)

Me llamo Plumas, el ganso salvaje. Viajando desde Siberia me detuve para comer y quedé atrapado en una red. Luchar era inútil, así que me relajé y entonces me sacaron con suavidad de la red unas manos firmes. Lo que pasó a continuación fue que me pusieron un anillo de plástico en una pata y antes de que me aterrorizara de lo que pudiera pasar después, ¡me dejaron libre! Rápidamente me dirigí hacia donde el resto de la bandada se había dirigido. Me quedé perplejo por mi extraña aventura.

No tuve que volar demasiado, ya que pronto me detuve junto a mi madre en un lago enorme donde la bandada pasaba el invierno. Le conté lo que me había sucedido y no pareció sorprendida.

Me contó que muchos gansos llevaban anillos de plástico en las patas. Los anillos tenían números, que las personas podían ver con los prismáticos. Esto quería decir que podían averiguar dónde se encontraban los gansos y qué les había ocurrido durante sus vidas. Al saber esto, podían conseguir que nuestros lagos no fueran molestados. Me alegro de que el anillo sirva para algo así.

23 DE NOVIEMBRE

¿Adónde vas?

¿Adónde vas, señorita linda?
Voy a cuidar las vacas, señor, dijo,
señor, dijo, señor, dijo,
voy a cuidar vacas, señor, dijo.

¿Puedo acompañarte, señorita linda?
Si usted lo desea, señor, dijo,
señor, dijo, señor dijo,
si usted lo desea, señor dijo.

¿Serás mi esposa, señorita linda?
Si así le place, señor dijo,
señor, dijo, señor, dijo,
si así le place, señor, dijo.

¿Qué es tu padre, señorita linda?
Mi padre es granjero, señor, dijo,
señor, dijo, señor, dijo,
mi padre es granjero, señor, dijo.

¿Cuál es tu riqueza, señorita linda?
Mi rostro es mi riqueza, señor, dijo,
señor, dijo, señor, dijo,
mi rostro es mi riqueza, señor, dijo.

No puedo casarme contigo, señorita linda.
Nadie se lo pidió, señor, dijo,
señor, dijo, señor, dijo,
nadie se lo pidió, señor, dijo.

24 DE NOVIEMBRE

Blancanieves y los siete enanitos (primera parte)

Había una vez una princesa cuya piel era tan blanca como la nieve, cuyas mejillas eran tan rojas como las rosas y cuyo pelo era tan negro como el azabache. Se llamaba Blancanieves. Tenía una madrastra que era hermosa y vanidosa. Todos los días se miraba al espejo y le preguntaba:

—*Espejito, espejito maravilloso*
¿Existe otro rostro más hermoso?

El espejo siempre respondía que era el de la Reina hasta que un fatal día contestó:

—*Aunque tu rostro hermoso es*
el de Blancanieves más lo es.

La Reina se puso tan furiosa que ordenó a un sirviente que se llevara a la princesa, Blancanieves, al bosque y la matara.

El sirviente amaba a Blancanieves y no pudo matarla. En vez de eso la dejó en el bosque. Cuando volvió a palacio le contó a la malvada Reina que había cumplido sus órdenes.

Blancanieves anduvo sola por el bosque, hasta que se encontró con una casita. En el interior todo estaba dispuesto para siete y estaba muy ordenado. Fregó los platos, raspó los suelos y quitó el polvo. Entonces, se sintió cansada, y se echó en una cama y se durmió.

Así la encontraron siete enanitos, que eran los dueños de la casita, cuando volvieron de trabajar en las minas. Los enanitos se apiadaron de ella cuando Blancanieves les contó su historia y le dijeron que podía quedarse a vivir con ellos.

25 DE NOVIEMBRE

Blancanieves y los siete enanitos (segunda parte)

Al día siguiente, la malvada Reina le preguntó al espejo quién era la más hermosa del país. El espejo contestó:
—*Aunque tu rostro muy bello es*
El de Blancanieves más lo es.
La Reina se enfureció, porque supo que el criado la había engañado. Rápidamente, se disfrazó de buhonera y se encaminó a la casita de los enanitos. Cuando llegó allí, los enanitos estaban fuera.

—¿Quieres comprar un corpiño, mi niña? –le preguntó a Blancanieves, quien no la reconoció. La malvada Reina le puso el corpiño a Blancanieves y le apretó tanto los lazos alrededor de la cintura que Blancanieves dejó de respirar. Los enanitos la encontraron en el suelo cuando llegaron a casa. Al principio pensaron que estaba muerta, pero cuando vieron el corpiño tan apretado se imaginaron lo que había ocurrido, lo soltaron, y Blancanieves comenzó a respirar de nuevo.

La Reina pensó que había matado a Blancanieves. Cuando el espejo le dijo que Blancanieves era la más bella del país, se puso pálida de rabia. Se disfrazó de algo diferente y volvió rápidamente a la casita de los enanitos con un peine envenenado en su cesta de buhonera. Era tan bonito que Blancanieves no pudo resistirse a probarlo. En el momento en el que tocó su cabeza, cayó al suelo. Cuando llegaron los enanitos le quitaron el peine y revivió.

—No debes hablar con nadie –le dijeron–. La malvada Reina intenta matarte.

26 DE NOVIEMBRE

Blancanieves y los siete enanitos (tercera parte)

Cuando el espejo mágico le dijo a la Reina que Blancanieves era la más bella del país, decidió matarla o morir en el empeño. Esta vez tomó una manzana envenenada, que llevó a la casita. Blancanieves se olvidó del aviso de los enanitos y le dio un mordisco a la manzana. Esta vez, los enanitos no pudieron reanimarla.

Esta vez el espejo mágico le contestó a la Reina:
—*Vos sois la más hermosa del país.*
Los enanitos colocaron a Blancanieves en una caja de cristal, en un claro del bosque, y la vigilaban noche y día, porque habían llegado a amarla.

Un día, un príncipe pasó cabalgando. Cuando vio a Blancanieves, cuya piel era tan blanca como la nieve, cuyas mejillas eran tan rojas como las rosas, cuyo pelo era tan negro como el ébano, les suplicó a los enanitos que le dejaran llevarla a palacio. El Príncipe parecía tan triste cuando ellos rehusaron que los enanitos cambiaron de opinión y accedieron a su petición. En el momento en que el Príncipe subía a Blancanieves a su caballo, el trozo de manzana, que se encontraba en su garganta, se le cayó de la boca, y abrió los ojos.

La malvada Reina no podía creerselo cuando el espejo dijo esta vez:
—*Aunque tu rostro muy bello es*
el de Blancanieves más lo es.
Cuando vio que Blancanieves era la novia del Príncipe, se atragantó de rabia... y murió.

Ahora Blancanieves no tenía nada que temer de la malvada Reina. Vivió feliz con el Príncipe y visitaron a menudo a los enanitos.

27 DE NOVIEMBRE

Riqui y el insecto extraño

La abuela había estado cosiendo los botones del abrigo de Pablito sentada en el jardín.

—He dejado las tijeras en casa, –dijo con impaciencia.

Clavó la aguja en el carrete de hilo pero no se dio cuenta de que el carrete se cayó al suelo cuando ella se levantó y entró en casa.

Bigotes, el gatito, lo encontró y jugó con él. Pero se picó con la aguja y lo dejó.

El siguiente en encontrarlo fue Riqui, el ciervo volante, que se paró muy sorprendido.

—¡Qué insecto más extraño! ¡Sólo tiene un ojo! –dijo, mirando a la parte superior de la aguja–. Esa cola parece afilada –dijo mirando al otro extremo de la aguja.

Su insecto no hablaba ni se movía. Riqui se subió a él.

En ese momento un perro, escarbando en busca de un hueso, echó tierra y piedras encima de Riqui y el carrete de hilo, tirándolos a un arroyuelo. Riqui intentó salir volando pero un trozo de hilo suelto se había enredado a su pata trasera.

—¿Te crees muy inteligente, no? –dijo Riqui enfadado, cuando entraba en un enorme tubo que llevaba agua bajo la carretera. Luego salieron al otro lado, a otro riachuelo más ancho.

—Estoy viajando por el mundo –gritó Riqui. Trató de olvidar que estaba atrapado por un hilo mojado. Mientras se alejaban flotando, Riqui cerró los ojos y se durmió. Cuando se despertó, se encontraba en una playa de arena. El hilo estaba seco y se había aflojado. Riqui estaba libre.

—Gracias por el paseo –le dijo al carrete–. Ahora me voy volando a

casa. –El carrete de hilo no contestó cuando Riqui le dijo adios.

Un muchachito que recogía conchas vio el carrete.

—Abuela –gritó tomándolo con cuidado–, puedes seguir cosiendo los botones.

---

28 DE NOVIEMBRE

Real, el león perezoso

Los Leones juegan contra el Atlético de los Rinocerontes en la Final de Copa de la Jungla. Real es el portero de los Leones. Aún no ha tocado la sandía. Con un poco de suerte, no tendrá que hacer nada. Sus compañeros de equipo son mucho más hábiles que los Rinocerontes. Están agotando a los contrarios. Los Rinocerontes se mueven con lentitud.

—¡Vamos, Rinos! –gritó alguien entre la multitud. Otros animales comenzaron a cantar: «Nunca venceréis a los Leones».

Los Leones estaban al ataque otra vez. Leo pasa el balón a Melenas. Cuando Melenas está a punto de marcar, Rogelio el Rinoceronte pisa la pelota. ¡Crac! la sandía se hace pedacitos. *¡Penalty!* grita la multitud.

Ponen una nueva sandía en juego y el capitán, Len, se prepara para tirar el *penalty*. Golpea la pelota a la derecha y Ringo, el portero de los Rinos, se echa a la izquierda. ¡Gol! uno-cero. «¡Fácil! ¡Fácil!» cantan los animales.

El juego continúa y los Leones siguen atacando. Burlan a los Rinos pero no marcan. El sol es fuerte. Real, el león perezoso, se adormece. Apoya la cabeza en las patas delanteras y antes de que pueda decir «hipopótamo» se ha quedado profundamente dormido.

Cuando falta un minuto, Rugoso Rolando se hace con la pelota y sube el campo, llevándose la pelota. Se mete entre la defensa de los Leones a

toda velocidad. Nadie puede detenerlo. Se dispara hacia Real.

—¡Despierta, Real! –¡Demasiado tarde! Rugoso Rolando golpea la pelota que pasa por encima de Real y marca.

—¡Gol!

Real levanta la cabeza.

—¿Me llamaba alguien? ¿Hemos ganado? –les pregunta a sus compañeros.

El árbitro silba. El resultado final es de Rinos 1 Leones 1. ¿Por qué crees que los Leones corren tras Real por el campo? No parecen muy felices. Rugen y rugen...

29 DE NOVIEMBRE

Las ranas saltarinas (primera parte)

Érase una vez una ranita que no quería saltar. Su madre intentó hacerla saltar. Su padre intentó hacerla saltar. Sus hermanos intentaron que saltara. Pero siempre que ellos saltaban o brincaban, ella caminaba. Y, por supuesto, esto quería decir que siempre tenían que esperar por ella. Su madre siempre le pedía que se diera prisa. Lo mismo sus hermanos.

—¡Salta... Francis... salta! —le gritaban con impaciencia cada vez que tenían que pararse a esperarla.

—No quiero saltar —contestaba Francis.

—Quizá no sepa saltar —dijo mamá Rana. La llevó a ver al doctor Rana. Hizo acostarse en un cojín a Francis y examinó las patas con cuidado.

—Extiende... enconge... extiende... encoge... —dijo. Francis lo hizo muy bien. O, mejor, sus patas. Entonces el doctor le golpeó en las rodillas con un martillito de goma para asegurarse de que respondían bien. Lo hicieron.

—No le pasa nada —dijo el doctor.

—Eso ya lo sabía yo —dijo Francis.

—¿Entonces por qué no saltas? —le preguntó su madre sollozando.

—Porque no quiero —dijo Francis.

—Porque no quiere —dijo el doctor Rana y movió la cabeza—. Me temo que no hay medicina que pueda curarla.

Aquella tarde la familia rana envió a Francis a dar un paseo y tuvieron una reunión familiar.

---

30 DE NOVIEMBRE

Las ranas saltarinas (segunda parte)

La rana Francis rehusaba saltar, así que la familia convocó una reunión y decidieron poner a Francis en ridículo al caminar como lo hacía ella. Lo encontraron difícil de hacer, ya que es tan natural para una rana saltar como para un árbol crecer. ¡Qué cansadas tenían las patas! ¡Qué pronto se ponían nerviosos!

Francis estaba acostumbrada a caminar. Sus patas nunca se cansaban y, aunque tardaba mucho en llegar a todas partes, siempre llegaba mucho más rápida que el resto de la familia. Ahora le tocaba a ella esperar a que los otros la alcanzaran.

—¡Oh, daos prisa! —dijo una mañana, cuando había llovido y se encaminaban a los charcos—. El sol los secará antes de que lleguemos.

Papá Rana les indicó que siguieran más lentos. El sol calentaba. Francis podía sentir cómo se secaba su piel. Quería meterse en agua fresca.

—¡Todos nos secaremos y desapareceremos hechos unos rizos! —se quejó—. Si no podéis caminar más rápidos, ¿por qué no saltáis?

—¿Qué es lo que dijiste? —preguntó papá Rana.

—¡Saltad... saltad! —gritó Francis, perdiendo los nervios porque estaba seca y tenía calor y los otros hacían el tonto—. Mirad, así... os enseñaré... saltad... saltad...

Y mira por donde, saltaba como una rana debía hacerlo. Los hermanos corrieron a los charcos. Desde aquel día Francis iba saltando a todas partes y, para su sorpresa, también le gustaba.

DICIEMBRE

1 DE DICIEMBRE

La llave mágica

Pipo el gnomo volvía a casa un día, cuando vio algo que brillaba en la hierba. Se detuvo a recogerlo. Era una llave de plata.

—Alguien ha perdido esto –pensó–. Será mejor que la lleve a la policía.

La metió en el bolsillo y estaba a punto de ir a la policía cuando comenzó a estornudar. ¡Achiss! ¡Achíss! ¡Achíss! En ese mismo momento sus pies comenzaron a andar en dirección contraria a donde quería ir.

Estaba tan aturdido por el estornudo que no podía pensar apropiadamente. Por mucho que lo intentó no pudo hacer que los pies fueran en dirección a la policía. Finalmente, se encontró a la puerta de la vieja bruja Piruja. Allí se quedó, aturdido y estornudando. Los pies se habían detenido.

—¡Achíss! ¡Achíss! –estornudó. No tuvo que llamar a la puerta. La puerta se abrió y salió la bruja Piruja.

—¡Ja, ja! –dijo–. Debes de tener mi llave. Dámela.

Entre jadeos y estornudos, Pipo sacó la llave del bolsillo y se la dio. El estornudo cesó de inmediato.

—Entra –dijo la bruja Piruja–. Siento que fueras tú quien encontró la llave, Pipo. Eres un gnomo honesto pero le eché ese embrujo, entiendes, para que, si la perdía, pudiera recuperarla. Ven a comer un trozo de pastel de chocolate especial con nata fresca, como recompensa.

—El estornudo era horrible, pero el pastel de chocolate estaba delicioso, –murmuró Pipo una hora después, cuando volvía a casa.

---

2 DE DICIEMBRE

Chuffa en apuros (primera parte)

—Vaya, estas vías de montaña son muy viejas –dijo el señor Conductor.

Él y Chuffa subían con esfuerzo por una ladera de una montaña en Suramérica. Trozos de raíl se desprendían y caían al valle, todos los días cuando viajaban llevando madera y alimentos.

—Vamos, viejo compañero. Pronto llegaremos –dijo el señor Conductor–. Entonces podrás descansar.

En la misma cima de la montaña, el señor Conductor pisó los frenos. Allí, junto a una cascada, los amigos animales de Chuffa le esperaban. Estaban Conejito, el conejo de los Andes, llamas de grandes ojos y una familia completa de chinchillas. Chuffa y el señor Conductor no pudieron con la tentación de parar a jugar una o dos veces, incluso aunque llegaran tarde. Pero cuando por fin llegaron a la estación de Alto-Paso, el viejo Quejica, jefe de estación, se quejó del juego en horas de trabajo.

Quejica informó de la tardanza de Chuffa y del señor Conductor. Los directores del Ferrocarril tuvieron una reunión y decidieron:
1º) Que debían tener trenes nuevos.
2º) Que Chuffa debería ser hecho chatarra.
3º) Que todos deberían recibir más dinero.
4º) Que era la hora del almuerzo.

Al día siguiente, el señor Conductor recibió las órdenes. Chuffa debería ser llevado a una vía muerta y abandonado allí.

3 DE DICIEMBRE

Chuffa en apuros (segunda parte)

Chuffa había llegado tarde, una vez más, y ahora habían ordenado al señor Conductor que llevara a Chuffa a una vía muerta para abandonarlo allí.

—Áni-mo, áni-mo, áni-mo —sonaba Chuffa.

—Sniff, sniif —decía el señor Conductor, al volver juntos por aquella vía por última vez. Cuando llegaron a la cascada en Los Andes, sus amigos animales los esperaban como de costumbre.

—¿Dónde habéis estado? —preguntó Conejito.

—Estamos en apuros —dijo el señor Conductor—. Me temo que ya no os veremos ni jugaremos más. Tengo que llevar a Chuffa a una vía muerta y dejarla allí abandonada.

Las chinchillas dejaron de reírse al oír esto. Los ojos de las llamas se llenaron de lágrimas.

El señor Conductor les dijo adiós a los tristes animales, mientras él y Chuffa seguían su camino. Cuando desaparecieron de su vista, Conejito convocó a los animales.

—Escuchad —dijo—. Tengo un plan y necesito que todos y muchos más me ayudéis.

Mientras tanto el señor Conductor llevaba a Chuffa a la vía muerta. Era un lugar muy triste. Por todas partes había trenes viejos rotos o desguazados.

—Adiós, viejo compañero —dijo el señor Conductor, al alejarse. Chuffa no pudo dar ni un solo silbido ni echar una bocanada de vapor.

---

4 DE DICIEMBRE

Chuffa en apuros (tercera parte)

Se habían llevado a Chuffa a una vía muerta para desguazarla. Aquella noche, el señor Conductor fue despertado por Conejito.

—Vístase y venga deprisa —le susurró.

El señor Conductor no podía creérselo cuando vio a una llama y a una chinchilla sacando a Chuffa del cobertizo de desguaces. Se la llevaron sin hacer ruido.

—Ven con nosotros —dijo Conejito—, vamos a salvar a Chuffa.

El señor Conductor los siguió.

Arriba en la montaña había una rampa de madera que salía de la vía.

—No recuerdo haberla visto antes —dijo el señor Conductor.

—Acabamos de construirla —dijo Conejito.

Sacaron a Chuffa de la vía a la rampa, que llevaba a una cueva.

—Chuffa estará a salvo aquí —dijo Conejito cuando dejaron a Chuffa en la cueva y comenzaron a desmontar la rampa.

—Nadie sabrá dónde está Chuffa —dijo el sabio conejo.

Pronto no quedó ni rastro de que allí había habido una rampa.

—Ahora tenemos que ponernos a trabajar de verdad —dijo Conejito.

El señor Conductor los siguió por la montaña. Al volver una curva, el señor Conductor se encontró con cientos de animales muy atareados cortando madera y clavando puntas.

—¿Qué diablos estáis construyendo? —preguntó.

—Espere y verá —dijo Conejito.

En unos días habían terminado. Sacaron a Chuffa del escondite y pusieron al señor Conductor a los mandos de Chuffa. Los animales habían construido su propia vía panorámica, arriba en la montaña, y éste era el primero de muchos viajes.

Ahora nadie se preocupa si Chuffa llega tarde; nadie le prohíbe a Chuffa que juege con los animales y todos los viajes en Chuffa son gratis. «¡Chaca-chac, chaca-chac, uuu-uuu!»

5 DE DICIEMBRE

El enano Saltarín (primera parte)

Érase un molinero que tenía una hija muy guapa. Siempre alardeaba de su hija. Un día dijo:

—Mi hija es tan inteligente que puede sacar hilo de oro de la paja.

El Rey oyó hablar de la hija del molinero y mandó llevarla a palacio.

—Hilarás paja para convertirla en oro para mí –dijo.

La hija del molinero quería decir que era imposible, pero no se atrevió por temor. El Rey la llevó a una habitación donde había una hilandera y un montón de paja.

—Si aprecias tu vida –dijo muy serio–, convierte esta paja en hilos de oro para mañana.

Luego salió de la habitación y cerró la puerta.

La hija del molinero comenzó a llorar. No sabía qué hacer. Entonces vio un hombre diminuto de larga barba blanca, que se encontraba junto a la hilandera.

—¿Qué me darás si convierto esa paja en hilos de oro? –le preguntó.

—Te daré mi collar –dijo.

A la mañana siguiente, cuando el Rey abrió la puerta, la paja había desaparecido. En su lugar había un montón de oro.

6 DE DICIEMBRE

El enano Saltarín (segunda parte)

El Rey había ordenado que la hija del molinero convirtiera la paja en oro. Un extraño hombrecillo había aparecido y había hilado el oro por ella.

Aquella noche el Rey volvió a encerrarla en la misma habitación. Esta vez la paja llegaba hasta el techo.

—Si aprecias tu vida –dijo el Rey–, conviértela en oro para mañana.

Nada más cerrar la puerta apareció el hombrecillo.

—¿Qué me darás si te ayudo esta vez? –le preguntó.

—Mi anillo –contestó la hija del molinero.

Cuando el Rey vio el enorme montón de oro a la mañana siguiente, se sintió muy contento. Así que llevó a la hija del molinero a una habitación donde ya no cabía más paja.

—Conviértela en hilos de oro y te haré mi reina, –dijo.

Nada más cerrar la puerta, volvió a aparecer el hombrecillo.

—No me queda nada –dijo la hija del molinero tristemente.

—Entrégame el primer hijo que des a luz cuando seas reina –dijo el hombrecillo.

La hija del molinero accedió y el hombrecillo comenzó a hilar. Unos días después, la hija del molinero se casó con el Rey.

7 DE DICIEMBRE

El enano Saltarín (tercera parte)

Un año entero había pasado y la nueva Reina se había olvidado del hombrecillo que había venido a ayudarla. Entonces, un día, hubo una gran conmoción en el palacio. Había nacido un niño. La alegría rápidamente se convirtió en llanto y lamento cuando apareció el hombrecillo.

—Te daré todo el tesoro de la casa del tesoro, si me permites quedarme con mi hijo –dijo la Reina llorando.

—Hiciste una promesa. Debes mantenerla –dijo el hombrecillo. Pero la Reina tomó al niño con tanto cariño que por fin el hombrecillo dijo:

—Puedes quedarte con el niño si adivinas mi nombre en el plazo de tres días.

La Reina permaneció despierta toda la noche pensando.

—¿Te llamas Jacinto? –le preguntó a la mañana siguiente–. ¿Segismundo? ¿Rodrigo? –el hombrecillo dijo que no.

Al segundo día, después de dos noches sin dormir, la Reina le preguntó:

—¿Te llamas Patascortas? ¿Orejaslargas? ¿Ojoagudo? –el hombrecillo volvió a decir que no.

La Reina envió a sus criados a los lugares más remotos del reino en busca de los nombres más raros. Uno de sus criados cabalgaba por un bosque cuando oyó a alguien cantar. Detuvo su caballo y se apeó. Se acercó y vio a un hombrecillo bailando alrededor de un fuego. Cantaba:

—Hoy haré vino y mañana haré pan.
Y pasado mañana
a la Reina su hijo podré quitar:
¡Qué bien para mí!
¡Nadie sabe al fin que me llamo Saltarín!

El criado volvió galopando al palacio, tan deprisa como pudo. Le contó a la Reina lo que había visto y oído.

Al día siguiente, cuando el hombrecillo apareció en palacio, la Reina le preguntó:

—¿Te llamas Risitas?

—¡No!

—¿Timoteo?

—¡No!

—¿Podría ser... Saltarín?

—¡Debe haber sido una bruja quien te lo dijo! –gritó el hombrecillo enfurecido. Estaba tan enfadado que golpeó el suelo con los pies, tan fuerte que se hundió en el suelo y desapareció. Había hecho una promesa y la mantuvo. El niño estaba a salvo.

---

8 DE DICIEMBRE

El sabueso y el león

Un sabueso rastreaba entre unos arbustos, cuando vio un león que caminaba delante. El sabueso no había visto nunca a un león, pero estaba acostumbrado a perseguir y cazar a otros animales y se imaginó que un león, aunque más grande que la mayoría, sería tan fácil de cazar como los otros.

Al principio acechó cautelosamente al león. Luego, al acercarse, comenzó a ser más osado y lo siguió sin mucho recelo. De pronto echó a correr. Estaba a punto de saltar sobre él cuando el león se detuvo. El león se dio cuenta de que le estaban siguiendo y miró hacia atrás con pereza para ver quién era el que osaba acecharlo de aquella manera.

—Te tengo –dijo el sabueso y se dispuso a saltar.

El león miró al galgo de frente, luego abrió las fauces y rugió.

Fue el momento de que el sabueso se detuviera. Se quedó helado. ¡Nunca había oído nada como aquel ruido! ¡Nunca había visto dientes tan grandes! Se puso en acción, pero no del modo en que había planeado. Se volvió, y corrió en dirección opuesta con el corazón latiendo fuertemente y con el rabo entre las patas.

9 DE DICIEMBRE

Un caballo viejo para un rey viejo

Era el día de la Marcha Real. El Rey cabalgaba en cabeza en un hermoso joven semental pero las piernas del Rey eran demasiado cortas para llegar a los estribos. Iba balanceándose de un lado a otro, incapaz de controlar su caballo.

—¿Por qué tengo que soportar este traqueteo? – murmuró para sí mismo–. Todo el mundo dice que tengo que montar el caballo más brioso, pero no tengo bien mi espalda y mis huesos son viejos. Necesito un caballo reposado.

El hijo del Rey cabalgaba tras él en la marcha. Montaba un caballito enano y sus largas piernas le colgaban tocando el suelo.

—¡Qué idiota parezco! –se dijo–. Todo el mundo dice que soy demasiado joven para montar un caballo, pero mañana cumplo dieciocho años. Necesito un caballo de verdad.

Acercándose por la calle hacia la marcha venía un carromato gitano tirado por un caballo viejo y lento.

—Eres demasiado viejo para tirar del carromato –le dijo el gitano al caballo–. Lo que yo necesito es un caballo joven.

La Marcha Real y el carromato gitano se encontraron cara a cara. El Rey levantó la espada.

—¡Detened la marcha! –dijo. ¿Qué iba a hacer?–. Ese es el caballo adecuado para mí —dijo señalando al caballo del gitano.

—Mi hijo recibirá mi caballo como regalo de cumpleaños y tú tomarás su caballito enano –le dijo al gitano.

El gitano enganchó el caballito a su carromato, el Príncipe se montó orgulloso en el caballo del Rey, y el Rey, sentándose cómodamente en el caballo viejo, levantó la espada y la comitiva se puso en marcha felizmente... a paso muy lento.

10 DE DICIEMBRE

El organista

Abuelita piensa en el pasado,
cuando en la calle tocaba
el organista y su mono, Max,
¡cuánto te gustaba!

No había vídeo, ni tele ni radio
ni coches peligrosos.
Los chicos todos venían a oír
sus ritmos melodiosos.

Dejan los juguetes, traen dinero
sacado de su propina
para dar con gusto a su amigo,
el organista de la esquina.

Max baila al ritmo de la música,
corre detrás de su cola
y todos los niños reirán,
Tomás, Rebeca y Lola...

Después del baile Max palmeará
y los niños aplaudirán.
El organista a la cuerda dará
y más música oirán.

De pronto se para el órgano
y Max vuelve a su caja.
El organista va a otra calle,
abre el órgano y luego trabaja.

Los niños a sus casas regresan,
donde cuentan la historia
y abuelita guarda la música
grabada en su memoria.

Las aves, las bestias y el murciélago

Las aves y las bestias estaban en guerra. La guerra llevaba ya mucho tiempo y se habían batido en muchas batallas. Unas veces ganaban las aves y perdían las bestias. Otras veces ganaban las bestias y perdían las aves. Pero había una criatura que siempre se encontraba en el lado ganador, fuera quien fuera, y ésa era el murciélago. Si el murciélago pensaba que el lado por el que luchaba perdía, se cambiaba al otro lado. Las aves y las bestias se dieron cuenta, por supuesto. Era muy difícil no darse cuenta.

Por fin se llegó a un acuerdo y la guerra entre aves y bestias se terminó. El murciélago estaba seguro de que sería muy popular entre todos ahora. ¿No había ayudado a ganar todas las batallas, después de todo?

«Puede que me hagan rey», pensó con orgullo. Pero las cosas no resultaron tal como esperaba.

—Eres un traidor de dos caras –dijeron las aves y las bestias–. No eres leal a nadie. Abandonaste a las dos partes. No queremos tener nada que ver contigo.

Desde aquel día el murciélago fue un proscrito, esquivado tanto por las aves como por las bestias.

---

12 DE DICIEMBRE

Las aventuras de *El Tulipán*: El túnel

—¡Túnel a la vista! –les dijo Wilbur a Tomás y Minty desde la cubierta de *El Tulipán*.

—Es muy largo –dijo Minty.

—Y muy oscuro –dijo Wilbur.

—Y muy extraño –dijo Minty.

—¿Será peligroso? –preguntó Wilbur.

—No, creo que no –dijo Tomás.

Se dirigieron al túnel muy despacio. Encendieron todas las linternas y las pusieron en cubierta.

—Está tan oscuro como la noche –dijo Minty.

—Está tan oscuro como la noche –repitió el eco de Minty más fuerte.

—Será mejor que susurremos –dijo Tomás susurrando.

De pronto, Minty vio unos ojos que les observaban desde la oscuridad.

—¿Qué es eso? –susurró.

—¡Es un monstruo! –dijo Wilbur.

—¡Es un monstruo! –repitió el eco.

—Dejad de gritar los dos –dijo Tomás, pero no pudieron calmarse.

Así que Tomás los agarró, uno bajo cada brazo y los llevó, gritando y chillando por la cubierta, a la bodega. Cerró la puerta de golpe y apoyó dos toneles sobre ella.

Tomás volvió a cubierta a tiempo de evitar que *El Tulipán* topara con el monstruo, que era nada más que otro barco que venía en dirección contraria.

—¿Qué es todo ese ruido? –gritó alguien desde detrás de las luces del barco–. ¿Los ojos del monstruo?

—Nada –dijo Tomás–. Todo bajo control.

Tomás no les permitió a Wilbur y Minty salir hasta que *El Tulipán* hubo salido del túnel.

—¿Estás seguro de que no era un monstruo? – preguntó Minty, frotándose los ojos a la luz del sol.

—Seguro –dijo Tomás pacientemente.

13 DE DICIEMBRE

La investigación de Albino (primera parte)

De todos los animales de África, Albino, el armadillo era el más humilde. Sabía que los otros animales lo consideraban feo y raro, con la cola pelona, grandes orejas y extraños hábitos de comida. Así que cuando volvió a casa poco antes del alba, cubierto de tierra, y lleno de sabrosas y cosquillosas hormigas, se sorprendió al encontrar una nota clavada a la puerta de su madriguera.

—«Querido Albino», decía la nota, «quiero que descubras quién es el primero entre todos los animales. Volveré esta noche a por la respuesta». Firmaba: «El Señor de todos los animales».

Albino estaba sorprendido. Sabía que al Señor de todos los animales le gustaba dar estas tareas para que las resolvieran. Pero nunca soñó que una criatura tan humilde como él sería elegido. Albino estaba pensando en la pregunta cuando Boris pasó a su lado.

—¡Bien! ¡Bien! –dijo Boris, con voz suave, que hizo que unos escalofríos le recorrieran el cuerpo a Albino–. ¿Qué tenemos aquí?

—Po-po-por fa-fa-favor –tartamudeó Albino–. Soy yo, Albino, el armadillo. El Señor de todos los animales me ha pedido que descubra quién es el primero de todos los animales. El problema es que no sé por donde empezar.

La gran serpiente se rió en silencio, con la piel suave y escamosa rizándose con la diversión.

—Tienes suerte, amigo –dijo–, pues lo has encontrado.

—¿A quién? –dijo Albino, tratando de ocultar el miedo que le invadía.

—¡Ea, el primero de todos los animales! –carraspeó Boris, un poco enfadado.

—¿Qué criatura es más larga que yo? ¿O más hermosa? –añadió, mirando con admiración los anillos. Cuando volvió a mirar, Albino había desaparecido.

14 DE DICIEMBRE

La investigación de Albino (segunda parte)

Albino, el armadillo, trataba de averiguar quién era el primero de todos los animales. Todo el mundo parecía estar dormido cuando Albino pasaba.

—Boris es el animal más largo de los animales del Señor –pensó en voz alta–. ¿Pero es por eso el primero?

—¡Por supuesto que no! –chilló una voz tan fuerte que Albino cayó patas arriba–. ¡Soy yo!

Albino se vio mirando muy de cerca a algo que parecía ser un gris y rugoso tronco de árbol. En realidad era una pata; una pata unida a un enorme y muy orgulloso elefante.

—¡Ah, eres tú, Ernesto! –suspiró Albino.

—Sí, soy yo –dijo Ernesto con la trompa–, y es bastante obvio que el Señor quería decir que era yo. Soy la criatura más grande y más pesada, por tanto debo ser el primero.

—¡Ah! ¡Sí! ¡Cierto! Gracias, Ernesto –masculló Albino–, pero una vocecita regañona dentro de su estrecha y puntiaguda cabeza seguía repitiendo:

—No el más largo, no el más pesado, sino el primero. –Suspirando, partió a través de la llanura.

Cuando llegó a un charco, Albino aún estaba más confuso. Colín, el leopardo, le había dicho, cuando pasaba a toda velocidad, que él debía ser el primero ya que era el más rápido. Motas, la jirafa, le había dicho que tenía que ser ella, al ser la más alta de los animales del Señor. Sin embargo Albino aún se dijo:

—El Señor dijo «el primero». No el más largo, ni el más pesado, ni el más rápido ni el más alto. ¿Qué había querido decir Él? ¿Quién podría ser?

15 DE DICIEMBRE

La investigación de Albino (tercera parte)

Albino, el armadillo, parecía no llegar a descubrir quién era el primero de todos los animales. Entonces se topó con Real, el león.

—¡Mira por dónde vas, desconcertado armadillo! –rugió el león, al despertarse.

—Me preguntaba –dijo Albino–, quién es el primero de los animales.

—¿Quién es Rey de la jungla? –preguntó Real.

—¿Por qué? tú, Real –dijo Albino.

—¿Quién es la bestia más elegante? –dijo Real.

—¿Por qué? tú, Real –dijo Albino.

—¡Ahí tienes la respuesta! –dijo el león con un bostezo, y se volvió a dormir.

Albino volvió a casa.

—Real debe de estar en lo cierto –dijo Albino–. Él es el primero de todos los animales.

Al llegar a casa vio un libro en su cama. Era un diccionario del reino animal. Albino lo abrió. La primera palabra era «Armadillo».

—¿Lo entiendes, Albino? –dijo una profunda voz desde alguna parte de su cerebro–. Puede que no seas el más largo ni el más fuerte, ni el más orgulloso de los animales pero en algo eres el primero. Eres el primer animal del alfabeto animal. Todos mis animales son primeros en algo y os adoro a todos.

Pero Albino ya estaba profundamente dormido, soñando con deliciosas, crujientes y cosquillosas hormigas.

16 DE DICIEMBRE

La bruja Afanosa

La bruja Afanosa había decidido
limpiar en su sucia alcoba.
Unos brebajes miró;
luego los tiró
con ranas y una vieja escoba.

Por debajo de unas telarañas,
olvidado sobre una repisa,
un gran libro había,
donde se leía:
«Hechizos que se preparan deprisa».

La bruja miraba, leía con cuidado:
«¿Quieres una escoba fulminante?
Tu escoba usada
no te sirve de nada...
Pues, hazte una al instante».

Una pócima preparó sin demora.
Al gato le asustó la explosión.
La escoba embrujada,
en menos que nada
arrancó tan rápida como un avión.

Pasó por delante de Saturno;
a la luna dejó a un lado.
«El antídoto quiero;
Hechizo tercero».
¡Para esto necesita un milagro!

Su gato dijo que haría el hechizo.
El libro volvió a buscar.
¿Sabes lo que pasó
cuando el libro miró?
La página del hechizo se deshizo.

La pobre Afanosa seguía volando
como una nave, parecía cómica.
Una nube pasó
y en un cráter cayó.
La escoba parecía casi supersónica.

«¡Qué escoba más mala!» dijo Afanosa
y saltó en una nube que pasaba;
pues luego más lenta,
tan sólo iba a treinta,
por fin a salvo a casa llegaba.

17 DE DICIEMBRE

Aladino (primera parte)

Había una vez un mago que fue a China a encontrar una lámpara maravillosa de la que había oído hablar. Sabía que se encontraba oculta en una cueva subterránea, y sabía que el único modo de entrar era a través de un estrecho pasadizo. También sabía que, si las ropas de cualquiera que pasara tocaban las paredes, moriría. No quería arriesgar su propia vida, así que encontró a un chico llamado Aladino, al cual envió al interior de la cueva.

—Ponte este anillo –le dijo el mago rápidamente–. Te protegerá.

—¿Protegerme de qué? –preguntó Aladino.

—De nada, –dijo el mago rápidamente–. De nada. Baja y tráeme la lámpara. Está en una repisa al fondo de la cueva.

Después de un buen rato el mago vio venir a Aladino.

—¿La encontraste? ¡Dámela! –dijo el mago. Extendió la mano y hubiera cogido la lámpara, pero Aladino tuvo el presentimiento de que no debía confiar en el mago.

—Ayúdame primero a salir –dijo Aladino–. Luego te daré la lámpara.

—Dame la lámpara primero –dijo el mago.

—Ayúdame a salir primero –replicó Aladino. El mago no cedía y tampoco Aladino. Al final el mago perdió la paciencia.

—Si no me entregas la lámpara, entonces te dejaré en la cueva para siempre –gritó el mago, y cerró la entrada con un breve y rápido conjuro y se fue.

---

18 DE DICIEMBRE

Aladino (segunda parte)

¡Pobre Aladino! No sabía qué hacer. Se sentó, atrapado en la cueva, y trató de pensar. Luego, sin darse cuenta, frotó el anillo que el mago le había dado antes de entrar en la cueva. Hubo un siseo y una extraña figura sutil que llevaba un turbante se formó en el aire ante él, como el humo de un fuego.

—¿Quién... quién eres? –le preguntó.

—Soy el genio del anillo. ¿Qué deseáis, señor?

—¿Puedes llevarme a casa? –le preguntó Aladino.

Antes de que Aladino pudiera pestañear se encontraba ante su propia casa, preguntándose si estaba dormido o despierto. Sabía que no podía estar soñando cuando se dio cuenta de que tenía la lámpara metida en la manga. Se la llevó a su madre.

—Podemos venderla y comprar comida –dijo él.

—Nadie comprará una vieja y polvorienta lámpara –dijo su madre–. Deja que la limpie primero.

Apenas la había limpiado una vez, cuando hubo un siseo y apareció otra extraña figura.

—¿Quién eres? –le preguntó Aladino.

—Soy el genio de la lámpara. ¿Qué desea, señor?

Pronto Aladino y su madre se hicieron ricos. Cualquier cosa que querían inmediatamente se la proveía el genio de la lámpara y, cuando Aladino se enamoró de una princesa, era lo bastante rico como para casarse con ella y llevarla a vivir a un espléndido palacio.

Aladino y su princesa vivieron felices durante muchos años. Compartieron todos sus secretos excepto uno. Aladino nunca le dijo a la princesa lo de la lámpara mágica.

19 DE DICIEMBRE

Aladino (tercera parte)

Aladino había descubierto un genio en una lámpara mágica. El genio hizo rico a Aladino. Un día, cuando Aladino estaba de caza y la princesa estaba en casa, un anciano llamó a la puerta.

—¡Se cambian lámparas viejas por nuevas! ¡Se cambian lámparas viejas por nuevas!

Aladino nunca le había contado a la princesa que la lámpara era mágica, así que le entregó la lámpara de Aladino a cambio de una nueva y reluciente. En cuanto tuvo la lámpara mágica en sus manos, el anciano se quitó su disfraz.

—Ahora todo lo que tiene Aladino será mío –dijo.

Llamó al genio de la lámpara y le ordenó que los llevara a él, al palacio de Aladino y a la princesa de Aladino a un país lejano de África.

Cuando Aladino volvió a casa no había allí ni polvo. Al instante se dio cuenta de que había sido obra del mago. Llamó inmediatamente al genio del anillo.

—¿Qué deseáis, mi señor? –le preguntó el genio.

—Por favor, devuélveme mi princesa y mi palacio –dijo Aladino.

—Sólo el genio de la lámpara puede hacerlo.

—Entonces llévame a donde quiera que ella esté –le ordenó Aladino.

El genio del anillo hizo lo que se le pidió. La princesa se alegró mucho al ver a Aladino.

—He venido para llevarte a casa, –dijo Aladino–. Pero antes debemos burlarnos del mago y recuperar la lámpara. Echa estos polvos en su copa cuando no mire. Los polvos adormecieron al mago y, mientras dormía, Aladino pudo sacarle la lámpara del bolsillo. Aladino frotó la lámpara y apareció el genio.

—¿Qué deseas, mi señor? – preguntó el genio.

—Deja al mago aquí, en medio de África, y lleva el palacio y todo lo que hay en él de vuelta a China –dijo Aladino.

Y eso fue lo que hizo el genio de la lámpara, y todos vivieron felices desde aquel día, a excepción del mago.

20 DE DICIEMBRE

El roble y las cañas

Un roble crecía junto al río. Era grande y hermoso y estaba muy orgulloso de su robustez. Un día, un fuerte viento sopló por todo el país. Rugió y rugió. Rasgó las ramas de los árboles. El roble permaneció fuerte y desafiante. Siempre había demostrado que era más fuerte que el viento. Pero aquel día, el viento fue incluso más fuerte que el roble y lo arrancó de cuajo como si fuera un arbolillo. El roble quedó cruzado sobre el río y permanecía sobre las cañas. Miró a las cañas y se preguntó por qué el viento no parecía preocupar a las cañas.

—No lo entiendo –dijo el árbol por fin–. ¿Cómo es que vosotras que sois tan frágiles y delgadas habéis escapado a la ira del viento, mientras yo, tan grande y fuerte, he sido arrancado de raíz?

—Eres demasiado cabezota, –dijeron las cañas–. Luchaste con el viento, cuando era más fuerte que tú y él sabía que iba a ganar. Nosotras sabemos que somos débiles y frágiles, así que nos doblamos ante el viento, que pasa sobre nuestras cabezas sin hacernos daño. Al contrario que tú, vivimos para luchar en otro momento.

21 DE DICIEMBRE

El premio sorpresa (primera parte)

Había una vez un caballero que llevaba una armadura negra y que poseía un precioso corcel negro. Debería haber parecido espléndido, pero no tenía el toque caballeroso de montar a caballo. Nada más montarse, se caía al suelo.

Todos los demás caballeros se reían de él cuando se quedaba sentado en el lodo.

—¡No parece un inteligente caballero con una armadura reluciente. Parece más bien una noche oscura en el invierno más oscuro! —se mofaban riendo a carcajadas.

Pero al Caballero Negro no le importaba que los otros caballeros le tomaran el pelo. Él siempre estaba alegre y se reía con ellos.

Un día se anunció un gran torneo y vinieron caballeros de todas partes para llevarse como premio un diamante reluciente. El torneo terminaría con un premio sorpresa, que la Princesa entregaría. Todos los caballeros esperaban este premio, ya que todos ellos estaban enamorados de la Princesa.

El Caballero Negro practicó y practicó en su montura.

—Ojalá ganara una o dos batallas; entonces puede que impresionara a la Princesa, –dijo.

Entonces se anunció el orden de pelea.

—En la primera vuelta –anunció un cortesano–, el Caballero Negro luchará con Sir Winalot.

Sir Winalot era el luchador más fiero y más valiente del país. El Caballero Negro suspiró. Sabía que no tenía ninguna oportunidad.

---

22 DE DICIEMBRE

El premio sorpresa (segunda parte)

El Caballero Negro no era un buen caballero pero quería impresionar a la Princesa en el Gran Torneo. Ella había anunciado que entregaría un premio sorpresa.

Llegó el día del torneo. El Caballero Negro salió a luchar con el valiente Sir Winalot. Los caballos embistieron uno contra otro. Al bajar la lanza, el Caballero Negro accidentalmente se quitó la visera del casco. No veía adónde iba. Su lanza se clavo en el suelo y lo tiró del caballo. el Caballero Negro dio con sus huesos en el suelo. La gente se reía y aplaudía. Sir Winalot había

ganado y, cuando se sentó ante la multitud, el Caballero Negro no pudo evitar que dar una carcajada.

Sir Winalot ganó todas las competiciones aquel día y fue el que recibió el precioso diamante. La multitud aplaudió cuando lo levantó como saludo.

Luego se oyó el tañido de las trompetas. Un profundo silencio recorrió a la multitud. La Princesa anunció:

—El ganador del premio sorpresa es... el Caballero Negro.

La gente se sorprendió. Fue una sorpresa. Los otros caballeros comenzaron a mofarse. La Princesa levantó su mano pidiendo silencio.

—He elegido al Caballero Negro porque nos ha hecho reír a todos. Incluso se ríe él. Su premio es vivir en mi castillo. Será mi propio caballero

y me mantendrá alegre todo el día.

Sir Winalot entonces dijo:

—¡Hurra por el Caballero Negro, que a todos nos divierte.

Hurra por el Caballero Negro, que a todos nos da suerte!

Todos los caballeros dieron un hurra y todos se rieron, pero esta vez se rieron con el Caballero Negro, no de él. La Princesa sonrió y el Caballero Negro enrojeció.

23 DE DICIEMBRE

La casa nevada

Hacía mucho calor cuando Jazmín estaba en el jardín ojeando un libro. Tenía demasiado calor. Al dar la vuelta a la hoja vio un dibujo de una casa nevada. Jazmín nunca había visto la nieve. Vivía en un país donde siempre hacía calor.

—Ojalá pudiera estar ahí con toda esa nieve –dijo.

—Allí me dirijo –dijo una voz a su espalda–, si quieres venir conmigo...

Se volvió para ver quien era y se encontró con un duende. Antes de que tuviera tiempo de replicar, él la había tomado de la mano y daban vueltas en el espacio. Cada vez hacía más frío, hasta que al fin se detuvieron junto a una casa nevada, como la del libro de Jazmín.

El duende siguió volando.

—Volveré pronto –le dijo.

Jazmín se vio envuelta en un caliente abrigo rojo, de modo que pudo jugar en la nieve. Al principio todo iba bien pero, entonces, comenzó a tener frío. Tenía miedo de llamar a la puerta, así que se fue por detrás y allí encontró un cobertizo que estaba seco y al refugio del viento.

—Ojalá pudiera volver a casa –suspiró, ansiando los calurosos rayos del sol.

De pronto apareció el duendecillo, seguido por un pajarillo.

—Nos podemos ir –dijo–. La madre de este pajarillo me envió aquí a buscarlo. Se había herido un ala y no pudo volar con los otros cuando llegó el invierno. Ahora podemos volver juntos.

Pronto se encontraban girando en el aire.

De vuelta al jardín de Jazmín, el duendecillo se fue volando.

—Gracias –dijo Jazmín. Entonces ella sonrió al ver al pajarillo con su madre, en un árbol, cantando juntos bajo el sol.

24 DE DICIEMBRE

Mamá Noel salvó Navidad

Papá Noel, hombre muy ocupado,
trabajó duramente día y noche
haciendo los juguetes de los niños:
un barco, una muñeca, un coche...

Ayudado por buenos duendecillos,
preparaba todas las cosas,
los talleres de risa se llenaron,
de bromas, canciones y rosas.

Un grupo preparó peluches,
como perros, ardillas y ositos;
elefantes grises de enormes orejas,
ranitas, gansos y blancos gatitos.

Otro grupo trenes preparó,
tractores, motos y autocares.
Otros el Arca de Noé tallaron,
llenándola de animales a pares.

Comecocos, robots y coches
en una estantería colocaron
y Papá Noel les ayudó
cuando los duendes se agotaron.

Cuando Mamá Noel vino a ver
si todo el trabajo hecho estaba,
los duendes ya se habían ido
y Papá Noel en la cama dormitaba.

De puntillas arriba fue a ver
y allí, sobre una dura cama,
Papá Noel dormido había caído,
sin haberse puesto el pijama.

«A los niños no hay que decepcionar»,
pensó ella por caridad.
«¿Qué podrán los pobres hacer
sin sus juguetes en Navidad?».

Y así fue un día de Navidad:
ella el trineo de Papá Noel llevó;
con su trabajo terminó Mamá Noel
y nuestra Navidad nos salvó.

25 DE DICIEMBRE

El Príncipe Cascanueces (primera parte)

Iba a celebrarse una fiesta de Navidad en casa de Clara. Todo el mundo estaría allí, incluyendo a Hermann y su familia. Hermann iba a casarse con la hermana de Clara, Luisa. Al menos eso era lo que esperaba la madre de Clara.

De pronto entró corriendo el hermano de Clara con un ratón muerto.

—Llévatelo –gritaron las dos hermanas. Lo tiró al fuego.

A continuación llegaron los primeros invitados. Llegaron el Doctor Dosselmeyer y su joven amigo, Carlos, llevando un cofre entre los dos.

—¿Qué hay dentro? –preguntó Clara.

—Regalos, naturalmente –dijo el doctor.

—Y estas son para ti, Luisa –dijo Carlos, dándole a la hermana de Clara un ramo de rosas.

—Son preciosas, –dijo Luisa. Ella y Carlos se sentaron juntos.

—Luisa, –llamó su madre–. Ha llegado Hermann.

Ella no se dio cuenta de que su madre la llamaba. Su madre se acercó a ella, le cogió las flores y las tiró al suelo.

—¡Madre! –dijo Luisa.

Pero de nuevo sonó el timbre de la puerta y entraron más invitados. Pronto la habitación estaba llena de niños que reían.

—Vamos, niños –dijo el Doctor Dosselmeyer–. Vamos a ver que hay en este cofre mágico.

Clara y todos los niños le rodearon. Primero el doctor sacó un precioso abanico español, luego el sombrero de una princesa de Arabia, a continuación dos sombreros más, uno de China y otro de Rusia. Luego aparecieron unos soldaditos de madera. Pronto todos los niños tuvieron regalos.

—¿Y para mí? –preguntó Clara.

—Aquí tienes el tuyo –dijo el doctor, dándole una caja de caramelos–, y hay algo más.

Sacó un muñeco de madera con la risa en el rostro. Puso una nuez en su boca, tiró de las piernas, y la nuez se partió en dos.

—¡Es un príncipe cascanueces! –dijo Clara encantada.

26 DE DICIEMBRE

El Principe Cascanueces (segunda parte)

Clara había recibido un príncipe cascanueces como regalo de Navidad. Bailó por la habitación con él. Pero Hermann lo agarró, le tiró de las piernas y una pierna se desprendió.

—Lo has roto –dijo Clara. El doctor recogió el muñeco y le volvió a poner la pierna en su sitio.

Por fin todos se fueron a casa deseándose felices Navidades. Clara y Luisa se fueron a la cama pero, a los pocos minutos, volvieron a bajar.

—Me olvidé del príncipe cascanueces –dijo Clara acunando su muñeco.

—He venido a buscar las rosas de Carlos –dijo Luisa.

Las dos muchachas hablaron de la tarde y pronto se quedaron dormidas.

Cuando el reloj dio las doce, Clara vio salir del fuego un ratón, del tamaño de un hombre.

—Se parece a Hermann –susurró.

Salieron más ratones del fuego. Los ratones se dirigieron hacia Luisa, que aún estaba dormida.

—No le hagáis daño –dijo Clara.

—La salvaremos –dijo una voz.

Un príncipe cascanueces alto, seguido por sus soldados, marchaba hacia los ratones.

—Se parece a Carlos –susurró Clara.

Se libró una batalla entre los ratones y los soldados. De pronto el rey de los ratones agarró a Luisa y huyó con ella. El Príncipe Cascanueces los siguió. Ahora Clara se encontraba sola y llorando.

—No llores –dijo el doctor Drosselmeyer, acercándose a ella–. Te ayudaré a encontrar a Luisa y a Carlos.

Navegaron juntos en un barco mágico al País de los Caramelos. Se sentaron en una enorme caja de caramelos y vieron a los bailarines de España, Arabia, China y Rusia. Luego, cuando Clara se unió al baile de las flores, dos personajes bailaron hacia ella.

—¡Luisa! ¡Carlos! –gritó–. Por fin os he encontrado.

—¡Despertad! ¡Despertad! ¿Qué hacéis vosotras dos aquí? –era la madre de Clara.

—¡Ay, madre! –dijo Clara–. Nunca creerás dónde he estado en mis sueños.

27 DE DICIEMBRE

La vuelta al mundo en una tarde

Guillermo Largo tenía las piernas largas, los brazos largos, los pies largos y la nariz larga. Un día, metió pan y queso en una bolsa de papel y dijo:

—Hoy daré la vuelta al mundo.

Guillermo se montó en la bicicleta y, siguiendo a su larga nariz, partió para dar la vuelta al mundo. Pedaleó con fuerza por el sendero hacia el bosque.

—Ésta debe de ser la jungla donde viven los elefantes –dijo mientras pedaleaba.

Un conejillo marrón dio un salto ante él.

—Un elefante –dijo Guillermo–. También viven bajo el suelo –dijo cuando el conejo se metió en la madriguera.

Guillermo salió del bosque para caminar por un campo arado.

—Éste debe de ser el desierto –dijo al pegársele el barro a los zapatos y pantalones. Un pajarillo salió volando de uno de los surcos.

—Un camello volador –dijo Guillermo, encaminando la bicicleta al seto.

—¡Qué lugar tan difícil es el mundo! –suspiró–, ojalá indicara adónde va.

Decidió comerse el pan y el queso, pero la bolsa se encontraba en lo alto del seto.

—Supongo que a los setos también les da el hambre –comentó.

—Asegúrate de poner la bolsa con cuidado cuando hayas terminado, no la tires en cualquier sitio –dijo Guillermo Largo cuando se alejaba pedaleando.

Bordeó un charco de patos.

—Veo el mar –gritó–, y tres veleros blancos.

Salpicó a los tres patos al pasar.

La larga nariz de Guillermo le hizo ir en círculo y pronto volvió a casa. Dejó la bicicleta contra la pared y le ofreció un puñado de hierba, que rehusó comer.

—Miau –dijo el gato, preguntándose por qué se había ido Guillermo aquella tarde.

—He dado la vuelta al mundo, gatito –dijo–, y eso lleva mucho tiempo.

28 DE DICIEMBRE

La nariz pegada

Pom-pom, un muchachito indio, observaba a su padre tallar una cara de madera en un totem.

«Si ésa es la cara del abuelo», pensó, «la nariz es demasiado larga».

Más tarde, Pom-pom decidió cortar un trozo de la nariz de madera. Tomó su *tomahawk* y se subió al totem. Pero una abeja zumbó a su alrededor.

—¡Vete! –dijo Pom-pom moviendo el *tomahawk* a un lado y a otro. Entonces...

—¡Oh, no! –¡el *tomahawk* golpeó la nariz y la cortó del todo!

—¡Debo pegar la nariz del abuelo antes de que lo averigüe mi padre! –dijo Pom-pom–. ¿Pero con qué? ¡Con el pegajoso jarabe de arce! ¡Eso es!

Pom-pom pegó la nariz con el jarabe y se fue a casa, sin decir palabra del asunto.

Pero Oso estaba por allí; la nariz le picaba. Cuando Pom-pom se fue, Oso se subió al totem.

—Ñam... ñam. –lamió todo el jarabe y ¡la nariz del abuelo se cayó!

Una y otra vez Pom-pom pegó la nariz, pero siempre volvía Oso y lamía el jarabe.

—¡Ese oso se las verá conmigo! –dijo Pom-pom.

Encontró al oso pescando en el río. Pom-pom se subió a una rama que colgaba sobre el río y trató de atraparlo con el lazo, pero perdió el equilibrio y cayó al río. El oso bondadoso lo sacó del agua, y lo puso a secar y se alejó trotando.

El padre de Pom-pom lo encontró y le dijo:

—Has tenido mucha suerte de que el oso no te comiera, Pom-pom. ¡Alguien lo vio subido al totem, chupando la nariz del abuelo!

Pom-pom no podía dejar que culparan al oso y le contó a su padre toda la historia. Su padre se rió. Pensó que también haría reír al abuelo.

29 DE DICIEMBRE

La Bella Durmiente (primera parte)

Había una vez un rey y una reina que suspiraban por un hijo. Después de muchos años de espera, por fin tuvieron una hija. Invitaron a las siete hadas que vivían en el reino para que fueran sus madrinas.

Llegó el día del bautizo y se preparó un espléndido banquete. El Rey y la Reina habían mandado siete cofrecitos de oro, con un cuchillo, un tenedor y una cuchara de oro en cada uno.

Cuando el Rey y sus invitados tomaron asiento a la mesa, una anciana hada llegó inesperadamente. El Rey ordenó inmediatamente que se pusiera otro servicio, pero había ocho hadas y sólo siete cofres, así que el hada anciana tuvo que comer con cuchillo, cuchara y tenedor de plata. Por eso se puso furiosa. En primer lugar no se le había enviado invitación y ahora no iba a recibir el cofre de oro.

Llegó el momento en que las hadas le otorgaron sus regalos a la princesita.

—Será muy hermosa –dijo la primera.

—Se parecerá a un ángel –dijo la segunda.

—Bailará de maravilla –dijo la tercera.

—Será muy elegante –dijo la cuarta.

—Cantará como un ruiseñor –dijo la quinta.

—Tocará la música más celestial –dijo la sexta.

—Se picará con una rueca un dedo y ... ¡morirá! – chasqueó el hada vieja.

Todo el mundo se quedó boquiabierto. Pero antes de que pensaran en qué hacer o decir, la séptima hada dijo:

—La Princesa se picará un dedo pero no morirá. En vez de eso, dormirá durante cien años.

---

30 DE DICIEMBRE

La Bella Durmiente (segunda parte)

Al Rey y a la Reina un hada les dijo que su hija se picaría con una rueca y que se quedaría dormida durante cien años. El Rey ordenó que se destruyeran todas las ruecas del reino.

Pasaron siete años. Entonces, un día, la Princesa descubrió una vieja torre. En la habitación superior se encontró con una vieja hilando.

—¿Qué haces? –preguntó la Princesa.

—Estoy hilando –dijo la anciana.

—¿Puedo probar? –preguntó la Princesa.

Le tomó la rueca a la anciana. Todo sucedió como había predicho el hada. La Princesa se picó un dedo y cayó al instante en un profundo sueño, del que no se despertó. Todo el mundo en el castillo cayó también dormido como la Princesa.

Con el tiempo, espesos espinos y zarzales rodearon el castillo y nadie lo veía al pasar por allí. Pasaron cien años. Muchos intentaron entrar en el castillo pero no lo lograron. Y entonces, un día, el hijo de un rey pasó por allí por casualidad. Preguntó por el castillo y un viejo leñador le habló de la Princesa y del hechizo.·

El Príncipe era curioso y decidió buscar por su cuenta. Desenvainó la espada y se preparó para hacerse paso por entre los espinos pero, antes de que pudiera tocarlos, parecieron deshacerse y apareció un sendero que iba a palacio.

El castillo estaba muy silencioso. No se oía ni un ruido. Encontró a la Princesa en un cojín, donde había caído hacía cien años. Parecía tan hermosa que se inclinó para besarla.

El beso del Príncipe la despertó y, al despertar la Princesa, despertaron todos los demás habitantes del castillo. El Príncipe se casó con la Princesa y vivieron felices toda la vida.

31 DE DICIEMBRE

Brilla, brilla, estrellita

Brilla, brilla, estrellita.
¡Qué maravillosa lucecita!
Sobre el mundo elevada,
como un diamante perfilada.

Cuando el sol se apaga
y a nada ya ilumina,
tú sales con tu esplendor
alumbrando alrededor.

Luego el viajero en la oscuridad
te da las gracias por tu claridad.
No vería qué camino seguir
si tú no salieras a lucir.

En el cielo azul oscuro sigues
y entre las cortinas me persigues.
El ojo nunca piensas cerrar
hasta que el sol no puedas evitar.

Con tu débil y suave claridad
iluminas el campo y la ciudad.
Brilla, brilla, lucecita.
¡Qué maravillosa estrellita!